LE ROYAUME
DU DRAGON D'OR

DU MÊME AUTEUR

LE PLAN INFINI, Fayard, 1994.
LA MAISON AUX ESPRITS, Fayard, 1994.
EVA LUNA, Fayard, 1995.
PAULA, Fayard, 1997.
LES CONTES D'EVA LUNA, LGF, 1998.
D'AMOUR ET D'OMBRE, LGF, 1998.
FILLE DU DESTIN, Grasset, 2000.
PORTRAIT SÉPIA, Grasset, 2001.
APHRODITE, *Contes, recettes et autres aphrodisiaques*, Grasset, 2001.
LA CITÉ DES DIEUX SAUVAGES, Grasset, 2002.
MON PAYS RÉINVENTÉ, Grasset, 2003.

ISABEL ALLENDE

LE ROYAUME DU DRAGON D'OR

roman

Traduit de l'espagnol (Chili)
par
ALEX ET NELLY LHERMILLIER

BERNARD GRASSET
PARIS

L'édition originale de cet ouvrage a été publiée par Areté Random House Mondadori S.A., en septembre 2003, sous le titre :

EL REINO DEL DRAGÓN DE ORO

A mon amie Tabra Tunoa, voyageuse infatigable,
qui m'a emmenée dans l'Himalaya
et m'a parlé du Dragon d'or.

CHAPITRE 1

La Vallée des Yétis

TENSING, le moine bouddhiste, et son disciple, le prince Dil Bahadur, escaladaient depuis des jours les hauts sommets au nord de l'Himalaya, la région des glaces éternelles où seuls, au cours de l'histoire, ont posé le pied quelques lamas. Aucun des deux ne comptait les heures, car le temps n'avait que peu d'intérêt à leurs yeux. Le calendrier est une invention humaine, sur le plan spirituel, le temps n'existe pas, avait enseigné le maître à son élève.

Pour eux, l'important était la traversée, que le plus jeune réalisait pour la première fois. Le moine se rappelait l'avoir faite dans une vie antérieure, mais ces souvenirs étaient quelque peu confus. Ils se guidaient d'après les indications d'un parchemin et s'orientaient d'après les étoiles, sur un terrain où même en été régnaient des conditions très dures. De plusieurs degrés sous zéro, la température n'était supportable que deux mois par an, lorsque ne soufflaient pas de funestes tempêtes.

Même sous des cieux dégagés, le froid était intense. Ils portaient des tuniques en laine et de rêches manteaux en peau de yack. Leurs pieds étaient chaussés de bottes en cuir du même animal, le poil tourné vers l'intérieur, l'extérieur imperméabilisé avec de la graisse. Ils prêtaient attention à chaque pas, car une glissade sur la glace pouvait les faire dévaler sur des centaines de mètres jusqu'au fond des précipices qui, tels des coups de hache de Dieu, entaillaient la montagne.

Sur un ciel d'un bleu intense se détachaient les lumineuses cimes enneigées des montagnes sur lesquelles les voyageurs avançaient sans hâte, car à cette altitude l'oxygène était rare. Ils se reposaient fréquemment pour permettre à leurs poumons de s'habituer. Ils avaient mal dans la poitrine, aux oreilles et à la tête, souffraient de nausées et de fatigue, mais aucun des deux ne parlait de ces faiblesses du corps ; ils se contentaient de contrôler leur respiration, afin de tirer le maximum de profit de chaque bouffée d'air.

Ils allaient à la recherche de ces plantes rares qui ne poussent que dans la vallée glacée des Yétis, indispensables à la préparation de lotions et d'onguents médicinaux. S'ils survivaient aux dangers du voyage, ils pourraient se considérer comme des initiés, car leur caractère se tremperait comme l'acier. La volonté et le courage étaient bien des fois mis à l'épreuve au cours de cette expédition. Le disciple aurait besoin de ces deux vertus, volonté et courage, pour mener à bien la tâche à laquelle le prédestinait cette vie. C'est pourquoi son nom était Dil Bahadur, qui signifie « Cœur vaillant » dans la langue du Royaume interdit. Le voyage dans la Vallée des Yétis était l'une des dernières étapes du solide entraînement que le prince recevait depuis douze ans.

Le jeune homme ignorait la véritable raison de ce voyage, pourtant plus importante que les plantes curatives ou l'initiation qui lui permettrait d'accéder au rang de lama supérieur. Son maître ne pouvait la lui révéler, de même qu'il ne pouvait lui parler de bien d'autres choses. Son rôle était de guider le prince à chaque étape de son long apprentissage ; il devait fortifier son corps et son caractère, cultiver son mental et soumettre la qualité de son esprit à de multiples épreuves. Dil Bahadur découvrirait plus tard le motif de ce voyage dans la Vallée des Yétis, lorsqu'il se trouverait devant la fantastique statue du Dragon d'or.

*

Tensing et Dil Bahadur portaient sur le dos des ballots qui, outre les céréales et le beurre de yack indispensables à leur subsistance, contenaient leurs pelisses. Autour de leur taille étaient enroulées des cordes en poil de yack qui leur servaient à escalader, et ils tenaient à la main un bâton long et résistant, sorte de perche qu'ils utilisaient pour s'appuyer, pour se défendre au cas où ils seraient attaqués, et monter une tente improvisée pour la nuit. Ils l'employaient aussi pour sonder la profondeur et la fermeté du terrain avant de poser le pied dans ces endroits où la plupart du temps, d'après leur expérience, la neige fraîche recouvrait des trous profonds. Fréquemment, ils se trouvaient devant des crevasses qui, s'ils ne pouvaient les franchir d'un bond, les obligeaient à faire de longs détours. Parfois, pour éviter des heures de marche, ils plaçaient la perche d'un bord à l'autre du précipice et, une fois certains qu'elle était fermement appuyée aux deux extrémités, ils posaient hardiment le pied dessus et sautaient de l'autre côté, jamais plus d'un pas, car les chances de dégringoler dans le vide étaient grandes. Ils le faisaient sans y penser, l'esprit vide, confiants dans l'habileté de leurs corps, dans leur instinct et leur bonne fortune, car ils en auraient été incapables s'ils s'étaient attardés à mesurer leurs mouvements. Lorsque la crevasse était plus large que la longueur de la perche, ils assuraient une corde à un rocher élevé, puis l'un d'eux attachait l'autre extrémité à sa taille, prenait son élan et sautait, oscillant tel un pendule, jusqu'à atteindre l'autre versant. Le jeune disciple, doté d'une grande résistance et de courage face au danger, hésitait toujours au moment d'utiliser l'une de ces méthodes.

Ils étaient arrivés devant l'un de ces précipices et le lama cherchait l'endroit le plus propice pour traverser. Le jeune homme ferma brièvement les yeux et fit une prière.

« As-tu peur de mourir, Dil Bahadur ? demanda Tensing en souriant.

— Non, honorable maître. L'heure de ma mort est écrite dans mon destin depuis avant ma naissance. Je mourrai lorsque j'aurai achevé mon travail dans cette réincarnation et que mon esprit sera prêt à s'envoler ; mais j'ai peur de me briser les os et de rester vivant tout en bas, répliqua le jeune homme en montrant l'impressionnant précipice qui s'ouvrait à ses pieds.

— Sans doute serait-ce un inconvénient... concéda le

lama de bonne humeur. Si tu ouvres ton esprit et ton cœur, cela te paraîtra plus facile, ajouta-t-il.

— Que feriez-vous si je tombais dans le ravin ?

— Le moment venu, peut-être devrai-je y songer. Pour l'instant, mes pensées sont distraites par autre chose.

— Puis-je savoir par quoi, maître ?

— Par la beauté du paysage, répliqua-t-il en montrant la chaîne sans fin des montagnes, la blancheur immaculée de la neige, le ciel resplendissant.

— On dirait un paysage lunaire, observa le jeune homme.

— Peut-être... Sur quelle partie de la lune es-tu allé, Dil Bahadur ? demanda le lama en dissimulant un autre sourire.

— Je ne suis pas encore allé si loin, maître ; mais c'est ainsi que je l'imagine.

— Sur la lune, le ciel est noir et il n'y a pas de montagnes comme celles-ci. Il n'y a pas de neige non plus, tout n'est que roche et poussière couleur de cendre.

— Peut-être un jour pourrai-je faire un voyage astral sur la lune, comme mon honorable maître, concéda le disciple.

— Peut-être... »

Après que le lama eut assuré la perche, tous deux ôtèrent leur tunique et leur manteau, qui les empêchaient de se mouvoir avec aisance, et ils firent quatre paquets de leurs effets. Le lama avait la carrure d'un athlète. Son dos et ses bras n'étaient que muscles, son cou avait l'épaisseur de la cuisse d'un homme de taille normale et ses jambes l'aspect de troncs d'arbre. Ce formidable corps de guerrier contrastait de façon singulière avec son visage serein, ses yeux doux et sa bouche délicate, presque féminine, toujours souriante. Tensing ramassa un à un les paquets, prit de l'élan en tournant le bras comme une aile de moulin, et les lança de l'autre côté du ravin.

« La peur n'est pas réelle, Dil Bahadur, elle est uniquement dans ton esprit, comme tout le reste. Nos pensées forment ce que nous supposons être la réalité, dit-il.

— A cet instant, mon esprit crée un trou assez profond, maître, murmura le prince.

— Et mon esprit crée un pont très solide », répliqua le lama.

Il fit un signe d'adieu au jeune homme qui attendait sur la neige, puis il avança d'un pas au-dessus du vide, posant son pied droit au centre de la perche, et en une fraction de seconde, se propulsant en avant, il atteignit le bord opposé avec son pied gauche. Dil Bahadur l'imita avec moins de grâce et de rapidité, mais sans qu'un seul geste ne trahît sa nervosité. Le maître nota que sa peau brillait, humide de transpiration. Ils se vêtirent rapidement et reprirent leur marche.

« C'est encore loin ? voulut savoir Dil Bahadur.

— Peut-être.

— Serait-il inconsidéré de vous demander de ne pas toujours me répondre *peut-être*, maître ?

— Peut-être le serait-ce », répondit Tensing avec un sourire, et après une pause il ajouta que, d'après les instructions du parchemin, ils devaient continuer vers le nord. Le plus dur du chemin leur restait encore à faire.

« Avez-vous vu les yétis, maître ?

— Ils sont semblables à des dragons, des flammes sortent de leurs oreilles et ils ont quatre paires de bras.

— C'est extraordinaire ! s'exclama le jeune homme.

— Combien de fois t'ai-je dit de ne pas croire tout ce que tu entends ? Cherche ta propre vérité, dit le lama en riant.

— Maître, nous ne sommes pas en train d'étudier les enseignements du Bouddha, nous sommes simplement en train de bavarder... soupira le disciple agacé.

— Je n'ai pas vu les yétis dans cette vie, mais je m'en souviens d'une vie antérieure. Ils ont la même origine que nous et, il y a plusieurs milliers d'années, ils avaient une civilisation presque aussi développée que la nôtre, mais à présent ils sont très primitifs et d'une intelligence limitée.

— Que leur est-il arrivé ?

— Ils sont très agressifs. Ils se sont entre-tués et ont détruit tout ce qu'ils avaient, y compris leur terre. Les survivants ont fui vers les sommets de l'Himalaya, où leur race a commencé à dégénérer. Maintenant, ils sont comme des animaux, expliqua le lama.

— Sont-ils nombreux ?

— Tout est relatif. Ils nous paraîtront nombreux s'ils nous attaquent, et peu s'ils se montrent amicaux. En tout cas, ils ne vivent pas très longtemps, mais ils se reproduisent facilement et je suppose donc qu'il y en aura plusieurs dans la vallée. Ils habitent dans un endroit inaccessible, où personne ne peut les trouver, mais parfois l'un d'eux sort à la recherche de nourriture et il se perd. Sans doute est-ce là l'origine des empreintes qu'on attribue à l'abominable homme des neiges, comme on l'appelle, aventura le lama.

— Les empreintes sont énormes. Ce sont sûrement des géants. Seront-ils encore très agressifs ?

— Tu poses beaucoup de questions auxquelles je suis bien incapable de répondre, Dil Bahadur », répliqua le maître.

*

Tensing conduisit son disciple à travers les cimes montagneuses, sautant des précipices, escaladant des parois verticales, glissant sur d'étroits sentiers taillés dans les rochers. Il existait d'anciens ponts suspendus, mais ils étaient en si mauvais état qu'il fallait les utiliser avec la plus extrême prudence. Quand le vent soufflait ou qu'il tombait de la grêle, ils cherchaient un refuge et attendaient. Une fois par jour, ils mangeaient de la *tsampa*, un mélange de farine d'orge grillée, d'herbes séchées, de graisse de yack et de sel. L'eau coulait en abondance sous les croûtes de glace. Le jeune Dil Bahadur avait parfois l'impression qu'ils tournaient en rond, car le paysage lui paraissait toujours identique, mais il n'exprimait pas ses doutes : cela eût été une impolitesse à l'égard de son maître.

Lorsque le jour tombait, ils cherchaient un endroit où se réfugier pour la nuit. Il suffisait parfois d'une crevasse, dans laquelle ils pouvaient s'aménager un espace à l'abri du vent ; d'autres nuits, ils trouvaient une grotte, mais il arrivait qu'ils n'aient d'autre solution que de dormir à la belle étoile, juste protégés par les peaux de yack. Une fois leur austère campement installé, ils s'asseyaient face au soleil couchant, jambes croisées, et psalmodiaient le mantra essentiel de Bouddha, répétant maintes et maintes fois *Om mani padme hum*, Salut à Toi, Précieux Joyau au Cœur du Lotus. L'écho répétait leur psaume, le multipliant à l'infini entre les hautes cimes de l'Himalaya.

Tout en marchant, ils ramassaient des brindilles et des herbes sèches qu'ils mettaient dans leurs poches, en prévision du feu pour la nuit et de la préparation de leur repas. Après avoir dîné, ils méditaient pendant une heure. La plupart du temps, le froid les rendait aussi raides que des statues de glace, mais ils le sentaient à peine. Ils avaient l'habitude de l'immobilité, qui leur apportait le calme et la paix. Dans leur pratique bouddhique, le maître et l'étudiant s'asseyaient, absolument détendus, mais vigilants. Ils se détachaient des distractions et des valeurs de ce monde, mais n'oubliaient pas la souffrance, qui existe en tout lieu.

*

Après avoir escaladé des montagnes pendant plusieurs jours, grimpant jusqu'à des altitudes glacées, ils arrivèrent à Chenthan Dzong, le monastère fortifié des anciens lamas qui avaient inventé la forme de lutte corps à corps appelée *tao-shu*. Au dix-neuvième siècle, un tremblement de terre avait détruit le monastère, qui avait dû être abandonné. C'était une construction en pierre, en brique et en bois, comptant plus de cent pièces, qui paraissait collée au bord d'une falaise impressionnante. Pendant des centaines d'années le monastère avait abrité ces moines, qui consacraient leur vie à la recherche spirituelle et au perfectionnement des arts martiaux.

A l'origine, les moines tao-shu étaient des médecins, qui avaient des connaissances exceptionnelles en anatomie. Dans leur pratique, ils avaient découvert les points vulnérables du corps qui, si on les presse, insensibilisent ou paralysent, et ils les avaient associés aux techniques de lutte connues en Asie. Leur objectif était de se perfectionner spirituellement grâce à la maîtrise de leur propre force et de leurs émotions. Bien qu'ils fussent invincibles dans la lutte à mains nues, ils n'employaient pas le tao-shu à des fins violentes, mais comme un exercice physique et mental; ils ne l'enseignaient pas à n'importe qui non plus, mais uniquement à certains hommes et femmes choisis. C'est auprès d'eux que Tensing avait appris le tao-shu, et à son tour il l'avait enseigné à son disciple, Dil Bahadur.

Le tremblement de terre, la neige, la glace et le temps écoulé avaient érodé une grande partie de l'édifice; bien qu'en ruine, deux ailes restaient encore debout. On atteignait l'endroit en escaladant une falaise si difficile et si reculée que personne n'avait tenté l'ascension depuis près d'un demi-siècle.

« Bientôt, on arrivera au monastère par les airs, observa Tensing.

— Croyez-vous, maître, qu'il soit possible de découvrir la Vallée des Yétis depuis les avions? s'enquit le prince.

— C'est possible.

— Imaginez tout l'effort que cela nous épargnerait! Il faudrait peu de temps pour voler jusque-là.

— J'espère que cela n'arrivera jamais. Si on attrape les yétis, on en fera des animaux de foire ou des esclaves », dit le lama.

Ils entrèrent à Chenthan Dzong pour se reposer et passer la nuit à l'abri. Dans les ruines du monastère restaient encore des tapisseries élimées, des images religieuses, des ustensiles et des armes que les moines guerriers ayant survécu au tremblement de terre n'avaient pu emporter. Ils découvrirent plusieurs représentations du Bouddha dans des positions diverses, y compris une énorme statue de l'Eveillé couché par terre, sur le côté. La peinture dorée s'était écaillée, mais le reste était intact. De la glace et de la neige poudreuse recouvraient presque tout, donnant à ce lieu un aspect particulièrement merveilleux ; on aurait dit un palais de verre. Derrière l'édifice, une avalanche avait créé la seule surface plane des alentours, une sorte de cour de la taille d'un terrain de basket.

« Un avion pourrait-il atterrir ici, maître ? demanda Dil Bahadur, qui ne pouvait dissimuler sa fascination pour les quelques appareils modernes qu'il avait déjà vus.

— Je ne sais rien de ces choses, Dil Bahadur, je n'ai jamais vu un avion atterrir, mais il me semble que cet espace est bien étroit, et de plus les montagnes forment un véritable entonnoir balayé par les courants d'air... »

Dans la cuisine, ils trouvèrent des marmites et d'autres ustensiles en métal, des bougies, du charbon, du bois pour faire un feu et quelques céréales conservées par le froid. Il y avait des pots d'huile et un récipient contenant du miel, que le prince ne connaissait pas. Tensing lui en fit goûter et, pour la première fois de sa vie, le jeune homme sentit un goût sucré sur son palais. La surprise et le plaisir faillirent le faire tomber à la renverse. Ils préparèrent un feu pour cuire leur repas et, en signe de respect, allumèrent des bougies devant les statues. Ce soir-là, ils allaient mieux manger, et dormir sous un toit : cela méritait bien une petite cérémonie, pour marquer leur gratitude.

Ils étaient en train de méditer en silence lorsqu'un long rugissement retentit au milieu des ruines du monastère. Ils ouvrirent les yeux au moment où un grand tigre de l'Himalaya entrait dans la salle, une bête de cinq cents kilos au pelage blanc, l'animal le plus féroce au monde.

Le prince reçut l'ordre de son maître par télépathie et essaya de lui obéir, bien que sa première réaction, dictée par l'instinct, eût été de bondir pour se défendre, en ayant recours au tao-shu. S'il parvenait à mettre une main derrière les oreilles du tigre, il pourrait le paralyser, mais il resta immobile, essayant de respirer calmement, afin que le fauve ne renifle pas l'odeur de la peur. Le tigre s'approcha lentement des moines. Malgré le danger imminent où ils se trouvaient, le jeune homme ne put s'empêcher d'admirer l'extraordinaire beauté de l'animal. Sa peau avait la couleur pâle de l'ivoire, avec des rayures marron, et ses yeux étaient aussi bleus que certains glaciers de l'Himalaya. C'était un mâle adulte, énorme et puissant, un spécimen parfait.

Tensing et Dil Bahadur, assis dans la position du lotus, jambes croisées et les mains sur les genoux, virent s'avancer le tigre. Tous deux savaient que s'il avait faim il serait impossible de l'arrêter. Le seul espoir était que la bête eût mangé, mais il y avait en réalité peu de chances que la chasse fût abondante dans ces solitudes. Tensing possédait des pouvoirs psychiques exceptionnels, car c'était un *tulku*, la réincarnation d'un grand lama des temps anciens. Il concentra ce pouvoir comme un éclair, pour pénétrer l'esprit du fauve.

Ils sentirent l'haleine du grand félin sur leur visage, une bouffée d'air chaud et fétide qui s'échappait de sa gueule. Un autre rugissement redoutable ébranla l'enceinte. Le tigre s'approcha à quelques centimètres des hommes et ceux-ci sentirent la piqûre de ses dures moustaches. Pendant plusieurs secondes qui parurent une éternité, il tourna autour d'eux, les flairant et les tâtant de son énorme patte, mais sans les agresser. Le maître et le disciple demeurèrent absolument immobiles, ouverts à l'affection et à la compassion. Le tigre ne perçut en eux ni crainte ni agressivité, mais de l'empathie, et une fois sa curiosité satisfaite, il se retira comme il était venu, avec la même dignité solennelle.

« Tu vois, Dil Bahadur, que le calme s'avère parfois utile... » fut l'unique commentaire du lama. Le prince ne put répondre, car sa voix s'était pétrifiée dans sa poitrine.

Malgré cette visite inattendue, ils décidèrent de rester et de passer la nuit à Chenthan Dzong, mais ils prirent la précaution de dormir près d'un feu, gardant à portée de la main deux lances qu'ils trouvèrent parmi les armes abandonnées par les moines tao-shu. Le tigre ne revint pas, mais le lendemain matin, lorsqu'ils reprirent leur marche, ils virent ses empreintes sur la neige étincelante et entendirent au loin l'écho de ses rugissements sur les cimes.

*

Quelques jours plus tard, Tensing lança une exclamation de joie et indiqua un étroit canyon entre deux versants à pic de la montagne. C'étaient deux parois de roche noire, polies par des millions d'années d'érosion et de glace. Ils entrèrent dans le canyon avec les plus grandes précautions, car ils marchaient sur des roches détachées et il y avait des trous profonds. Avant de poser le pied, ils devaient vérifier la fermeté du terrain à l'aide de leurs perches.

Tensing lança une pierre dans un gouffre, si vertigineux qu'ils ne l'entendirent pas toucher le fond. Audessus, le ciel se voyait à peine, tel un ruban bleu entre les brillantes parois rocheuses. Un chœur de gémissements terrifiants vint à leur rencontre.

« Par chance, nous ne croyons ni aux fantômes ni aux démons, n'est-ce pas ? commenta le lama.

— Serait-ce mon imagination qui me fait entendre ces hurlements ? demanda le jeune homme, la peau hérissée d'épouvante.

— C'est peut-être le vent, qui passe par ici comme l'air passe dans une trompette. »

Ils avaient parcouru un bon bout de chemin lorsqu'ils furent assaillis par une puanteur d'œuf pourri.

« Du soufre, expliqua le maître.

— Je ne peux pas respirer, hoqueta Dil Bahadur en se bouchant le nez.

— Peut-être convient-il d'imaginer que c'est un parfum de fleurs, suggéra Tensing.

— De tous les parfums, le plus doux est celui de la vertu, récita le jeune homme en souriant.

— Alors, imagine que celui-ci est le doux parfum de la vertu », répliqua le lama en riant à son tour.

Le passage était long d'environ un mille, mais il leur fallut deux heures pour le franchir. En certains endroits, il était si étroit qu'ils devaient avancer de côté entre les rochers, étourdis par l'air raréfié, mais ils n'hésitèrent pas, car le parchemin indiquait clairement qu'il existait une sortie. Ils virent des niches creusées dans les parois, où s'entassaient des têtes de mort et de très longs os, certains d'apparence humaine.

« Ce doit être le cimetière des yétis », commenta Dil Bahadur.

Un souffle d'air humide et chaud comme ils n'en avaient jamais respiré annonça la fin du canyon.

Tensing fut le premier à déboucher du défilé dans la vallée, suivi de près par son disciple. Lorsque Dil Bahadur vit le paysage qui s'étalait devant lui, il eut l'impression d'avoir été propulsé sur une autre planète. Si la fatigue de son corps ne lui avait pas autant pesé et si son estomac n'avait pas été aussi retourné par l'odeur du soufre, il aurait pensé qu'il avait fait un voyage astral.

« Et voilà : la Vallée des Yétis », annonça le lama.

Devant eux s'étendait un plateau volcanique. Des plaques d'âpre végétation vert-de-gris, d'épais arbustes et de gros champignons de formes et de couleurs variées poussaient de tous côtés. Il y avait des ruisseaux et des flaques d'eau bouillonnantes, d'étranges formations rocheuses; du sol jaillissaient de hautes colonnes de fumée blanche. Une brume délicate flottait dans l'air, effaçant les contours dans le lointain et donnant à la vallée un aspect de chimère. Les visiteurs eurent la sensation de se trouver hors de la réalité, comme s'ils étaient entrés dans une autre dimension. Après avoir supporté tant de jours le froid intense en traversant les montagnes, cette vapeur tiède était un véritable régal pour les sens, malgré l'odeur nauséabonde qui persistait encore, quoique moins forte que dans le canyon.

« Autrefois, certains lamas soigneusement sélectionnés pour leur résistance physique et leur force spirituelle faisaient ce voyage une fois tous les vingt ans afin de cueillir des plantes médicinales qui ne poussent nulle part ailleurs », expliqua Tensing.

Il ajouta qu'en 1950 le Tibet avait été envahi par les Chinois, qui avaient détruit plus de six mille monastères et fermé ceux qui restaient. La plupart des lamas étaient partis en exil dans d'autres pays, comme l'Inde et le Népal, portant les enseignements de Bouddha aux quatre coins de la terre. Au lieu d'en finir avec le bouddhisme, comme le désiraient les envahisseurs chinois, ils avaient obtenu exactement l'inverse : le répandre dans le monde entier. Cependant, un grand nombre de connaissances médicales, de même que les pratiques psychiques des lamas, étaient en train de disparaître.

« Après avoir fait sécher les plantes, on les écrasait et on les mélangeait à d'autres ingrédients. Un gramme de ces poudres peut être plus précieux que tout l'or du monde, Dil Bahadur, expliqua le maître.

— Nous ne pourrons pas emporter beaucoup de plantes. Dommage que nous n'ayons pas un yack avec nous, commenta le plus jeune.

— Crois-tu, Dil Bahadur, qu'un yack traverserait de son plein gré les précipices en équilibre sur une perche ? Nous emporterons ce que nous pourrons. »

Ils entrèrent dans la mystérieuse vallée et bientôt virent des formes qui ressemblaient à des squelettes. Le lama apprit à son disciple qu'il s'agissait d'os pétrifiés d'animaux antérieurs au déluge universel. S'étant mis à quatre pattes, il commença à chercher sur le sol, jusqu'à ce qu'il trouve une pierre obscure tachetée de rouge.

« Ça, c'est de l'excrément de dragon, Dil Bahadur. Il a des propriétés magiques.

— Je ne dois pas croire tout ce que j'entends, n'est-ce pas, maître ? répliqua le jeune homme.

— Non, mais peut-être peux-tu me croire dans ce cas », dit le lama en lui donnant l'échantillon.

Le prince hésita. L'idée de toucher cela ne le séduisait guère.

« Il est pétrifié, dit Tensing en riant. Il peut guérir des os cassés en quelques minutes. Une pincée moulue et dissoute dans de l'alcool de riz peut te transporter dans n'importe laquelle des étoiles qui brillent au firmament. »

Le petit morceau que Tensing venait de découvrir avait un minuscule orifice dans lequel le lama passa une cordelette qu'il attacha autour du cou de Dil Bahadur.

« C'est une sorte de cuirasse qui a le pouvoir de dévier certains métaux. Des flèches, des couteaux et autres armes tranchantes ne pourront te blesser.

— Mais peut-être suffit-il d'une dent infectée, d'une chute sur la glace ou d'un jet de pierre sur la tête pour me tuer... dit le jeune homme en riant.

— Nous mourrons tous, c'est la seule certitude, Dil Bahadur. »

*

Le lama et le prince s'installèrent près d'une fumerolle chaude, prêts à passer une nuit confortable pour la première fois depuis plusieurs jours, grâce à la chaleur de l'épaisse colonne de vapeur. Ils avaient préparé du thé avec l'eau d'une source thermale proche. L'eau sortait en bouillonnant et, lorsque les bulles éclataient, elle prenait une pâle teinte lavande. La source alimentait un ruisseau fumant, sur les rives duquel poussaient des fleurs charnues, violettes.

Le moine dormait rarement. Il s'asseyait en position de lotus, les yeux mi-clos, et se reposait ainsi, réparant son énergie. Il avait la faculté de rester absolument immobile, contrôlant mentalement sa respiration, sa pression sanguine, les pulsations de son cœur et sa température, si bien que son corps entrait en état d'hibernation. Avec la même facilité qu'il gagnait un repos absolu, en cas d'urgence il pouvait bondir avec la rapidité de l'éclair, tous ses puissants muscles prêts à la défense. Dil Bahadur avait essayé de l'imiter pendant des années, sans y parvenir. Brisé de fatigue, il s'endormit dès qu'il eut posé la tête par terre.

Le prince se réveilla au milieu d'un chœur de grognements effroyables. A peine eut-il ouvert les yeux et vu ceux qui l'entouraient, il se dressa comme un ressort, atterrissant debout, genoux pliés et bras tendus, en position d'attaque. La voix calme du maître le paralysa à l'instant où il se préparait à frapper.

« Du calme. Ce sont les yétis. Envoie-leur de l'affection et de la compassion, comme au tigre », murmura le lama.

Ils étaient au milieu d'une horde d'êtres repoussants, d'un mètre cinquante de haut, entièrement couverts d'un pelage blanc hirsute et immonde, avec de longs bras, des jambes courtes et arquées terminées par d'énormes pieds de singe. Dil Bahadur supposa que les empreintes de ces grands pieds étaient à l'origine de la légende. Mais alors, à qui appartenaient les longs os et les têtes de mort gigantesques qu'ils avaient vus dans le tunnel ?

La faible taille de ces êtres ne diminuait en rien la férocité de leur aspect. Leurs visages aplatis et velus semblaient presque humains, mais avec une expression bestiale ; les yeux étaient petits et rougeâtres ; les oreilles pointues, semblables à celles d'un chien ; les dents longues et effilées. Entre deux grognements, ils tiraient leur langue d'un bleu violet intense, qui s'enroulait à la pointe comme celle d'un reptile. Leur poitrine était couverte d'une cuirasse en cuir tachée de sang séché, attachée sur les épaules et à la taille. Ils brandissaient des gourdins menaçants et des pierres tranchantes, mais malgré leurs armes et en dépit du fait qu'ils les dépassaient largement en nombre, ils restaient à une distance prudente. Le jour commençait à poindre et la lumière de l'aube donnait à la scène, enveloppée dans une brume épaisse, un ton de cauchemar.

Tensing se mit debout avec lenteur, afin de ne pas provoquer de réaction chez ses attaquants. Comparés à ce géant, les yétis paraissaient encore plus petits et contrefaits. L'aura du maître n'avait pas changé, elle était toujours aussi blanche et dorée, ce qui indiquait sa parfaite sérénité, tandis que l'aura de la plupart de ces êtres était terne, vacillante, dans des teintes terreuses, laissant percevoir la maladie et la crainte.

Le prince devina la raison pour laquelle ils ne les avaient pas attaqués tout de suite : ils semblaient attendre quelqu'un. Quelques minutes plus tard, il vit s'avancer une silhouette beaucoup plus grande que les autres, bien qu'elle fût courbée par l'âge. Elle était de la même espèce que les yétis, mais une fois et demie plus grande. Si elle avait pu se redresser, elle aurait eu la taille de Tensing, mais à son grand âge s'ajoutait une bosse qui lui déformait le dos et l'obligeait à se déplacer le buste parallèle au sol. A la différence des autres yétis, qui n'étaient vêtus que de leurs longs poils immondes et de cuirasses, elle était parée de colliers de dents et d'os, portait une cape en peau de tigre toute râpée et un bâton tordu à la main.

On ne pouvait appliquer à cette créature le nom de femme, bien qu'elle fût de sexe féminin ; elle n'était pas non plus humaine, bien que ce ne fût pas exactement un animal. Son pelage clairsemé avait disparu en plusieurs endroits, révélant une peau squameuse et rosée, semblable à la queue d'un rat. Elle était couverte d'une impénétrable croûte de graisse, de sang séché, de boue et de crasse qui exhalait une odeur insupportable. Ses ongles étaient des griffes noires et ses rares dents bougeaient et dansaient chaque fois qu'elle soufflait. De son nez gouttait un mucus verdâtre. Ses yeux chassieux brillaient au milieu des mèches de poils hirsutes qui couvraient son visage. Les yétis s'écartèrent avec respect sur son passage ;

à l'évidence, c'était elle qui commandait ; elle devait être la reine ou la sorcière de la tribu.

Surpris, Dil Bahadur vit que son maître se mettait à genoux devant la sinistre créature, joignait les mains devant son visage et récitait le salut habituel du Royaume interdit : « Que le bonheur soit sur vous. »

« *Tampo kachi*, dit-il.

— Grr-ympr », rugit-elle en postillonnant.

A genoux, Tensing arrivait à la hauteur de la vieille voûtée et ils pouvaient ainsi se regarder dans les yeux. Dil Bahadur imita le lama, bien que dans cette position il ne pût se défendre des yétis, qui continuaient à brandir leurs gourdins. Du coin de l'œil il estima qu'il y en avait dix ou douze autour de lui, et qui sait combien d'autres dans les environs.

Le chef de la tribu lança une série de bruits gutturaux et aigus qui, combinés, ressemblaient à un langage. Dil Bahadur eut l'impression de l'avoir déjà entendu, mais il ne savait où. Il ne comprenait pas un seul mot, bien que les sons lui fussent familiers. Sur-le-champ, tous les yétis s'agenouillèrent aussi et se mirent à frapper leur front contre le sol, mais sans lâcher leurs armes, hésitant entre ce salut cérémonieux et l'envie de les massacrer avec leurs massues.

La vieille yéti imposait le calme à tous les autres, tandis qu'elle répétait le grognement qui résonnait comme Grr-ympr. Les visiteurs supposèrent que ce devait être son nom. Tensing écoutait très attentivement, tandis que Dil Bahadur faisait un effort pour capter au niveau télépathique ce que pensaient ces créatures, mais dans leurs esprits s'entremêlaient des visions incompréhensibles. Il prêta attention à ce qu'essayait de leur communiquer la sorcière, qui semblait plus évoluée que les autres. Plusieurs images se formèrent dans son cerveau. Il vit de petits animaux poilus semblables à des lapins blancs s'agiter dans des convulsions, puis devenir tout raides. Il vit des cadavres et des ossements ; il vit plusieurs yétis qui en poussaient d'autres vers les fumerolles bouillantes ; il vit du sang, de la mort, de la brutalité, de la terreur.

« Attention, maître, ils sont très sauvages, balbutia le jeune homme.

— Peut-être sont-ils plus effrayés que nous, Dil Bahadur », répliqua le lama.

Grr-ympr adressa un geste aux autres yétis qui baissèrent enfin leurs gourdins, tandis qu'elle avançait, faisant signe au prince et à son maître de venir. Ils la suivirent, flanqués des yétis, entre les hautes colonnes de vapeur et les eaux thermales vers des cavités naturelles qui s'ouvraient dans le sol volcanique. Sur le chemin ils virent plusieurs yétis, tous assis ou couchés par terre, qui ne firent pas mine d'approcher.

La lave ardente de quelque très ancienne éruption volcanique avait refroidi en surface au contact de la glace et de la neige, mais en dessous elle avait longtemps continué à avancer à l'état liquide. Ainsi s'étaient formés des grottes et des tunnels souterrains, dont les yétis avaient fait leurs demeures. A certains endroits la croûte de lave s'était craquelée, et par les trous entrait la lumière. La plupart de ces cavernes étaient si basses et si étroites que Tensing ne pouvait y pénétrer, mais il y régnait une température agréable, car dans les parois persistait le souvenir de la chaleur de la lave, et les eaux chaudes des fumerolles circulaient dans le sous-sol. Ainsi les yétis se défendaient-ils du climat; autrement, il leur aurait été impossible de passer l'hiver.

Dans les cavernes il n'y avait aucune espèce d'objet, hormis des peaux infectes auxquelles adhéraient encore des morceaux de chair séchée. Horrifié, Dil Bahadur comprit que certaines de ces peaux provenaient des yétis eux-mêmes, sans doute arrachées aux cadavres. Les autres étaient des peaux de *chegnos*, des animaux inconnus dans le reste du monde que les yétis gardaient dans des enclos faits de rochers et de neige. Plus petits que les yacks, les *chegnos* avaient des cornes tordues, comme celles des béliers. Les yétis utilisaient leur viande, leur graisse, leur peau, mais aussi leurs excréments séchés, qui leur servaient de combustible. Sans ces nobles animaux, qui mangeaient très peu et résistaient aux températures les plus basses, les yétis n'auraient pu survivre.

*

« Nous allons rester quelques jours ici, Dil Bahadur. Essaie d'apprendre la langue des yétis, dit le lama.

— Pourquoi, maître? Jamais plus nous n'aurons l'occasion de la parler.

— Moi non, sans doute, mais toi peut-être », répliqua Tensing.

Peu à peu ils se familiarisèrent avec les sons qu'émettaient ces créatures. Avec les mots appris et en lisant dans l'esprit de Grr-ympr, Tensing et Dil Bahadur prirent connaissance de la tragédie que vivaient ces êtres : il naissait de moins en moins d'enfants et très peu survivaient. Quant au sort des adultes, il n'était guère plus enviable. Chaque génération était plus petite et plus chétive que la précédente, la durée de vie avait raccourci de façon dramatique et seuls quelques rares individus avaient encore la force d'effectuer les tâches indispensables, comme l'élevage des *chegnos*, la récolte des plantes et la chasse pour se nourrir. C'était là un châtiment des dieux ou des démons qui vivaient dans les montagnes, les assura Grr-ympr. Elle expliqua que les yétis avaient essayé de les apaiser par des sacrifices, mais la mort de plusieurs victimes, qui furent dépecées ou jetées dans l'eau bouillante des fumerolles, n'avait pas mis fin au maléfice divin.

Grr-ympr avait beaucoup vécu. Son autorité lui venait de sa mémoire et de son expérience, que personne d'autre ne possédait. La tribu lui attribuait des pouvoirs surnaturels, et avait espéré pendant deux générations qu'elle s'entendrait avec les dieux, mais sa magie n'avait été d'aucune utilité pour annuler le sortilège et sauver son peuple d'une extinction prochaine. Grr-ympr fit comprendre qu'elle avait plusieurs fois invoqué les dieux et que maintenant, enfin, ils se présentaient : dès qu'elle avait vu Tensing et Dil Bahadur, elle avait su que c'étaient eux. C'est pourquoi les yétis ne les avaient pas attaqués.

Voilà tout ce que communiqua l'esprit de la pauvre vieille aux visiteurs.

« Lorsque ces êtres sauront que nous ne sommes pas des dieux mais de simples êtres humains, je ne crois pas qu'ils seront très contents, observa le prince.

— Peut-être... mais comparés à eux, et malgré nos infinies faiblesses, nous sommes des demi-dieux », dit le lama avec un sourire.

Grr-ympr se souvenait de l'époque où les yétis étaient grands, lourds et protégés par un pelage si épais qu'ils pouvaient survivre aux intempéries dans la région la plus haute et la plus froide de la planète. Les os que les visiteurs avaient vus dans le canyon étaient ceux de leurs ancêtres, les yétis géants. Ils les y conservaient avec respect, bien que plus personne ne s'en souvînt, à part elle. Grr-ympr était une enfant lorsque la tribu avait découvert la vallée des eaux chaudes, où la température était supportable et l'existence plus facile, parce qu'il y poussait de la végétation et qu'il y avait quelques animaux à chasser, tels que des rats et des chèvres, outre les *chegnos*.

La sorcière se rappelait aussi avoir déjà vu les dieux une fois dans sa vie, semblables à Tensing et Dil Bahadur, qui étaient venus chercher des plantes dans la vallée. En échange des plantes qu'ils avaient emportées, ils leur avaient transmis des connaissances précieuses qui avaient amélioré les conditions de vie des yétis. Ils leur avaient appris à domestiquer les *chegnos* et à cuire leur viande, bien que plus personne aujourd'hui n'eût la force de frotter des pierres pour faire du feu. Ils dévoraient cru ce qu'ils parvenaient à chasser et si la faim était trop grande, en dernier recours, ils tuaient des *chegnos* ou mangeaient les cadavres d'autres yétis. Les lamas leur avaient en outre appris à se distinguer par un nom propre. Dans la langue des yétis, Grr-ympr voulait dire « femme sage ».

Il y avait longtemps qu'aucun dieu n'avait fait son apparition dans la vallée, leur fit savoir Grr-ymp par télépathie. Tensing calcula que cela faisait au moins cinquante ans, à l'époque où la Chine avait envahi le Tibet, qu'aucune expédition n'était venue ramasser de plantes médicinales. Les yétis ne vivaient pas longtemps et aucun, sauf la vieille sorcière, n'avait vu des êtres humains, mais dans la mémoire collective perdurait la légende des lamas savants.

*

Tensing s'assit dans une caverne plus grande que les autres, la seule où il put entrer à quatre pattes, qui servait sans doute de lieu de réunion, une sorte de salle du conseil. Dil Bahadur et Grr-ympr prirent place à ses côtés, et peu à peu les yétis arrivèrent, certains si faibles qu'ils pouvaient à peine se traîner par terre. Ceux qui les avaient reçus en brandissant des pierres et des gourdins étaient les guerriers de ce groupe pathétique ; ils restèrent dehors pour monter la garde, sans lâcher leurs armes.

Les yétis défilèrent l'un après l'autre, une vingtaine au total, sans compter la douzaine de guerriers. Pour la plupart, il s'agissait de femelles et, à en juger par leurs poils et leurs dents, elles paraissaient jeunes, mais très malades. Tensing examina chacune d'elles avec un grand respect, pour ne pas les effaroucher. Les cinq dernières amenèrent leurs bébés, les seuls encore vivants. Ils n'avaient pas l'aspect répugnant des adultes : on aurait dit des petits singes en peluche, blancs et désarticulés. Ils étaient faibles, ne soutenaient ni leur tête ni leurs membres, gardaient les yeux fermés et respiraient à peine.

Emu, Dil Bahadur vit que ces êtres à l'aspect bestial aimaient leurs nourrissons comme n'importe quelle mère. Elles les tenaient tendrement dans leurs bras, les reniflaient et les léchaient, les mettaient au sein pour les nourrir et criaient d'angoisse en constatant qu'ils ne réagissaient pas.

« C'est très triste, maître. Ils sont mourants, observa le jeune homme.

— La vie est pleine de souffrances. Notre mission est de les soulager, Dil Bahadur », répliqua Tensing.

La lumière était si médiocre dans la caverne, et l'odeur tellement insupportable, que le lama leur fit comprendre qu'ils devaient sortir à l'air libre. C'est là que se réunit la tribu. Grr-ympr exécuta quelques pas de danse autour des bébés malades, faisant tinter ses colliers d'os et de dents, poussant des cris à faire se dresser les cheveux sur la tête. Les yétis l'accompagnèrent par un chœur de gémissements.

Sans tenir compte du vacarme des lamentations qui s'élevaient autour de lui, Tensing se pencha sur les enfants. Dil Bahadur vit changer l'expression de son maître, comme cela lui arrivait chaque fois qu'il activait ses pouvoirs de guérison. Le lama souleva l'un des plus petits bébés, qui tenait aisément dans la paume de sa main, et il l'ausculta soigneusement. Puis, s'approchant de l'une des mères avec des gestes amicaux pour l'apaiser, il examina quelques gouttes de son lait.

« Qu'arrive-t-il à ces enfants ? demanda le prince.

— Il est possible qu'ils soient en train de mourir de faim, dit Tensing.

— De faim ? Leurs mères ne les nourrissent donc pas ? »

Tensing lui expliqua que le lait des femelles yétis était

un liquide jaunâtre et transparent. Aussitôt il appela les guerriers, qui refusèrent d'approcher jusqu'à ce que Grr-ympr leur grognât un ordre : le lama les examina eux aussi, s'attardant en particulier sur leur langue violette. La seule qui n'avait pas la langue de cette couleur était la vieille Grr-ympr. Sa bouche était un trou malodorant et obscur qui donnait peu envie de l'observer de très près, mais Tensing n'était pas homme à reculer devant les obstacles.

« Tous les yétis sont atteints de malnutrition, sauf Grr-ympr, qui est la seule à présenter les symptômes d'un grand âge. Je pense qu'elle doit avoir une centaine d'années, conclut le lama.

— Qu'est-ce qui a changé dans la vallée pour qu'ils manquent de nourriture ? demanda le disciple.

— Peut-être ont-ils assez d'aliments, mais ils sont malades et n'assimilent pas ce qu'ils consomment. Les bébés n'ont que le lait maternel, qui ne les nourrit pas, il est comme de l'eau, c'est pourquoi ils meurent à quelques semaines ou quelques mois. Les adultes ont plus de ressources parce qu'ils mangent de la viande et des plantes, mais quelque chose les a affaiblis.

— C'est pour cela qu'ils ont peu à peu diminué de taille et qu'ils meurent jeunes, ajouta Dil Bahadur.

— Peut-être. »

Dil Bahadur leva les yeux au ciel : l'imprécision des propos de son maître le mettait parfois hors de lui.

« Ça, c'est un problème des deux dernières générations, car Grr-ympr se souvient de l'époque où les yétis étaient aussi grands qu'elle. A ce train-là, ils auront probablement disparu dans quelques années, dit le jeune homme.

— Peut-être », répliqua pour la centième fois le lama, qui pensait à autre chose, et il ajouta que Grr-ympr se souvenait aussi de l'époque où ils étaient venus s'installer dans cette vallée. Cela signifiait qu'il y avait là quelque chose de nuisible, quelque chose qui était en train de détruire les yétis.

« Ce doit être ça !... Pouvez-vous les sauver, maître ?

— Peut-être... »

Le moine ferma les yeux et pria pendant quelques minutes, demandant de l'inspiration pour résoudre le problème et de l'humilité pour comprendre que le résultat n'était pas entre ses mains. Il ferait de son mieux, mais il n'avait aucun contrôle sur la vie et la mort.

Sa brève méditation terminée, Tensing se lava les mains, et tout de suite après se dirigea vers l'un des enclos, y choisit une femelle *chegno* et se mit à la traire. Il remplit son écuelle de lait tiède et écumeux et l'apporta là où se trouvaient les enfants. Il trempa un bout de tissu dans le lait et le mit dans la bouche de l'un d'eux. Tout d'abord, celui-ci ne réagit pas, mais au bout de quelques secondes l'odeur du lait le ranima et il commença à sucer faiblement le chiffon. Par gestes, le lama fit comprendre aux mères de l'imiter.

Le processus consistant à apprendre aux yétis à traire les *chegnos* et à alimenter les bébés goutte à goutte fut lent et laborieux. Les yétis n'avaient qu'une capacité très réduite de raisonnement, mais ils parvenaient à assimiler à force de répétition. Le maître et le disciple y passèrent toute la journée, et le soir même ils purent constater les résultats, lorsque pour la première fois trois enfants se mirent à pleurer. Le lendemain ils pleuraient tous les cinq en réclamant du lait, et bientôt ils ouvrirent les yeux et se mirent à bouger.

Dil Bahadur se sentait aussi fier que s'il avait eu lui-même l'idée de la solution, mais Tensing ne prenait pas de repos. Il devait trouver une explication. Il étudia chacun des aliments que les yétis portaient à leur bouche sans trouver la cause de la maladie, jusqu'à ce que lui-même et son disciple commencent à avoir mal au ventre et à vomir de la bile. Eux ne mangeaient que de la *tsampa*, leur aliment habituel de farine d'orge, de beurre et d'eau chaude. Ils n'avaient pas goûté à la viande de *chegno* que les yétis leur avaient offerte, car ils étaient végétariens.

« Quelle est la seule chose différente que nous ayons mangée, Dil Bahadur ? demanda le maître, tandis qu'il préparait une tisane digestive pour tous les deux.

— Rien, maître, répliqua le jeune homme, pâle comme un mort.

— Il doit y avoir quelque chose, insista Tensing.

— Nous ne nous sommes nourris que de *tsampa*, rien d'autre... » murmura le jeune homme.

Tensing lui fit passer le bol de tisane et Dil Bahadur, plié en deux par la douleur, le porta à sa bouche. Il ne parvint pas à avaler le liquide, qu'il recracha sur la neige.

« L'eau, maître ! C'est l'eau chaude ! »

En temps normal, pour préparer leur *tsampa* et leur thé, ils faisaient bouillir de l'eau ou de la neige, mais dans la vallée ils avaient utilisé l'eau bouillante de l'une des sources thermales qui jaillissaient du sol.

« Voilà, maître, ce qui empoisonne les yétis », insista le prince.

Ils les avaient vus utiliser l'eau couleur lavande de la source thermale pour préparer une soupe de champignons, d'herbes et de fleurs violettes, qui constituait la base de leur alimentation. Avec les années, Grr-ympr avait perdu l'appétit ; elle ne se nourrissait que de viande crue tous les deux ou trois jours et se mettait des poignées de neige dans la bouche pour étancher sa soif. Cette même eau thermale, qui devait contenir des minéraux toxiques, ils l'avaient, eux, utilisée pour leur thé. Au cours des heures qui suivirent, ils l'évitèrent totalement et les douleurs qui les tourmentaient tellement s'apaisèrent. Pour s'assurer qu'ils avaient trouvé la cause du problème, le lendemain Dil Bahadur fit du thé avec l'eau suspecte et le but. Bientôt il vomissait, heureux cependant de voir sa théorie vérifiée.

Le lama et son disciple informèrent Grr-ympr, avec une infinie patience, qu'il ne fallait absolument pas boire l'eau chaude couleur lavande ni consommer les fleurs violettes qui poussaient sur la rive du ruisseau. On pouvait se baigner dans l'eau thermale, mais pas la boire ni l'utiliser pour la préparation des repas, lui dirent-ils. Ils ne se donnèrent pas la peine de lui expliquer qu'elle contenait des minéraux toxiques, car la vieille yéti n'aurait pas compris ; il suffisait que les yétis respectent leurs instructions. Grr-ympr facilita leur tâche. Elle rassembla ses sujets et leur annonça la nouvelle loi : celui qui boit de cette eau sera précipité dans les fumerolles, compris ? Tous comprirent.

La tribu aida Tensing et Dil Bahadur à cueillir les plantes médicinales dont ils avaient besoin. Pendant la semaine qu'ils passèrent dans la Vallée des Yétis, les visiteurs constatèrent que les enfants reprenaient jour après jour des forces, et que les adultes retrouvaient les leurs au fur et à mesure que s'estompait la couleur violette de leur langue.

Grr-ympr en personne les accompagna quand arriva le moment du départ. Elle les regarda s'acheminer vers le canyon par où ils étaient arrivés, et après quelques hésitations, car même à ces dieux elle craignait de révéler le secret des yétis, elle leur indiqua de la suivre dans la direction opposée. Le lama et le prince marchèrent derrière elle pendant plus d'une heure par un étroit sentier qui serpentait entre les colonnes de vapeur et les lacs d'eau bouillante, laissant derrière eux le village primitif des yétis.

La sorcière les guida jusqu'à l'extrémité du petit plateau, elle leur montra une ouverture dans la montagne et leur apprit que les yétis sortaient par là, de temps en temps, à la recherche de nourriture. Tensing parvint à comprendre ce qu'elle leur disait : c'était un tunnel naturel qui raccourcissait le chemin. La vallée mystérieuse était bien plus proche de la civilisation qu'on ne le supposait. Le parchemin que possédait Tensing indiquait la seule route connue des lamas, qui était beaucoup plus longue et parsemée d'obstacles, mais il y avait aussi ce passage secret. D'après sa situation, Tensing comprit que ce tunnel descendait directement à l'intérieur de la montagne et sortait avant Chenthan Dzong, le monastère en ruine. Il leur épargnait les deux tiers du chemin.

Grr-ympr leur fit ses adieux par la seule marque d'affection qu'elle connaissait : elle leur lécha le visage et les mains, les laissant trempés de salive et de mucus.

Dès que l'horrible sorcière eut fait demi-tour, Dil Bahadur et Tensing se roulèrent dans la neige pour se laver. Le maître riait, mais le disciple pouvait à peine dominer son dégoût.

« La seule consolation, c'est que jamais plus nous ne reverrons cette bonne dame, commenta le jeune homme.

— Jamais, cela fait beaucoup de temps, Dil Bahadur. La vie nous réserve peut-être une surprise », répliqua le lama en pénétrant d'un pas décidé dans l'étroit tunnel.

CHAPITRE 2

Trois œufs fabuleux

PENDANT ce temps, à l'autre bout du monde, Alexander Cold débarquait à New York accompagné de sa grand-mère, Kate. Le jeune Américain avait pris la couleur du bois sous le soleil de l'Amazonie. Sa coupe de cheveux, faite par les Indiens, exhibait une tonsure rasée et circulaire au sommet du crâne, où luisait une récente cicatrice. Il avait sur le dos son sac immonde et, dans les mains, une bouteille contenant un liquide laiteux. Kate Cold, aussi hâlée que lui, portait son vieux short kaki et ses godillots couverts de boue. Ses cheveux gris, qu'elle avait coupés elle-même sans prendre la peine de se regarder dans un miroir, lui donnaient l'allure d'un Indien mohican qui vient de se réveiller. Elle était fatiguée, mais ses yeux brillaient derrière ses lunettes fendues, réparées avec du Scotch. Ses bagages comprenaient un tube de près de trois mètres de long et d'autres paquets de grosseur et de forme peu ordinaires.

« Avez-vous quelque chose à déclarer ? » interrogea

l'officier du service d'immigration en jetant un regard désapprobateur sur l'étrange coiffure d'Alex et la dégaine de sa grand-mère.

Il était cinq heures du matin et l'homme avait l'air aussi fatigué que les passagers de l'avion qui venait d'atterrir, en provenance du Brésil.

« Rien. Nous sommes des reporters de l'*International Geographic*. Tout ce que nous rapportons, c'est du matériel de travail, répliqua Kate Cold.

— Fruits, végétaux, aliments ?

— Seulement l'eau de guérison pour soigner ma mère... dit Alex, en montrant la bouteille qu'il avait tenue à la main pendant tout le voyage.

— Ne faites pas attention, officier, ce garçon a beaucoup d'imagination, interrompit Kate.

— Et ça, qu'est-ce que c'est ? demanda le fonctionnaire en montrant le tube.

— Une sarbacane.

— Quoi ?

— C'est une espèce de canne creuse que les Indiens d'Amazonie utilisent pour lancer des flèches empoisonnées avec... » commença à expliquer Alexander, mais sa grand-mère le fit taire d'un coup de pied.

Distrait, l'homme cessa de poser des questions, si bien qu'il ne sut rien du carquois renfermant les pointes de flèches, ni de la calebasse contenant le poison mortel, le curare, qui se trouvait dans un autre paquet.

« Autre chose ? »

Alexander Cold fouilla dans les poches de sa veste pour sortir trois boules de verre.

« Qu'est-ce que c'est ?

— Je crois que ce sont des diamants, expliqua le gamin, et aussitôt il reçut un autre coup de pied de sa grand-mère.

— Des diamants ! Très amusant ! Qu'est-ce que tu as fumé, mon garçon ? » s'exclama l'officier dans un éclat de rire en tamponnant les passeports et leur faisant signe d'avancer.

*

Lorsqu'ils ouvrirent la porte de l'appartement de New York, une bouffée d'air fétide saisit Kate et Alexander à la gorge. La journaliste se frappa le front. Ce n'était pas la première fois qu'elle partait en voyage en laissant les ordures dans la cuisine. Ils entrèrent en se bouchant le nez, titubant. Tandis que Kate s'occupait des bagages, son petit-fils ouvrit les fenêtres et se chargea de la poubelle, sur laquelle flore et faune proliféraient déjà. Lorsque enfin ils eurent réussi à faire entrer le tube contenant la sarbacane dans le minuscule appartement, Kate s'écroula les quatre fers en l'air sur le sofa en poussant un profond soupir. Pas de doute, les années commençaient sérieusement à lui peser.

Alexander sortit les boules de son parka et les posa sur la table. Indifférente, elle leur jeta tout juste un regard. On aurait dit ces presse-papiers en verre qu'achètent les touristes.

« Ce sont des diamants, Kate, l'informa le garçon.

— Bien sûr ! Et moi je suis Marilyn Monroe... répondit la vieille journaliste.

— Qui ?

— Bah ! grogna-t-elle, effrayée par l'abîme qui séparait sa génération de celle de son petit-fils.

— Ce doit être quelqu'un de ton époque, suggéra Alexander.

— Mon époque est celle-ci ! C'est plus mon époque que la tienne. Au moins, je ne vis pas comme toi dans la lune, grommela sa grand-mère.

— Ce sont vraiment des diamants, Kate, insista-t-il.

— Bien sûr, Alexander, ce sont des diamants.

— Pourrais-tu m'appeler Jaguar ? C'est mon animal totémique. Ces diamants ne sont pas à nous, ils appartiennent aux Indiens, aux *Gens de la brume*. J'ai promis à Nadia que nous les utiliserions pour les protéger.

— Oui, oui, oui, marmotta-t-elle sans lui prêter attention.

— Avec ça, nous pourrons financer la fondation que tu pensais créer avec le professeur Leblanc.

— Fiston, j'ai l'impression que le coup qu'ils t'ont asséné sur le crâne t'a rendu un peu marteau », répliqua-t-elle en mettant distraitement les œufs de cristal dans la poche de sa veste.

Au cours des semaines suivantes, l'écrivain aurait l'occasion de réviser ce jugement sur son petit-fils.

*

Kate garda les œufs de cristal en sa possession pendant deux semaines, les oubliant complètement, jusqu'à ce qu'en déplaçant sa veste d'une chaise l'un d'eux tombe, lui écrasant les orteils d'un pied. A ce moment, son petit-fils Alexander était de retour chez ses parents, en Californie. L'écrivain eut plusieurs jours le pied endolori et les pierres dans sa poche, jouant distraitement avec elles dans la rue. Un matin, étant passée prendre un café au bar du coin, elle oublia l'un des diamants sur le comptoir en partant. Le patron, un Italien qui la connaissait depuis vingt ans, la rattrapa au coin de la rue.

« Kate ! Tu as laissé ta boule de verre ! » lui cria-t-il en la lui lançant par-dessus la tête de quelques passants.

Elle l'attrapa au vol et continua son chemin en pensant qu'il était temps de faire quelque chose au sujet de ces œufs. Sans intention précise, elle se dirigea vers la rue des joailliers, où se trouvait la boutique de son ancien amoureux, Isaac Rosenblat. Quarante ans plus tôt, ils avaient failli se marier, mais Joseph Cold était apparu et avait séduit Kate en lui jouant un concert de flûte. Kate était persuadée que la flûte était magique. Rapidement, Joseph Cold était devenu l'un des musiciens les plus célèbres au monde. « C'est cette flûte que mon idiot de petit-fils a laissée en Amazonie ! » pensa Kate furieuse. Elle avait vigoureusement tiré les oreilles d'Alexander pour avoir perdu le magnifique instrument de musique de son grand-père.

*

Isaac Rosenblat était un pilier de la communauté israélite, riche, respecté et père de six enfants. C'était l'une de ces personnes d'humeur égale, qui remplissent leur devoir sans faire de chichis, l'âme en paix ; mais quand il vit entrer Kate Cold dans sa boutique, il se sentit plonger dans un cloaque de souvenirs. En un instant il redevint le jeune homme timide qui avait aimé cette femme avec le désespoir du premier amour. En ce temps-là, c'était une jeune fille à la peau de porcelaine et à la chevelure rousse indomptée ; maintenant, elle avait plus de rides qu'un parchemin et des cheveux gris coupés à coups de ciseaux qui se dressaient sur sa tête comme les crins d'un écouvillon.

« Kate ! Tu n'as pas changé, jeune fille, je te reconnaîtrais au milieu d'une foule... murmura-t-il tout ému.

— Ne mens pas, vieux fripon, répliqua-t-elle en souriant, flattée malgré elle, et lâchant son sac qui alla s'écraser sur le sol comme un sac de pommes de terre.

— Tu es venue me dire que tu t'es trompée et me demander pardon de m'avoir laissé planté, le cœur brisé, c'est ça ? se moqua le joaillier.

— C'est vrai, je me suis trompée, Isaac. Mariée, je ne vaux rien. Mon mariage avec Joseph Cold n'a pas fait long feu, mais au moins nous avons eu un fils, John. Maintenant, j'ai trois petits-enfants.

— J'ai appris que Joseph était mort, je suis vraiment désolé. J'ai toujours été jaloux de lui, et je ne lui ai pas pardonné de m'avoir enlevé ma fiancée, mais j'achetais quand même tous ses disques. J'ai toute la collection de ses concerts. C'était un génie... » dit le joaillier en proposant à Kate de s'asseoir sur un sofa en cuir brun et en s'installant à côté d'elle. « Ainsi donc, te voilà veuve maintenant, ajouta-t-il en l'examinant avec tendresse.

— Ne te fais pas d'illusions, je ne suis pas venue me faire consoler. Ni non plus acheter des bijoux. Ils ne vont pas avec mon style, répliqua Kate.

— C'est ce que je vois, nota Isaac Rosenblat, en regardant du coin de l'œil le pantalon tout fripé, les bottes de combat et le sac d'excursionniste étalé par terre.

— Je veux te montrer des morceaux de verre », dit-elle en sortant les œufs de son gilet.

Par la fenêtre entrait la lumière du matin, qui vint frapper de plein fouet les objets que la femme tenait dans ses paumes. Un éclat insoutenable aveugla un instant Isaac Rosenblat, lui portant un coup au cœur. Il était issu d'une famille de joailliers. Entre les mains de son grand-père étaient passées des pierres précieuses provenant des tombes des pharaons égyptiens ; des mains de son père étaient sortis des diadèmes destinés à des impératrices ; ses mains à lui avaient démonté les rubis et les émeraudes des tsars de Russie assassinés pendant la révolution bolchevique. Personne n'en savait plus que lui sur les joyaux, et rares étaient les pierres qui parvenaient à l'émouvoir, mais il avait devant ses yeux quelque chose de si prodigieux qu'il se sentit pris de vertige. Sans dire un mot il saisit les œufs, les porta à son bureau et les examina à la loupe sous un bon éclairage. Lorsqu'il eut vérifié que sa première impression était la bonne, il soupira profondément, sortit un mouchoir blanc de batiste et s'épongea le front.

« Où as-tu volé ça, jeune fille ? lui demanda-t-il d'une voix tremblante.

— Ça vient d'un endroit lointain appelé la Cité des Bêtes.

— Tu me fais marcher ? demanda le joaillier.

— Je te promets que non. Ça vaut quelque chose, Isaac ?

— Ça vaut quelque chose, oui. Disons qu'avec ça tu peux t'acheter un petit pays, murmura le joaillier.

— Tu es sûr ?

— Ce sont les diamants les plus gros et les plus parfaits que j'aie jamais vus. Où étaient-ils ? Il est impossible qu'un trésor comme celui-ci soit passé inaperçu. Je connais toutes les pierres importantes qui existent, Kate, mais je n'ai jamais entendu parler de celles-ci.

— Demande qu'on nous apporte un café et un verre de vodka, Isaac. Maintenant, installe-toi confortablement, car je vais te raconter une histoire intéressante », répliqua Kate Cold.

C'est ainsi que le brave homme apprit qu'une adolescente brésilienne, guidée par un rêve et par un sorcier nu, avait escaladé une montagne mystérieuse dans le haut Orénoque, où elle avait trouvé ces pierres dans un nid d'aigle. Kate lui raconta comment la fillette avait donné cette fortune à Alexander, son petit-fils, en le chargeant d'une mission : les utiliser pour aider une certaine tribu d'Indiens, les *Gens de la brume*, qui vivait encore à l'âge de pierre. Isaac Rosenblat écouta poliment, sans croire un mot de cette histoire sans queue ni tête. Même un parfait idiot ne pouvait avaler de telles sornettes, conclut-il. Son ancienne fiancée était sûrement impliquée dans un trafic très louche, ou alors elle avait découvert une mine fabuleuse. Il savait que Kate ne le lui avouerait jamais. Libre à elle, c'était son droit, soupira-t-il encore.

« Je vois que tu ne me crois pas, Isaac, marmotta l'extravagante journaliste en s'envoyant une autre gorgée de vodka dans le gosier pour calmer un accès de toux.

— Je suppose que tu es d'accord avec moi sur le fait que c'est une histoire peu banale, Kate...

— Et je ne t'ai encore rien dit sur les Bêtes, des géants velus et puants qui...

— Ça va Kate, je ne crois pas avoir besoin de plus de détails, l'interrompit le joaillier, exténué.

— Je dois convertir ces cailloux en un capital pour la fondation. J'ai promis à mon petit-fils qu'ils seraient utilisés pour protéger les *Gens de la brume,* c'est ainsi que s'appellent les Indiens invisibles et...

— Invisibles ?

— Ils ne sont pas exactement invisibles, Isaac, mais c'est tout comme. C'est comme un truc de magie. Nadia Santos dit que...

— Qui est Nadia Santos ?

— La fille qui a découvert les diamants, je te l'ai dit. Tu m'aideras, Isaac ?

— Je t'aiderai à condition que ce soit légal, Kate. »

Et c'est ainsi que l'honorable Isaac Rosenblat devint le gardien des trois pierres merveilleuses ; qu'il se chargea de les changer en espèces sonnantes et trébuchantes ; qu'il en investit le capital avec sagesse ; et qu'il guida également Kate Cold pour la création de la Fondation Diamant. Il lui conseilla de nommer président l'anthropologue Ludovic Leblanc, mais de garder le contrôle de l'argent entre ses mains. C'est en outre ainsi qu'il renoua avec elle une amitié endormie pendant quarante ans.

« Sais-tu que moi aussi je suis veuf, Kate ? lui confessa-t-il ce soir-là lorsqu'ils sortirent dîner ensemble.

— Je suppose que tu n'as pas l'intention de te déclarer, Isaac. Il y a longtemps que je n'ai pas lavé les chaussettes d'un mari et je n'ai aucune intention de le faire à présent », dit l'écrivain en riant.

Ils portèrent un toast aux diamants.

*

Quelques mois plus tard, Kate se trouvait devant son ordinateur, sans autre vêtement sur son corps sec qu'un tee-shirt tout troué qui lui arrivait à mi-cuisses et laissait à découvert ses genoux noueux, ses jambes striées de veines et de cicatrices, ses pieds fermes de marcheuse. Au-dessus de sa tête les hélices d'un ventilateur tournaient dans un vrombissement de frelons, sans parvenir à rendre plus supportable la chaleur suffocante de New York en été. Depuis déjà un certain temps – seize ou dix-sept ans – l'écrivain envisageait la possibilité de faire installer l'air conditionné dans son appartement, mais elle n'avait jamais trouvé le temps de s'en occuper. La sueur trempait ses cheveux et ruisselait dans son dos tandis que ses doigts tapaient furieusement sur le clavier. Elle savait qu'il suffisait d'effleurer les touches, mais elle était un animal d'habitude, et c'est pourquoi elle les écrasait, comme elle le faisait autrefois sur sa vieille machine à écrire.

D'un côté de l'ordinateur était posé un pichet de thé glacé à la vodka, un mélange explosif dont l'invention faisait sa fierté. De l'autre côté reposait sa pipe de marin éteinte. Elle s'était résignée à fumer moins, parce que sa toux ne la laissait pas en paix, mais elle gardait la pipe bourrée, pour la compagnie : l'odeur du tabac noir réconfortait son âme. « A soixante-cinq ans, il y a peu de vices qu'une sorcière comme moi peut se permettre », pensait-elle. Elle n'était disposée à renoncer à aucun de ces vices, mais si elle n'arrêtait pas de fumer ses poumons allaient exploser.

Depuis six mois, Kate passait tout son temps à mettre sur pied la Fondation Diamant qu'elle avait créée avec le fameux anthropologue Ludovic Leblanc que, soit dit en passant, elle considérait comme son ennemi. Elle détestait ce genre de travail, mais si elle ne le faisait pas, son petit-fils Alexander ne le lui pardonnerait jamais. « Je suis une personne d'action, un reporter de voyages et d'aventures, pas une bureaucrate », soupirait-elle entre deux gorgées de thé à la vodka.

Outre batailler avec la mise en place de la fondation, elle avait dû faire deux fois le voyage à Caracas pour témoigner dans le procès contre Mauro Carías et le docteur Omayra Torres, les responsables de la mort de centaines d'indigènes infectés par la variole. Mauro Carías n'assistait pas au procès : devenu un légume, il résidait dans une clinique privée. Il eût mieux valu pour lui que le coup de gourdin asséné par les Indiens l'eût expédié dans l'autre monde.

Les choses se compliquaient pour Kate Cold, car la revue *International Geographic* l'avait chargée d'écrire un reportage sur le Royaume du Dragon d'or. Il ne lui était plus possible de continuer à remettre le voyage, parce qu'on pouvait le proposer à un autre reporter, mais avant de partir elle devait guérir sa toux. Ce petit pays serti entre les sommets de l'Himalaya avait un climat très changeant et traître; la température pouvait varier de trente degrés en quelques heures. Bien sûr, l'idée de consulter un médecin ne lui était pas venue à l'esprit. Elle ne l'avait jamais fait dans sa vie et ce n'était pas maintenant qu'elle allait commencer; elle avait la pire opinion des professions rémunérées à l'heure. Elle, elle était payée au mot. Il lui semblait évident qu'il ne convenait à aucun médecin qu'un patient soit guéri, c'est pourquoi elle préférait les remèdes faits maison. Elle avait une foi inébranlable dans une écorce d'arbre rapportée d'Amazonie et qui devait laisser ses poumons comme neufs. Un chaman centenaire du nom de Walimaï lui avait assuré que l'écorce servait pour les maladies du nez et de la bouche. Kate la pulvérisait dans un mixeur, puis elle diluait la poudre dans son thé-vodka, afin d'en atténuer le goût amer, et en buvait toute la journée avec une grande détermination. Le remède n'avait pas encore donné de résultats, expliquait-elle au même instant au professeur Ludovic Leblanc par courrier électronique.

Rien ne rendait Cold et Leblanc plus heureux que de se détester mutuellement, et ils ne perdaient pas une occasion de le démontrer. Les prétextes ne leur manquaient pas, étant inévitablement unis par la Fondation Diamant dont il était le président et elle, la trésorière. Le travail en commun pour la fondation les obligeait à communiquer presque chaque jour et ils le faisaient par courrier électronique pour ne pas avoir à entendre leurs voix au téléphone. Ils s'arrangeaient pour se voir le moins possible.

Comme l'avait exigé Alexander, la Fondation Diamant avait été créée pour protéger les tribus d'Amazonie en général et les *Gens de la brume* en particulier. Le professeur Ludovic Leblanc était en train d'écrire un pavé scientifique sur la tribu et sur son rôle personnel dans cette aventure, même si, en réalité, les Indiens avaient été miraculeusement sauvés du génocide non par lui, Leblanc, mais par Alexander Cold et son amie brésilienne, Nadia Santos. Lorsqu'elle se remémorait ces semaines passées dans la jungle, Kate ne pouvait s'empêcher de sourire. A l'époque où ils avaient entrepris ce voyage en Amazonie, son petit-fils était un gamin dorloté et à leur retour, un peu plus tard, il était devenu un homme. Il fallait bien le reconnaître, Alexander – ou Jaguar, comme il s'était mis en tête qu'on l'appelât désormais – avait fait preuve d'un grand courage. Kate était fière de lui. La fondation existait grâce à Alex et Nadia ; sans eux, le projet ne serait toujours que de simples paroles : c'étaient eux qui l'avaient financé.

*

Au début, le professeur voulait que l'organisation s'appelle Fondation Ludovic Leblanc, parce qu'il était sûr que son nom attirerait la presse et d'éventuels bienfaiteurs ; mais Kate ne l'avait pas laissé achever sa phrase.

« Vous devrez passer sur mon cadavre avant de mettre le capital apporté par mon petit-fils à votre nom, Leblanc », l'avait-elle interrompu.

L'anthropologue avait dû se résigner, car c'était elle qui disposait des trois fabuleux diamants de l'Amazonie. Comme le joaillier Rosenblat, Ludovic Leblanc ne croyait pas lui non plus un seul mot de l'histoire de ces pierres fabuleuses. Des diamants dans un nid d'aigle ? Et puis quoi encore ! Il soupçonnait le guide César Santos, le père de Nadia, d'avoir accès à une mine secrète en pleine jungle, où la jeune fille avait obtenu les pierres. Il caressait le rêve de retourner en Amazonie et de convaincre le guide de partager ces richesses avec lui. C'était un rêve absurde, car il se faisait vieux, ses articulations étaient douloureuses et il n'avait plus l'énergie de voyager dans des endroits sans air conditionné. De plus, il était très occupé par l'écriture de son œuvre maîtresse.

Il lui paraissait impossible de se concentrer sur son importante mission avec son maigre salaire de professeur. Son bureau était un trou insalubre au quatrième étage d'un immeuble décrépit, sans ascenseur, une honte. Si au moins Kate Cold avait été un peu plus généreuse avec le budget... Quelle femme désagréable ! pensait l'anthropologue. Impossible de traiter avec elle. Le président de la Fondation Diamant devait travailler avec style. Il avait besoin d'une secrétaire et d'un bureau décent ; mais cette avare de Kate ne lui lâchait pas un sou de plus que ce qui était strictement nécessaire pour les besoins des tribus. Justement, tous deux discutaient à ce moment, par courrier électronique, à propos d'une voiture qui lui paraissait, à lui, indispensable. Se déplacer en métro était une perte de temps précieux, qui serait mieux employé au service des Indiens et de la forêt, expliquait-il. Sur son écran à elle se formaient peu à peu les phrases de Leblanc : *je ne demande rien de spécial, Cold, il ne s'agit pas d'une limousine avec chauffeur, mais seulement d'une petite voiture transformable...*

La sonnerie du téléphone retentit, mais l'écrivain l'ignora : elle ne voulait pas perdre le fil des arguments percutants qu'elle avait l'intention d'asséner à Leblanc, mais le téléphone continua à sonner jusqu'à l'exaspérer. Furieuse, elle saisit le combiné d'un geste brusque, en ronchonnant contre l'insolent qui l'interrompait dans son travail intellectuel.

« Allô grand-mère, salua joyeusement la voix de l'aîné de ses petits-enfants depuis la Californie.

— Alexander ! s'exclama-t-elle ravie de l'entendre, mais sur-le-champ elle se contrôla – qu'il n'aille surtout pas s'imaginer qu'il lui manquait. Ne t'ai-je pas dit mille fois de ne pas m'appeler grand-mère ?

— Il était également convenu que tu m'appelles Jaguar, répliqua le garçon imperturbable.

— Tu n'as même pas les moustaches d'un jaguar, tu es un pauvre chat pelé.

— Toi, en revanche, tu es la mère de mon père, aussi est-il légal que je t'appelle grand-mère.

— As-tu reçu mon cadeau ? le coupa-t-elle.

— Il est merveilleux, Kate ! »

Il l'était vraiment. Alexander venait d'avoir seize ans et la poste lui avait apporté une énorme caisse venant de New York qui contenait le cadeau de sa grand-mère. Kate Cold s'était défaite de l'un de ses biens les plus précieux : la peau d'un python de plusieurs mètres de long, celui-là même qui quelques années plus tôt, en Malaisie, avait avalé son appareil photo. Le trophée était à présent accroché, comme unique décoration, dans la chambre d'Alexander. Des mois auparavant, dans un accès d'angoisse dû à la maladie de sa mère, le garçon avait mis tout le mobilier en pièces. Seuls avaient été sauvés un matelas à moitié éventré, pour dormir, et une torche pour lire la nuit.

« Comment vont tes sœurs ?

— Andrea n'entre pas dans ma chambre parce qu'elle a horreur de la peau de serpent, mais Nicole me sert comme une esclave pour que je la laisse y toucher. Elle m'a offert tout ce qu'elle a en échange du python, mais je ne le donnerai jamais à personne.

— Je l'espère bien. Et comment va ta mère ?

— Bien mieux, pour tout dire elle est retournée à ses pinceaux et ses peintures. Tu sais, Walimaï, le chaman, m'a dit que j'ai le pouvoir de guérir et que je dois l'utiliser correctement. Je n'ai plus l'intention de devenir musicien, comme je l'avais pensé, mais médecin. Qu'est-ce que tu en dis ? demanda Alex.

— Je suppose que tu crois que c'est toi qui as guéri ta mère... dit sa grand-mère en riant.

— Ce n'est pas moi qui l'ai guérie, mais l'eau de guérison et les plantes médicinales que j'ai rapportées d'Amazonie...

— Et aussi la chimiothérapie et les rayons, l'interrompit-elle.

— Nous ne saurons jamais ce qui l'a guérie. D'autres patients qui ont reçu le même traitement dans le même hôpital sont déjà morts, alors que ma mère est en pleine rémission. Cette maladie est traîtresse, elle peut revenir à tout instant, mais je crois que les plantes que m'a données le chaman Walimaï et l'eau merveilleuse pourront la garder en bonne santé.

— Les ramener t'a coûté assez d'efforts, commenta Kate.

— J'y ai presque laissé ma vie...

— Ça, ce ne serait rien ; tu y as laissé la flûte de ton grand-père, le coupa-t-elle.

— Tes égards pour ma santé sont émouvants, se moqua Alexander.

— Enfin ! On ne peut plus rien y faire. Je suppose que je dois te poser des questions sur ta famille...

— C'est aussi la tienne et je ne crois pas que tu en aies d'autre. Au cas où cela t'intéresserait, nous revenons peu à peu à une vie de famille normale. Les cheveux de maman repoussent, tout frisés et gris. Elle était plus belle rasée, l'informa son petit-fils.

— Je me réjouis que Lisa soit en bonne voie de guérison. Je l'aime beaucoup, c'est une excellente artiste peintre, admit Kate Cold.

— Et une excellente mère... »

Il y eut une pause de plusieurs secondes sur la ligne, le temps pour Alexander de rassembler tout son courage et d'exposer le motif de son appel. Il expliqua qu'il avait économisé de l'argent, parce qu'il avait travaillé pendant le semestre en donnant des cours de musique et comme serveur dans une pizzeria. Son intention avait été de réparer ce qu'il avait cassé dans sa chambre, mais il avait changé d'avis.

« Je n'ai pas le temps d'écouter tes plans financiers. Viens-en au fait, qu'est-ce que tu veux ? lui enjoignit sa grand-mère.

— A partir de demain je serai en vacances...

— Et alors ?

— J'ai pensé que si je payais mon billet tu pourrais peut-être m'emmener avec toi lors de ton prochain voyage. Ne m'as-tu pas dit que tu allais partir dans l'Himalaya ? »

Un nouveau silence, glacial, accueillit sa question. Kate Cold faisait un effort terrible pour contrôler la satisfaction qui l'envahissait : tout s'organisait selon ses plans. Si elle l'avait invité, son petit-fils aurait opposé une foule d'arguments, comme lorsqu'il avait été question du voyage en Amazonie, mais de cette façon l'initiative venait de lui. Elle était si sûre qu'Alexander partirait avec elle qu'elle lui avait préparé une surprise.

« Tu es là, Kate ? demanda timidement Alexander.

— Bien sûr. Où veux-tu que je sois ?

— Tu peux au moins y penser ?

— Eh bien ! Moi qui croyais que les jeunes ne pensaient qu'à fumer de l'herbe et à dénicher une fille par Internet... commenta-t-elle entre ses dents.

— Ça, c'est un peu plus tard, Kate, j'ai seize ans et mon budget ne me permet même pas un rendez-vous virtuel, dit Alexander en riant, et il ajouta : Je crois t'avoir prouvé que je suis un bon compagnon de voyage. Je ne te dérangerai absolument pas et je peux t'aider. Tu n'as plus l'âge de voyager seule...

— Mais que dis-tu là, morveux !

— Je veux dire... bon, je peux porter tes bagages par exemple. Je peux aussi prendre des photos.

— Crois-tu que l'*International Geographic* publierait tes photos ? Timothy Bruce et Joel González viendront, les photographes qui sont venus avec nous en Amazonie.

— González est guéri ?

— Ses côtes brisées sont réparées, mais il a toujours peur. Timothy Bruce le soigne comme une mère.

— Moi aussi je m'occuperai de toi comme une mère. Dans l'Himalaya, un troupeau de yacks peut t'écraser. De plus, l'oxygène y est rare, tu peux avoir une crise cardiaque, supplia son petit-fils.

— Je n'ai pas l'intention de donner à Leblanc le plaisir de mourir avant lui, marmotta-t-elle, et elle ajouta : Mais je vois que tu connais un peu cette région.

— Tu ne t'imagines pas tout ce que j'ai lu à ce sujet. Puis-je venir avec toi ? S'il te plaît !

— C'est bon, mais je ne t'attendrai pas une seule minute. Nous nous retrouvons à l'aéroport John F. Kennedy jeudi prochain, nous embarquerons à vingt et une heures pour Londres et de là pour New Delhi. Tu as compris ?

— Je serai là, je te le promets !

— Emporte des vêtements chauds. Plus nous monterons en altitude, plus il fera froid. Tu auras sûrement l'occasion de faire de l'escalade, aussi tu peux emporter ton équipement de grimpeur.

— Merci, merci, grand-mère ! s'exclama le garçon tout ému.

— Si tu m'appelles encore une fois grand-mère, je ne t'emmène nulle part ! » répliqua Kate en raccrochant le téléphone et en éclatant de son rire de hyène.

CHAPITRE 3

Le Collectionneur

À UNE TRENTAINE de pâtés de maisons du minuscule appartement de Kate Cold, au dernier étage d'un gratte-ciel en plein cœur de Manhattan, le deuxième homme le plus riche du monde, qui avait fait fortune en volant les idées de ses subalternes et de ses associés dans l'industrie informatique, s'entretenait au téléphone avec quelqu'un qui se trouvait à Hong Kong. Les deux personnes ne s'étaient jamais vues et ne se verraient jamais.

Le multimilliardaire se faisait appeler « le Collectionneur » ; quant à la personne de Hong Kong, elle était simplement « le Spécialiste ». Le premier ne connaissait pas l'identité du second. Entre autres mesures de sécurité, tous deux avaient sur leur téléphone un dispositif qui déformait la voix et un autre qui empêchait de retrouver leur numéro. Cette conversation ne serait donc enregistrée nulle part et personne, même le FBI avec ses systèmes d'espionnage les plus sophistiqués au monde, ne pourrait savoir en quoi consistait la transaction secrète conclue entre ces deux personnes.

Le Spécialiste obtenait tout ce qu'on voulait, à condition d'y mettre le prix. Il pouvait assassiner le président de la Colombie, mettre une bombe dans un avion de la Lufthansa, acquérir la couronne royale d'Angleterre, enlever le pape ou substituer le tableau de Mona Lisa au musée du Louvre. Il n'avait nul besoin de promouvoir ses services, car il ne manquait jamais de travail, au contraire ; ses clients devaient souvent attendre des mois sur une liste avant que ne vienne leur tour. Sa manière d'opérer était toujours la même : le client déposait sur un compte un montant à six chiffres – non remboursable –, puis il attendait patiemment tandis que les renseignements le concernant étaient soigneusement vérifiés par l'organisation criminelle.

Quelque temps après, le client recevait la visite d'un agent, en général quelqu'un d'aspect anodin, par exemple une jeune étudiante à la recherche d'informations pour une thèse, ou un prêtre représentant une institution de bienfaisance. L'agent lui posait des questions pour vérifier en quoi consistait la mission, puis il disparaissait. Au premier rendez-vous, on ne parlait pas du prix, car il allait de soi que si le client avait besoin de savoir à combien se montait le coût du service, il ne pouvait sûrement pas le payer. Plus tard, le contrat était conclu par un appel téléphonique du Spécialiste lui-même. Cet appel pouvait provenir de n'importe quel coin de la planète.

Le Collectionneur avait quarante-deux ans. C'était un homme de taille moyenne et d'allure ordinaire, aux épaules tombantes, qui portait de grosses lunettes ; une calvitie précoce le faisait paraître beaucoup plus âgé. Il s'habillait avec peu de soin, ses rares cheveux paraissaient toujours graisseux et il avait la mauvaise habitude de curer son nez avec le doigt lorsqu'il était concentré dans ses pensées, ce qui était la plupart du temps le cas. Il avait été un enfant solitaire et complexé, de santé délicate, sans amis, et si brillant qu'il s'ennuyait à l'école. Ses compagnons le détestaient, parce qu'il avait toujours les meilleures notes sans effort, et ses professeurs non plus ne pouvaient pas le sentir, parce qu'il se montrait pédant et en savait toujours plus qu'eux. Il avait commencé sa carrière à quinze ans, en montant des ordinateurs dans le garage de son père. A vingt-trois ans il était millionnaire et, grâce à son intelligence et à son absence absolue de scrupules, à trente ans la fortune amassée sur ses comptes personnels dépassait le budget total des Nations unies.

Enfant, il avait collectionné, comme presque tout le monde, des timbres et des pièces de monnaie ; dans sa jeunesse, ce furent des voitures de course, des châteaux médiévaux, des terrains de golf, des banques et des reines de beauté ; à présent, la maturité venant, il avait entrepris une collection d'« objets rares ». Il les gardait cachés dans des cryptes blindées dispersées sur cinq continents, afin qu'en cas de cataclysme sa précieuse collection ne périsse pas tout entière. L'inconvénient de cette méthode, c'est qu'elle ne lui permettait pas de se promener au milieu de ses trésors et de jouir simultanément de tous ; pour les contempler, il devait se déplacer d'un lieu à un autre dans son jet privé, mais en réalité il n'éprouvait pas souvent le besoin de le faire. Il lui suffisait de savoir qu'ils existaient, qu'ils étaient sous bonne garde, et qu'ils lui appartenaient. Ce n'était pas un sentiment d'amour artistique pour ce butin qui le motivait, mais la cupidité pure et simple.

Entre autres choses d'une valeur inestimable, le Collectionneur possédait le plus ancien manuscrit de l'humanité, le véritable masque funéraire de Toutankhamon (celui du musée est une copie), le cerveau d'Einstein coupé en petits morceaux et flottant dans un bouillon de formol, les textes originaux d'Averroès écrits de sa main, une peau humaine entièrement couverte de tatouages du cou jusqu'aux pieds, des cailloux provenant de la Lune, une bombe nucléaire, l'épée de Charlemagne, le journal secret de Napoléon Bonaparte, plusieurs os de sainte Cécile et la formule du Coca-Cola.

Le multimilliardaire essayait maintenant d'acquérir l'un des trésors les plus rares au monde, dont peu de gens connaissaient l'existence et auquel un seul être vivant avait accès. Il s'agissait d'un dragon d'or incrusté de pierres précieuses, qui depuis mille huit cents ans n'avait été vu que par les monarques couronnés d'un petit royaume indépendant perdu dans les montagnes et vallées de l'Himalaya. Le dragon était entouré de mystère, protégé par un maléfice ainsi que par des mesures de sécurité anciennes et fort complexes. Aucun livre ou guide touristique ne le mentionnait ; mais un certain nombre de gens avaient entendu parler de lui et le Musée britannique en conservait une description. Il existait également un dessin sur un vieux parchemin qu'un général avait découvert dans un monastère, lorsque la Chine avait envahi le Tibet. Cette brutale occupation militaire avait contraint plus d'un million de Tibétains à fuir vers le Népal et l'Inde, parmi eux le Dalaï-Lama, la plus haute figure spirituelle du bouddhisme.

Avant 1950, le prince héritier du Royaume du Dragon d'or recevait une instruction particulière, dès six ans et jusqu'à vingt ans, dans ce monastère du Tibet. C'est là que pendant des siècles avaient été conservés les parchemins sur lesquels étaient décrites les propriétés de cet objet de même que la façon de l'employer, que le prince devait étudier. D'après la légende, il ne s'agissait pas uniquement d'une statue, mais d'un prodigieux objet de divination, que seul le roi couronné avait le droit d'utiliser pour résoudre les problèmes de son royaume. Le dragon pouvait prédire depuis les variations climatiques, qui déterminaient la qualité des récoltes, jusqu'aux intentions belliqueuses des pays voisins. Grâce à cette mystérieuse information et à la sagesse de ses gouvernants, ce royaume minuscule était parvenu à maintenir une paisible prospérité et une féroce indépendance.

*

Pour le Collectionneur, le fait que la statue fût en or n'avait que peu d'importance, vu qu'il disposait de tout l'or qu'il désirait. Seules l'intéressaient les propriétés magiques du dragon. Il avait payé une fortune au général chinois pour le parchemin volé, qu'il avait ensuite fait traduire, sachant que la statue ne lui servirait à rien sans le mode d'emploi. Les petits yeux de rat du multimilliardaire brillaient derrière ses épaisses lunettes lorsqu'il pensait à la manière dont il pourrait contrôler l'économie mondiale dès qu'il aurait cet objet entre les mains. Il connaîtrait les fluctuations du marché des valeurs avant que celles-ci ne se produisent, ce qui lui permettrait de devancer ses concurrents et de multiplier ses milliards. Ça l'ennuyait énormément de n'être que le deuxième homme le plus riche au monde.

Le Collectionneur apprit qu'au cours de l'invasion chinoise, lorsque le monastère avait été détruit et plusieurs moines assassinés, le prince héritier du Royaume du Dragon d'or, déguisé en paysan, avait réussi à s'enfuir par les pistes de montagne, et qu'il avait rejoint le Népal d'où il était retourné, toujours incognito, dans son pays.

Les lamas tibétains n'avaient pu achever la formation du jeune homme, mais son père, le roi, avait personnellement veillé à son éducation. Cependant, il ne lui avait pas été possible de le préparer aux excellentes pratiques mentales et spirituelles que lui-même avait reçues. Quand les Chinois avaient attaqué le monastère, les moines n'avaient pas encore ouvert sur le front du prince l'œil qui devait le rendre capable de voir l'aura des personnes, de déterminer leur caractère ainsi que leurs intentions. Il n'avait pas été non plus bien entraîné à l'art de la télépathie qui permettait de lire les pensées. Son père ne pouvait rien lui transmettre de cela, mais à la mort de ce dernier, le prince avait dignement occupé le trône. Il possédait une profonde connaissance des enseignements de Bouddha et, au fil du temps, avait prouvé qu'il possédait la combinaison adéquate d'autorité pour gouverner, de sens pratique pour rendre justice et de spiritualité pour ne pas se laisser corrompre par le pouvoir.

Le père de Dil Bahadur venait juste d'avoir vingt ans

lorsqu'il accéda au trône et beaucoup pensèrent qu'il ne serait pas capable de gouverner comme d'autres monarques de ce pays ; dès le début cependant, le nouveau roi avait fait preuve de maturité et de sagesse. Le Collectionneur apprit que le monarque était sur le trône depuis plus de quarante ans et que son gouvernement s'était caractérisé comme dispensateur de paix et de bien-être.

Le souverain du Royaume du Dragon d'or refusait les influences de l'étranger, surtout de l'Occident, qu'il considérait comme une culture matérialiste et décadente, très dangereuse pour les valeurs qui avaient toujours régné dans son pays. La religion officielle de l'Etat était le bouddhisme, et il était décidé à maintenir les choses en l'état. Chaque année était réalisée une enquête pour mesurer l'indice de bonheur national ; celui-ci ne consistait pas en l'absence de problèmes, la plupart étant inévitables, mais dans l'attitude compatissante et spirituelle de ses habitants. Le gouvernement n'encourageait pas le tourisme, n'admettant chaque année qu'un nombre très limité de visiteurs qualifiés. Pour cette raison, les entreprises touristiques évoquaient ce pays sous le nom de « Royaume interdit ».

La télévision, installée récemment, n'émettait que quelques heures par jour et uniquement les programmes que le roi jugeait inoffensifs, comme les sports, la science et les dessins animés. Le costume national était obligatoire et les vêtements occidentaux interdits dans les lieux publics. Cela avait été l'une des revendications les plus pressantes des étudiants de l'université, qui mouraient d'envie de porter des jeans américains et des chaussures de sport, mais sur ce point comme sur bien d'autres le roi restait inflexible. Il bénéficiait d'ailleurs de l'appui inconditionnel du reste de la population, qui était fière de ses traditions et ne s'intéressait pas aux coutumes étrangères.

Le Collectionneur savait peu de chose du Royaume du Dragon d'or ; il se fichait éperdument de ses richesses historiques ou géographiques, et n'avait aucune intention de le visiter un jour. Cela ne lui posait non plus aucun problème de s'emparer de la statue magique : pour l'obtenir, il était prêt à payer une fortune au Spécialiste. Si cet objet pouvait prédire l'avenir, comme on le lui avait assuré, il serait en mesure de réaliser son rêve le plus cher : devenir l'homme le plus riche du monde, le numéro un.

La voix déformée de son interlocuteur de Hong Kong lui confirma que l'opération était en cours et qu'il pouvait en attendre les résultats d'ici trois à quatre semaines. Bien que le client n'ait rien demandé, le Spécialiste lui communiqua le prix de ses services, si absurdement élevé que le Collectionneur se leva d'un bond.

« Et si vous échouez ? voulut savoir le deuxième individu le plus riche au monde après s'être calmé, observant attentivement son index au bout duquel était collée la substance jaunâtre qu'il venait d'extraire de son nez.

— Je n'échoue jamais », répondit laconiquement le Spécialiste.

*

Ni le Spécialiste ni son client n'imaginaient qu'à cet instant Dil Bahadur, le plus jeune fils du monarque du

Royaume du Dragon d'or, désigné pour lui succéder au trône, résidait avec son maître dans sa « maison » de la montagne : une grotte, en réalité, dont l'accès était dissimulé par un paravent naturel de rochers et d'arbustes, située sur une espèce de terrasse ou de balcon au flanc de la montagne. Le moine l'avait choisie parce qu'elle était pratiquement inaccessible sur trois de ses côtés, et qu'on ne pouvait la découvrir qu'à condition de connaître l'endroit.

Tensing avait vécu plusieurs années en ermite dans cette grotte, dans le silence et la solitude, jusqu'à ce que les souverains du Royaume interdit lui confient leur fils pour qu'il le prépare. L'enfant vivrait avec lui jusqu'à vingt ans, temps pendant lequel son maître devait en faire un gouvernant parfait, grâce à un entraînement si rigoureux que très peu d'êtres humains y résisteraient. Mais tout l'entraînement du monde n'aurait pu obtenir les résultats attendus si Dil Bahadur n'avait été doué d'une intelligence supérieure et d'un cœur irréprochable. Tensing était satisfait, car son disciple avait amplement démontré qu'il possédait l'une et l'autre qualités.

Le prince avait passé douze ans avec le moine, dormant sur des pierres couvert d'une peau de yack, se nourrissant d'une alimentation strictement végétarienne, se consacrant exclusivement à la pratique religieuse, à l'étude et à l'exercice physique. Il était heureux. Il n'aurait échangé sa vie contre aucune autre et voyait avec chagrin approcher le moment où il devrait retourner dans le monde. Pourtant, il se souvenait très bien du sentiment de terreur et de solitude qu'il avait éprouvé à six ans lorsqu'il s'était retrouvé dans un ermitage perdu dans les montagnes avec un inconnu de taille gigantesque, qui l'avait laissé pleurer trois jours durant sans intervenir, jusqu'à ce qu'il ne lui reste plus une larme à verser. Il n'avait plus jamais pleuré. Dès ce jour le géant avait remplacé sa mère, son père et le reste de sa famille ; il était devenu son meilleur ami, son maître, son instructeur de tao-shu, son guide spirituel. C'est de lui qu'il avait appris à peu près tout ce qu'il savait.

Tensing l'avait conduit pas à pas sur le chemin du bouddhisme, il lui avait enseigné l'histoire et la philosophie, il lui avait fait connaître la nature, les animaux et le pouvoir curatif des plantes, il avait développé son intuition et son imagination, il l'avait dressé pour la guerre et, en même temps, lui avait fait découvrir la valeur de la paix. Il l'avait initié aux secrets des lamas et aidé à trouver l'équilibre mental et physique dont il aurait besoin pour gouverner. L'un des exercices que le prince devait réaliser consistait à tirer avec son arc sur la pointe des pieds, un œuf placé sous chaque talon, ou encore accroupi, un œuf coincé derrière chaque genou.

« Non seulement il faut bien viser avec la flèche, Dil Bahadur, mais tu as également besoin de force, de stabilité et d'un contrôle de tous tes muscles, lui répétait patiemment le lama.

— Peut-être vaudrait-il mieux que nous mangions les œufs, honorable maître », soupirait le prince lorsqu'il les écrasait.

La pratique spirituelle était encore plus intense. A dix ans, le garçon entrait en transe et il s'élevait à un plan supérieur de conscience, à onze ans il était capable de communiquer par télépathie et de déplacer des objets sans les toucher, à treize ans il faisait des voyages astraux. Le jour de ses quatorze ans, le maître avait ouvert un orifice sur son front afin qu'il pût voir l'aura. L'opération, consistant à perforer l'os, lui avait laissé une cicatrice circulaire de la taille d'un petit pois.

« Toute matière organique irradie de l'énergie ou aura, un halo de lumière invisible à l'œil humain, sauf chez certaines personnes douées de pouvoirs psychiques. La couleur et la forme de l'aura révèlent bien des choses », lui avait expliqué Tensing.

Trois étés de suite, le lama était parti avec l'enfant vers des villes de l'Inde, du Népal et du Bhoutan, afin qu'il s'entraînât à lire l'aura des gens et des animaux qu'ils rencontraient ; mais jamais il ne l'avait emmené dans les belles vallées et sur les terrasses taillées dans les montagnes de son pays, le Royaume interdit, où il ne retournerait qu'au terme de son éducation.

Dil Bahadur avait appris à utiliser l'œil de son front avec une telle précision qu'à dix-huit ans, l'âge qu'il avait à présent, il pouvait percevoir les propriétés médicinales d'une plante, la férocité d'un animal ou encore l'état émotionnel d'une personne par l'aspect de son aura.

Dans deux ans seulement, le jeune homme aurait vingt ans et le travail de son maître prendrait fin. Alors Dil Bahadur retournerait pour la première fois dans sa famille, puis il irait étudier en Europe, car Tensing ne pouvait lui transmettre nombre de connaissances indispensables dans le monde moderne, dont il aurait besoin pour gouverner son pays.

Tensing se consacrait entièrement à préparer le prince pour qu'il soit un jour un bon roi et puisse déchiffrer les messages du Dragon d'or, se doutant peu qu'à New York vivait un homme cupide qui projetait de l'enlever. Les études étaient si intenses et si compliquées que l'élève perdait parfois patience, mais Tensing, inflexible, l'obligeait à travailler jusqu'à ce que la fatigue les vainquît tous deux.

« Maître, je ne veux pas être roi, déclara Dil Bahadur ce jour-là.

— Peut-être mon élève préfère-t-il renoncer au trône plutôt que d'avoir à apprendre ses leçons, dit Tensing avec un sourire.

— Je souhaite une vie de méditation, maître. Comment pourrai-je atteindre l'illumination au milieu des tentations du monde ?

— Tous ne peuvent être comme moi des ermites. Ton karma est d'être roi. Tu devras atteindre l'illumination par un chemin beaucoup plus difficile que la méditation. Tu devras le faire en servant ton peuple.

— Je ne veux pas vous quitter, maître », dit le prince, la voix brisée.

Le lama fit comme s'il ne voyait pas les yeux humides du jeune homme.

« Le désir et la crainte sont des illusions, Dil Bahadur, ce ne sont pas des réalités. Tu dois pratiquer le détachement.

— Dois-je aussi me détacher de l'affection ?

— L'affection est comme la lumière de midi, elle n'a nul besoin de la présence de l'autre pour se manifester. La séparation entre les êtres est elle aussi illusoire, puisque tout est uni dans l'univers. Nos esprits seront toujours ensemble, Dil Bahadur », expliqua le lama, constatant avec une certaine surprise que lui-même n'était pas impénétrable à l'émotion, car il avait été gagné par la tristesse de son disciple.

Lui aussi voyait avec chagrin s'approcher le moment où il devrait ramener le prince à sa famille, dans le monde et sur le trône du Royaume du Dragon d'or, auquel il était destiné.

CHAPITRE 4

L'Aigle et le Jaguar

L'AVION dans lequel voyageait Alexander Cold atterrit à New York à dix-sept heures quarante-cinq. A cette heure, la chaleur de cette journée de juin ne diminuait toujours pas. Le garçon se souvenait avec bonne humeur de son premier voyage seul dans cette ville quand, à peine sorti de l'aéroport, une fille apparemment inoffensive lui avait volé tout ce qu'il possédait. Comment s'appelait-elle déjà ? Il l'avait presque oublié... Morgana ! C'était un nom de sorcière médiévale. Il lui semblait que des années avaient passé depuis lors, alors qu'en réalité il ne s'était écoulé que six mois. Il avait l'impression d'être une autre personne : il avait grandi, il était davantage sûr de lui et n'avait plus eu de crises de colère ou de désespoir.

La crise familiale était passée : sa mère semblait guérie de son cancer, bien qu'existât toujours la crainte d'une rechute. Son père avait retrouvé le sourire et ses sœurs, Andrea et Nicole, commençaient à mûrir. Quant à lui, il ne se disputait presque plus avec elles; juste ce qu'il fallait pour qu'elles ne l'embêtent pas. Parmi ses amis son prestige avait augmenté de façon notable; même la belle Cecilia Burns, qui l'avait toujours traité comme quantité négligeable, lui demandait à présent de l'aider pour les devoirs de maths. Plus que l'aider, il devait les lui faire entièrement, puis la laisser copier pendant l'examen, mais le sourire radieux de la jeune fille était pour lui une récompense plus que suffisante. Cecilia Burns ébouriffait son éclatante chevelure, et lui rougissait jusqu'aux oreilles. Depuis qu'Alexander était revenu d'Amazonie avec la moitié du crâne rasé, une fière cicatrice et un tas d'histoires incroyables, il était devenu très populaire au lycée; cependant, il ne se sentait plus très à l'aise dans cette atmosphère. Ses amis ne l'amusaient plus autant qu'avant. L'aventure avait réveillé sa curiosité; la petite ville où il avait grandi était un point à peine visible sur la carte du nord de la Californie, où il étouffait; il voulait fuir ces confins et explorer l'immensité du monde.

Son professeur de géographie lui avait proposé de raconter ses aventures à la classe. Alex s'était présenté avec sa sarbacane, mais sans les flèches empoisonnées au curare, car il ne voulait pas provoquer d'accident, et avec les photos où on le voyait en train de nager avec un dauphin dans le Río Negro, de tenir un caïman à mains nues et de dévorer de la viande embrochée sur la pointe d'une flèche. Lorsqu'il avait expliqué que c'était un morceau d'anaconda, le plus grand serpent aquatique connu, la stupeur de ses camarades avait frisé l'incrédulité. Et encore, il ne leur avait pas raconté le plus intéressant : son voyage sur le territoire des *Gens de la brume*, où il avait rencontré des créatures préhistoriques extraordinaires. Il ne leur avait pas parlé non plus de Walimaï, le vieux sorcier qui l'avait aidé à trouver l'eau de guérison pour sa mère, parce qu'ils auraient pensé qu'il était fou. Il avait tout soigneusement noté dans son journal, car il avait l'intention d'écrire un livre. Il avait même déjà le titre : son livre s'appellerait *La Cité des dieux sauvages*.

Jamais il ne parlait de Nadia Santos – Aigle, comme il l'appelait. Sa famille savait qu'il avait laissé une amie en Amazonie, mais seule Lisa, sa mère, devinait la profondeur de cette relation. Aigle était plus importante pour lui que tous ses amis réunis, y compris Cecilia Burns. Il n'imaginait pas exhiber le souvenir de Nadia à la curiosité d'un tas de gamins ignorants, qui ne croiraient jamais que l'adolescente pouvait parler aux animaux et avait découvert trois diamants fabuleux, les plus gros et les plus chers au monde. Il pouvait encore moins mentionner qu'elle avait appris l'art de l'invisibilité. Lui-même avait vu comment les Indiens disparaissaient à volonté, se fondant comme des caméléons dans la couleur et la texture de la forêt; il était impossible de les voir à deux mètres de distance et à la pleine lumière de midi. Il avait bien des fois essayé de le faire, mais n'y avait jamais réussi; en revanche, Nadia le faisait avec autant de facilité que si se rendre invisible fût la chose la plus naturelle qui soit.

Jaguar écrivait presque chaque jour à Aigle, parfois seulement un ou deux paragraphes, d'autres fois davantage. Il accumulait les pages et, tous les vendredis, les envoyait dans une grande enveloppe. Les lettres mettaient plus d'un mois à arriver à Santa María de la Lluvia,

Sainte-Marie-de-la-Pluie, à la frontière du Brésil et du Venezuela, mais les deux amis s'étaient résignés à ces délais. Elle vivait dans un petit village isolé et primitif, où le seul téléphone appartenait à la gendarmerie et où personne n'avait jamais entendu parler du courrier électronique.

Nadia répondait par des notes brèves, péniblement écrites, comme si l'écriture était pour elle une tâche des plus difficiles ; mais quelques phrases sur le papier suffisaient à Alexander pour la sentir à ses côtés, telle une présence réelle. Chacune de ces lettres apportait en Californie un souffle de la forêt, avec son bruit d'eau et son concert d'oiseaux et de singes. Parfois il semblait à Jaguar qu'il percevait clairement l'odeur et l'humidité de la forêt, que s'il tendait la main il pourrait toucher son amie. Sur la première lettre elle l'avertit qu'il devait « lire avec le cœur », de même qu'avant elle lui avait appris à « écouter avec le cœur ». D'après elle, telle était la manière d'entrer en communication avec les animaux ou de comprendre une langue inconnue. Avec un peu de pratique Alexander Cold y parvint ; il découvrit alors qu'il n'avait pas besoin de papier et d'encre pour se sentir en contact avec elle. S'il était seul et en silence, il lui suffisait de penser à Aigle pour l'entendre, mais de toute façon il aimait lui écrire. C'était comme tenir un journal.

*

Lorsque la porte de l'avion s'ouvrit à New York et que les passagers purent enfin étirer leurs jambes au bout de six heures d'immobilité, Alexander sortit en tenant son sac à dos à la main, échauffé et rompu, mais tout heureux à l'idée de revoir sa grand-mère. Il avait perdu son hâle et ses cheveux avaient poussé, couvrant la cicatrice sur son crâne. Il se rappela que lors de sa visite précédente Kate n'était pas venue l'attendre à l'aéroport et qu'il avait été angoissé parce que c'était la première fois qu'il voyageait seul. Il se mit à rire en pensant à sa frayeur en cette occasion. Cette fois, sa grand-mère avait été très claire : ils devaient se retrouver à l'aéroport.

Il vit Kate Cold dès qu'il déboucha du long couloir dans la salle. Elle n'avait pas changé : les mêmes cheveux dressés sur la tête, les mêmes lunettes cassées réparées avec du Scotch, le même gilet aux mille poches pleines d'un tas de choses, le même pantalon large lui arrivant aux genoux et laissant à découvert ses jambes minces et musclées, à la peau craquelée comme de l'écorce d'arbre. La seule chose surprenante fut son expression, habituellement d'une fureur concentrée, mais qui cette fois paraissait joyeuse. Alexander l'avait très rarement vue sourire, bien qu'elle eût l'habitude d'éclater de rire, toujours dans les moments les plus inattendus. Son rire était un aboiement retentissant. A présent, son sourire avait quelque chose qui ressemblait à de la tendresse, bien qu'il fût tout à fait improbable qu'elle fût capable d'un tel sentiment.

« Salut, Kate ! la salua-t-il, quelque peu effrayé à l'idée que sa grand-mère commence à avoir le cerveau ramolli.

— Tu as une demi-heure de retard, lui lança-t-elle en toussant.

— C'est de ma faute », répliqua-t-il, rassuré par le ton : c'était bien sa grand-mère de toujours, le sourire avait été une illusion d'optique.

Alexander la prit par le bras avec le plus de fermeté possible et lui planta un baiser retentissant sur la joue. Elle le repoussa, s'essuya la joue d'un geste brusque et aussitôt l'invita à aller prendre un verre, car ils disposaient de deux heures avant d'embarquer pour Londres et, de là, pour New Delhi. Le garçon lui emboîta le pas en direction du salon réservé aux passagers abonnés. L'écrivain, qui voyageait beaucoup, s'offrait au moins le luxe de profiter de ce service. Kate montra sa carte et ils entrèrent. C'est alors qu'Alex vit, à trois pas de lui, la surprise que sa grand-mère lui avait réservée : Nadia Santos l'attendait.

L'adolescent poussa un cri, lâcha son sac à dos et ouvrit les bras dans un geste impulsif, mais aussitôt il réfréna son élan, honteux. Nadia aussi avait rougi et elle hésita quelques instants, ne sachant quoi faire devant cette personne qui soudain lui parut inconnue. Elle ne se souvenait pas qu'il était aussi grand, et de plus son visage avait changé, ses traits étaient plus anguleux. Mais la joie fut plus forte que la confusion et elle courut se jeter dans les bras de son ami. Alexander constata que Nadia n'avait pas grandi tout au long de ces mois, c'était toujours la même petite fille éthérée, couleur de miel, un bandeau orné d'une plume de perroquet retenant ses cheveux tout bouclés.

Avec une attention exagérée, Kate Cold faisait semblant de lire une revue, attendant au bar sa vodka, tandis que les deux amis, heureux de s'être retrouvés après une trop longue séparation et d'entreprendre ensemble une autre aventure, murmuraient leurs noms totémiques : Jaguar, Aigle...

*

Cela faisait des mois que l'idée d'inviter Nadia pour ce voyage trottait dans la tête de Kate. Elle était restée en contact avec César Santos, le père de la jeune fille, car c'était lui qui supervisait sur le terrain les programmes de la Fondation Diamant pour la préservation de la forêt primaire et des cultures indigènes de l'Amazonie. César Santos connaissait la région comme personne, il était l'homme idéal pour ce travail. Grâce à lui, Kate avait appris que les *Gens de la brume,* dont le chef était la vieille et pittoresque Iyomi, faisaient preuve d'une rapide adaptation aux changements. Iyomi avait décidé d'envoyer quatre jeunes – deux garçons et deux filles – étudier dans la ville de Manaos. Elle voulait que ces jeunes gens apprennent les coutumes des *nahab* – comme ils appelaient tous ceux qui n'étaient pas des Indiens – afin qu'ils servent d'intermédiaires entre les deux cultures.

Tandis que le reste de la tribu continuait à vivre de la chasse et de la pêche dans la forêt, les quatre émissaires furent de but en blanc propulsés dans le vingt et unième siècle. Dès qu'ils se furent habitués à porter des vêtements, eurent acquis un vocabulaire minimum en portugais, ils se lancèrent vaillamment à la conquête de « la magie des *nahab* », à commencer par deux inventions formidables : les allumettes et les autobus. En moins de six mois ils avaient découvert l'existence des ordinateurs, et à l'allure où ils allaient, d'après César Santos, un jour pas très lointain ils pourraient se battre seuls contre les terribles avocats des entreprises qui exploitaient l'Amazonie. Comme disait Iyomi : « Il y a de nombreuses catégories de guerriers. »

Cela faisait un moment que Kate Cold priait César Santos d'envoyer sa fille lui rendre visite. Elle arguait que, tout comme Iyomi avait expédié les jeunes gens étudier à Manaos, il devait faire venir Nadia à New York. L'adolescente avait l'âge de sortir de Santa María de la Lluvia pour voir le monde. C'était une très bonne chose que de vivre dans la nature et de connaître les mœurs des animaux et des Indiens, mais elle devait aussi recevoir une éducation formelle ; deux mois de vacances en pleine civilisation lui feraient le plus grand bien, soutenait l'écrivain. Secrètement, elle espérait que cette séparation temporaire servirait à rassurer César Santos, et peut-être, dans un futur proche, l'homme se déciderait-il à envoyer sa fille étudier aux Etats-Unis.

Pour la première fois de sa vie, Kate Cold était prête à s'occuper de quelqu'un ; elle ne l'avait jamais fait jusque-là, même pour son propre fils, John, qui après le divorce était resté avec son père. Son métier de journaliste, ses voyages, ses habitudes de vieille maniaque et son appartement chaotique n'étaient pas idéals pour recevoir des visites, mais Nadia était un cas spécial. Il lui semblait qu'à treize ans cette gamine en savait beaucoup plus qu'elle-même à soixante-cinq. Elle était certaine que Nadia avait une âme très ancienne.

Kate n'avait bien sûr pas dit un mot de ses projets à son petit-fils Alexander : qu'il n'aille pas se figurer qu'elle devenait sentimentale. Il n'y avait pas un iota de sentimentalisme dans ce cas, raisonnait avec emphase la journaliste ; ses motifs étaient purement pratiques : elle avait besoin de quelqu'un pour mettre de l'ordre dans ses papiers et ses archives, et de plus il y avait un lit de reste dans son appartement. Si Nadia vivait avec elle, elle avait l'intention de la faire travailler comme une esclave; pas question de cajoleries. Cela, ce serait évidemment pour plus tard, lorsqu'elle viendrait habiter chez elle, pas maintenant que ce têtu de César Santos avait finalement accepté de la lui envoyer pour quelques semaines.

*

Kate n'avait pas imaginé que Nadia arriverait sans autres vêtements que ceux qu'elle portait sur elle. Pour tout bagage elle n'avait qu'un gilet, deux bananes et un carton sur le couvercle duquel elle avait percé quelques trous. A l'intérieur voyageait Boroba, le petit singe noir qui l'accompagnait toujours, aussi effrayé qu'elle. Le voyage leur avait paru long. César Santos avait amené sa fille jusqu'à l'avion, où une hôtesse de l'air s'était chargée d'elle jusqu'à New York. Il lui avait collé des bandes adhésives sur les bras, avec les numéros de téléphone et l'adresse de l'écrivain, au cas où elle se perdrait. Il ne fut pas facile ensuite de décoller ces bandes.

Nadia n'avait toujours volé que dans le petit avion déglingué de son père, et elle n'aimait pas cela, car elle craignait l'altitude. Son cœur fit un bond lorsque, à Manaos, elle vit la taille de l'avion commercial et comprit qu'elle devrait rester dedans plusieurs heures. Elle y monta épouvantée et ce ne fut pas tellement mieux pour Boroba. Le pauvre singe, habitué à l'air libre et à la liberté, survécut difficilement à l'enfermement et au bruit des moteurs. Lorsque sa maîtresse souleva le couvercle de la boîte dans l'aéroport de New York, il en bondit comme une flèche, criant et sautant sur les épaules des gens, semant la panique parmi les voyageurs. Il fallut une demi-heure à Nadia et Kate Cold pour le rattraper et le calmer.

Les premiers jours, l'expérience de la vie dans un appartement à New York fut difficile pour Boroba et sa maîtresse, mais ils apprirent bientôt à se situer dans les rues et se firent des amis dans le quartier. Où qu'ils aillent ils attiraient l'attention. Dans cette ville, un singe qui se comportait comme un être humain et une gamine avec des plumes dans les cheveux étaient un spectacle. Les passants lui offraient des friandises et les touristes les prenaient en photo.

« New York est un ensemble de villages, Nadia. Chaque quartier a ses propres caractéristiques. Une fois que tu connaîtras l'Iranien de l'épicerie, le Vietnamien de la laverie, le Salvadorien qui distribue le courrier, l'Italien de la cafétéria qui est mon ami et quelques autres personnes, tu te sentiras comme à Santa María de la Lluvia », lui expliqua Kate, et l'adolescente constata très vite qu'elle avait raison.

L'écrivain s'occupa de Nadia comme d'une princesse, tout en se répétant en son for intérieur qu'il serait toujours temps, à l'avenir, de lui serrer la vis. Tous les après-midi elle l'avait emmenée promener, prendre le thé à l'hôtel Plaza, faire le tour de Central Park en calèche, au sommet des gratte-ciel, à la statue de la Liberté. Elle avait dû lui apprendre comment prendre un ascenseur, monter un escalier mécanique et utiliser les portes tournantes. Elles étaient aussi allées au théâtre et au cinéma, des expériences tout à fait inconnues pour Nadia; mais ce qui l'impressionna le plus, ce fut la glace d'une piste de patinage. Habituée aux tropiques, elle ne se lassait pas d'admirer le froid et la blancheur de la glace.

« Tu en auras bientôt assez de voir de la glace et de la neige, car j'ai l'intention de t'emmener avec moi dans l'Himalaya, lui dit Kate Cold.

— Où est-ce que ça se trouve?

— A l'autre bout du monde. Tu auras besoin de bonnes chaussures, de vêtements chauds et d'un blouson imperméable. »

L'écrivain considéra qu'emmener Nadia au Royaume du Dragon d'or était une excellente idée, ainsi l'adolescente verrait le monde. Elle lui acheta des vêtements chauds, des chaussures de marche et, pour Boroba, un parka de bébé ainsi qu'un sac de voyage spécial pour les mascottes. C'était une mallette noire en filet, qui permettait à l'air d'entrer, mais encore de voir au-dehors. Elle était garnie d'une douce peau d'agneau et pourvue d'un dispositif pour l'eau et la nourriture. Elle acheta aussi des couches. Il ne fut pas facile de les mettre au petit singe, malgré les longues explications de Nadia dans la langue qu'elle partageait avec l'animal. Pour la première fois dans son paisible destin, Boroba mordit un être humain. Kate Cold garda un bandage au bras pendant une semaine, mais le singe apprit à faire ses besoins dans la couche, ce qui était indispensable pour un voyage aussi long que celui projeté.

Kate n'avait pas dit à Nadia qu'Alexander les retrouverait à l'aéroport, voulant leur faire la surprise à tous les deux.

*

Bientôt arrivèrent dans le salon de la ligne aérienne Timothy Bruce et Joel González. Les photographes n'avaient pas vu l'écrivain ni les enfants depuis le voyage en Amazonie. Ils les serrèrent dans leurs bras avec effusion, tandis que Boroba sautait de la tête de l'un sur celle de l'autre, ravi de retrouver ses vieux amis.

Joel González releva son tee-shirt pour montrer avec fierté les traces de la furieuse étreinte de l'anaconda de plusieurs mètres de long qui, dans la forêt, avait failli mettre fin à ses jours. Il lui avait brisé plusieurs côtes et laissé pour toujours la poitrine enfoncée. Pour sa part, Timothy Bruce paraissait presque bel homme, malgré son long visage de cheval ; interrogé par l'implacable Kate, il avoua qu'il avait fait arranger ses dents. A la place de ses grandes dents jaunes et tordues, qui autrefois l'empêchaient de fermer la bouche, il arborait à présent un sourire resplendissant.

A huit heures du soir, tous les cinq embarquèrent pour l'Inde. Le vol était interminable, mais Alexander et Nadia le trouvèrent court : ils avaient tant de choses à se raconter. Ils constatèrent avec soulagement que Boroba se tenait tranquille, blotti comme un bébé sur la peau d'agneau. Tandis que les autres passagers essayaient de trouver le sommeil sur les sièges étroits, eux passèrent le temps à bavarder et à regarder des films.

Les longues jambes de Timothy Bruce entraient à peine dans l'espace réduit de son siège, aussi se levait-il régulièrement pour faire des exercices de yoga dans le couloir et éviter ainsi les crampes. Petit et mince, Joel González était mieux installé. Kate Cold avait sa propre méthode pour les longs voyages : elle prenait deux cachets pour dormir, avec plusieurs rasades de vodka. L'effet était celui d'un coup de massue sur le crâne.

« S'il y a un terroriste avec une bombe dans l'avion, ne me réveillez pas », leur intima-t-elle avant de se couvrir jusqu'au front sous un plaid et de s'enrouler comme une crevette sur son fauteuil.

Trois rangées derrière Nadia et Alexander voyageait un homme aux cheveux longs, tressés de dizaines de fines nattes rassemblées sur la nuque par un cordon de cuir. Il avait au cou un collier de perles et sur la poitrine une petite bourse en peau de chamois attachée par une cordelette noire. Il portait un jean déteint, des bottes à talons très usées et un chapeau texan baissé sur le front, qu'il n'enleva pas pour dormir comme ils le constatèrent plus tard. Il parut aux enfants qu'il n'avait plus l'âge de s'habiller de cette façon.

« Ce doit être un musicien pop », remarqua Alexander.

Nadia ne savait pas de quoi il voulait parler, mais Alexander décida que c'était très difficile à expliquer. Il se promit, à la première occasion, d'exposer à son amie les bases de la musique pop, que se doit de connaître tout adolescent qui se respecte.

Ils estimèrent que l'étrange hippie devait avoir plus de quarante ans, à en juger par les rides qui entouraient ses yeux, sa bouche, et marquaient son visage très basané. Ce que l'on voyait de ses cheveux rassemblés en queue-de-cheval était couleur gris acier. En tout cas, quel que fût son âge, l'homme paraissait en pleine forme physique. Ils l'avaient d'abord vu à l'aéroport de New York, portant un sac en toile et un sac de couchage accroché par une ceinture à son épaule. Puis ils l'avaient aperçu assoupi, le chapeau sur la tête, sur un siège de l'aéroport de Londres, pendant qu'ils attendaient leur vol, et voilà qu'ils le retrouvaient dans le même avion à destination de l'Inde. De loin ils le saluèrent.

Dès que le pilote eut éteint le signal indiquant qu'il fallait garder sa ceinture de sécurité et rester assis, l'homme fit quelques pas dans le couloir, étirant ses muscles. Il s'approcha de Nadia et Alexander et leur sourit. Pour la première fois ils remarquèrent que ses yeux étaient d'un bleu très clair, inexpressifs, comme ceux d'une personne hypnotisée. Son sourire mobilisait les rides de son visage, mais ne dépassait pas ses lèvres. Ses yeux paraissaient morts. L'inconnu demanda à Nadia ce qu'elle portait dans le sac sur ses genoux et elle lui montra Boroba. En voyant le singe avec des couches, le sourire de l'homme se changea en un éclat de rire.

« On m'appelle Tex Armadillo, à cause des bottes, vous savez ? Elles sont en cuir d'armadillo, un petit tatou, se présenta-t-il.

— Nadia Santos, du Brésil, dit l'adolescente.

— Alexander Cold, de Californie.

— J'ai remarqué que vous avez un guide touristique du Royaume interdit. Je vous ai vus en train de l'étudier à l'aéroport.

— C'est là que nous allons, l'informa Alexander.

— Très peu de touristes visitent ce pays. Je sais qu'ils n'admettent qu'une centaine d'étrangers par an, dit Tex Armadillo.

— Nous y allons avec une équipe de l'*International Geographic.*

— C'est vrai ? Vous semblez bien jeunes pour travailler dans cette revue, commenta-t-il sur un ton ironique.

— C'est sûr, répliqua Alexander, décidé à ne pas donner trop d'explications.

— Mes plans sont les mêmes, mais je ne sais pas si en Inde j'obtiendrai un visa. Le Royaume du Dragon d'or n'a pas beaucoup de sympathie pour les hippies comme moi. Ils croient que nous n'y allons que pour la drogue.

— Il y a beaucoup de drogues ? demanda Alexander.

— La marijuana et l'opium poussent partout à l'état sauvage, il suffit de les ramasser. Très pratique.

— Ce doit être un problème très grave, commenta Alexander, étonné que sa grand-mère ne lui en ait pas parlé.

— Il n'y a aucun problème. Là-bas ces plantes ne sont utilisées qu'à des fins médicales. Ils ignorent le trésor qu'ils possèdent. Vous imaginez le négoce que ce serait de les exporter ? dit Tex Armadillo.

— J'imagine », répondit Alexander. Il n'aimait pas le tour que prenait la conversation et il n'aimait pas non plus cet homme aux yeux morts.

CHAPITRE 5

Les Cobras

ILS atterrirent le matin à New Delhi. Kate Cold et les photographes, habitués à voyager, se sentaient bien, mais Nadia et Alexander, qui n'avaient pas fermé l'œil de la nuit, avaient l'air des survivants d'un tremblement de terre. Aucun des deux n'était préparé au spectacle de cette ville. La chaleur les frappa comme une gifle. Dès qu'ils se retrouvèrent dans la rue ils furent assaillis par une foule d'hommes qui leur tomba dessus pour porter leurs bagages, leur servir de guide, leur vendre toutes sortes de choses, depuis des petits morceaux de bananes couverts de mouches jusqu'à des statues de dieux du panthéon hindou. Une cinquantaine d'enfants essayaient de s'approcher, leurs petites mains tendues, mendiant quelques sous. Un lépreux au visage à moitié rongé par la lèpre, sans doigts, se serrait contre Alexander, demandant l'aumône, jusqu'à ce qu'un gardien de l'aéroport vienne le menacer de son bâton.

Une marée humaine à la peau sombre, aux traits délicats et aux immenses yeux noirs les submergea entièrement. Habitué à la distance minimum acceptable – vingt pouces – qui sépare les personnes dans son pays, Alexander se sentit presque agressé par la multitude. Il pouvait à peine respirer. Il s'aperçut soudain que Nadia avait disparu, avalée par la foule, et la panique l'envahit. Il se mit à l'appeler frénétiquement, tout en essayant de se dégager des mains qui tiraient ses vêtements ; enfin, après plusieurs minutes angoissantes, il parvint à apercevoir, à une certaine distance, les plumes de couleur attachées à sa queue-de-cheval. Il se fraya un chemin à coups de coude, la prit par la main et la tira derrière les pas décidés de sa grand-mère et des photographes, qui étaient déjà venus plusieurs fois en Inde et savaient à quoi s'en tenir.

Il leur fallut une demi-heure pour rassembler leurs bagages, compter les paquets, les défendre des gens et prendre deux taxis, qui les emmenèrent à l'hôtel en conduisant à gauche, à l'anglaise, dans les rues bondées. Toutes sortes de véhicules circulaient dans le plus grand désordre, sans respecter les rares feux rouges ou les ordres des policiers : voitures, autobus démantibulés décorés de figures religieuses, motocyclettes chargeant quatre personnes, charrettes tirées par des buffles, pousse-pousse à traction humaine, bicyclettes, chariots couverts pleins d'écoliers, et même un paisible éléphant paré pour une cérémonie.

Ils furent arrêtés pendant quarante minutes dans un embouteillage, à cause d'une vache morte entourée de chiens affamés et de gros oiseaux noirs qui picoraient sa chair décomposée. Kate expliqua que les vaches étaient considérées comme sacrées et que personne ne les refoulait, raison pour laquelle elles circulaient au beau milieu des rues. Il existait cependant une police spéciale chargée de les guider vers les faubourgs de la ville et de ramasser les cadavres.

La foule en sueur, patiente, contribuait au chaos. Un sadou entièrement nu aux cheveux emmêlés, longs jusqu'aux talons, suivi d'une demi-douzaine de femmes qui lui lançaient des pétales de fleurs traversa la rue à pas de tortue, sans que personne ne lui jette un seul regard. De toute évidence il s'agissait d'un spectacle habituel.

Nadia Santos, élevée dans un village comptant vingt maisons, dans le silence et la solitude de la forêt, oscillait entre la frayeur et la fascination. Comparé à cela, New York paraissait un trou perdu. Elle n'imaginait pas qu'il pût y avoir autant de gens sur terre. Pendant ce temps, Alexander se défendait des mains qui s'introduisaient dans le taxi pour offrir des choses à vendre ou demander l'aumône, ne pouvant fermer les fenêtres, car ils seraient morts asphyxiés.

Enfin ils arrivèrent à l'hôtel. Dès qu'ils eurent passé les portes, surveillées par des gardes armés, ils se retrouvèrent au milieu d'un jardin paradisiaque, où régnait une paix absolue. Le bruit de la rue avait disparu comme par enchantement, on n'entendait que les trilles des oiseaux et le chant des nombreuses fontaines. Sur le gazon se promenaient des paons, traînant leurs queues parées de joyaux. Plusieurs serviteurs vêtus de brocarts et de velours brodé d'or, portant de hauts turbans rehaussés de plumes de faisan, telles les illustrations d'un conte de fées, prirent leurs bagages et les accompagnèrent à l'intérieur.

*

L'hôtel était un palais taillé dans le marbre blanc de façon si extraordinaire qu'on aurait dit de la dentelle. Les sols étaient couverts de gigantesques tapis de soie ; les meubles en bois précieux portaient des incrustations d'argent, de nacre et d'ivoire ; sur les tables reposaient des vases de porcelaine pleins de fleurs parfumées. De toutes parts poussaient des plantes tropicales exubérantes, dans des pots en cuivre repoussé, et dans des cages à l'architecture compliquée chantaient des oiseaux au plumage multicolore. Le palais avait été la résidence d'un maharaja ayant perdu son pouvoir et sa fortune après l'indépendance de l'Inde, qui le louait maintenant à une compagnie hôtelière américaine. Le maharaja et sa famille occupaient encore une aile de l'édifice, séparée de celles réservées aux clients de l'hôtel. En fin d'après-midi, ils avaient l'habitude de venir prendre le thé avec les touristes.

La chambre que partageaient Alexander et les photographes était luxueuse, lourdement décorée. Dans la salle de bains il y avait une piscine carrelée de faïence et sur le mur une fresque représentait une chasse au tigre : armés de fusils, les chasseurs étaient montés sur des éléphants et entourés d'une suite de serviteurs allant à pied, qui tenaient des lances et des flèches. Ils étaient installés au dernier étage et, du balcon, pouvaient apprécier les fabuleux jardins séparés de la rue par un mur élevé.

« Vois-tu ces personnes qui campent là en bas ? Ce sont des familles qui naissent, vivent et meurent dans la rue. Tout ce qu'elles possèdent, ce sont les vêtements qu'elles ont sur le dos et quelques pots pour cuisiner. Ce sont les intouchables, les plus pauvres des pauvres », expliqua Timothy Bruce en montrant des abris d'étoffe sur le trottoir, de l'autre côté du mur.

Le contraste entre l'opulence de l'hôtel et la misère absolue de ces personnes produisit sur Alexander une réaction de fureur et d'horreur. Plus tard, lorsqu'il voulut partager ses sentiments avec Nadia, elle ne comprit pas ce qu'il voulait dire. Elle possédait le minimum et trouvait la splendeur de ce palais étouffante.

« Je crois que je serais plus à l'aise dehors, avec les intouchables, qu'ici dedans avec toutes ces choses, Jaguar. J'ai mal au cœur. Il n'y a pas le moindre petit bout de mur sans décorations, nulle part où reposer sa vue. Trop de luxe. J'étouffe. Et pourquoi ces princes nous font-ils des révérences ? demanda-t-elle en montrant les hommes vêtus de brocart et coiffés de turbans emplumés.

— Ce ne sont pas des princes, Aigle, ce sont des employés de l'hôtel, répondit son ami en riant.

— Dis-leur de partir, nous n'avons pas besoin d'eux.

— C'est leur travail. Si je leur dis de partir, je vais les offenser. Tu t'y habitueras. »

Alexander retourna au balcon pour observer les intouchables dans la rue, qui survivaient dans la plus grande misère, à peine couverts de guenilles. Angoissé par ce spectacle, il prit quelques dollars parmi les rares qu'il avait dans sa poche, les changea en roupies et sortit les leur distribuer. Nadia resta sur le balcon, le suivant des yeux. De son poste d'observation elle pouvait voir les jardins, les murs de l'hôtel et, de l'autre côté, la masse des pauvres gens. Elle vit son ami traverser les grilles surveillées par les gardes, s'aventurer seul au milieu de la foule et commencer à distribuer ses pièces aux enfants les plus proches. En quelques instants il se retrouva entouré de douzaines de personnes désespérées. La nouvelle qu'un étranger était en train d'offrir de l'argent s'était répandue comme une traînée de poudre et de tous côtés convergeait vers lui de plus en plus de monde, telle une irrépressible marée humaine.

Comprenant que d'ici quelques minutes Alexander allait être écrasé, Nadia dévala les escaliers en appelant à tue-tête. A ses cris, clients et employés de l'hôtel accoururent, contribuant à l'alerte et à la confusion générale. Tous donnaient leur avis, tandis que les secondes s'écoulaient rapidement. Il n'y avait pas de temps à perdre, mais personne ne semblait capable de prendre une décision. Tout à coup surgit Tex Armadillo, et en un clin d'œil il prit la situation en main.

« Vite, venez avec moi ! » ordonna-t-il aux gardes armés qui surveillaient les portes du jardin.

Sans hésiter il les conduisit au cœur de la mêlée qui s'était formée dans la rue, distribuant des coups de poing tandis que les gardes tentaient de se frayer un passage à coups de crosse. Armadillo saisit l'arme de l'un d'eux et tira deux coups en l'air. Aussitôt le mouvement des personnes les plus proches s'arrêta net, mais celles de derrière continuaient à pousser pour s'approcher.

Profitant de ce moment de désarroi, Tex Armadillo rejoignit Alexander, qui était déjà à terre, les vêtements en lambeaux. Il le saisit sous les aisselles et avec l'aide des gardes parvint à le tirer en lieu sûr, à l'intérieur de l'hôtel, après avoir récupéré par terre les lunettes du garçon qui par miracle étaient intactes. Immédiatement ils fermèrent les grilles du palais, tandis que dehors les cris augmentaient.

« Tu es plus bête que tu n'en as l'air, Alexander. Tu ne peux rien changer avec quelques dollars. L'Inde, c'est l'Inde, il faut l'accepter comme elle est, fut le commentaire de Kate Cold lorsqu'elle le vit arriver quelque peu assommé.

— Avec ce critère, nous serions encore à l'époque des cavernes ! répliqua-t-il en essuyant le sang qui coulait de son nez.

— Nous y sommes, mon garçon, nous y sommes », dit-elle, dissimulant la fierté que lui inspirait l'attitude de son petit-fils.

*

Sur la terrasse de l'hôtel, assise sous un grand parasol blanc à franges dorées, une femme avait observé la scène. On lui donnait une quarantaine d'années, fort bien portées : mince, grande, athlétique, elle était vêtue d'un pantalon, d'une chemise en coton couleur kaki, et chaussée de sandales ; par terre, à ses pieds, elle avait posé son sac en cuir, très usé. Sa chevelure noire et raide, avec une grande mèche blanche sur le front, encadrait son visage aux traits classiques : yeux marron, épais sourcils arqués, nez droit et bouche expressive. Malgré la simplicité de sa mise, elle avait l'air d'une élégante aristocrate.

« Tu es un garçon courageux », dit l'inconnue à Alexander une heure plus tard, alors que le groupe de l'*International Geographic* se trouvait réuni sur la terrasse.

Le garçon sentit le rouge lui monter aux oreilles.

« Mais tu dois faire attention, tu n'es pas dans ton pays », ajouta-t-elle dans un anglais parfait, quoique avec un léger accent d'Europe centrale dont il était difficile de préciser l'origine exacte.

A ce moment arrivèrent deux serveurs portant de grands plateaux d'argent avec du *tchaï* – thé à la mode indienne préparé avec du lait, des épices et beaucoup de sucre. Kate Cold invita la voyageuse à le partager avec eux. Elle avait également invité Tex Armadillo, reconnaissante que sa prompte réaction ait sauvé la vie de son petit-fils, mais l'homme resta à l'écart, préférant une bière et son journal. Alexander fut étonné que ce hippie, qui pour tout bagage n'avait qu'un sac de toile en loques et un sac de couchage, logeât dans le palais du maharaja, mais il supposa que le prix devait être très bas. L'Inde était bon marché pour qui avait des dollars.

Bientôt Kate Cold et son invitée échangeaient leurs impressions, et elles découvrirent ainsi qu'ils allaient tous au Royaume du Dragon d'or. L'inconnue se présenta sous le nom de Judit Kinski, architecte de jardin ; elle leur raconta qu'elle voyageait avec une invitation officielle du roi, qu'elle avait eu l'honneur de connaître tout à fait récemment. Elle ajouta qu'ayant appris que le monarque était intéressé par l'implantation de la culture des tulipes dans son pays, elle lui avait écrit pour lui offrir ses services. Elle pensait que, sous certaines conditions, les bulbes de ces fleurs pourraient s'adapter au climat et au terrain du Royaume interdit. Aussitôt, celui-ci avait exprimé le désir de la rencontrer, et elle avait choisi de le faire à Amsterdam, étant donné la réputation mondiale des tulipes hollandaises.

« Sa Majesté connaît aussi bien les tulipes que le plus grand spécialiste en la matière. En réalité, il n'a absolument pas besoin de mes services, il aurait parfaitement pu mener à bien son projet tout seul ; mais, apparemment, quelques dessins de jardins que je lui ai montrés lui ont plu et il a eu l'amabilité de m'engager, expliqua-t-elle. Nous avons beaucoup parlé de ses projets de création de nouveaux parcs et jardins dans son pays, en préservant les espèces autochtones et en en introduisant d'autres. Il a conscience que cela doit se faire avec une grande prudence, pour ne pas rompre l'équilibre écologique. Dans le Royaume interdit existent des plantes, des oiseaux et quelques petits mammifères qui ont disparu dans le reste du monde. Ce pays est un sanctuaire de la nature. »

Le groupe de l'*International Geographic* pensa que le monarque avait dû, comme eux tous, tomber sous le charme de Judit Kinski. Cette femme produisait une impression inoubliable : elle irradiait un mélange de force de caractère et de féminité. Lorsqu'on l'observait de près, l'harmonie de son visage et l'élégance naturelle de ses gestes étaient tellement extraordinaires qu'on avait du mal à détacher les yeux de sa personne.

« Le roi est un défenseur de l'écologie. Il est bien dommage qu'il n'y ait pas davantage de gouvernants comme lui. Il est abonné à l'*International Geographic*, et c'est la raison pour laquelle il nous a procuré des visas et a accepté que nous fassions un reportage, expliqua Kate à son tour.

— C'est un pays très intéressant, dit Judit Kinski.

— L'avez-vous déjà visité ? demanda Timothy Bruce.

— Non, mais j'ai beaucoup lu à son sujet. J'ai essayé de me préparer à ce voyage, non seulement sur ce qui a trait à mon travail, mais aussi sur les habitants, les coutumes, les cérémonies... Je ne veux pas les offenser par mes manières occidentales grossières, dit-elle avec un sourire.

— Je suppose que vous avez entendu parler du fabuleux dragon d'or... avança Timothy Bruce.

— On assure que personne ne l'a vu, sauf les rois. Il est possible que ce ne soit qu'une légende », répliqua-t-elle.

Il n'en fut plus question au cours de la conversation, mais Alexander remarqua un éclat d'enthousiasme dans les yeux de sa grand-mère et il devina qu'elle ferait son possible pour approcher ce trésor. Etre la première à prouver son existence était un défi auquel la journaliste pouvait difficilement résister.

Kate Cold et Judit Kinski convinrent d'échanger des informations et de s'entraider, comme il était normal de la part de deux étrangères en pays inconnu. A l'autre bout de la terrasse, Tex Armadillo buvait sa bière, son journal posé sur ses genoux. Des lunettes noires aux verres réfléchissants cachaient ses yeux, mais Nadia Santos sentait son regard examiner le groupe.

*

Ils ne disposaient que de trois jours pour faire du tourisme, mais ils avaient un avantage : l'Inde ayant été pendant plusieurs siècles une colonie de l'Empire britannique, beaucoup de gens parlaient l'anglais. Cependant, en si peu de temps, ils n'arriveraient même pas à égratigner la surface de New Delhi, comme l'exprima Kate, et moins encore à comprendre cette société complexe. Les contrastes étaient tels qu'ils rendraient fou n'importe qui : incroyable misère d'un côté, beauté et opulence de l'autre. Il y avait des millions d'analphabètes, mais les universités formaient les meilleurs techniciens et scientifiques. Les villages n'avaient pas l'eau potable, alors que le pays fabriquait des bombes atomiques. L'Inde avait la plus importante industrie cinématographique au monde, mais aussi le plus grand nombre d'hommes saints couverts de cendres, qui ne se coupaient jamais les cheveux et les ongles. Les milliers de dieux de l'hindouisme ou le système des castes exigeaient à eux seuls des années d'étude.

Alexander, accoutumé au fait qu'en Amérique chacun fait plus ou moins ce qu'il veut de sa vie, fut horrifié à l'idée que les individus soient déterminés par la caste dans laquelle ils naissaient. Nadia, quant à elle, écoutait les explications de Kate sans émettre de jugement.

« Si tu étais née ici, Aigle, tu ne pourrais pas choisir ton mari. On t'aurait mariée à dix ans avec un vieux de cinquante. Ton père arrangerait ton mariage et tu ne pourrais même pas donner ton avis, lui dit Alexander.

— Mon père ferait sûrement un meilleur choix que moi... sourit-elle.

— Tu es folle ? Moi, je ne permettrais jamais une chose pareille, s'exclama le garçon.

— Si nous étions nés en Amazonie dans la tribu des *Gens de la brume*, nous devrions chasser notre nourriture avec des flèches empoisonnées. Si nous étions nés ici, il ne nous paraîtrait pas étrange que les parents arrangent le mariage, argua Nadia.

— Comment peux-tu défendre ce système de vie ? Regarde la pauvreté ! Cela te plairait de vivre ainsi ?

— Non, Jaguar, mais je n'aimerais pas non plus posséder plus que ce qui m'est nécessaire », répliqua-t-elle.

Kate Cold les emmena visiter des palais et des temples, elle les promena aussi dans les marchés, où Alexander acheta des bracelets pour sa mère et ses sœurs tandis que Nadia se faisait peindre les mains au henné, comme les fiancées. Le dessin était une véritable dentelle et resterait deux ou trois semaines sur sa peau. Boroba allait, comme toujours, sur l'épaule ou sur la hanche de sa maîtresse, mais ici il n'attirait pas l'attention, comme cela se passait à New York, car les singes étaient plus communs que les chiens.

Sur une place se trouvaient deux charmeurs de serpents, assis par terre jambes croisées, en train de jouer de la flûte. Les cobras sortaient de leurs paniers et restaient dressés, ondulant, hypnotisés par les mouvements des flûtes. Voyant cela, Boroba se mit à crier, puis il lâcha sa maîtresse et grimpa à toute allure sur un palmier. Nadia s'approcha des charmeurs et murmura quelque chose dans la langue de la forêt. Les reptiles se tournèrent brusquement vers elle en sifflant, tandis que leurs langues pointues fendaient l'air. Quatre pupilles étirées se fixèrent comme des poignards sur la jeune fille.

Avant que personne ne pût le prévoir, les cobras se glissèrent hors de leurs paniers et rampèrent en zigzaguant vers Nadia. Des cris éclatèrent sur la place et une explosion de panique se produisit parmi les gens présents. En quelques instants il n'y eut plus personne à proximité, hormis Alexander et sa grand-mère, paralysés par la surprise et la terreur. Les charmeurs essayaient vainement de maîtriser les serpents avec le son de leurs flûtes, mais ils n'osaient pas s'approcher. Nadia resta impassible, une expression plutôt amusée sur son visage doré. Elle ne bougea pas d'un millimètre, tandis que les cobras s'enroulaient autour de ses jambes, montaient sur son corps mince, atteignaient son cou et sa tête, toujours en sifflant.

Trempée de sueur glacée, Kate crut qu'elle allait s'évanouir pour la première fois de sa vie. Elle tomba assise par terre et demeura là, livide et les yeux exorbités, incapable d'articuler un son. Le premier moment de stupeur passé, Alexander comprit qu'il ne devait pas bouger. Il connaissait trop bien les étranges pouvoirs de son amie ; en Amazonie, il l'avait vue attraper avec la main un *surucucú*, l'un des serpents les plus venimeux de la terre, et le lancer au loin. Il pensa que si personne ne faisait un faux pas, ce qui pourrait troubler les cobras, Aigle n'avait rien à craindre.

La scène dura plusieurs minutes, jusqu'à ce que la jeune fille donne un ordre dans sa langue de la forêt : alors les reptiles descendirent de son corps et retournèrent dans leurs paniers. Les charmeurs mirent rapidement les couvercles, attrapèrent les paniers et partirent en courant, persuadés que cette étrangère avec des plumes dans les cheveux était un démon.

Nadia appela Boroba et, dès qu'il fut à nouveau sur son épaule, elle continua sa promenade sur la place avec le plus grand calme. Alexander la suivit en souriant, sans un seul commentaire, très amusé de voir que sa grand-mère, face au danger, avait totalement perdu sa retenue habituelle.

CHAPITRE 6

La secte du Scorpion

LE dernier jour à New Delhi, Kate Cold dut passer des heures dans une agence de voyages à essayer d'obtenir des billets pour l'unique vol hebdomadaire à destination du Royaume du Dragon d'or. Non qu'il y eût beaucoup de passagers, mais l'avion était minuscule. Tandis qu'elle s'occupait de ces démarches, elle autorisa Nadia et Alexander à se rendre seuls au Fort Rouge, qui se trouvait tout près de l'hôtel. Il s'agissait d'une grande forteresse très ancienne, visite obligée des touristes.

« Ne vous séparez sous aucun prétexte et revenez à l'hôtel avant le coucher du soleil », leur ordonna l'écrivain.

Le fort avait été utilisé par les troupes anglaises à l'époque de la colonisation. L'immense pays était considéré comme le plus précieux joyau de la couronne britannique jusqu'en 1949, date à laquelle il avait enfin obtenu son indépendance. Depuis, le fort restait inoccupé.

Les touristes ne visitaient qu'une partie de l'immense construction. Très peu de gens connaissaient ses entrailles, un véritable labyrinthe de couloirs, de salles secrètes et de souterrains qui s'étendaient sous la ville tels les tentacules d'une pieuvre.

Nadia et Alexander suivirent un guide qui donnait des explications en anglais à un groupe de touristes. La chaleur suffocante de midi n'entrait pas dans la forteresse ; il faisait frais à l'intérieur et l'on voyait sur les murs la patine verte de l'humidité accumulée au cours des siècles. L'air était imprégné d'une odeur désagréable et le guide expliqua qu'il s'agissait de l'urine des milliers de rats qui vivaient dans les caves et sortaient la nuit. Horrifiés, les touristes se masquaient le nez et la bouche, plusieurs sortirent même en courant.

Soudain, Nadia montra au loin Tex Armadillo qui, appuyé contre un pilier, regardait dans toutes les directions, comme s'il attendait quelqu'un. Sa première impulsion fut d'aller le saluer, mais son attitude attira l'attention d'Alexander et il retint son amie par le bras.

« Attends, Aigle, voyons ce que mijote ce type. Je n'ai absolument pas confiance en lui, dit-il.

— Souviens-toi qu'il t'a sauvé la vie alors que la foule allait t'écraser...

— Oui, mais il y a quelque chose qui ne me plaît pas chez lui.

— Quoi donc ?

— Il a l'air déguisé. Je ne crois pas que ce soit vraiment un hippie qui s'intéresse à la drogue, comme il nous l'a dit dans l'avion. As-tu remarqué ses muscles ? Il se déplace comme ces karatékas qu'on voit dans les films. Un hippie drogué n'aurait pas cette allure », dit Alexander.

Ils attendirent, dissimulés au milieu de la foule des touristes, sans le quitter des yeux. Tout à coup, à quelques pas de Tex Armadillo, ils virent surgir un homme grand, vêtu d'une tunique et d'un turban bleu-noir, presque du même ton que sa peau. Autour de la taille il portait une large ceinture, également noire, et un couteau courbe avec un manche en os. Dans son visage très sombre, à la longue barbe et aux sourcils épais, ses yeux brillaient comme des braises.

Les amis remarquèrent le signe de reconnaissance par lequel le nouveau venu et l'Américain se saluèrent, puis ils virent le premier disparaître derrière un angle du mur, suivi du second, et sans se concerter ils décidèrent d'aller voir de quoi il retournait. Nadia murmura à l'oreille de Boroba l'ordre de rester calme et muet. Le petit singe s'accrocha au dos de sa maîtresse, comme un sac.

Collés aux murs et se cachant derrière les piliers, ils se glissèrent derrière Tex Armadillo, le suivant à quelques mètres de distance. Ils le perdaient parfois de vue, car l'architecture du fort était compliquée et, à l'évidence, l'homme désirait passer inaperçu, mais l'infaillible instinct de Nadia le retrouvait toujours. Ils s'étaient beaucoup éloignés des autres touristes : on n'entendait plus de voix, on ne voyait plus personne. Ils traversèrent des salles, descendirent des escaliers étroits aux marches rongées par le temps et l'usure, puis parcoururent des passages interminables, ayant la sensation de tourner en rond. A l'odeur pénétrante vint s'ajouter un murmure croissant, tel un chant de grillons.

« Aigle, nous ne devons pas descendre plus loin, ce bruit, ce sont les cris des rats. Ils sont très dangereux, dit Alexander.

— Si ces hommes peuvent pénétrer dans ces caves, pourquoi pas nous ? » répliqua-t-elle.

*

Ayant pris conscience que l'écho répétait et amplifiait leurs voix, les deux amis progressèrent en silence dans le souterrain. Alexander craignait de ne plus pouvoir ensuite retrouver le chemin du retour, mais il ne voulut pas exprimer ses doutes à haute voix, pour ne pas effrayer son amie. Il ne dit rien non plus sur la possibilité qu'il y eût des nids de serpents, car après l'avoir vue avec les cobras, son appréhension paraissait hors de propos.

Au début, la lumière entrait par de petits orifices percés dans les toits et les murs, mais ensuite ils durent parcourir de longs passages dans l'obscurité, en palpant les murs pour se guider. De temps en temps, la faible lueur d'une ampoule allumée leur permettait de voir les rats s'esquiver le long des murs. Les câbles électriques pendaient dangereusement du plafond. Ils constatèrent que le sol était humide et qu'en certains endroits coulaient des filets d'eau fétide. Bientôt ils eurent les pieds trempés et Alexander essaya de ne pas penser à ce qui arriverait s'il se produisait un court-circuit. Etre électrocuté le préoccupait moins que les rats, de plus en plus agressifs, qui les entouraient.

« N'y fais pas attention, Jaguar. Ils n'osent pas s'approcher, mais s'ils sentent que nous avons peur, ils attaqueront », chuchota Nadia.

Une fois de plus, Tex Armadillo avait disparu. Les deux enfants se trouvaient sous une petite voûte, où l'on entreposait autrefois des munitions et des vivres. Trois ouvertures donnaient sur ce qui semblait être de longs couloirs obscurs. Par signes, Alexander demanda à Nadia lequel ils devaient choisir ; pour la première fois elle hésita, troublée. Elle n'était pas sûre. Elle prit Boroba, le posa par terre et le poussa légèrement, l'invitant à décider pour elle. En un éclair le singe grimpa à nouveau sur ses épaules : il avait horreur de se mouiller et horreur des rats. Elle répéta l'ordre, mais l'animal ne voulut pas se détacher, se contentant de signaler d'une petite main tremblante l'ouverture de droite, la plus étroite des trois.

Les deux amis suivirent l'indication de Boroba, accroupis et à tâtons, car il n'y avait plus d'ampoules électriques à cet endroit et l'obscurité était à peu près totale. Alexander, bien plus grand que Nadia, se cogna la tête et poussa une exclamation. Un nuage de chauves-souris les enveloppa pendant quelques minutes, provoquant une crise de panique chez Boroba, qui plongea sous le tee-shirt de sa maîtresse.

Alors le garçon se concentra, appelant le jaguar noir. En quelques secondes il pouvait deviner son environnement, comme s'il avait des antennes. Il avait pratiqué cela pendant des mois, depuis qu'il avait su, en Amazonie, que le roi de la forêt sud-américaine était son animal totémique. Alexander avait une légère myopie, et même avec ses lunettes il y voyait très mal dans l'obscurité, mais il avait appris à faire confiance à l'instinct du jaguar, qu'il parvenait parfois à invoquer. Il suivit Nadia sans hésiter,

« voyant avec le cœur », comme il le faisait de plus en plus souvent.

Subitement, Alexander s'arrêta et prit son amie par le bras : à cet endroit, l'étroit boyau dessinait une brusque courbe. Ils aperçurent une faible lueur et un murmure de voix leur parvint nettement. Prenant de grandes précautions, ils passèrent la tête et virent que trois mètres plus loin le couloir s'ouvrait sur une autre voûte, comme celle où ils s'étaient trouvés peu auparavant.

Tex Armadillo, l'homme aux vêtements noirs, et deux autres individus vêtus comme lui étaient accroupis par terre autour d'une lampe à huile qui donnait une faible lumière, suffisante cependant pour permettre aux enfants de bien les distinguer. Il était impossible de s'approcher davantage, car il n'y avait aucun endroit où se cacher ; ils savaient que s'ils étaient surpris, ça irait très mal pour eux. Dans la pensée de Jaguar passa de façon fugace la certitude que personne ne savait où ils se trouvaient. Ils pourraient périr dans ces souterrains sans que personne ne trouve leurs restes pendant plusieurs jours, voire des semaines. Il se sentait responsable de Nadia. Après tout, c'était lui qui avait eu l'idée de suivre Tex, et maintenant ils se trouvaient dans de beaux draps.

Les hommes parlaient en anglais et la voix de Tex Armadillo était claire, mais les autres avaient un accent pratiquement incompréhensible. Cependant, il était évident qu'il s'agissait d'une négociation. Ils virent Tex Armadillo tendre une liasse de billets à celui qui avait l'air d'être le chef du groupe. Puis ils les entendirent discuter longuement sur ce qui semblait être un plan d'action, dans lequel il était question d'armes à feu, de montagnes, et peut-être d'un temple ou d'un palais, ils n'étaient pas sûrs.

Le chef déplia une carte sur le sol de terre battue, il l'étala de la paume de sa main, puis avec la pointe de son couteau indiqua une route à Tex Armadillo. La lumière de la lampe à huile éclairait parfaitement l'homme. De l'endroit où ils se trouvaient, ils ne pouvaient pas bien voir la carte, mais ils distinguèrent très nettement une marque gravée au fer rouge sur la main brune et notèrent que le même dessin se répétait sur le manche en os du couteau. C'était un scorpion.

Alex estima qu'ils en avaient assez vu et qu'ils devaient revenir en arrière avant que ces hommes ne mettent fin à leur réunion. La seule sortie de la voûte était le couloir où eux-mêmes se trouvaient. Ils devaient s'éloigner avant que les conspirateurs ne décident de revenir sur leurs pas, s'ils ne voulaient pas être surpris. De nouveau Nadia consulta Boroba, qui depuis l'épaule de sa maîtresse signalait le chemin sans hésiter. Soulagé, Alexander se rappela ce que son père avait l'habitude de lui conseiller lorsqu'ils escaladaient ensemble les montagnes : *affronte les obstacles à mesure qu'ils se présentent, ne perds pas ton énergie à craindre ce qui peut arriver dans le futur.* Il sourit en pensant qu'il ne devait pas s'inquiéter autant, vu que ce n'était pas toujours lui le maître de la situation. Nadia était une personne pleine de ressources, comme elle l'avait démontré en maintes occasions. Il ne devait pas l'oublier.

Un quart d'heure plus tard ils étaient arrivés au niveau de la rue et perçurent bientôt les voix des touristes. Ils pressèrent le pas et se mêlèrent à la foule. Ils ne revirent pas Tex Armadillo.

*

« Sais-tu quelque chose au sujet des scorpions ? demanda Alexander à sa grand-mère lorsqu'ils la retrouvèrent à l'hôtel.

— Certains de ceux que l'on trouve en Inde sont très venimeux. S'ils te piquent tu peux en mourir. J'espère que ce n'est pas le cas, parce que cela pourrait retarder notre voyage, et je n'ai pas assez de temps pour des funérailles, répliqua-t-elle, feignant l'indifférence.

— Aucun ne m'a encore piqué.

— Pourquoi cela t'intéresse-t-il, alors ?

— Je veux savoir si le scorpion signifie quelque chose. Est-ce un symbole religieux par exemple ?

— Le serpent l'est, le cobra surtout. D'après la légende, un cobra gigantesque a protégé Bouddha pendant sa méditation. Mais je ne sais rien des scorpions.

— Peux-tu te renseigner ?

— Il faudrait que j'entre en communication avec ce balourd de Ludovic Leblanc. Es-tu certain de vouloir me demander un tel sacrifice, fiston ? marmotta l'écrivain.

— Je crois que cela peut être très important, grand-mère, pardon, je veux dire Kate... »

Elle brancha son ordinateur portable et adressa un message au professeur. En raison du décalage horaire, il était impossible de lui téléphoner. Elle ne savait quand arriverait la réponse, mais elle espérait que ce serait bientôt, car elle n'était pas sûre de pouvoir ensuite envoyer des messages depuis le Royaume interdit. Obéissant à une brusque impulsion, elle envoya un autre message à son ami Isaac Rosenblat, pour lui demander s'il savait quelque chose au sujet d'un dragon d'or supposé exister au pays où ils allaient. A sa grande surprise, le joaillier répondit immédiatement :

Jeune fille ! Quelle joie d'avoir de tes nouvelles ! Bien sûr que j'ai entendu parler de cette statue, tout joaillier sérieux connaît sa description, car il s'agit de l'un des objets les plus rares et les plus précieux au monde. Personne n'a vu le fameux dragon et il n'a pas été photographié, mais il en existe des dessins. Il a environ deux pieds de long et l'on suppose qu'il est en or massif, mais ce n'est pas tout : le travail d'orfèvrerie est très ancien et très beau. De plus, il est incrusté de pierres précieuses ; les deux parfaits rubis en forme d'étoile, absolument symétriques, qui, d'après la légende, sont à la place des yeux coûtent à eux seuls une fortune. Pourquoi me poses-tu cette question ? Je suppose que tu n'es pas en train d'organiser le vol du dragon, comme tu l'as fait avec les diamants d'Amazonie ?

Kate assura le joaillier que c'était précisément ce qu'elle avait l'intention de faire et elle décida de ne pas lui répéter que les diamants avaient été découverts par Nadia. Il lui convenait qu'Isaac Rosenblat la croie capable de les avoir volés. Elle estima qu'ainsi l'intérêt que lui portait son vieil amoureux ne retomberait pas. Elle éclata de rire, mais aussitôt le rire se changea en toux. Elle fouilla dans l'une de ses multiples poches et en sortit la gourde qui contenait le remède d'Amazonie.

*

La réponse du professeur Ludovic Leblanc fut longue et confuse, comme tout ce qui venait de lui. Elle commençait par une fastidieuse explication de la façon dont lui-même, parmi ses nombreux mérites, avait été le premier anthropologue à découvrir la signification du scorpion dans les mythologies sumérienne, égyptienne, hindoue et bla-bla-bla, vingt-trois paragraphes de plus sur ses connaissances et sa grande science. Mais éparpillés çà et là, au milieu des vingt-trois paragraphes, figuraient plusieurs renseignements fort intéressants que Kate dut exhumer de ce fatras. La vieille journaliste poussa un soupir d'ennui en pensant combien il était difficile de supporter ce prétentieux. Elle dut relire plusieurs fois le message pour en tirer le plus important.

« D'après Leblanc, il existe au nord de l'Inde une secte qui adore le scorpion. Ses membres ont un scorpion marqué au fer rouge, en général au dos de la main droite. Ils ont la réputation d'être sanguinaires, ignorants et superstitieux », informa-t-elle son petit-fils et Nadia.

Elle ajouta que la secte était détestée, car à l'époque où l'Inde luttait pour son indépendance ses membres faisaient le sale travail pour les troupes britanniques, torturant et assassinant leurs propres compatriotes. Il arrivait encore fréquemment que les hommes du Scorpion soient employés comme mercenaires, parce que c'étaient des guerriers féroces, célèbres pour leur adresse dans le maniement du poignard.

« Ce sont des bandits et des contrebandiers, mais ils gagnent également leur vie comme tueurs à gages », expliqua l'écrivain.

Le garçon lui raconta ce qu'ils avaient vu dans le Fort Rouge. Si Kate eut la tentation de les réprimander pour avoir couru un tel danger, elle s'en abstint. Au cours du voyage en Amazonie, elle avait appris à leur faire confiance.

« Il ne fait pas de doute que les hommes que vous avez vus appartiennent à cette secte. Leblanc dit que ses membres portent des tuniques et des turbans de coton teints à l'indigo, un produit végétal. La teinture déteint sur la peau, et avec les années elle devient indélébile, comme un tatouage, c'est pourquoi on les connaît sous l'appellation de *guerriers bleus*. Ce sont des nomades, ils vivent sur leurs chevaux, ne possèdent que leurs armes et, dès l'enfance, sont entraînés pour la guerre, précisa Kate.

— Les femmes ont-elles également la peau bleue ? demanda Nadia.

— C'est curieux que tu poses cette question, fillette. Il n'y a pas de femmes dans cette secte.

— Comment ont-ils des enfants s'il n'y a pas de femmes ?

— Je ne sais pas, peut-être n'ont-ils pas d'enfants.

— S'ils s'entraînent à la guerre depuis tout petits, il doit naître des enfants dans la secte, insista Nadia.

— Il est possible qu'ils les volent ou les achètent. Dans ce pays, la misère est grande et de nombreux enfants sont abandonnés ; il y a aussi des parents qui ne peuvent nourrir leurs fils et qui les vendent, dit Kate Cold.

— Je me demande ce que peut trafiquer Tex Armadillo avec la secte du Scorpion, murmura Alexander.

— Sûrement rien de bon, dit Nadia.

— Crois-tu qu'il s'agisse de drogue ? Souviens-toi de ce qu'il a dit dans l'avion ; que la marijuana et l'opium poussent à l'état sauvage dans le Royaume interdit.

— J'espère que cet homme ne croisera plus notre

chemin, mais si cela arrive, il n'est pas question que vous alliez lui chercher noise. Vous m'avez compris ? » ordonna sa grand-mère avec fermeté.

Les amis acquiescèrent, mais l'écrivain put voir le regard qu'ils échangèrent et elle devina qu'aucun avertissement ne mettrait un frein à la curiosité de Nadia et d'Alexander.

Une heure plus tard, le groupe de l'*International Geographic* se retrouva à l'aéroport afin de prendre l'avion pour Tunkhala, la capitale du Royaume du Dragon d'or. Ils y retrouvèrent Judit Kinski, qui prenait le même vol. La paysagiste portait un ensemble en lin blanc et un long manteau dans le même tissu, des bottes et le même sac usagé qu'ils lui connaissaient déjà. Ses bagages se composaient de deux valises de grosse toile ayant l'apparence de tapisserie, de bonne facture mais également usagées. Il était évident qu'elle avait beaucoup voyagé, mais l'usure ne donnait pas à ses vêtements et ses bagages un aspect négligé. Par comparaison, les membres de l'expédition de l'*International Geographic*, avec leurs vêtements déteints et froissés, leurs ballots et leurs sacs à dos, avaient l'air de réfugiés rescapés de quelque cataclysme.

L'avion était un vieux coucou à hélice ne pouvant transporter que huit passagers et deux hommes d'équipage. Les autres voyageurs étaient un Hindou, qui faisait du commerce avec le Royaume interdit, et un jeune médecin diplômé d'une université de New Delhi qui retournait dans son pays. Les voyageurs commentèrent que ce petit avion ne paraissait pas un moyen très sûr de défier les montagnes de l'Himalaya, mais le pilote répliqua en souriant qu'il n'y avait rien à craindre : au cours de ses dix années d'expérience ils n'avaient jamais eu d'accident grave, même si les vents qui fouettaient les précipices étaient en général très forts.

« Quels précipices ? demanda Joel González inquiet.

— J'espère que vous pourrez les voir, c'est un spectacle magnifique. La meilleure époque pour voler est entre octobre et avril, lorsque le ciel est dégagé. S'il y a des nuages on ne voit rien, dit le pilote.

— C'est un peu nuageux aujourd'hui. Comment ferons-nous pour ne pas nous écraser contre les montagnes ? questionna Kate Cold.

— Ces nuages sont bas, bientôt vous verrez le ciel dégagé, madame. De plus, je connais la route par cœur, je peux voler les yeux fermés.

— J'espère que vous les garderez bien ouverts, jeune homme, répliqua-t-elle d'un ton sec.

— Je pense que d'ici une demi-heure nous aurons laissé les nuages derrière nous », la rassura le pilote ; il ajouta qu'ils avaient eu de la chance, car les vols étaient souvent retardés de plusieurs jours, selon le temps.

Jaguar et Aigle constatèrent satisfaits que Tex Armadillo n'était pas à bord.

CHAPITRE 7

Au Royaume interdit

AUCUN des voyageurs qui prenaient ce vol pour la première fois n'était préparé à ce qui allait lui arriver. C'était pire que les montagnes russes d'un parc d'attractions. Leurs oreilles se bouchaient et ils sentaient un vide à l'estomac tandis que l'avion montait verticalement comme une flèche. Il tombait brusquement de plusieurs centaines de mètres en piqué et ils sentaient alors leurs intestins remonter jusqu'à leur cerveau. Lorsqu'il semblait enfin s'être un peu stabilisé, le pilote virait à angle droit, pour éviter un sommet de l'Himalaya, et ils se retrouvaient pratiquement suspendus tête en bas ; puis le coucou virait tout aussi brutalement sur l'autre aile.

Par les hublots, de chaque côté, ils voyaient les flancs des montagnes et en bas, tout en bas, les incroyables précipices dont on apercevait à peine le fond. Un seul faux mouvement ou une brève hésitation du pilote et le petit avion s'écraserait contre les rochers ou tomberait comme une pierre. Il soufflait un vent capricieux qui les poussait en avant par à-coups, mais, passé une montagne, le vent pouvait arriver de face et les tenir en l'air dans une apparente immobilité.

Le commerçant indien et le médecin du Royaume interdit étaient collés sur leurs sièges, assez inquiets, même s'ils commentèrent qu'ils avaient déjà vécu cette expérience. De leur côté, les membres de l'expédition de l'*International Geographic* se tenaient l'estomac à deux mains, essayant de contrôler les nausées et la peur. Aucun ne fit la moindre remarque, pas même Joel González, blanc comme un linge, qui murmurait des prières en caressant la croix d'argent qu'il portait toujours à son cou. Tous remarquèrent le calme de Judit Kinski, qui arrivait à feuilleter un livre sur les tulipes sans avoir mal au cœur.

Le vol dura plusieurs heures, qui parurent aussi longues que plusieurs jours, au bout desquelles ils atterrirent en piqué sur une courte piste tracée au milieu de la végétation. Depuis les airs ils avaient vu le merveilleux paysage du Royaume interdit : entre les majestueuses chaînes de montagnes enneigées s'étiraient plusieurs vallées étroites et sur des terrasses à flanc de montagne poussait une luxueuse végétation semi-tropicale. Les villages ressemblaient à de petites maisons de poupées blanches, parsemées de-ci de-là dans des endroits quasiment inaccessibles. La capitale était située dans une longue vallée étroite, encaissée entre les montagnes. Il semblait impossible d'y manœuvrer l'avion, mais le pilote savait très bien ce qu'il faisait. Lorsque enfin ils touchèrent terre, tous applaudirent son extraordinaire habileté. Dehors, un escalier fut rapidement approché et la petite porte de l'avion ouverte. Avec de grandes difficultés les voyageurs se levèrent, puis s'avancèrent en titubant vers la sortie, ayant l'impression qu'à tout instant ils allaient vomir ou s'évanouir, sauf l'imperturbable Judit Kinski, qui gardait tout son sang-froid.

La première à atteindre la porte fut Kate Cold. Une bouffée de vent la frappa au visage, la revigorant. Surprise, elle constata qu'au pied de l'escalier s'étalait un tapis d'un très beau tissage, qui reliait l'avion à l'entrée d'un petit édifice en bois polychrome au toit de pagode. De chaque côté du tapis, des enfants attendaient avec des corbeilles de fleurs. Tout au long du trajet étaient plantés de minces piquets au sommet desquels ondulaient de longs étendards de soie. Plusieurs musiciens, vêtus de couleurs chatoyantes et coiffés de grands chapeaux, jouaient du tambour et des instruments métalliques.

Au pied de l'escalier attendaient quatre dignitaires parés de costumes de cérémonie : jupes de soie serrées à la taille par de larges ceintures en tissu bleu foncé, signe de leur rang de ministres, longues vestes brodées de coraux et de turquoises, hauts couvre-chefs en peau terminés en pointe avec des ornements dorés et des rubans. Ils tenaient dans leurs mains de délicates écharpes blanches.

« Eh bien ! Si je m'attendais à cette réception ! » s'exclama l'écrivain, lissant avec ses doigts ses mèches grises et son horrible gilet aux mille poches.

Elle descendit suivie de ses compagnons, souriant et saluant de la main, mais personne ne lui rendit son salut. Ils passèrent devant les dignitaires et les enfants chargés de fleurs sans recevoir un seul regard, comme s'ils n'existaient pas.

Derrière eux descendit Judit Kinski, tranquille, souriante, particulièrement bien arrangée. Alors les musiciens se mirent à jouer une cacophonie assourdissante avec leurs instruments, les enfants lancèrent une pluie de pétales et les dignitaires s'inclinèrent en une profonde révérence. Judit Kinski salua en se penchant légèrement, puis elle tendit les bras, où furent déposées les écharpes de soie blanches, appelées *katas.*

Les reporters de l'*International Geographic* virent sortir de la maisonnette au toit de pagode un comité de plusieurs personnes richement vêtues. Au centre s'avançait un homme plus grand que les autres, d'une soixantaine d'années, mais d'allure jeune, vêtu d'une simple jupe longue, ou sarong, rouge foncé, qui lui couvrait la partie inférieure du corps, et d'une toile de couleur jaune safran jetée sur une épaule. Sa tête nue était rasée. Il marchait nu-pieds, ses seules parures étant un bracelet de prière fait de perles d'ambre et un médaillon qui pendait sur sa poitrine. Malgré son extrême simplicité, qui contrastait avec le luxe des autres, ils ne doutèrent pas un seul instant que cet homme était le roi. Les étrangers s'écartèrent pour le laisser passer et, automatiquement, s'inclinèrent profondément, comme le faisaient les autres, tant était grande l'autorité qui émanait du monarque.

*

Le roi salua Judit Kinski d'un mouvement de la tête, qu'elle lui rendit en silence; ils échangèrent ensuite les écharpes avec une série de révérences compliquées. Elle accomplit les gestes de la cérémonie de manière impeccable ; elle ne plaisantait pas lorsqu'elle avait dit à Kate Cold qu'elle avait étudié à fond les coutumes du pays. A la fin des salutations de bienvenue, le roi et elle sourirent franchement, puis se serrèrent les mains à la manière occidentale.

« Bienvenue dans notre humble pays », dit le souverain en anglais avec un accent britannique.

Le monarque et son invitée se retirèrent, suivis du nombreux cortège, tandis que Kate et son équipe se grattaient la tête, déconcertés par ce à quoi ils venaient d'assister. Judit Kinski avait dû causer une impression extraordinaire au roi, qui ne la recevait pas comme une paysagiste engagée pour planter des tulipes dans son jardin, mais comme une ambassadrice plénipotentiaire.

Ils rassemblaient leurs bagages, y compris les caisses qui contenaient les appareils et les tripodes des photographes, lorsqu'un homme s'approcha d'eux, qui se présenta sous le nom de Wandgi, comme leur guide et interprète. Il portait le costume typique, un sarong attaché à la taille par une ceinture rayée, une veste courte sans manches et des bottines souples en peau. L'attention de Kate fut attirée par son chapeau italien, semblable à ceux que l'on voyait dans les films de mafiosi.

Ils chargèrent les bagages dans une vieille Jeep délabrée, s'y installèrent du mieux qu'ils purent et partirent en direction de la capitale qui, d'après Wandgi, se trouvait « tout près », mais qui s'avéra être au terme d'un voyage de près de trois heures, car ce qu'il appelait « la route » était en réalité une piste étroite et pleine de virages. Le guide parlait un anglais désuet et son accent était difficile à comprendre, comme s'il l'avait appris dans un livre, sans avoir eu beaucoup d'occasions de le pratiquer.

Sur le chemin passaient des moines et des religieuses de tous âges, dont certains n'avaient pas plus de cinq ou six ans, tenant à la main le bol qui leur servait à mendier leur nourriture. Circulaient aussi des paysans, à pied, chargés de sacs, des jeunes à bicyclette et des charrettes tirées par des buffles. C'était une très belle race, de taille moyenne, aux traits aristocratiques, au port empreint de dignité. Ils souriaient toujours, comme s'ils étaient vraiment contents. Les seuls véhicules à moteur qu'ils virent furent une antique motocyclette, avec un parapluie en guise de toit improvisé, et un petit bus peint de mille couleurs et bondé jusqu'au toit de passagers, d'animaux et de paquets. Pour le croiser, la Jeep dut s'arrêter sur le côté, car deux voitures ne pouvaient passer de front sur l'étroit chemin. Wandgi les informa que Sa Majesté possédait plusieurs automobiles modernes et que Judit Kinski était certainement arrivée à l'hôtel depuis déjà un moment.

« Le roi s'habille en moine... remarqua Alexander.

— Sa Majesté est notre chef spirituel. Il a passé les premières années de sa vie dans un monastère au Tibet. C'est un homme très saint, expliqua le guide en joignant ses mains devant son visage et en s'inclinant, en signe de respect.

— Je pensais que les moines étaient célibataires, dit Kate Cold.

— Beaucoup le sont, mais le roi doit se marier pour donner des enfants à la couronne. Sa Majesté est veuf. Son épouse bien-aimée est décédée voilà dix ans.

— Combien d'enfants ont-ils eus ?

— Ils ont été bénis de quatre garçons et de cinq filles. L'un de leurs fils sera le roi. Ici, ce n'est pas comme en Angleterre, où l'aîné hérite de la couronne. Chez nous, c'est le prince au cœur le plus pur qui devient notre roi à la mort de son père, dit Wandgi.

— Comment savez-vous qui est celui qui a le cœur le plus pur ? demanda Nadia.

— Le roi et la reine connaissent bien leurs enfants et en général ils le devinent, mais leur décision doit être confirmée par le Grand Lama, qui étudie les signes astraux et soumet l'enfant élu à plusieurs épreuves pour s'assurer qu'il est vraiment la réincarnation d'un précédent monarque. »

Il leur expliqua que les épreuves étaient irréfutables. Au cours de l'une d'elles, par exemple, le prince devait reconnaître sept objets ayant appartenu au premier gouvernant du Royaume du Dragon d'or, mille huit cents ans auparavant. Les objets étaient disposés sur le sol, mêlés à d'autres, et l'enfant choisissait. S'il réussissait cette première épreuve, il devait monter un cheval sauvage. S'il était la réincarnation d'un roi, l'animal reconnaissait son autorité et s'apaisait. L'enfant devait aussi traverser à la nage les eaux torrentueuses et glacées du fleuve sacré. Ceux au cœur pur étaient aidés par le courant, les autres se noyaient. La méthode pour éprouver les princes de cette façon n'avait jamais failli.

Tout au long de son histoire, le Royaume interdit avait toujours eu des monarques justes et visionnaires, dit Wandgi, et il ajouta qu'il n'avait jamais été envahi ni colonisé, bien qu'il ne possédât pas une armée capable d'affronter ses puissants voisins, l'Inde et la Chine. Dans la génération actuelle, le plus jeune fils, qui n'était qu'un enfant à la mort de sa mère, avait été désigné pour succéder à son père. Les lamas lui avaient donné le nom qu'il portait dans des incarnations antérieures : Dil Bahadur, « Cœur vaillant ». Depuis, personne ne l'avait vu, il recevait son instruction en un lieu secret.

Kate Cold en profita pour questionner le guide sur le mystérieux dragon d'or. Wandgi ne semblait pas disposé à aborder le sujet, mais le groupe de l'*International Geographic* parvint à tirer quelques informations de ses réponses évasives. Apparemment, la statue prédisait l'avenir, mais seul le roi était capable de déchiffrer le langage crypté de ses prophéties. La raison pour laquelle celui-ci devait avoir un cœur pur était que le pouvoir du dragon d'or devait être utilisé uniquement pour protéger le pays, jamais à des fins personnelles. Il ne pouvait y avoir de cupidité dans le cœur du roi.

*

Sur le chemin ils virent des maisons de paysans et de nombreux temples immédiatement reconnaissables aux étendards de prière flottant au vent, semblables à ceux qu'ils avaient vus à l'aéroport. Le guide échangeait des saluts avec les personnes qu'ils rencontraient ; dans cette région, tout le monde semblait se connaître.

Ils croisèrent des files d'enfants vêtus de la tunique rouge sombre des moines, et le guide leur expliqua que la plus grande partie de l'éducation était donnée dans des monastères, où les élèves vivaient dès l'âge de cinq ou six ans. Certains ne quittaient jamais le monastère, préférant suivre les pas de leurs maîtres, les lamas. Les fillettes allaient dans des écoles à part. Il y avait une université, mais la plupart des professionnels étaient formés en Inde et, dans certains cas, en Angleterre, lorsque les familles en avaient les moyens ou que l'étudiant méritait une bourse du gouvernement.

Dans deux ou trois magasins modestes on voyait des antennes de télévision. Wandgi leur apprit que les voisins s'y réunissaient aux heures des émissions, mais comme il y avait souvent des coupures d'électricité, les horaires de transmission variaient. Il ajouta que la plus grande partie du pays était reliée par téléphone : pour communiquer, il suffisait d'aller au bureau de poste, s'il y en avait un à proximité, ou à l'école, où il y en avait toujours un de disponible. Personne, bien sûr, n'avait le téléphone chez soi, car ce n'était pas nécessaire. Timothy Bruce et Joel González échangèrent un regard de doute. Pourraient-ils utiliser leurs portables au pays du Dragon d'or ?

« La portée de ces téléphones est très limitée par les montagnes, c'est la raison pour laquelle ils sont pratiquement inconnus ici. On m'a raconté que dans votre pays plus personne ne se parle face à face, mais seulement par téléphone, dit le guide.

— Et par courrier électronique, ajouta Alexander.

— J'en ai entendu parler, mais je n'en ai jamais vu », commenta Wandgi.

Le paysage était un rêve, intouché par la technologie moderne. La terre était labourée avec l'aide de buffles, qui lentement et patiemment tiraient les araires. Sur les flancs des montagnes taillés en terrasses s'étalaient des centaines de champs de riz d'un vert émeraude. Des arbres et des fleurs d'espèces inconnues poussaient au bord du chemin et, dans le fond, s'élevaient les sommets enneigés de l'Himalaya.

Alexander observa que l'agriculture paraissait très sous-développée, mais sa grand-mère lui fit remarquer que tout ne se mesure pas en termes de productivité, précisant que c'était le seul pays au monde où l'écologie avait bien plus d'importance que le commerce. Wandgi se sentit satisfait de ces paroles, mais il n'ajouta rien, pour ne pas humilier les visiteurs, car ils venaient d'un pays où, d'après ce qu'il avait entendu dire, le commerce primait sur toute autre chose.

Deux heures plus tard, le soleil s'était caché derrière les montagnes et les ombres du crépuscule tombaient sur les champs de riz verts. Çà et là apparaissaient les petites lumières vacillantes de lampes à graisse dans des maisons et des temples. On entendait faiblement le son guttural des grandes trompettes des moines appelant à la prière du soir.

Peu après ils virent au loin les premières constructions de Tunkhala, la capitale, qui semblait à peine plus grande qu'un village. Les quelques lampadaires qui éclairaient la rue principale leur permirent d'apprécier la propreté et l'ordre qui régnaient de toutes parts, ainsi que les paradoxes : des yacks déambulaient dans la rue à côté de motocyclettes italiennes, des grands-mères portaient leurs petits-enfants sur le dos et des policiers vêtus comme des princes du temps jadis réglaient la circulation. De nombreuses maisons avaient leurs portes grandes ouvertes et Wandgi expliqua qu'il n'y avait pratiquement pas de délinquance et que, de plus, tout le monde se connaissait. Quiconque entrait dans la maison était un ami ou un parent. Le travail de la police consistait uniquement à surveiller les frontières, à maintenir l'ordre lors des festivités et à contrôler les étudiants turbulents.

Les commerces étaient encore ouverts. Wandgi arrêta la Jeep devant une boutique à peine plus grande qu'une armoire, où l'on vendait de la pâte dentifrice, des sucreries, des rouleaux de pellicule Kodak, des cartes postales décolorées par le soleil et quelques revues et journaux du Népal, de l'Inde et de la Chine. Ils remarquèrent qu'on vendait des boîtes de conserve vides, des bouteilles, des sacs en papier usagés. Chaque chose, jusqu'à la plus insignifiante, était précieuse, parce qu'il y en avait peu. Rien ne se perdait, tout s'utilisait ou se recyclait. Un sac en plastique, un flacon en verre étaient des trésors.

« Voici mon humble boutique et, à côté, ma petite maison, où ce sera pour moi un immense honneur de vous recevoir », annonça Wandgi en rougissant, parce qu'il ne voulait pas que les étrangers le croient prétentieux.

Une jeune fille d'une quinzaine d'années sortit pour les recevoir.

« Voici ma fille, Pema. Son nom veut dire Fleur de Lotus, ajouta le guide.

— La fleur de lotus est le symbole de la pureté et de la beauté », dit Alexander en rougissant comme Wandgi, parce que dès qu'il l'eut dit cela lui parut ridicule.

Surprise, Kate lui lança un regard de côté. Il lui fit un clin d'œil et lui chuchota qu'il l'avait lu à la bibliothèque avant d'entreprendre le voyage.

« Qu'as-tu appris d'autre? murmura-t-elle discrètement.

— Pose-moi des questions et tu verras, Kate, j'en sais presque autant que Judit Kinski », répliqua Alexander sur le même ton.

Pema fit un sourire d'un charme irrésistible, elle joignit ses mains devant son visage et s'inclina dans un salut traditionnel. Elle était mince et aussi droite qu'une tige de bambou ; dans la lumière jaune des réverbères sa peau semblait d'ivoire et ses grands yeux brillaient avec une expression malicieuse. Telle une douce mante, sa chevelure noire tombait sur ses épaules et dans son dos. Comme toutes les autres personnes qu'ils virent, elle aussi portait le costume typique. Il y avait en fait peu de différences entre le vêtement des hommes et celui des femmes : tous portaient une jupe, ou sarong, et une veste ou un corsage.

Nadia et Pema se regardèrent avec un étonnement mutuel. D'un côté l'adolescente arrivée du cœur de l'Amérique du Sud, avec des plumes dans les cheveux et un singe noir agrippé à son cou, de l'autre cette jeune fille ayant la grâce d'une danseuse, née dans les plus hautes montagnes d'Asie. Toutes deux se sentirent reliées par un courant instantané de sympathie.

« Si vous le souhaitez, peut-être demain Pema pourrait-elle apprendre à la jeune fille et à la grand-mère comment porter un sarong », suggéra le guide, troublé.

Alexander sursauta en entendant ce mot, *grand-mère*, mais Kate Cold ne réagit pas. L'écrivain venait de se rendre compte que les bermudas qu'elle-même et Nadia portaient étaient une offense dans ce pays.

« Nous vous en serons très reconnaissantes... » répliqua Kate en s'inclinant à son tour, les mains jointes devant son visage.

*

Enfin les voyageurs exténués arrivèrent à l'hôtel, le seul de la capitale et du pays. Les rares touristes qui s'aventuraient dans les villages de l'intérieur dormaient chez les paysans, où ils étaient toujours très aimablement reçus. On ne refusait l'hospitalité à personne. Ils traînèrent leurs bagages dans les deux chambres qu'ils partageaient : Kate et Nadia dans l'une, les hommes dans l'autre. Comparées au luxe incroyable du palais du maharaja en Inde, les chambres de l'hôtel avaient plutôt l'air de cellules de moines. Ils tombèrent sur les lits sans se débarbouiller ni se déshabiller, écrasés de fatigue, mais se réveillèrent un peu plus tard, engourdis par le froid. La température avait brutalement baissé. Ils allumèrent leurs lanternes et découvrirent d'épaisses couettes en laine soigneusement empilées dans un coin, dont ils purent se couvrir, et se rendormirent jusqu'à l'aube, lorsque les réveilla la lugubre lamentation des lourdes et longues trompettes avec lesquelles les moines appelaient à la prière.

Wandgi et Pema les attendaient avec l'excellente nouvelle que le roi était disposé à les recevoir le lendemain. Tandis qu'ils prenaient un succulent petit déjeuner de thé, de légumes et de boules de riz, qu'ils devaient manger avec trois doigts de la main droite comme l'exigeaient les bonnes manières, le guide leur exposa le protocole de la visite au palais.

En partant, il faudrait acheter des vêtements convenables pour Nadia et Kate. Les hommes devaient porter des vestes. Le roi était une personne très compréhensive ; il comprendrait certainement qu'il s'agissait de membres d'une expédition en vêtements de travail, mais de toute façon ils devaient montrer du respect. Il leur expliqua comment s'échangeaient les *katas* ou écharpes cérémonielles, comment ils devaient rester à genoux aux emplacements qui leur seraient assignés, jusqu'à ce qu'on leur indique qu'ils pouvaient s'asseoir, et ils ne devaient pas s'adresser au roi avant que celui-ci ne le fasse. Si on leur offrait de la nourriture ou du thé ils devaient refuser à trois reprises, puis manger lentement et en silence, pour montrer qu'ils appréciaient la nourriture. Il était impoli de parler en mangeant. Boroba resterait avec Pema. Wandgi ignorait quel était le protocole concernant les singes.

Kate Cold parvint à connecter son PC à l'une des deux lignes téléphoniques de l'hôtel pour envoyer des nouvelles à la revue *International Geographic* et entrer en communication avec le professeur Leblanc. Cet homme était un névrosé, mais on ne pouvait nier qu'il était aussi une source inépuisable d'informations. La vieille journaliste lui demanda ce qu'il savait sur la formation des rois et la légende du Dragon d'or. Elle reçut rapidement un cours à ce sujet.

Pema emmena Kate et Nadia dans une maison où l'on vendait des sarongs et chacune en acheta trois, car il pleuvait plusieurs fois dans la journée et il fallait leur donner le temps de sécher. Apprendre à enrouler la pièce de tissu autour de leur corps et la retenir avec la ceinture ne fut facile pour aucune des deux. D'abord elle était si serrée qu'elles ne pouvaient pas faire un pas, puis si lâche qu'elle tombait au premier mouvement. Nadia parvint à maîtriser la technique au bout de plusieurs essais, mais Kate avait l'air d'une momie enveloppée de bandelettes. Elle ne pouvait s'asseoir et se déplaçait comme un prisonnier portant des fers aux pieds. En la voyant, Alexander et les deux photographes éclatèrent d'un rire irrépressible, tandis qu'elle trébuchait, toussant et rouspétant entre ses dents.

*

Le palais royal était la plus grande construction de Tunkhala : il comptait plus de mille pièces réparties sur trois étages visibles et deux autres sous terre. Il s'élevait stratégiquement sur une très haute colline, et l'on y accédait par un chemin sinueux, bordé d'étendards de prière fixés à de souples piquets de bambou. L'édifice arborait le même style élégant que les autres maisons, y compris les plus modestes, mais son toit de tuiles à plusieurs niveaux était couronné d'antiques statues de créatures mythologiques en céramique. Les balcons, les portes et les fenêtres étaient peints de dessins aux couleurs extraordinaires.

Des soldats vêtus de jaune et de rouge, portant des casaques en peau et des casques ornés de plumes montaient la garde. Ils étaient armés d'épées, d'arcs et de flèches. Wandgi expliqua que leur fonction était purement décorative ; les vrais policiers utilisaient des armes modernes. Il ajouta que l'arc était l'arme traditionnelle du Royaume interdit, mais aussi le sport favori. Le roi lui-même participait aux compétitions annuelles.

Ils furent reçus par deux fonctionnaires parés des costumes élaborés de la cour, et conduits à travers plusieurs salles dont les seuls meubles étaient des tables basses, de grands coffres en bois polychrome et des piles de coussins ronds pour s'asseoir. Il y avait quelques statues religieuses avec des offrandes de bougies, de riz et de pétales de fleurs. Les murs portaient des fresques, certaines si anciennes que les motifs avaient presque disparu. Ils virent quelques moines, pourvus de pinceaux, de bols de teintures et de fines lamelles d'or, en train de restaurer les fresques avec une infinie patience. Partout étaient accrochées de riches tapisseries brodées de soie et de satin.

Ils passèrent par de longs couloirs avec, de chaque côté, des portes ouvrant sur des bureaux où travaillaient des douzaines de fonctionnaires et de moines scribes. Ils n'avaient pas encore adopté les ordinateurs, les données de l'administration publique étant toujours notées à la main dans des cahiers. Il y avait aussi une chambre pour les oracles. C'est là que le peuple venait demander conseil à certains lamas et religieuses qui possédaient le don de divination et apportaient leur aide dans les moments de doute. Pour les bouddhistes du Royaume interdit, le chemin du salut était toujours individuel, fondé sur la compassion envers tout ce qui existe. La théorie ne servait à rien sans la pratique. On pouvait corriger le cap et hâter les résultats avec un bon guide, un conseiller ou un oracle.

Ils arrivèrent dans une grande salle sans ornements, au centre de laquelle s'élevait un immense Bouddha de bois doré dont la tête atteignait le plafond. Ils entendirent une musique qui ressemblait beaucoup à celle de mandolines, mais s'aperçurent ensuite qu'elle provenait de plusieurs religieuses qui chantaient. La mélodie montait, montait, puis elle tombait brusquement en changeant de rythme. Devant la statue monumentale se trouvait un tapis de prière, des bougies allumées, des bâtons d'encens et des corbeilles contenant des offrandes. Imitant les dignitaires, les visiteurs s'inclinèrent trois fois devant le Bouddha, touchant le sol avec leur front.

Le roi les reçut dans un salon à l'architecture aussi simple et délicate que le reste du palais, mais dont les murs étaient décorés de tapisseries représentant des scènes religieuses, et de masques de cérémonie. Par déférence pour les étrangers, qui n'avaient pas l'habitude de s'installer à même le sol, on avait disposé cinq chaises.

Derrière le roi pendait une tapisserie sur laquelle était brodé un animal qui surprit Nadia et Alex, car il ressemblait de façon frappante aux beaux dragons ailés qu'ils avaient vus dans le *tepuy* qui abritait la Cité des Bêtes, en pleine Amazonie. Ceux-ci étaient les derniers représentants d'une espèce disparue depuis des milliers d'années. La tapisserie royale prouvait sûrement qu'à une certaine époque ces dragons avaient également existé en Asie.

Le monarque portait la même tunique que la veille, outre une étrange coiffure sur la tête, une sorte de casque en tissu. Sur sa poitrine il arborait le médaillon de son autorité, un très vieux disque d'or incrusté de coraux. Il était assis dans la posture du lotus, sur une estrade, à cinquante centimètres de hauteur.

Près du souverain se trouvait un magnifique léopard,

couché comme un chat, qui en voyant les visiteurs se leva, les oreilles en alerte, et cloua son regard sur Alexander en montrant les dents. La main que son maître posa sur son dos le tranquillisa, mais ses yeux allongés ne se détachèrent pas du jeune Américain.

Quelques dignitaires accompagnaient le roi, splendidement vêtus de tissus rayés, de vestes brodées et de chapeaux ornés de grandes feuilles d'or ; cependant, plusieurs portaient des chaussures occidentales et des mallettes de cadres supérieurs. Il y avait plusieurs moines dans leurs tuniques rouges. Trois jeunes filles et deux garçons, grands et distingués, se tenaient debout près du roi ; les visiteurs supposèrent que c'étaient ses enfants.

Comme Wandgi le leur avait conseillé, ils n'acceptèrent pas les chaises, car ils devaient éviter de se placer au même niveau que le souverain ; ils choisirent les petits tapis de laine qui étaient posés face à l'estrade royale.

Après avoir échangé les *katas* et les salutations d'usage, les étrangers attendirent le signal du roi pour prendre place sur le sol, les hommes jambes croisées et les femmes assises de côté. Empêtrée dans son sarong, Kate Cold faillit rouler par terre. Le roi et sa cour dissimulèrent difficilement un sourire.

Avant de commencer les conversations, on servit le thé, des noix et d'étranges fruits saupoudrés de sel, que les visiteurs dégustèrent après les avoir refusés par trois fois. Le moment d'échanger les cadeaux était arrivé. L'écrivain fit un geste à Timothy Bruce et Joel González, qui se traînèrent à genoux pour présenter au roi une boîte contenant les douze premiers exemplaires de l'*International Geographic*, publiés en 1888, et une page manuscrite de Charles Darwin, que le directeur de la revue avait miraculeusement découvert chez un antiquaire de Londres. Le roi remercia et, à son tour, leur offrit un livre enveloppé dans une étoffe. Wandgi leur avait dit qu'ils ne devaient pas ouvrir le paquet, car c'était une marque d'impatience, uniquement acceptable de la part d'un enfant.

A ce moment, un fonctionnaire annonça l'arrivée de Judit Kinski. Les membres de l'expédition de l'*International Geographic* comprirent pourquoi ils ne l'avaient pas vue à l'hôtel ce matin-là : la paysagiste était l'hôte du palais royal. Elle salua en inclinant la tête et prit place sur le sol, auprès des autres étrangers. Elle portait un vêtement simple, le même sac en cuir, dont elle ne se séparait apparemment jamais, et un large bracelet africain en os sculpté en guise d'unique parure.

A ce moment Tschewang, le léopard royal, qui restait paisible mais attentif, alla d'un bond se planter devant Alexander, le museau retroussé en une grimace menaçante qui laissait voir chacune de ses canines acérées. Tous ceux présents s'immobilisèrent et deux gardes firent mine d'intervenir, mais le roi les arrêta d'un geste et appela la bête. Le léopard se tourna vers son maître, mais ne lui obéit pas.

Sans se rendre compte de ce qu'il faisait, Alexander avait enlevé ses lunettes, il s'était mis à quatre pattes et avait pris la même expression que le félin : les mains posées comme des griffes, il grognait en montrant ses dents.

Alors Nadia, sans quitter sa place, se mit à murmurer d'étranges sons, semblables au ronronnement d'un chat.

Aussitôt le léopard se dirigea vers elle, approcha son museau de son visage, la huma en balançant sa queue. Puis, à la surprise générale, il se coucha devant elle, exposant son ventre qu'elle caressa, sans l'ombre d'une crainte et sans cesser de ronronner.

« Vous pouvez parler aux animaux ? » demanda calmement le roi.

Déconcertés, les étrangers en déduisirent que dans ce royaume, probablement, parler aux animaux n'avait rien d'insolite.

« Parfois, répliqua l'adolescente.

— Qu'arrive-t-il à mon fidèle Tschewang ? En général, il est courtois et obéissant, sourit le monarque en désignant le félin.

— Je crois qu'il a pris peur en voyant un jaguar », répliqua Nadia.

Personne, sauf Alexander, ne comprit ce que signifiait cette affirmation. Involontairement, Kate Cold se frappa le front : décidément, ils faisaient piètre figure, ils avaient l'air d'une troupe de fous en liberté. Mais le roi ne fut pas troublé par la réponse de la petite étrangère couleur de miel. Il se contenta de regarder avec attention le jeune Américain, qui était revenu à la normalité, de nouveau assis jambes croisées. Seule la transpiration sur son front trahissait la frayeur qu'il venait d'avoir.

Nadia Santos posa l'une des écharpes de soie devant le léopard, qui la prit délicatement dans sa gueule et la porta aux pieds du monarque. Puis il s'installa à sa place habituelle sur l'estrade royale.

« Et vous, fillette, pouvez-vous aussi parler aux oiseaux ? demanda le roi.

— Parfois, répéta-t-elle.

— Ici, nous voyons souvent des oiseaux intéressants », dit-il.

Le Royaume du Dragon d'or était en réalité un sanctuaire écologique, où existaient de nombreuses espèces exterminées dans le reste du monde, mais se vanter était considéré comme le fait d'une impardonnable mauvaise éducation ; le roi lui-même, qui était la plus haute autorité en matière de flore et de faune, ne le faisait pas.

Plus tard, lorsque les membres de l'*International Geographic* ouvrirent le présent royal, ils constatèrent que c'était un livre de photographies d'oiseaux. Wandgi leur expliqua que le roi les avait prises lui-même ; cependant, son nom n'apparaissait pas sur le livre, car cela aurait été une preuve de vanité.

*

Le reste de l'entretien se passa à parler du Royaume du Dragon d'or. Les étrangers notèrent que tous parlaient de façon vague. Les expressions les plus fréquemment employées étaient *peut-être*, *sans doute* et *c'est possible*, grâce à quoi on évitait les opinions tranchées et la confrontation. Cela permettait une sortie honorable dans le cas où les parties n'étaient pas d'accord.

Judit Kinski paraissait bien connaître la merveilleuse nature de la région. Cela avait conquis le roi et les autres membres de la cour, car ses connaissances étaient fort peu habituelles chez les étrangers.

« C'est un honneur de recevoir dans notre pays les envoyés de la revue *International Geographic*, dit le souverain.

— Tout l'honneur est pour nous, Majesté. Nous savons que le respect de la nature de ce royaume est unique au monde, répliqua Kate Cold.

— Si nous abîmons le monde naturel, nous devrons en payer les conséquences. Seul un fou commettrait une telle sottise. Votre guide, Wandgi, vous conduira où vous le voulez. Peut-être pourrez-vous visiter les temples et les *dzong*, les monastères fortifiés, où les moines pourront sans doute vous recevoir comme hôtes et vous donner les informations dont vous aurez besoin », proposa le roi. Tous remarquèrent qu'il n'incluait pas Judit Kinski et devinèrent qu'il avait l'intention de lui montrer lui-même les beautés de son royaume.

L'entretien arrivait à son terme et il ne restait plus qu'à remercier et prendre congé. C'est alors que Kate Cold commit la première imprudence. Incapable de résister à son impulsion, elle interrogea directement le roi sur la légende du Dragon d'or. Immédiatement, un silence glacial tomba sur la salle. Les dignitaires se figèrent et le sourire aimable du roi s'effaça. La pause qui suivit parut très pesante, jusqu'à ce que Judit Kinski ose intervenir.

« Pardonnez notre impertinence, Majesté. Nous ne connaissons pas bien vos coutumes ; j'espère que la question de Mme Cold ne vous a pas offensé... En fait, elle a parlé pour nous tous. J'éprouve la même curiosité que les journalistes de l'*International Geographic* pour cette légende », dit-elle en le fixant de ses yeux châtains.

Le roi lui rendit son regard avec une expression très sérieuse, comme s'il jaugeait ses intentions, et enfin il sourit. Aussitôt la glace fut rompue et tous se remirent à respirer, soulagés.

« Le dragon sacré existe, ce n'est pas seulement une légende, mais vous ne pourrez le voir, je le regrette, dit le roi, s'exprimant avec une fermeté qu'il avait jusqu'alors évitée.

— J'ai lu quelque part que la statue est gardée dans un monastère fortifié au Tibet. Je me demande ce qu'elle est devenue après l'invasion chinoise... », insista Judit Kinski.

Kate pensa que personne d'autre n'aurait osé s'appesantir sur le sujet. Cette femme avait une extrême confiance en elle-même et dans l'attrait qu'elle exerçait sur le roi.

« Le dragon sacré représente l'esprit de notre nation. Il n'est jamais sorti de notre royaume, précisa le roi.

— Excusez-moi, Majesté, j'étais mal informée. Il est logique qu'il soit gardé dans ce palais, auprès de vous, dit Judit Kinski.

— Peut-être », dit-il en se levant pour indiquer que l'entretien était terminé.

Le groupe de l'*International Geographic* prit congé avec de profondes révérences et sortit à reculons, sauf Kate Cold, tellement embarrassée dans son sarong qu'elle n'eut d'autre solution que de le remonter jusqu'aux genoux et de sortir en clopinant, tournant le dos à Sa Majesté.

Tschewang, le léopard royal, suivit Nadia jusqu'à la porte du palais, frottant son museau contre sa main, mais sans quitter Alexander des yeux.

« Ne le regarde pas, Jaguar. Il est jaloux de toi... » dit la fillette en riant.

CHAPITRE 8

Séquestrées

LE COLLECTIONNEUR fut réveillé en sursaut par la sonnerie du téléphone privé qu'il avait sur sa table de nuit. Il était deux heures du matin. Seules trois personnes connaissaient ce numéro : son médecin, le chef de ses gardes du corps et sa mère. Cela faisait des mois que ce téléphone ne sonnait pas. Le Collectionneur n'avait eu besoin ni de son médecin ni de son chef de la sécurité. Quant à sa mère, elle était en ce moment dans l'Antarctique où elle photographiait les pingouins. Cette dame passait les dernières années de sa vie à faire des croisières de luxe qui l'emmenaient d'un côté à l'autre de la planète dans un voyage sans fin. Lorsqu'elle arrivait dans un port, un employé la recevait et lui remettait un billet pour une autre croisière. Son fils avait découvert qu'ainsi elle vivait heureuse et qu'il n'était pas, lui, obligé de la voir.

« Comment avez-vous eu ce numéro ? s'enquit, indigné, le deuxième homme le plus riche au monde lorsqu'il reconnut son interlocuteur, malgré le dispositif qui déformait la voix.

— Découvrir les secrets fait partie de mon métier, rétorqua le Spécialiste.

— Quelle nouvelle avez-vous pour moi ?

— Vous aurez bientôt en votre possession ce dont nous sommes convenus.

— Pourquoi, alors, me dérangez-vous ?

— Pour vous dire que le dragon d'or ne vous servira à rien si vous ne savez pas l'utiliser, expliqua le Spécialiste.

— J'ai pour ça le parchemin traduit, celui que j'ai acheté au général chinois, précisa le Collectionneur.

— Croyez-vous qu'une chose si importante et si secrète serait exposée sur un seul morceau de parchemin ? La traduction est codée.

— Trouvez le code ! Je vous ai engagé pour ça.

— Non. Vous m'avez engagé pour obtenir cet objet, rien de plus. Cela n'est pas stipulé dans le contrat, énonça froidement la voix déformée au téléphone.

— Le dragon ne m'intéresse pas sans les instructions, vous m'avez bien compris ? Trouvez-les ou vous ne verrez pas vos millions de dollars ! cria le client.

— Je ne reconsidère jamais les termes d'une négociation. Vous et moi avons conclu un accord. Je vous présenterai la statue dans deux semaines et je toucherai ce qui est convenu, ou vous aurez de graves ennuis. »

Le client perçut la menace et prit conscience qu'il y allait de sa vie. Pour une fois, le deuxième homme le plus riche de la planète prit peur.

« Vous avez raison, un contrat est un contrat. Je vous paierai à part le code qui permet de déchiffrer ce parchemin. Croyez-vous pouvoir l'obtenir dans un délai raisonnable ? Comme vous le savez, cette affaire est des plus urgentes. Je suis prêt à payer ce qu'il faut, l'argent n'est pas un problème, dit le Collectionneur sur un ton conciliant.

— Dans ce cas, ce n'est pas une question de prix.

— Tout le monde a un prix.

— Vous vous trompez, répliqua le Spécialiste.

— Ne m'avez-vous pas dit que vous étiez capable d'obtenir n'importe quoi ? demanda le client angoissé.

— L'un de mes agents entrera prochainement en contact avec vous », répondit la voix, et la communication fut coupée.

Le multimilliardaire ne parvint pas à se rendormir. Il passa le reste de la nuit à réfléchir à son incommensurable fortune dans son bureau, qui occupait la plus grande partie de sa maison et dans lequel se trouvaient une cinquantaine d'ordinateurs. Jour et nuit ses employés étaient connectés aux marchés boursiers les plus importants du monde. Toutefois, le Collectionneur avait beau réviser les données chiffrées et houspiller ses subalternes, il ne parvenait pas à changer le fait qu'il existait un autre homme plus riche que lui. Cela lui mettait les nerfs à vif.

*

Après avoir parcouru la charmante ville de Tunkhala, avec ses maisons aux toits de pagode, ses *stupas* ou dômes religieux, ses temples et ses douzaines de monastères élevés à flanc de montagne, au milieu d'une nature exubérante d'arbres et de fleurs, Wandgi proposa de leur montrer l'université. Le campus était un parc naturel, avec des cascades et des milliers d'oiseaux, où s'élevaient plusieurs édifices. Les toits de pagode, les images de Bouddha peintes sur les murs et les étendards de prière donnaient à l'université l'aspect d'un ensemble de monastères. Sur les sentiers du parc ils virent des étudiants en train de bavarder par groupes et leur attention fut attirée par leur sérieux, si différent de l'air décontracté des jeunes en Occident.

Ils furent reçus par le recteur, qui demanda à Kate Cold de s'adresser aux élèves pour leur parler de la revue *International Geographic*, que beaucoup lisaient régulièrement à la bibliothèque.

« Nous avons rarement l'occasion de recevoir d'illustres visiteurs dans notre humble université », dit-il en s'inclinant plusieur fois devant elle.

Et c'est ainsi que l'écrivain, les photographes, Alexander et Nadia se retrouvèrent installés dans une salle face aux cent quatre-vingt-dix étudiants de l'université et leurs professeurs. Presque tous parlaient un peu l'anglais, car c'était la matière préférée des jeunes, mais Wandgi dut traduire en maintes occasions. La première demi-heure s'écoula dans une grande retenue.

Le public posait des questions naïves, avec beaucoup de respect, saluant d'une révérence avant de s'adresser aux étrangers. S'ennuyant ferme, Alexander leva la main.

« Pouvons-nous poser des questions, nous aussi ? Nous sommes venus de très loin afin d'apprendre des choses sur ce pays... » avança-t-il.

Il y eut quelques instants de silence pendant lesquels les étudiants échangèrent des regards perplexes, car c'était la première fois qu'un conférencier proposait une chose pareille. Après quelques doutes et des chuchotements entre les professeurs, le recteur donna son accord. Pendant l'heure et demie qui suivit, les visiteurs obtinrent quelques renseignements intéressants sur le Royaume interdit; les étudiants, libérés du formalisme guindé auquel ils étaient habitués, s'aventurèrent à poser des questions sur le cinéma, la musique, les vêtements, les voitures et mille autres choses au sujet de l'Amérique.

Pour terminer, Timothy Bruce sortit un enregistrement de rock'n roll et Kate Cold l'inséra dans son magnétophone. Son petit-fils, habituellement timide, pris d'une impulsion irrésistible, s'avança et fit une démonstration de danse moderne qui laissa tout le monde ébahi. Emporté par cette danse frénétique, Boroba se mit à l'imiter à la perfection, au milieu des éclats de rire du public. A la fin de la « conférence », les étudiants les accompagnèrent en foule jusqu'aux limites du campus, en chantant et dansant comme Alexander, tandis que les professeurs se grattaient la tête, stupéfaits.

« Comment ont-ils pu apprendre la musique américaine en ne l'ayant entendue qu'une seule fois ? demanda Kate Cold admirative.

— Elle circule parmi les étudiants depuis de nombreuses années, grand-mère. Chez eux, ces garçons portent des jeans, comme vous. Ils les rapportent en contrebande de l'Inde », répliqua Wandgi en riant.

Kate Cold avait accepté, résignée, que le guide l'appelle « grand-mère ». C'était un signe de respect, la manière polie de s'adresser à une personne âgée. De leur côté, Nadia et Alexander devaient appeler Wandgi « oncle » et Pema « cousine ».

« Peut-être les honorables visiteurs, s'ils ne sont pas trop fatigués, voudraient-ils goûter la nourriture typique de Tunkhala... » suggéra Wandgi timidement.

Les honorables visiteurs étaient exténués, mais ils ne pouvaient laisser passer cette occasion. Ils terminèrent cette journée d'intense activité dans la maison du guide qui, comme nombre d'habitations de la capitale, avait deux étages, était en brique blanche et poutres peintes de dessins chargés de fleurs et d'oiseaux, dans le même style que le palais. Il fut impossible de déterminer qui appartenait à la famille immédiate de Wandgi, car des dizaines de personnes entraient et sortaient, et toutes étaient présentées comme des oncles ou tantes, frères ou sœurs, cousins ou cousines. Les noms de famille n'existaient pas. Lorsqu'un enfant naissait, ses parents lui donnaient deux ou trois prénoms, pour le distinguer des autres, mais chaque personne pouvait en changer à volonté plusieurs fois dans sa vie. Les seuls à utiliser un nom de famille étaient les membres de la famille royale.

Pema, sa mère ainsi que plusieurs tantes et cousines servirent le repas. Tous s'assirent sur le sol autour d'une table ronde, où ils posèrent une véritable montagne de riz rouge, de céréales et de plusieurs assortiments de végétaux, assaisonnés d'épices et de piment fort. Puis furent apportés les mets délicieux, spécialement préparés pour faire honneur aux étrangers : foie de yack, poumon de mouton, pieds de cochon, yeux de chèvre et boudin assaisonné d'une telle quantité de piment et de paprika que la seule odeur des plats leur fit verser des larmes et provoqua chez Kate un accès de toux. On mangeait avec les doigts, en confectionnant des boulettes avec les aliments, et la politesse exigeait que l'on offrît d'abord les mets aux visiteurs.

Ayant porté la première boulette à leur bouche, Alexander et Nadia faillirent pousser un cri : aucun des deux n'avait jamais goûté à quelque chose d'aussi fort. Leur palais s'embrasait comme si on le leur avait brûlé avec des charbons ardents. Kate Cold les avertit entre deux quintes de toux qu'ils ne devaient pas offenser leurs amphitryons, mais les natifs du Royaume interdit savaient que les étrangers étaient incapables d'avaler leur nourriture. Tandis que des larmes coulaient sur les joues des deux adolescents, les autres riaient et criaient, frappant le sol de leurs pieds et de leurs mains.

Pema, très amusée elle aussi, leur apporta du thé pour se rincer la bouche et un plat garni des mêmes végétaux, mais préparés sans piquant. Alexander et Nadia échangèrent un regard de complicité. En Amazonie, ils avaient mangé du serpent rôti et même une soupe préparée avec les cendres d'un Indien mort. Sans dire un mot, ils décidèrent simultanément que ce n'était pas le moment de reculer. Ils remercièrent en s'inclinant, les mains jointes devant leur visage, puis chacun prépara sa boulette de feu qu'il mit vaillamment dans sa bouche.

*

Le lendemain avait lieu une fête religieuse, qui coïncidait avec la pleine lune et l'anniversaire du roi. Le pays tout entier s'était préparé pendant des semaines pour cet événement. Tous les habitants de Tunkhala se répandirent dans les rues tandis que des montagnes descendaient les paysans de lointains villages, qui avaient dû voyager à pied ou à cheval pendant des jours. Après les bénédictions des lamas, les musiciens vinrent avec leurs instruments et les cuisinières installèrent de grandes tables chargées de nourriture, de friandises et de pichets de liqueur de riz. A cette occasion, tout était gratuit.

Les trompettes, les tambours et les gongs des monastères résonnèrent dès le lever du jour. Les fidèles et les pèlerins venus de loin se rassemblaient dans les temples pour faire leurs offrandes, tourner les moulins à prières et allumer les bougies à la graisse de yack. L'odeur rance de la graisse et la fumée d'encens flottait dans toute la ville.

Avant le voyage, Alexander était allé à la bibliothèque de son école afin de s'informer sur le Royaume interdit, ses coutumes et sa religion. Il donna une brève leçon sur le bouddhisme à Nadia, qui n'avait jamais entendu parler de Bouddha.

« Dans ce qui est aujourd'hui le sud du Népal, en 566 avant Jésus-Christ, est né un prince du nom de Siddharta Gautama. A sa naissance, un devin prédit que l'enfant régnerait sur toute la terre, mais à condition d'être préservé de la vieillesse et de la mort. Autrement, il deviendrait un grand maître spirituel. Son père, qui préférait la première prédiction, entoura le palais de hauts murs afin que Siddharta ait une vie splendide, consacrée au plaisir et à la beauté, sans jamais être confronté à la souffrance. Même les feuilles qui tombaient des arbres étaient rapidement balayées, afin qu'il ne les voie pas se flétrir. Le jeune homme se maria et il eut un fils, sans avoir jamais quitté ce paradis. Il avait vingt-neuf ans lorsqu'il sortit hors du jardin et vit pour la première fois la maladie, la pauvreté, la douleur, la cruauté. Il coupa ses cheveux, se dépouilla de ses bijoux ainsi que de ses riches vêtements de soie et s'en fut à la recherche de la Vérité. Pendant six ans, il étudia avec des yogis en Inde et soumit son corps à l'ascétisme le plus rigoureux...

— Qu'est-ce que c'est ? demanda Nadia.

— Il menait une vie de privations. Il dormait sur des épines et se nourrissait uniquement de quelques grains de riz.

— Drôle d'idée... commenta Nadia.

— C'est exactement ce que conclut Siddharta. Etant passé du plaisir absolu dans son palais au sacrifice le plus sévère, il comprit que la Voie du Milieu était la plus juste, dit Alexander.

— Pourquoi l'appelle-t-on l'Eveillé ? voulut savoir son amie.

— Parce qu'à trente-cinq ans il s'assit sans bouger sous un arbre pendant six jours et six nuits pour méditer. Une nuit de pleine lune, comme celle que l'on fête aujourd'hui, son mental et son esprit s'ouvrirent et il parvint à comprendre tous les principes et processus de la vie. C'est-à-dire qu'il devint Bouddha.

— En sanscrit, *bouddha* veut dire "éveillé" ou "illuminé", précisa Kate Cold qui écoutait attentivement les explications de son petit-fils. Bouddha n'est pas un nom, mais un titre, et n'importe qui peut devenir un bouddha en ayant une vie noble consacrée à la pratique spirituelle, ajouta-t-elle.

— La base du bouddhisme est la compassion envers tout ce qui vit ou existe. Bouddha a dit que chacun doit chercher la vérité ou l'illumination en soi, non dans les autres ou dans des choses extérieures. C'est pourquoi les moines bouddhistes ne prêchent pas, comme nos missionnaires, mais passent la plus grande partie de leur vie dans une sereine méditation, cherchant leur propre vérité. Ils ne possèdent que leur tunique, leurs sandales et leur bol pour mendier de la nourriture. Les biens matériels ne les intéressent pas », dit Alexander.

Nadia, qui ne possédait qu'un petit sac contenant les vêtements indispensables et trois plumes de perroquet pour sa coiffure, trouva cet aspect du bouddhisme à son goût.

*

Le matin eurent lieu les tournois de tir à la cible, l'activité la plus prisée du festival de Tunkhala. Les meilleurs archers arrivèrent parés de leurs vêtements les plus voyants, arborant des colliers de fleurs que les jeunes filles leur mettaient autour du cou. Les arcs mesuraient près de deux mètres de long et ils étaient très lourds.

On en offrit un à Alexander, mais il se vit fort embarrassé lorsqu'il lui fallut le lever, et il fut incapable d'atteindre la cible. Il tendit la corde de toutes ses forces, mais dans un moment d'inattention la flèche lui échappa des doigts et partit en direction d'un élégant dignitaire qui se trouvait à plusieurs mètres de la cible. Horrifié, Alexander le vit tomber sur le dos et il crut l'avoir tué, mais sa victime se remit prestement debout, trouvant cela très drôle. La flèche avait traversé son chapeau de part en part. Personne ne s'en offusqua. Un chœur d'éclats de rire accueillit la maladresse de l'étranger et le dignitaire passa le restant de la journée avec la flèche fichée dans son chapeau, tel un trophée.

La population du Royaume interdit se présenta vêtue de ses plus beaux atours, la plupart portant des masques ou le visage peint en jaune, blanc et rouge. Chapeaux, cous, oreilles et bras exhibaient des bijoux d'argent, d'or, des coraux anciens et des turquoises.

Cette fois, le roi arriva la tête ornée d'une coiffe spectaculaire : la couronne du Royaume interdit. Elle était de soie brodée avec des incrustations d'or et parsemée de pierres précieuses. Au centre, sur le front, il y avait un gros rubis. Sur sa poitrine, il portait le médaillon royal. Avec son éternelle expression de calme et d'optimisme, le roi se promenait sans escorte au milieu de ses sujets qui de toute évidence l'adoraient. Sa suite se composait uniquement de son inséparable Tschewang, le léopard, et de son invitée d'honneur, Judit Kinski, vêtue du costume traditionnel du pays, son sac toujours suspendu à l'épaule.

Dans l'après-midi, des comédiens masqués jouèrent des pièces de théâtre, mais il y eut aussi des acrobates, des jongleurs et des équilibristes. Des groupes de jeunes filles présentèrent un spectacle de danses traditionnelles, tandis que les meilleurs athlètes participaient à des simulacres de lutte à l'épée et à une sorte d'art martial que les étrangers n'avaient jamais vu. Ils effectuaient des sauts mortels et se déplaçaient avec une rapidité tellement extraordinaire qu'ils paraissaient voler au-dessus des têtes de leurs concurrents. Aucun ne parvint à vaincre un jeune homme mince et beau, qui avait l'agilité et la férocité d'une panthère. Wandgi dit aux étrangers que c'était l'un des fils du roi, mais pas celui choisi pour occuper un jour le trône. Il avait une constitution de guerrier, voulait toujours gagner, aimait les applaudissements, était impatient et volontaire. Indéniablement, ajouta le guide, il n'avait pas l'étoffe d'un sage gouvernant.

Lorsque le soleil se coucha, les grillons commencèrent à chanter, s'ajoutant au bruit de la fête. Des milliers de torches et de lampions en papier s'allumèrent.

Dans la foule enthousiaste beaucoup portaient des masques. Ceux-ci, tous différents, peints d'or et de couleurs brillantes, étaient de véritables œuvres d'art. Nadia remarqua avec étonnement que sous certains masques apparaissait une barbe noire, car les hommes du Royaume interdit se rasaient soigneusement. Jamais on n'en voyait avec des poils sur le visage, car cela était considéré comme un manque d'hygiène. Pendant un moment elle observa la foule et se rendit compte que les individus barbus ne participaient pas, comme les autres, aux festivités. Elle allait faire part de ses observations à Alexander lorsque celui-ci s'approcha d'elle avec une expression préoccupée.

« Regarde bien l'homme qui est là-bas, Aigle, lui dit-il.

— Où ça ?

— Derrière le jongleur qui lance en l'air des torches enflammées. Celui qui porte un chapeau tibétain en peau.

— Eh bien quoi ? demanda Nadia.

— Approchons-nous discrètement pour le voir de près », dit Alexander.

Lorsqu'ils y parvinrent, ils virent à travers les yeux du masque deux pupilles claires et inexpressives : les yeux inoubliables de Tex Armadillo.

« Comment est-il arrivé ici ? Il n'est pas venu dans l'avion avec nous et le prochain vol arrive dans cinq jours, commenta Alexander peu après, lorsqu'ils se furent un peu éloignés.

— Je crois qu'il n'est pas seul, Jaguar. Ces barbus masqués peuvent être de la secte du Scorpion. Je les ai observés et j'ai l'impression qu'ils préparent un mauvais coup.

— Si nous voyons quelque chose de suspect, nous avertirons Kate. Pour l'instant, ne les perdons pas de vue », dit Alexander.

Pour le festival, une famille de spécialistes en feux d'artifice était venue de Chine. Dès que le soleil se coucha derrière les montagnes, la nuit tomba brusquement et la température baissa, mais la fête continua. Bientôt le ciel s'illumina et, dans les rues, la foule accueillit avec des cris de surprise chaque explosion des merveilleuses lumières des Chinois.

Il y avait tellement de gens qu'il était difficile de se déplacer dans le tumulte. Nadia, habituée au climat tropical de son village, Santa María de la Lluvia, frissonnait de froid. Pema proposa de l'accompagner à l'hôtel chercher un vêtement plus chaud et toutes deux partirent avec Boroba, que le bruit des feux rendait fou, tandis qu'Alexander surveillait de loin Tex Armadillo.

Nadia fut reconnaissante que Kate ait eu la bonne idée de lui acheter des vêtements de haute montagne. Elle claquait autant des dents que Boroba. Elle commença par mettre le parka de bébé au singe, puis enfila un pantalon, de grosses chaussettes, ses bottes et une veste tandis que Pema l'observait, amusée. Elle se sentait très à l'aise dans son sarong de soie légère.

« Allons-y, nous perdons le meilleur de la fête », s'exclama la jeune fille.

Elles sortirent en courant dans la rue. La lune et les cascades d'étoiles multicolores des Chinois éclairaient la nuit.

*

« Où sont Pema et Nadia ? demanda Alexander, calculant que cela faisait plus d'une heure qu'il ne les avait plus vues.

— Je ne sais pas, répliqua Kate.

— Elles sont allées à l'hôtel parce que Nadia avait besoin d'une veste, mais elles devraient être revenues. Mieux vaut que j'aille les chercher, décida Alex.

— Elles vont venir, ici on ne peut pas se perdre », dit sa grand-mère.

Alexander ne trouva pas les jeunes filles à l'hôtel. Deux heures plus tard, tous étaient inquiets, car personne ne les avait vues depuis un bon moment dans le tumulte de la fête. Le guide, Wandgi, se fit prêter une bicyclette et partit jusque chez lui, pensant que Pema pouvait y avoir emmené Nadia, mais il revint peu après, décomposé.

« Elles ont disparu ! annonça-t-il à grands cris.

— Il ne peut rien leur être arrivé de mal. Vous avez dit que c'était le pays le plus sûr au monde ! » s'exclama Kate.

A cette heure, il n'y avait que très peu de gens dans les rues, seulement quelques étudiants à la traîne et des femmes qui nettoyaient les ordures et les restes de nourriture sur les tables. L'air exhalait un mélange de fleurs et de poudre.

« Elles sont peut-être parties avec des étudiants de l'université... » suggéra Timothy Bruce.

Wandgi leur assura que c'était impossible, Pema ne ferait jamais une chose pareille. Aucune jeune fille respectable ne sortait seule la nuit et sans la permission de ses parents, dit-il. Ils décidèrent d'aller au poste de police, où ils furent reçus avec courtoisie par deux officiers exténués, qui avaient travaillé depuis l'aube et ne paraissaient pas disposés à se mettre à la recherche des deux adolescentes, qui étaient sûrement avec des amis ou des parents. Kate Cold se planta devant eux en brandissant son passeport et sa carte de journaliste, les exhortant de sa pire voix de commandement, mais elle ne parvint pas à les secouer.

« Ces personnes ont reçu une invitation spéciale de notre roi bien-aimé », dit Wandgi, et cela mit aussitôt les policiers sur le qui-vive.

Le reste de la nuit se passa à chercher partout Pema et Nadia. Au petit matin, les forces de police au complet – dix-neuf fonctionnaires – étaient en état d'alerte, parce qu'on avait signalé la disparition de quatre autres jeunes filles à Tunkhala.

Alexander fit part à sa grand-mère de ses soupçons concernant la présence de guerriers bleus mêlés à la foule, et il ajouta qu'il avait vu Tex Armadillo déguisé en berger tibétain. Il avait essayé de le suivre, mais celui-ci s'était sans doute aperçu qu'il avait été reconnu et il s'était perdu dans la cohue. Kate en informa la police, qui l'avertit qu'il ne convenait pas de semer la panique sans preuves.

Au cours des premières heures de la matinée se propagea la terrible nouvelle que plusieurs jeunes filles avaient été enlevées. Presque toutes les boutiques restèrent fermées et les portes des maisons ouvertes, tandis que les habitants de la paisible capitale se retrouvaient dans les rues pour commenter l'événement. Des équipes de volontaires partirent inspecter les environs, mais le terrain irrégulier, couvert d'une végétation impénétrable, rendait les recherches difficiles et le travail désespérant. Bientôt commença à circuler une rumeur qui augmenta pour devenir un fleuve de panique irrépressible, emportant la ville : les scorpions ! les scorpions !

Deux paysans qui n'avaient pas assisté à la fête affirmèrent avoir vu plusieurs cavaliers passer au galop en direction des montagnes. Les sabots des coursiers produisaient des étincelles sur les pierres, les capes noires ondulaient au vent ; dans la lumière fantastique des feux d'artifice on aurait dit des démons, dirent les paysans épouvantés. Peu après, une famille qui rentrait dans son village trouva sur le chemin une gourde en cuir usée, pleine d'alcool, et elle l'apporta à la police. Il y avait un scorpion gravé dessus.

Wandgi était hors de lui. Accroupi par terre, il gémissait, la tête entre les mains, tandis que son épouse demeurait silencieuse et sans larmes, complètement anéantie.

« Ils veulent parler de la secte du Scorpion, celle de l'Inde ? demanda Alexander Cold.

— Les guerriers bleus ! Jamais plus je ne reverrai ma Pema ! » pleurait le guide.

Par bribes, les membres de l'expédition de l'*International Geographic* obtinrent peu à peu des détails. Ces nomades sanguinaires circulaient dans le nord de l'Inde où ils avaient l'habitude d'attaquer les villages sans défense pour enlever les jeunes filles dont ils faisaient leurs esclaves. Pour eux, les femmes avaient moins de valeur qu'un couteau, ils les traitaient plus mal que des animaux et les tenaient cachées dans des grottes, terrorisées.

Ils tuaient immédiatement les filles qui naissaient, mais ils gardaient les garçons qu'ils séparaient de leurs mères et entraînaient à se battre dès l'âge de trois ans. Pour les immuniser contre le venin, ils les faisaient piquer par des scorpions, si bien qu'arrivés à l'adolescence ils pouvaient supporter les morsures de reptiles et d'insectes qui autrement auraient été fatales.

En peu de temps les esclaves mouraient de maladie, de mauvais traitements ou assassinées ; quant à celles, fort rares, qui survivaient jusqu'à vingt ans, elles étaient considérées comme inutiles et abandonnées pour être remplacées par de nouvelles fillettes volées. Et le cycle recommençait. Sur les chemins de campagne de l'Inde, on voyait souvent les silhouettes lamentables de ces femmes folles, en haillons, demandant l'aumône. Personne ne les approchait par crainte de la secte du Scorpion.

« Et la police ne fait rien ? demanda Alexander horrifié.

— Cela se passe dans des régions très isolées, dans des trous perdus sans défense et misérables. Personne n'ose affronter les bandits ; les gens en ont peur, persuadés qu'ils possèdent des pouvoirs diaboliques, qu'ils peuvent envoyer une invasion de scorpions et en finir avec tout un village. Il n'y a pire destin pour une fille que de tomber entre les mains des hommes bleus. Elle aura la vie d'une bête pendant quelques années, elle verra ses filles exterminées, on lui enlèvera ses fils et, si elle ne meurt pas, elle finira comme une mendiante », leur expliqua le guide. Il ajouta que la secte du Scorpion était une bande de voleurs et d'assassins qui connaissaient tous les passages de l'Himalaya, franchissaient les frontières à leur guise et attaquaient toujours de nuit. Ils étaient discrets comme des ombres.

« Sont-ils déjà entrés dans le Royaume interdit ? demanda Alexander, dans l'esprit duquel commençait à naître un terrible soupçon.

— Jusqu'à maintenant ils ne l'avaient jamais fait. Ils n'agissaient qu'en Inde et au Népal, répliqua le guide.

— Pourquoi sont-ils venus si loin ? Il est très rare qu'ils osent venir dans une ville comme Tunkhala. Et ce qui est encore plus curieux, c'est qu'ils aient décidé de le faire pendant une fête, alors que la population était dans la rue et que la police surveillait, remarqua Alexander.

— Nous allons immédiatement parler au roi. Il faut mobiliser tous les recours possibles », décida Kate.

Son petit-fils pensait à Tex Armadillo et aux patibulaires personnages qu'il avait vus dans les souterrains du Fort Rouge. Quel rôle jouait cet homme dans cette affaire ? Que signifiait la carte qu'ils étudiaient ?

Il ne savait par où commencer à chercher Aigle, mais, imaginant le sort que courait en ce moment son amie, il était prêt à parcourir l'Himalaya d'un bout à l'autre à sa recherche. Chaque minute était précieuse : il devait la retrouver avant qu'il ne soit trop tard. Il avait plus que jamais besoin de l'instinct de chasseur du jaguar, mais il était si nerveux qu'il n'arrivait pas à se concentrer suffisamment pour l'invoquer. La sueur lui coulait sur le front et dans le dos, trempant sa chemise.

*

Nadia et Pema ne virent pas leurs assaillants. Deux capes épaisses leur tombèrent dessus, les enveloppant, puis elles furent attachées avec des cordes, comme des paquets, et emmenées à bout de bras. Nadia cria et essaya de se défendre en donnant des coups de pied, mais un coup sec sur la tête l'étourdit. Pema au contraire s'abandonna à son sort, devinant qu'il était inutile de lutter à ce moment et qu'elle devait garder son énergie pour plus tard. Les ravisseurs mirent les jeunes filles en travers sur leurs chevaux et montèrent derrière, les tenant d'une main de fer. Ils n'avaient pour selle qu'une couverture pliée en deux et ils conduisaient leurs montures par la pression de leurs genoux. C'étaient de formidables cavaliers.

Quelques minutes plus tard, Nadia reprit connaissance et, dès que son esprit s'éclaircit un peu, elle fit un inventaire de la situation. Elle se rendit immédiatement compte qu'elle était sur un cheval au galop, bien qu'elle n'en eût jamais monté. Elle sentait résonner chaque pas de l'animal dans son estomac et sa poitrine, elle avait du mal à respirer sous la couverture et sentait sur son dos la pression d'une grande et forte main, comme une serre, qui l'empêchait de bouger.

L'odeur du cheval suant et des vêtements de l'homme était pénétrante, mais ce fut justement cela qui lui rendit sa lucidité et lui permit de penser. Habituée à vivre au contact de la nature et des animaux, elle avait une grande mémoire olfactive. Son ravisseur n'avait pas la même odeur que les gens qu'elle avait connus dans le Royaume interdit, qui étaient extrêmement propres. Le parfum naturel des tissus de soie, de coton et de laine se mêlait à celui des épices qu'ils utilisaient pour cuisiner et de l'huile d'amande que tous employaient pour faire briller leurs cheveux. Nadia pouvait reconnaître un habitant du Royaume interdit les yeux fermés. L'homme qui la tenait était sale, comme si ses vêtements n'avaient jamais été lavés, et sa peau exhalait une odeur amère d'ail, de charbon et de poudre. C'était sans aucun doute un étranger à cette terre.

Nadia écouta avec attention et parvint à percevoir qu'en plus des deux chevaux sur lesquels elle et Pema se trouvaient, il y en avait au moins quatre autres, peut-être cinq. Elle se rendit compte qu'ils ne cessaient de monter. Lorsque le pas du cheval changea, elle comprit qu'ils n'avançaient plus sur un sentier mais à travers la campagne. Elle pouvait entendre les sabots frapper contre les pierres et sentait l'effort que faisait l'animal en grimpant. Parfois il glissait, hennissait, et la voix du cavalier l'encourageait à continuer dans une langue inconnue.

La jeune fille sentait ses os endoloris par le ballottement, mais elle ne parvenait pas à s'installer commodément, car les cordes l'immobilisaient. La pression sur sa poitrine était si forte qu'elle avait peur d'avoir les côtes brisées. Comment pouvait-elle laisser une piste pour qu'on puisse la retrouver ? Elle avait la certitude que Jaguar essaierait, mais ces montagnes étaient un véritable labyrinthe de promontoires et de précipices. Si au moins elle pouvait laisser tomber une chaussure, pensa-t-elle, mais c'était impossible, car elle portait des bottes lacées.

Un bon moment plus tard, alors que les deux adolescentes étaient complètement meurtries et à moitié inconscientes, les montures s'arrêtèrent. Nadia fit un effort pour recouvrer ses esprits et prêter attention. Les cavaliers mirent pied à terre, puis elle se sentit à nouveau soulevée et jetée au sol comme un sac. Elle tomba sur des pierres. Elle entendit Pema gémir, puis des mains dénouèrent la corde et enlevèrent la couverture. Elle respira à pleins poumons et ouvrit les yeux.

La première chose qu'elle vit fut la voûte obscure du ciel et la lune, puis deux visages noirs et barbus penchés au-dessus d'elle. L'haleine fétide sentant l'ail, l'alcool et quelque chose qui ressemblait à du tabac la frappa comme un coup de poing. Leurs yeux méchants brillaient au fond de leurs orbites enfoncées et ils riaient, moqueurs. Il leur manquait plusieurs dents et les rares qu'ils avaient étaient presque noires. En Inde, Nadia avait vu des gens avec des dents semblables et Kate Cold lui avait expliqué qu'ils mâchaient du bétel. Bien qu'il fasse assez sombre, elle reconnut l'aspect des hommes qu'elle avait vus au Fort Rouge, les terribles guerriers du Scorpion.

D'une secousse, ses ravisseurs la mirent debout, mais ils durent la soutenir, car ses genoux se dérobaient sous elle. Nadia vit Pema à quelques pas de distance, recroquevillée par la douleur. Par des gestes et en les poussant, les ravisseurs indiquèrent aux jeunes filles d'avancer. L'un d'eux resta auprès des chevaux et les autres gravirent la montagne en emmenant les prisonnières. Nadia avait bien compté : les cavaliers étaient cinq.

Ils montaient depuis un quart d'heure lorsque apparut soudain un groupe de plusieurs hommes, tous vêtus de la même façon, la peau sombre, barbus et armés de poignards. Nadia essaya de surmonter sa peur et d'*écouter avec le cœur*, essayant de comprendre leur langue, mais elle était tout endolorie et bien trop mal en point. Tandis que les hommes discutaient, elle ferma les yeux et essaya d'imaginer qu'elle était un aigle, la reine des hauteurs, l'oiseau impérial, son animal totémique. Pendant quelques secondes elle eut la sensation de s'élever comme un splendide oiseau et put voir à ses pieds la chaîne des montagnes de l'Himalaya et, très loin, la vallée où se trouvait la ville de Tunkhala. Une bourrade la fit revenir sur terre.

*

Les guerriers bleus allumèrent des torches improvisées, faites d'étoupe attachée à un bout de bois et trempée dans la graisse. A la lumière vacillante ils entraînèrent les jeunes filles par un étroit défilé naturel dans la roche. Ils avançaient collés à la montagne, se déplaçant avec d'infinies précautions car à leurs pieds s'ouvrait un profond précipice. Un blizzard glacé cinglait la peau comme une lame de couteau. Il y avait des plaques de neige et de glace entre les pierres, bien que ce soit l'été.

Nadia pensa que l'hiver devait être épouvantable dans cette région s'il faisait déjà si froid en été. Pema n'était vêtue que de soie et chaussée de sandales. Nadia voulut lui donner sa veste, mais à peine fit-elle le geste de l'enlever qu'ils la frappèrent et l'obligèrent à continuer la marche. Son amie était en bout de file et, de sa place, elle ne pouvait la voir, mais elle supposa qu'elle était dans de pires conditions qu'elle. Par chance, ils n'eurent pas à escalader beaucoup et se trouvèrent bientôt devant des arbustes épineux, que les hommes écartèrent. Les torches éclairèrent l'entrée d'une caverne naturelle, parfaitement dissimulée au flanc de la montagne. Nadia se sentit défaillir : l'espoir que Jaguar la retrouvât se faisait de plus en plus faible.

La grotte était vaste et composée de plusieurs voûtes ou salles. Elles virent des ballots, des armes, des harnais de chevaux, des couvertures, des sacs de riz, de lentilles, de légumes secs, de noix et de longues tresses d'ail. A en juger par l'aspect du campement et la quantité d'aliments, il était évident que leurs assaillants séjournaient là depuis plusieurs jours et avaient l'intention d'y rester encore quelque temps.

Sur un endroit élevé, ils avaient improvisé un autel terrifiant. Sur un tas de pierres se dressait une statue de la terrible déesse Kali, entourée de plusieurs têtes de mort et d'os humains, de rats, de serpents et autres reptiles empaillés, de pots contenant un liquide brunâtre, comme du sang, et des flacons renfermant des scorpions noirs. En entrant, les guerriers s'agenouillèrent devant l'autel, mirent les doigts dans les pots puis les portèrent à leur bouche. Nadia nota que chacun d'eux portait une collection de poignards de formes et de tailles différentes serrés dans la bande de tissu qui ceignait leur taille.

Les deux adolescentes furent poussées au fond de la caverne, où les reçut une matrone en haillons, couverte d'un manteau en peau de chien qui lui donnait l'aspect d'une hyène. Sa peau avait le même ton bleuté que les guerriers, une horrible cicatrice lui barrait la joue droite depuis l'œil jusqu'au menton, comme si elle avait reçu un coup de couteau, et un scorpion était marqué au fer rouge sur son front. Elle tenait un fouet court à la main.

Blotties près du feu, quatre fillettes captives tremblaient de froid et d'épouvante. La geôlière grogna et fit signe à Pema et Nadia d'aller rejoindre les autres. Seule Nadia portait des vêtements d'hiver, toutes les autres étaient vêtues des sarongs de soie qu'elles avaient mis pour la célébration de l'anniversaire du roi. Nadia comprit qu'elles avaient été enlevées dans les mêmes circonstances qu'elles et cela lui rendit un peu d'espoir, car sans doute la police était-elle déjà à leur recherche, remuant ciel et terre.

Un chœur de gémissements reçut Nadia et Pema, mais la femme s'approcha, le fouet levé, et les jeunes prisonnières se turent, cachant leur tête dans leurs bras. Les deux amies s'arrangèrent pour se placer côte à côte.

Pendant un instant d'inattention de la gardienne, Nadia enveloppa Pema de sa veste et lui murmura à l'oreille de ne pas désespérer, qu'elles allaient trouver la manière de se sortir de là. Pema tremblait, mais elle avait réussi à se calmer ; ses beaux yeux noirs, auparavant toujours souriants, reflétaient maintenant le courage et la détermination. Nadia lui serra la main et toutes deux se sentirent réconfortées par la présence de l'autre.

L'un des hommes du Scorpion ne quittait pas Pema des yeux, impressionné par sa grâce et sa dignité. Il s'approcha du groupe des filles terrorisées et se planta devant elle, une main sur le manche de son poignard. Comme tous les autres, il portait une tunique sale et sombre, le turban graisseux, la barbe hirsute, la peau de cet étrange ton bleu-noir et les dents noires de bétel, mais son attitude irradiait l'autorité et les autres le respectaient. Il semblait être le chef.

Pema se leva et soutint le regard cruel du guerrier. Il tendit la main et saisit les longs cheveux de la jeune fille qui glissèrent comme de la soie entre ses doigts immondes. Un léger parfum de jasmin émana de la chevelure. L'homme parut déconcerté, presque ému, comme s'il n'avait jamais touché quelque chose d'aussi précieux. D'un brusque mouvement de la tête, Pema se dégagea. Si elle avait peur, elle n'en montra rien, au contraire; son expression de défi était telle que la matrone à la cicatrice, les autres bandits et même les adolescentes se figèrent, certains que le guerrier allait frapper son insolente prisonnière, mais à la surprise générale celui-ci laissa éclater un rire sec et fit un pas en arrière. Il cracha par terre, aux pieds de Pema, puis rejoignit ses complices accroupis près du feu. Ils buvaient des gorgées de leurs gourdes, mâchaient les noix rouges de bétel, crachaient et parlaient autour d'une carte dépliée sur le sol.

Nadia supposa que c'était la même carte ou une semblable à celle qu'elle avait aperçue au Fort Rouge. Elle ne comprenait pas de quoi ils parlaient, parce que les événements violents des dernières heures l'avaient altérée au point de la rendre incapable d'*écouter avec le cœur*. Pema lui dit à l'oreille qu'ils parlaient un dialecte du nord de l'Inde dont elle pouvait comprendre certains mots : dragon, routes, monastère, américain, roi.

Elles durent cesser de parler car la femme à la cicatrice, qui les avait entendues, s'approcha en brandissant son fouet.

« La ferme ! » rugit-elle.

Les adolescentes se mirent à gémir de peur, sauf Pema

et Nadia qui restèrent impassibles, mais elles baissèrent les yeux pour ne pas la provoquer. Lorsque la geôlière fut distraite, Pema raconta à Nadia que les femmes abandonnées par les hommes bleus avaient toujours un scorpion gravé au fer rouge sur le front et que beaucoup étaient muettes, parce qu'ils leur avaient coupé la langue. Terrifiées d'horreur, elles se turent, mais continuèrent à communiquer par le regard.

Les quatre autres filles, qui avaient été amenées à la grotte un peu plus tôt, étaient dans un tel état de panique que Nadia supposa qu'elles savaient quelque chose qu'elle-même ignorait, mais elle n'osa pas poser de question. Elle se rendit compte que Pema aussi savait ce qui les attendait, mais elle était courageuse et prête à lutter pour sa vie. Bientôt les autres adolescentes furent gagnées par le courage de Pema et, sans se concerter, elles se rapprochèrent peu à peu d'elle, cherchant sa protection. Nadia fut envahie d'un mélange d'admiration pour son amie et d'angoisse de ne pouvoir communiquer avec les autres filles qui ne parlaient pas un mot d'anglais. Elle regretta d'être tellement différente d'elles.

L'un des guerriers bleus donna un ordre et la femme à la cicatrice oublia un moment les captives pour lui obéir. Elle servit dans des bols le contenu d'une marmite noire qui pendait au-dessus du feu et les tendit aux hommes. Sur un autre ordre du chef, elle servit les prisonnières en rechignant.

Nadia reçut une casserole de laiton dans laquelle fumait une bouillie grisâtre. Une bouffée d'ail lui monta au nez et elle parvint difficilement à contenir un haut-le-cœur. Elle devait s'alimenter, décida-t-elle, car elle aurait besoin de toutes ses forces pour s'enfuir. Elle fit un signe à Pema et toutes deux portèrent le plat à leur bouche. Aucune des deux n'avait l'intention de se résigner à son sort.

CHAPITRE 9

Boroba

LA LUNE plongea derrière les cimes enneigées et dans la caverne le feu se transforma en un tas de braises et de cendre. La gardienne ronflait, assise bouche ouverte, tenant toujours le fouet, un filet de salive coulant sur son menton. Les hommes bleus s'étaient couchés par terre et dormaient eux aussi, mais l'un d'eux montait la garde à l'entrée de la caverne, un vieux fusil dans les mains. Une seule torche éclairait vaguement les lieux, projetant des ombres sinistres sur les parois de roche.

Ils avaient attaché les captives par les chevilles à l'aide de lanières de cuir et leur avaient donné quatre couvertures de grosse laine. Serrées les unes contre les autres et tenant à peine sous les couvertures, les malheureuses essayaient de se tenir chaud. Epuisées par les pleurs, toutes dormaient, hormis Pema et Nadia, qui profitaient de ce moment pour parler à voix basse.

Pema raconta à son amie ce qu'elle savait de la terrible

secte du Scorpion, comment ils volaient les petites filles et les maltraitaient. Non contents de couper la langue de celles qui parlaient trop, ils leur brûlaient la plante des pieds si elles tentaient de s'enfuir.

« Je n'ai pas l'intention de finir entre les mains de ces hommes horribles. Je préfère me tuer, conclut Pema.

— Ne parle pas ainsi, Pema. En tout cas, mieux vaut mourir en essayant de s'échapper que mourir sans se battre.

— Crois-tu que l'on puisse s'enfuir d'ici ? répliqua Pema en montrant les guerriers endormis et le garde posté à l'entrée.

— Nous trouverons le moyen de le faire », lui assura Nadia en massant ses chevilles enflées par les liens.

Un peu plus tard, vaincues elles aussi par la fatigue, elles commencèrent à dodeliner de la tête. Plusieurs heures s'étaient écoulées et Nadia, qui n'avait jamais eu de montre mais avait l'habitude d'évaluer l'heure, supposa qu'il devait être environ deux heures du matin. Soudain, son esprit l'avertit qu'il se passait quelque chose. Elle sentit sur sa peau que l'énergie dans l'air changeait et elle se redressa, en alerte.

Une ombre fugace passa presque en volant au fond de la grotte. Les yeux de Nadia ne parvinrent pas à distinguer ce que c'était, mais elle *vit avec le cœur* qu'il s'agissait de son inséparable Boroba. Avec un immense soulagement, elle comprit que son petit ami avait suivi les kidnappeurs. Les chevaux l'avaient très vite laissé en arrière, mais le petit singe avait été capable de suivre la trace de sa maîtresse et, d'une manière ou d'une autre, il avait réussi à découvrir la grotte. Nadia souhaita de toute son âme que Boroba ne pousse pas de cris de joie en la voyant et elle essaya de lui transmettre un message mental pour le tranquilliser.

Boroba s'était retrouvé dans les bras de Nadia alors qu'il venait de naître et qu'elle-même avait neuf ans. Il était minuscule à cette époque, et elle avait dû le nourrir à l'aide d'un compte-gouttes. Ils ne se séparaient jamais. Le singe avait grandi à ses côtés et tous deux avaient si bien réussi à se compléter qu'ils pouvaient deviner ce que ressentait l'autre. Ils partageaient un langage de gestes et d'intentions, outre le langage animal que Nadia avait appris. Le singe dut saisir l'avertissement de sa maîtresse, car il ne l'approcha pas. Il resta blotti dans un coin obscur, immobile pendant un long moment, observant les alentours, évaluant les risques, attendant.

Lorsque la jeune fille fut certaine que personne ne s'était aperçu de la présence de Boroba et que les ronflements de sa geôlière n'avaient pas changé, elle émit un très léger sifflement. Alors l'animal s'approcha peu à peu, toujours collé à la paroi, protégé par les ombres; enfin il arriva près d'elle et d'un bond s'accrocha à son cou. Il ne portait plus le parka de bébé, il s'en était débarrassé en tirant dessus. Ses petites mains s'agrippaient aux cheveux bouclés de Nadia et son visage ridé se frottait contre son cou, ému mais muet.

Nadia attendit qu'il se fût calmé et le remercia de sa fidélité. Puis elle lui donna un ordre à l'oreille. Boroba lui obéit aussitôt. Se glissant par où il était arrivé, il s'approcha de l'un des hommes endormis et, de ses mains agiles et délicates, prit le poignard qui pendait à sa ceinture avec une précision stupéfiante, puis l'apporta à

Nadia. Il s'assit face à elle, l'observant attentivement tandis qu'elle coupait les liens de ses chevilles. Le poignard était si affilé que ce ne fut pas difficile.

Dès qu'elle fut libre, Nadia réveilla Pema.

« C'est le moment de s'enfuir, lui souffla-t-elle.

— Comment penses-tu passer devant le gardien ?

— Je ne sais pas, nous verrons bien. Un pas à la fois. »

Mais Pema ne lui permit pas de trancher ses liens et, les larmes aux yeux, elle lui murmura qu'elle ne pouvait s'en aller.

« Je n'irais pas très loin, Nadia. Regarde comment je suis vêtue, je ne peux pas courir comme toi avec ces sandales. Si je vais avec toi ils nous rattraperont toutes les deux. Toute seule, tu as plus de chances de réussir.

— Tu es folle ? Je ne peux pas partir sans toi ! murmura Nadia.

— Tu dois essayer. Trouve de l'aide. Je ne peux laisser les autres filles, je resterai avec elles jusqu'à ce que tu reviennes avec des renforts. Va-t'en maintenant, avant qu'il ne soit trop tard », dit Pema en retirant la veste pour la rendre à Nadia.

Il y avait une telle détermination en elle que Nadia renonça à la faire changer d'avis. Son amie n'abandonnerait pas les autres filles. Il n'était pas possible non plus de les emmener, car elles ne pourraient sortir sans être vues ; mais seule, peut-être y parviendrait-elle. Elles s'étreignirent brièvement et Nadia se leva avec d'infinies précautions.

La femme à la cicatrice bougea dans son sommeil, elle balbutia quelques mots, et pendant quelques instants tout sembla perdu, mais ensuite elle continua à ronfler au même rythme qu'auparavant. Nadia attendit cinq minutes, jusqu'à ce qu'elle soit convaincue que les autres dormaient aussi, puis elle avança collée à la paroi, par le même chemin qu'avait emprunté Boroba. Elle respira profondément et invoqua ses pouvoirs d'invisibilité.

*

Nadia et Alexander avaient passé un moment inoubliable avec la tribu des *Gens de la brume* en Amazonie, les êtres humains les plus reculés et les plus mystérieux de la planète. Ces Indiens, qui vivaient comme à l'âge de pierre, étaient très évolués sous certains aspects. Ils méprisaient le progrès matériel et vivaient en contact avec les forces de la nature, en parfaite symbiose avec leur milieu ambiant. Ils faisaient partie de l'écologie complexe de la forêt, comme les arbres, les insectes, l'humus. Pendant des siècles ils avaient survécu dans la forêt sans aucun contact avec le monde extérieur, protégés par leurs croyances, leurs traditions, leur sens de la communauté et l'art de se rendre invisibles. Lorsqu'un danger les guettait, ils disparaissaient tout simplement. Cette faculté était si puissante que personne ne croyait vraiment à l'existence des *Gens de la brume* ; on murmurait à leur sujet, sur le ton de qui raconte une légende, ce qui leur avait également servi de protection contre la curiosité et la cupidité des étrangers.

Nadia s'était rendu compte qu'il ne s'agissait pas d'un tour d'illusionnisme, mais d'un art très ancien, qui nécessitait une pratique continuelle. « C'est comme apprendre à jouer de la flûte, il faut beaucoup étudier », avait-elle dit à Alexander, mais lui ne croyait pas vraiment que cela pouvait s'apprendre, et il n'avait pas fait l'effort de pratiquer. Elle, au contraire, avait décidé que si les Indiens y arrivaient, elle aussi le pouvait. Elle savait qu'il ne s'agissait pas seulement de mimétisme, d'agilité, de délicatesse, de silence ou de connaissance de l'environnement, mais surtout d'une attitude mentale. Il fallait se réduire à néant, visualiser son corps en devenant transparent au point de se transformer en pur esprit. Il fallait garder sa concentration et son calme intérieur pour créer un formidable champ psychique autour de sa personne. Il suffisait d'une distraction pour que ça ne marche pas. Seul cet état supérieur dans lequel l'esprit et le mental travaillaient à l'unisson pouvait créer l'invisibilité.

Au cours des mois qui s'étaient écoulés entre l'aventure dans la Cité des Bêtes, en pleine Amazonie, et le moment où elle se retrouva dans cette grotte de l'Himalaya, Nadia s'était inlassablement exercée. Elle avait tellement progressé que, parfois, son père l'appelait en criant alors qu'elle était debout à côté de lui. Lorsqu'elle surgissait brusquement, César Santos faisait un bond. « Ne t'ai-je pas dit de ne pas apparaître comme ça ! Tu vas me tuer d'une crise cardiaque », se plaignait-il.

Nadia savait à ce moment que la seule chose capable de la sauver était cet art appris des *Gens de la brume*. Elle murmura des instructions à Boroba afin qu'il attende quelques minutes avant de la suivre, car elle ne pouvait réussir en portant l'animal, et aussitôt elle se tourna vers l'intérieur, cet espace mystérieux que nous avons tous en nous lorsque nous fermons les yeux et chassons les pensées de notre esprit. En quelques secondes elle entra dans un état semblable à la transe. Elle sentit qu'elle se détachait de son corps et qu'elle pouvait s'observer d'en haut, comme si sa conscience s'était élevée de deux mètres au-dessus de sa propre tête. De cette position, elle vit ses jambes faire un pas, puis un autre et encore un autre, s'éloignant de Pema et des autres adolescentes, avançant comme dans un film au ralenti, parcourant l'espace dans la pénombre du repaire des brigands.

Elle passa à quelques centimètres de l'horrible femme au fouet, glissa telle une ombre imperceptible entre les corps des guerriers endormis, continua presque en flottant vers l'entrée de la caverne, où le gardien exténué s'efforçait de rester éveillé, les yeux perdus dans la nuit, son fusil entre les mains. Elle ne relâcha pas un instant sa concentration, ne permit pas que la terreur ou l'hésitation rendent son âme à la prison du corps. Sans s'arrêter ni modifier le rythme de ses pas, elle s'approcha de l'homme jusqu'à presque toucher son dos, si près qu'elle perçut clairement sa chaleur et son odeur de crasse et d'ail.

Le garde eut un léger tressaillement et serra son arme, comme s'il s'était instinctivement rendu compte d'une présence à ses côtés, mais aussitôt son mental bloqua ce soupçon. Ses mains se relâchèrent et de nouveau ses yeux se fermèrent à demi, luttant contre le sommeil et la fatigue.

Tel un fantôme, Nadia franchit l'entrée de la grotte et poursuivit son chemin à l'aveuglette dans l'obscurité, sans se retourner ou se presser. La nuit avala sa frêle silhouette.

*

Dès que Nadia Santos eut réintégré son corps et jeté un coup d'œil autour d'elle, elle comprit qu'elle serait incapable de retrouver le chemin de retour à Tunkhala en plein jour, et bien moins encore dans les ténèbres de la nuit. Autour d'elle se dressaient les montagnes, et comme elle avait fait le voyage la tête enfouie sous une couverture, elle n'avait pas un seul point de repère qui lui permît de s'orienter. Son unique certitude était qu'ils n'avaient pas cessé de monter, ce qui signifiait qu'elle devait descendre au bas de la montagne, mais elle ne savait comment le faire sans se trouver nez à nez avec les hommes bleus. Elle savait qu'un guerrier était resté à quelque distance du défilé pour garder les chevaux, mais elle n'avait pas la moindre idée de combien ils pouvaient être, éparpillés dans les montagnes. Etant donné la confiance avec laquelle ils se déplaçaient, apparemment sans crainte d'être découverts, les bandits devaient être nombreux. Mieux valait chercher une autre voie de fuite.

« Qu'est-ce qu'on fait maintenant ? » demanda-t-elle à Boroba lorsqu'ils furent à nouveau réunis, mais celui-ci ne connaissait que le chemin qu'il avait emprunté pour arriver jusque-là, le même que celui des bandits.

L'animal, aussi peu habitué au froid que sa maîtresse, tremblait tellement qu'on entendait ses dents claquer. La jeune fille l'installa contre sa poitrine, sous son blouson, réconfortée par la présence de cet ami fidèle. Elle remonta son capuchon et le serra fermement autour de son visage, regrettant de ne pas avoir les gants que Kate lui avait achetés. Ses mains étaient si gelées qu'elle ne sentait plus ses doigts. Elle les mit dans sa bouche en soufflant pour les réchauffer, puis les enfonça dans ses poches, mais il lui était impossible d'escalader ou de garder l'équilibre sur ce terrain abrupt sans s'accrocher des deux mains. Elle spécula que dès que le soleil se lèverait et que ses ravisseurs se rendraient compte qu'elle s'était enfuie, ils partiraient en masse à sa recherche, car ils ne pouvaient permettre que l'une de leurs prisonnières arrivât dans la vallée pour appeler du secours. Sans doute avaient-ils l'habitude de se déplacer dans ces montagnes, alors qu'elle-même n'avait aucune idée de l'endroit où elle se trouvait.

Les hommes bleus supposeraient qu'elle s'enfuirait vers le bas, où se trouvaient les villages et vallées du Royaume interdit. Pour les tromper, elle décida de monter plus haut dans la montagne, bien consciente que ce faisant elle s'éloignait de son objectif et qu'il n'y avait pas de temps à perdre : le sort de Pema et des autres filles dépendait de ce qu'elle trouvât rapidement du secours. Elle espérait arriver en haut au point du jour et, du sommet, réussir à se situer ; il lui fallait découvrir une autre manière d'atteindre la vallée.

Gravir ce versant s'avéra beaucoup plus lent et pénible qu'elle ne l'imaginait, car aux difficultés du terrain s'ajoutait l'obscurité, à peine atténuée par la lune. Elle glissait et tombait mille fois. Elle était endolorie par le galop de la veille en travers du cheval, par le coup reçu sur la tête et les meurtrissures qu'elle avait sur tout le corps, mais elle refusa de penser à cela. Elle avait du mal à respirer, ses oreilles bourdonnaient ; elle comprit qu'à cette altitude il y avait moins d'oxygène, comme le lui avait expliqué Kate Cold.

Entre les rochers poussaient de petits arbustes qui en

hiver disparaissaient entièrement, mais qui en cette saison repoussaient sous le soleil de l'été. Nadia s'y agrippait pour grimper. Lorsque les forces lui manquaient, elle pensait à son escalade jusqu'au sommet du *tepuy*, dans la Cité des Bêtes, pour atteindre le nid d'aigle où se trouvaient les trois merveilleux diamants. « Si j'ai pu faire cela, je peux faire ceci, qui est beaucoup plus facile », disait-elle à Boroba, mais le petit singe, engourdi sous sa veste, ne montrait même pas le bout de son nez.

L'aube apparut alors qu'il manquait encore quelque deux cents mètres pour atteindre le sommet de la montagne. Ce fut d'abord une lueur diffuse, qui en quelques minutes prit un ton orangé. Lorsque les premiers rayons du soleil surgirent sur le formidable massif de l'Himalaya, le ciel se mua en une symphonie de couleurs, les nuages se teignirent de pourpre et les grosses taches de neige prirent un éclat rosé.

Nadia ne s'arrêta pas pour contempler la beauté du paysage, mais dans un effort surhumain elle continua son ascension, et un peu plus tard, haletante, trempée de sueur, elle était debout sur le point le plus haut de la montagne. Elle sentait son cœur sur le point d'exploser dans sa poitrine. Elle avait supposé que de là elle pourrait voir la vallée de Tunkhala, mais devant ses yeux se dressait l'impénétrable Himalaya, une montagne derrière l'autre jusqu'à l'infini. Elle était perdue. En regardant en bas, il lui sembla discerner des silhouettes qui se déplaçaient dans plusieurs directions : c'étaient les hommes bleus. Elle s'assit sur un rocher, accablée, luttant contre le désespoir et la fatigue. Elle devait se reposer pour reprendre son souffle, mais il lui était impossible de rester là : si elle ne trouvait pas une cachette, ses poursuivants ne tarderaient pas à la dénicher.

Boroba remua sous le parka. Nadia ouvrit la fermeture éclair et son petit ami passa la tête, la fixant de ses yeux intelligents.

« Je ne sais pas de quel côté aller, Boroba. Toutes les montagnes paraissent semblables et je ne vois aucun sentier », dit Nadia.

L'animal indiqua la direction par où ils étaient venus.

« Je ne peux pas retourner par là parce que les hommes bleus m'attraperaient. Mais toi, Boroba, tu n'attirerais pas l'attention dans ce pays où il y a des singes partout. Tu peux trouver le chemin de retour à Tunkhala. Va chercher Jaguar », lui ordonna Nadia.

Le singe fit non de la tête en couinant et se couvrant les yeux de ses mains, mais elle lui expliqua que s'ils ne se séparaient pas il n'y avait aucune chance de sauver les autres filles ou de se sauver eux-mêmes. Le sort de Pema, celui des jeunes filles et le sien dépendaient de lui. Il devait trouver de l'aide ou ils mourraient tous.

« Je vais me cacher par ici, tout près, jusqu'à ce que je sois sûre qu'on ne me cherche pas, puis je verrai comment descendre dans la vallée. Pendant ce temps, tu dois courir, Boroba. Le soleil est déjà levé, il ne fera pas aussi froid et tu pourras arriver à la ville avant que le soleil ne se couche à nouveau », insista Nadia.

Enfin le petit animal se détacha d'elle et il partit comme une flèche vers le bas de la montagne.

*

Kate Cold envoya Timothy Bruce et Joel González photographier la flore et la faune à l'intérieur du pays pour la revue *International Geographic*. Ils devraient faire le travail seuls, tandis qu'elle restait dans la capitale. Elle ne se souvenait pas d'avoir été aussi angoissée de toute sa vie, sauf lorsque Alexander et Nadia s'étaient perdus dans la forêt en Amazonie. Elle avait assuré César Santos que ce voyage au Royaume interdit ne présentait aucun danger. Comment annoncerait-elle à ce père que sa fille avait été séquestrée ? Elle pouvait encore moins lui dire que Nadia était entre les mains d'assassins professionnels qui enlevaient les jeunes filles pour en faire leurs esclaves.

Kate et Alexander se trouvaient à ce moment dans la salle d'audience du palais en présence du roi, qui les reçut cette fois en compagnie de son commandant en chef, de son Premier ministre et des deux lamas ayant la plus haute autorité après lui. Judit Kinski était également dans la grande salle.

« Les lamas ont consulté les astres et ils ont donné des instructions aux monastères pour prier et faire des offrandes pour les jeunes filles disparues. Le général Myar Kunglung est chargé de l'opération militaire. Sans doute a-t-il déjà mobilisé la police, n'est-ce pas ? demanda le roi, dont le visage serein ne trahissait pas la terrible inquiétude dont il se sentait assailli.

— Sans doute, Votre Majesté... Les soldats et la garde du palais sont également en état d'alerte. Les frontières sont surveillées, dit le général dans son très mauvais anglais, pour que les étrangers le comprennent. Sans doute la population ira-t-elle aussi à la recherche des jeunes filles. Je sais que jamais une chose semblable n'est arrivée dans notre pays. Il est possible que nous ayons bientôt des nouvelles, ajouta le général.

— Il est possible ? Cela ne me paraît pas suffisant ! s'exclama Kate Cold, et sur-le-champ elle se mordit les lèvres, comprenant qu'elle avait commis une terrible impolitesse.

— Sans doute Mme Cold est-elle un peu troublée... fit remarquer Judit Kinski, qui avait apparemment déjà appris à parler de façon imprécise, comme il était correct de le faire au Royaume du Dragon d'or.

— Sans doute, dit Kate en s'inclinant, les mains jointes devant le visage.

— Serait-il inopportun de demander comment l'honorable général pense organiser les recherches ? » s'enquit Judit Kinski.

Les étrangers passèrent le quart d'heure suivant à poser des questions qui reçurent des réponses de plus en plus vagues, jusqu'à ce qu'il fût évident qu'il n'y avait aucun moyen de faire pression sur le roi ou le général. L'impatience faisait transpirer Kate et Alexander. Finalement, le monarque se leva et il n'y eut plus rien d'autre à faire que de saluer et de sortir à reculons.

« C'est une matinée radieuse, sans doute y a-t-il beaucoup d'oiseaux dans le jardin, suggéra Judit Kinski.

— Sans doute », acquiesça le roi en la guidant vers l'extérieur.

*

Le roi et Judit Kinski firent une promenade par l'étroit sentier qui serpentait au milieu de la végétation du parc, où tout semblait pousser de manière sauvage, mais un œil averti pouvait apprécier l'harmonie calculée de l'ensemble. C'était là, dans cette glorieuse abondance de fleurs et d'arbres, dans le concert de centaines d'oiseaux, que Judit Kinski avait proposé d'inaugurer l'expérience avec les tulipes.

Le roi pensait qu'il ne méritait pas d'être le chef spirituel de son pays, car il se sentait très loin d'avoir atteint le degré de préparation nécessaire. Toute sa vie il avait pratiqué le détachement des affaires terrestres et des possessions matérielles. Il savait que rien au monde n'est permanent, que tout change, se décompose, meurt et se renouvelle sous une autre forme, et que s'attacher aux biens de ce monde est par conséquent inutile et cause de souffrance. Le chemin du bouddhisme consistait à accepter cela. Il avait parfois l'illusion d'y être parvenu, mais la visite de cette étrangère l'avait renvoyé à ses doutes. Il se sentait attiré par elle et cela le rendait vulnérable. C'était un sentiment qu'il n'avait jamais connu auparavant, car l'amour qu'il avait partagé avec son épouse avait coulé comme l'eau d'une paisible rivière. Comment pouvait-il protéger son royaume s'il ne pouvait se protéger lui-même de la tentation de l'amour ? Il n'y avait rien de mal à désirer l'amour et l'intimité avec une autre personne, méditait le roi, mais dans sa position il ne pouvait se le permettre, car les années qu'il lui restait à vivre devaient être entièrement consacrées à son peuple. Judit Kinski interrompit ses réflexions.

« Quel magnifique pendentif vous avez là, Majesté ! commenta-t-elle en désignant le bijou qu'il portait sur la poitrine.

— Les rois de ce pays l'ont utilisé depuis mille huit

cents ans, expliqua-t-il en ôtant le médaillon et en le lui donnant afin qu'elle l'examine de près.

— Il est très beau, dit-elle.

— Le corail ancien, comme celui-ci, est très apprécié chez nous, car il est rare. On le trouve également au Tibet. Son existence indique que peut-être, il y a des millions d'années, les eaux de la mer arrivaient jusqu'aux sommets de l'Himalaya, expliqua le roi.

— Que dit l'inscription ? demanda-t-elle.

— Ce sont des paroles de Bouddha : *Le changement doit être volontaire, non imposé.*

— Qu'est-ce que cela signifie ?

— Nous pouvons tous changer, mais personne ne peut nous obliger à le faire. Le changement se produit en général lorsque nous sommes confrontés à une vérité incontestable, une chose qui nous oblige à réviser nos croyances, dit-il.

— Il me paraît étrange qu'on ait choisi cette phrase pour le médaillon...

— Ce pays a toujours été un pays très traditionnel. Le devoir des gouvernants est de défendre le peuple des changements qui ne sont pas fondés sur quelque chose de vrai, répliqua le roi.

— Le monde change rapidement. Je comprends qu'ici les étudiants souhaitent ces changements, dit-elle.

— Certains jeunes gens sont fascinés par le mode de vie et les produits étrangers, mais tout ce qui est moderne n'est pas bon. La majorité de mon peuple ne désire pas adopter les coutumes occidentales. »

Ils étaient arrivés à un étang et ils s'arrêtèrent pour contempler la danse des carpes dans l'eau cristalline.

« Je suppose qu'au niveau personnel l'inscription du médaillon signifie que tout être humain peut changer. Croyez-vous, Majesté, qu'une personnalité déjà formée puisse se transformer ? Par exemple qu'un rustre puisse se changer en héros, ou un criminel en saint ? demanda Judit Kinski en lui rendant le bijou.

— Si la personne ne change pas dans cette vie, sans doute devra-t-elle revenir pour le faire dans une autre réincarnation, dit le monarque avec un sourire.

— Chacun a son karma. Peut-être le karma d'une personne mauvaise ne peut-il changer, ajouta-t-elle.

— Peut-être le karma de cette personne est-il de trouver une vérité qui l'oblige à changer », répliqua le roi, notant, intrigué, que les yeux châtains de son invitée étaient humides.

Ils passèrent dans une partie écartée du jardin, où l'exubérance des fleurs avait disparu. C'était un simple patio de sable et de roches, où un très vieux moine traçait un dessin à l'aide d'un râteau. Le roi expliqua à Judit Kinski qu'il avait copié cette idée dans les jardins des monastères zen qu'il avait visités au Japon. Plus loin ils traversèrent une passerelle de bois sculpté. Le ruisseau produisait un son musical en coulant sur les pierres. Ils arrivèrent à une petite pagode dans laquelle avait lieu la cérémonie du thé, où un autre moine les attendait, qui les salua en s'inclinant. Tandis qu'elle ôtait ses chaussures, ils continuèrent à bavarder.

« Je ne veux pas être impertinente, Majesté, mais je devine que la disparition de ces jeunes filles est un coup très dur pour votre pays... dit Judit Kinski.

— Sans doute... répliqua le souverain, et pour la première fois elle vit son expression changer et une profonde ride se creuser entre ses sourcils.

— N'y a-t-il rien que l'on puisse faire ? Je veux dire... quelque chose de plus que l'action militaire.

— Que voulez-vous dire, mademoiselle Kinski ?

— Je vous en prie, Majesté, appelez-moi Judit.

— Judit, c'est un beau prénom. Malheureusement, personne ne m'appelle par mon prénom. Je crains que ce soit une exigence du protocole.

— Dans une situation aussi grave que celle-ci, il est possible que le Dragon d'or soit d'une immense utilité, si la légende de ses pouvoirs magiques est vraie, suggéra-t-elle.

— On ne consulte le Dragon d'or que pour les affaires qui concernent le bien-être et la sécurité de ce royaume, Judit.

— Excusez ma hardiesse, Majesté, mais peut-être ceci est-il une affaire de cet ordre. Si vos citoyens disparaissent, cela veut dire qu'ils ne bénéficient ni de bien-être ni de sécurité... insista-t-elle.

— Il est possible que vous ayez raison », admit le roi en baissant la tête.

Ils entrèrent dans la pagode et s'assirent par terre, face au moine. Il régnait une douce pénombre dans la pièce circulaire en bois, à peine éclairée par quelques braises sur lesquelles de l'eau bouillait dans un vieux récipient en métal. Ils restèrent à méditer en silence, tandis que le moine réalisait pas à pas la longue et lente cérémonie qui consistait simplement à servir du thé vert et amer dans deux tasses en terre cuite.

CHAPITRE 10

L'aigle blanc

SELON sa méthode habituelle, le Spécialiste prit contact avec le Collectionneur par l'intermédiaire d'un agent. Cette fois, le messager était un Japonais, qui sollicita une entrevue pour parler avec le deuxième homme le plus riche au monde d'une stratégie de négoces sur les marchés de l'or en Asie.

Ce jour-là, le Collectionneur avait acheté à un espion le code des archives ultrasecrètes du Pentagone. Les archives militaires du gouvernement nord-américain pouvaient être utiles à ses intérêts dans l'armement. Il était important pour des investisseurs comme lui que le monde connaisse des conflits ; la paix ne lui convenait pas. Il avait calculé quel pourcentage exact de l'humanité devait être sur le pied de guerre pour stimuler le marché des armes. Si le chiffre était inférieur, il perdait de l'argent ; s'il était supérieur, la Bourse des valeurs devenait très volatile et le risque trop grand. Heureusement pour lui, il était facile de provoquer des guerres, mais il n'était pas aussi aisé d'y mettre fin.

Lorsque son assistant l'informa qu'un inconnu sollicitait un entretien urgent, il devina que ce devait être un envoyé du Spécialiste. Deux mots lui en fournirent le code : or et Asie. Cela faisait plusieurs jours qu'il l'attendait avec impatience et il le reçut immédiatement. L'agent s'adressa au client dans un anglais correct. L'élégance de son costume et ses manières impeccables passèrent totalement inaperçues aux yeux du Collectionneur, qui ne se caractérisait par aucune sorte de raffinement.

« Le Spécialiste a vérifié l'identité des deux seules personnes qui connaissent parfaitement le fonctionnement de la statue qui vous intéresse. Le roi et le prince héritier, un jeune homme que personne n'a vu depuis qu'il avait cinq ou six ans, l'informa-t-il.

— Pour quelle raison ?

— Il reçoit son éducation en un lieu secret. Tous les monarques du Royaume interdit passent par là dans leur enfance et leur adolescence. Les parents confient l'enfant à un lama, qui le prépare à gouverner. Entre autres choses, le prince doit apprendre le code du Dragon d'or.

— Alors ce lama, comme on l'appelle, connaît lui aussi le code.

— Non. Ce n'est qu'un mentor, ou un guide. Personne ne connaît le code en entier, sauf le monarque et son héritier. Le code est divisé en quatre parties et chacune se trouve dans un monastère différent. Le mentor conduit le prince dans ces monastères, lors d'un parcours qui dure douze ans, au cours duquel celui-ci apprend la totalité du code, expliqua l'agent.

— Quel âge a ce prince ?

— Environ dix-huit ans. Son éducation est presque achevée, mais nous n'avons pas la certitude qu'il sache déjà déchiffrer le code.

— Où est ce prince à présent ? s'impatienta le Collectionneur.

— Nous pensons qu'il se trouve dans un ermitage secret, dans les montagnes de l'Himalaya.

— Eh bien, qu'attendez-vous, amenez-le-moi.

— Ce ne sera pas facile. Je vous ai dit que le lieu où il se trouve n'est pas certain et qu'il n'est pas sûr qu'il détienne toute l'information dont vous avez besoin.

— Vérifiez-le, je vous paie pour cela, monsieur ! Et si vous ne le trouvez pas, soudoyez le roi.

— Comment ?

— Les roitelets de ces pays de pacotille sont tous corrompus. Offrez-lui ce qu'il veut : de l'argent, des femmes, des voitures, ce qu'il veut, dit le multimilliardaire.

— Il n'y a rien que vous ayez qui puisse intéresser ce roi. Les choses matérielles ne l'intéressent pas, répliqua l'agent japonais, sans cacher le mépris que lui inspirait ce client.

— Et le pouvoir ? Des bombes atomiques par exemple ?

— Non, définitivement.

— Alors séquestrez-le, torturez-le, faites ce qu'il faut pour lui arracher son secret !

— Dans son cas, la torture ne serait d'aucun effet. Il mourrait sans rien nous dire. Les Chinois ont essayé ces méthodes avec les lamas au Tibet et ils ont rarement obtenu des résultats. Ces gens sont entraînés à séparer leur corps de leur esprit, dit l'envoyé du Spécialiste.

— Comment s'y prennent-ils ?

— Disons qu'ils s'élèvent sur un plan mental supérieur. L'esprit se détache de la matière physique, vous comprenez ?

— L'esprit ? Vous y croyez, vous ? se moqua le Collectionneur.

— Peu importe ce que je crois. Le fait est qu'ils y parviennent.

— Vous voulez dire qu'ils sont comme ces fakirs de cirque qui ne mangent pas pendant des mois et dorment sur des lits de clous ?

— Je parle de quelque chose de bien plus mystérieux que cela. Certains lamas peuvent rester séparés de leur corps aussi longtemps qu'ils le souhaitent.

— Et alors ?

— Cela veut dire qu'ils ne ressentent pas la douleur. Ils peuvent même mourir quand ils le veulent. Ils cessent simplement de respirer. Il est inutile de torturer une telle personne, expliqua l'agent.

— Et le sérum de vérité ?

— Les drogues sont inefficaces, étant donné que l'esprit est sur un autre plan, déconnecté du cerveau.

— Vous voulez me dire que le roi de ce pays est capable de faire cela ? rugit le Collectionneur.

— Nous ne le savons pas avec certitude, mais si la formation qu'il a reçue dans sa jeunesse fut complète et s'il a pratiqué tout au long de sa vie, c'est exactement ce que je veux vous dire.

— Cet homme doit bien avoir une faiblesse ! s'exclama le Collectionneur, allant et venant dans la pièce telle une bête sauvage.

— Il en a très peu, mais nous les chercherons », conclut l'agent en posant sur la table une carte où il avait écrit à l'encre violette la somme en millions de dollars que coûterait l'opération.

Elle était incroyablement élevée, mais le Collectionneur estima qu'il ne s'agissait pas d'une séquestration ordinaire et que, de toute façon, il pouvait la payer. Lorsqu'il aurait le Dragon d'or entre les mains et qu'il contrôlerait le marché des valeurs du monde, il récupérerait mille fois son investissement.

« C'est bien, mais je ne veux aucun problème quel qu'il soit, il faut agir avec discrétion et ne pas provoquer d'incident international. Il est essentiel que personne ne me soupçonne dans cette affaire, ma réputation serait ruinée. Vous vous chargez de faire parler le roi, même si vous devez faire voler ce pays en éclats, vous m'avez compris ? Les détails ne m'intéressent pas.

— Vous aurez bientôt des nouvelles », dit le visiteur en se levant, et il disparut silencieusement.

Le Collectionneur eut l'impression que l'agent s'était évaporé dans l'air. Un frisson le parcourut : c'était pitié que de devoir conclure des marchés avec des gens aussi dangereux. Cependant, il ne pouvait se plaindre, le Spécialiste était un professionnel de première classe, sans l'aide duquel il ne pourrait réussir à être l'homme le plus riche au monde, le numéro un, le plus fortuné de l'histoire de l'humanité, bien plus riche que les pharaons égyptiens et les empereurs romains.

*

Le soleil du matin brillait sur l'Himalaya. Le maître Tensing avait terminé sa méditation et ses prières. Il s'était lavé, avec la lenteur et la précision qui caractérisaient tous ses gestes, sous un filet d'eau qui tombait des montagnes, et se préparait maintenant pour l'unique repas du jour. Son disciple, le prince Dil Bahadur, avait fait bouillir l'eau avec le thé, le sel et la graisse de yack. Une partie était conservée dans une calebasse pour la boire au cours de la journée, l'autre mélangée à de la farine d'orge grillée. La pâte obtenue, la *tsampa*, constituait la base de l'alimentation des moines dans la région. Chacun portait sa part dans un petit sac entre les plis de sa tunique.

Dil Bahadur avait également fait bouillir quelques végétaux qu'ils cultivaient à grand-peine dans la terre aride d'une terrasse naturelle de la montagne, assez éloignée de l'ermitage où ils vivaient. Le prince devait marcher plusieurs heures pour trouver une poignée de feuilles vertes ou d'herbes pour le repas.

« Je vois que tu boites, Dil Bahadur, observa le maître.

— Non, non... »

Le maître le fixa des yeux et le disciple perçut une étincelle amusée dans ses pupilles.

« Je suis tombé, avoua-t-il en lui montrant les éraflures et les contusions qu'il avait sur une jambe.

— Comment ?

— J'ai été distrait. Je regrette, maître, dit le jeune homme en s'inclinant profondément.

— Le dompteur d'éléphant a besoin de cinq vertus, Dil Bahadur : bonne santé, confiance, patience, sincérité et sagesse, dit le lama en souriant.

— J'ai oublié les cinq vertus. En ce moment la santé me fait défaut parce que j'ai perdu confiance en marchant. J'ai perdu confiance parce que j'étais pressé, je n'ai pas eu de patience. En vous cachant que je boitais, j'ai manqué de sincérité. En résumé, maître, je suis loin de la sagesse. »

Tous deux se mirent à rire joyeusement. Le lama se dirigea vers une caisse en bois, il en sortit un petit pot en céramique qui contenait une pommade verdâtre dont il frotta délicatement la jambe du jeune homme.

« Maître, je crois que vous avez atteint l'Eveil, mais que vous n'êtes resté sur cette terre que pour me transmettre l'enseignement », soupira Dil Bahadur ; pour toute réponse, avec le petit pot, le lama lui donna une tape amicale sur la tête.

Ils se préparèrent pour la brève cérémonie de gratitude qu'ils effectuaient toujours avant de déjeuner, puis ils s'assirent dans la position du lotus au sommet de la montagne, leurs bols de *tsampa* et de thé devant eux. Entre deux bouchées, qu'ils mâchaient lentement, ils admiraient le paysage en silence, car ils ne parlaient pas pendant leur repas. La vue se perdait dans la magnifique chaîne de sommets enneigés qui s'étendait devant eux. Le ciel avait pris une intense couleur bleu cobalt.

« La nuit sera froide, dit le prince lorsqu'il eut terminé de manger.

— C'est une très belle matinée, remarqua le maître.

— Je le sais : ici et maintenant. Nous devons nous réjouir de la beauté de ce moment au lieu de penser à la tourmente qui viendra... récita l'élève sur un ton légèrement ironique.

— Très bien, Dil Bahadur.

— Peut-être n'ai-je plus tellement de choses à apprendre, dit le jeune homme avec un sourire.

— Presque rien, juste un peu de modestie », répliqua le lama.

A cet instant un oiseau apparut dans le ciel, il fit de grands cercles en déployant ses ailes immenses, puis disparut.

« Qu'est-ce que c'était que cet oiseau ? demanda le lama en se levant.

— On aurait dit un aigle blanc, dit le garçon.

— Je n'en ai jamais vu par ici.

— Il y a longtemps que vous observez la nature. Sans doute connaissez-vous tous les oiseaux et tous les animaux de la région.

— Ce serait une impardonnable arrogance de ma part de prétendre que je connais tout ce qui vit dans ces montagnes, mais en vérité je n'ai jamais vu d'aigle blanc, répliqua le lama.

— Je dois apprendre mes leçons, maître », dit le prince en ramassant les bols et se retirant dans l'ermitage.

*

Au sommet de la montagne, dans un cercle dégagé, Tensing et Dil Bahadur s'exerçaient au tao-shu, ce mélange de plusieurs arts martiaux inventé par les moines du lointain monastère fortifié de Chenthan Dzong. Les survivants du tremblement de terre qui avait détruit le monastère s'étaient dispersés en Asie pour enseigner leur art. Chacun n'entraînait qu'une seule personne, choisie pour ses capacités physiques et son intégrité morale. Ainsi se transmettaient les connaissances. A chaque génération, le nombre total des guerriers experts au tao-shu ne dépassait jamais la douzaine. Tensing était l'un d'eux, et l'élève qu'il avait choisi pour le remplacer était Dil Bahadur.

Le terrain rocheux était traître à cette époque de l'année, car la gelée blanche qui le couvrait au lever du jour le rendait glissant. En automne et en hiver l'exercice paraissait plus agréable à Dil Bahadur, car la neige molle amortissait les chutes. De plus, il aimait sentir l'air hivernal. Supporter le froid faisait partie du rude apprentissage auquel le soumettait son maître, de même que marcher presque toujours pieds nus, se nourrir très peu et rester des heures et des heures immobile en méditation. Ce midi-là, le soleil brillait et pas un souffle de vent ne rafraîchissait l'atmosphère ; sa jambe contusionnée lui faisait mal et à chaque cabriole mal exécutée il atterrissait sur des pierres, mais il ne demandait pas de trêve. Son maître ne l'avait jamais entendu se plaindre.

De stature moyenne et mince, le prince contrastait avec Tensing, qui était originaire de la région orientale du Tibet, où les gens sont exceptionnellement grands. Le lama mesurait plus de deux mètres et il avait passé son existence à se consacrer tant à la pratique spirituelle qu'à l'exercice physique. C'était un géant, aussi musclé qu'un haltérophile.

« Pardonne-moi si j'ai été trop brusque, Dil Bahadur. Il est possible que j'aie été un guerrier cruel dans des vies antérieures, dit Tensing, sur un ton d'excuse, la cinquième fois qu'il renversa son élève.

— Il est possible que j'aie été une fragile demoiselle

dans des vies antérieures, répliqua Dil Bahadur, étalé sur le sol, hors d'haleine.

— Sans doute serait-il opportun que tu n'essaies pas de dominer ton corps avec ton mental. Tu dois être comme le tigre de l'Himalaya, pur instinct et détermination... suggéra le lama.

— Sans doute ne serai-je jamais aussi fort que mon honorable maître, dit le jeune homme, en se relevant avec quelque difficulté.

— La tempête arrache du sol le solide chêne, mais pas le jonc, parce que celui-ci ploie. N'évalue pas mes forces, mais au contraire mes faiblesses.

— Peut-être mon maître n'a-t-il pas de faiblesses, émit Dil Bahadur avec un sourire, en se mettant en posture de défense.

— Ma force est aussi ma faiblesse, Dil Bahadur. Tu dois l'utiliser contre moi. »

Quelques secondes plus tard, cent cinquante kilos de muscles et d'os volaient dans les airs en direction du prince. Cette fois, cependant, Dil Bahadur bondit à la rencontre de la masse qui lui arrivait dessus avec la grâce d'un danseur. A l'instant où les deux corps entrèrent en contact, il se tourna légèrement sur la gauche, esquivant le poids de Tensing qui tomba à terre, roulant habilement sur une épaule et un flanc. Aussitôt il se releva d'un saut formidable et repartit à l'attaque. Dil Bahadur l'attendait. Malgré sa corpulence, le lama s'éleva tel un félin, traçant un arc de cercle dans l'air, mais il ne réussit pas à toucher le jeune homme, car lorsque sa jambe se déplia dans un violent coup de pied, celui-ci n'était plus là pour le recevoir. En une fraction de seconde, Dil Bahadur était derrière son adversaire et il lui donna un bref coup sec sur la nuque. C'était l'une des feintes du tao-shu, qui pouvait paralyser sur-le-champ et même tuer, mais la force était calculée pour le renverser sans lui faire de mal.

« Il est possible que Dil Bahadur ait été une demoiselle guerrière dans des vies passées, dit Tensing en se remettant sur ses pieds, très satisfait, et saluant son élève d'une inclination profonde.

— Peut-être mon honorable maître a-t-il oublié les vertus du roseau », dit le jeune homme avec un sourire, saluant lui aussi.

A ce moment, une ombre se projeta sur le sol et tous deux levèrent les yeux : au-dessus de leurs têtes volait en cercle le même oiseau blanc qu'ils avaient vu quelques heures plus tôt.

« Remarques-tu quelque chose d'étrange dans cet aigle ? demanda le lama.

— Peut-être ma vue me trompe-t-elle, maître, mais je ne vois pas son aura.

— Moi non plus...

— Qu'est-ce que cela signifie ? s'enquit le plus jeune.

— Dis-moi, toi, ce que cela signifie, Dil Bahadur.

— Si nous ne pouvons la voir, c'est peut-être qu'il n'en a pas, maître.

— Voilà une très sage conclusion, se moqua le lama.

— Comment est-il possible qu'il n'ait pas d'aura ?

— Il est possible que ce soit une projection mentale, suggéra Tensing.

— Essayons de communiquer avec elle », proposa Dil Bahadur.

Tous deux fermèrent les yeux et ouvrirent leur esprit et leur cœur pour recevoir l'énergie du puissant oiseau qui tournait au-dessus de leurs têtes. Pendant plusieurs minutes ils restèrent ainsi. La présence de l'oiseau était si forte qu'ils sentaient des vibrations sur leur peau.

« Vous dit-il quelque chose à vous, maître ?

— Je ne ressens que son angoisse et sa confusion. Je ne parviens pas à déchiffrer de message. Et toi ?

— Moi non plus.

— Je ne sais pas ce que cela signifie, Dil Bahadur, mais il y a une raison pour laquelle cet oiseau nous cherche », conclut Tensing, qui n'avait jamais eu d'expérience semblable et paraissait troublé.

CHAPITRE 11

Le jaguar totémique

UNE GRANDE confusion régnait dans la ville de Tunkhala. Les policiers interrogeaient la moitié de la population, tandis que des détachements de soldats partaient dans des Jeeps ou à cheval à l'intérieur du pays, car aucun véhicule à roues ne pouvait s'aventurer sur les sentiers abrupts des montagnes. Des moines apportant des offrandes de fleurs, de riz et d'encens s'attroupaient devant les statues religieuses. Les trompettes résonnaient dans les temples et partout flottaient des drapeaux de prière. Pour la première fois depuis qu'elle avait été installée, la télévision émit toute la journée, reprenant mille fois la même information et montrant des photographies des jeunes filles disparues. Dans les foyers des victimes n'entrait plus une épingle : amis, parents et voisins arrivaient pour présenter leurs condoléances, apportant de la nourriture et des prières écrites sur des bouts de papier, qu'ils brûlaient devant les images religieuses.

Kate Cold parvint à entrer en communication téléphonique avec l'ambassade américaine en Inde pour demander de l'aide, mais elle avait peu d'espoir que celle-ci arrivât avec la promptitude nécessaire, si toutefois elle arrivait. Le fonctionnaire qui lui répondit lui expliqua que le Royaume interdit n'était pas sous sa juridiction, et qu'en outre Nadia Santos n'était pas citoyenne américaine, mais brésilienne. Vu les circonstances, l'écrivain décida de devenir l'ombre du général Myar Kunglung. Cet homme était à la tête des seules forces militaires qui existaient dans le pays et elle n'était pas disposée à lui permettre de se distraire un seul instant. En un tour de main elle se débarrassa du sarong qu'elle avait porté ces derniers jours, enfila ses vêtements habituels d'exploratrice et grimpa dans la Jeep du général sans que personne ne pût l'en dissuader.

« Vous et moi, nous partons en campagne », annonça-t-elle au général surpris, qui ne comprit pas toutes les paroles de l'écrivain, mais saisit parfaitement ses intentions.

« Toi, Alexander, tu restes à Tunkhala, car si Nadia peut le faire, elle entrera en contact avec toi. Et rappelle l'ambassade en Inde », ordonna-t-elle à son petit-fils.

Rester bras croisés à attendre paraissait intolérable à Alex, mais il comprit que sa grand-mère avait raison. Il partit à l'hôtel, où il y avait un téléphone, et parvint à parler avec l'ambassadeur, qui fut un peu plus aimable que le fonctionnaire précédent, mais ne put rien lui promettre de concret. Il entra aussi en contact avec la revue *International Geographic* à Washington. En attendant, il fit une liste de toutes les informations disponibles, même les plus insignifiantes, susceptibles de le mettre sur une piste.

Lorsqu'il pensait à Aigle, ses mains tremblaient. Pourquoi la secte du Scorpion l'avait-elle choisie, justement elle ? Pourquoi prenait-elle le risque de séquestrer une étrangère, ce qui ne manquerait pas de provoquer un incident international ? Que signifiait la présence de Tex Armadillo au milieu de la fête ? Pourquoi l'Américain était-il déguisé ? Ceux qui portaient des masques barbus étaient-ils des guerriers bleus, comme le croyait Aigle ? Toutes ces questions et mille autres se pressaient dans son esprit, augmentant son exaspération.

Il pensa que s'il rencontrait Tex Armadillo il pourrait saisir le bout d'un fil pouvant le conduire à Nadia, mais il ne savait par où commencer. Cherchant une clé, il passa soigneusement en revue chacun des mots qu'il avait échangés avec cet homme ou qu'il avait réussi à entendre lorsqu'il l'avait suivi, en Inde, dans les souterrains du Fort Rouge. Il fit une liste de ses conclusions.

– Tex Armadillo et la secte du Scorpion étaient en relation.
– Tex Armadillo ne gagnait rien avec la séquestration des jeunes filles. Ce n'était pas sa mission.
– Il pouvait s'agir d'un trafic de drogue.
– Le rapt des jeunes filles ne cadrait pas avec une opération de trafic de drogue, car il attirait trop l'attention.
– Jusqu'alors, les guerriers bleus n'avaient jamais séquestré de jeunes filles au Royaume interdit. Ils devaient avoir une puissante raison de le faire.
– La raison pouvait justement être qu'ils voulaient attirer l'attention et distraire la police et les forces armées.
– Si tel était le cas, leur objectif était autre. Lequel ? Par où attaqueraient-ils ?

Alexander arriva à la conclusion que sa liste l'éclairait fort peu : il tournait en rond.

Vers deux heures de l'après-midi il reçut un appel téléphonique de sa grand-mère Kate, qui se trouvait dans une bourgade à deux heures de la capitale. Les soldats du général Myar Kunglung avaient occupé tous les petits villages et fouillaient les temples, les monastères et les maisons à la recherche des malfaiteurs. Il n'y avait pas de nouvelles fraîches, mais il ne faisait pas de doute que les terribles hommes bleus se trouvaient dans le pays. Plusieurs paysans avaient vu de loin les cavaliers vêtus de noir.

« Pourquoi cherchent-ils là-bas ? Ils ne se cachent sûrement pas dans ces endroits ! s'exclama Alexander.

— Nous suivons toutes les pistes possibles, fiston. Il y a aussi des soldats qui ratissent les montagnes », lui expliqua Kate.

Le garçon se souvint d'avoir entendu dire que la secte du Scorpion connaissait tous les passages de l'Himalaya. Logiquement, ces hommes se cacheraient dans les plus inaccessibles.

Le garçon décida qu'il ne pouvait rester à l'hôtel à attendre. « Ce n'est pas pour rien que je m'appelle Alexander, qui veut dire défenseur des hommes », murmura-t-il, convaincu que son nom impliquait qu'il lui incombait aussi de défendre les femmes. Il enfila son parka et ses bottes de haute montagne, celles qu'il portait pour faire de l'escalade avec son père en Californie ; il compta son argent et partit à la recherche d'un cheval.

Il sortait de l'hôtel lorsqu'il vit Boroba couché à terre

près de la porte. Il se baissa pour le ramasser, un cri en travers de la gorge, car il pensa qu'il était mort, mais dès qu'il l'eut touché l'animal ouvrit les yeux. Le caressant et murmurant son nom, il l'emporta dans ses bras à la cuisine, où il trouva des fruits pour le nourrir. Il avait de l'écume à la bouche, les yeux rouges, le corps couvert d'égratignures, des coupures sanguinolentes sur les mains et les pattes. On voyait qu'il était exténué, mais dès qu'il eut mangé une banane et bu de l'eau, il revint un peu à lui.

« Sais-tu où est Nadia ? » lui demanda Alexander tandis qu'il nettoyait ses blessures, mais il ne put déchiffrer les cris ni les gestes du singe.

Alex regretta de ne pas avoir appris à communiquer avec Boroba. Il avait eu l'occasion de le faire pendant les trois semaines qu'il avait passées en Amazonie, car Nadia avait souvent proposé de lui enseigner la langue des singes, qui se compose de très peu de sons et que, d'après elle, n'importe qui peut apprendre. A l'époque, cela ne lui avait pas paru nécessaire, il avait pensé que Boroba et lui n'avaient de toute façon pas grand-chose à se dire et que Nadia était toujours là pour traduire. Et voilà que maintenant l'animal détenait sûrement le renseignement le plus important au monde pour lui !

Il changea la pile de sa lampe de poche et la mit dans son sac à dos avec le reste de son équipement d'escalade. Le matériel était lourd, mais un regard sur les montagnes qui entouraient la ville suffisait pour comprendre qu'il était nécessaire. Il prépara un repas de fruits, de pain et de fromage, puis demanda qu'on lui prête un cheval à l'hôtel même où il y en avait plusieurs de disponibles, vu que c'était le moyen de transport le plus utilisé dans le pays. Il avait fait du cheval en été, lorsqu'il allait avec sa famille dans la ferme de ses grands-parents maternels, mais là-bas le terrain était plat. Il pensa que le cheval aurait l'expérience qui lui manquait à lui pour gravir des monts escarpés. Il installa Boroba dans son blouson, en laissant seulement sa tête et ses bras dehors, et il partit au galop dans la direction que celui-ci lui indiqua.

*

Quand la lumière commença à diminuer et la température à baisser, Nadia comprit que sa situation était désespérée. Après avoir envoyé Boroba chercher du secours, elle avait continué à surveiller d'en haut le versant abrupt qui descendait vers la vallée. La végétation exubérante qui poussait dans les vallées et les montagnes du Royaume interdit allait se raréfiant à mesure que l'on montait et disparaissait complètement sur les sommets. Cela lui permettait de voir, quoique peu distinctement, les mouvements des hommes bleus qui étaient partis à sa recherche dès qu'ils s'étaient aperçus de sa fuite. L'un d'eux descendit jusqu'à l'endroit où ils avaient laissé les chevaux, certainement pour avertir le reste du groupe. Nadia ne doutait pas qu'il y en eût plusieurs autres, à en juger par la quantité de provisions et de harnais qu'elle avait vue, bien qu'il fût impossible d'estimer leur nombre.

Les autres guerriers parcoururent les environs de la caverne où les jeunes filles séquestrées se trouvaient sous la garde de la femme à la cicatrice. Il ne se passa pas beaucoup de temps avant que leur vînt l'idée d'inspecter le sommet. Nadia se rendit compte qu'elle ne pouvait rester là, car ses poursuivants ne tarderaient pas à suivre sa trace. Elle jeta un regard autour d'elle et ne put éviter une exclamation d'angoisse. Il y avait de nombreux coins où se cacher, mais il était également très facile de se perdre. Finalement, elle choisit un profond ravin, telle une entaille dans la montagne, à l'ouest de l'endroit où elle se trouvait. Il semblait parfait, elle pourrait se cacher dans les anfractuosités du terrain, bien qu'elle ne fût pas certaine de pouvoir ensuite en sortir.

Si les hommes bleus ne la trouvaient pas, Jaguar ne le pourrait pas lui non plus. Elle pria pour qu'il n'ait pas l'idée de venir seul, car il ne pourrait jamais affronter les guerriers du Scorpion. Connaissant le caractère indépendant de son ami et son impatience devant la manière imprécise de parler et de se conduire des habitants du Royaume interdit, elle craignit qu'il ne demande aucune aide.

En voyant plusieurs hommes monter, elle dut prendre une décision. Vue d'en haut, la crevasse qu'elle avait choisie pour se cacher semblait bien moins profonde qu'elle ne l'était en réalité, comme elle put le vérifier dès qu'elle entreprit d'y descendre. Elle n'avait pas l'expérience de ce terrain et craignait l'altitude, mais elle se souvint de cette fois où elle avait dû grimper sur le versant abrupt d'une cascade en Amazonie, en suivant les Indiens, et cela lui donna du courage. Bien sûr, en cette occasion elle avait Alexander auprès d'elle, alors qu'à présent elle était seule.

Elle avait à peine fait deux ou trois mètres, collée telle une mouche à la paroi de roche verticale, lorsque la racine à laquelle elle s'était accrochée céda, tandis qu'elle tâtait avec son pied à la recherche d'un appui. Elle perdit l'équilibre, essaya de s'agripper, mais il y avait des plaques de glace. Elle glissa et ne put éviter de rouler tout au fond. Pendant quelques secondes elle fut submergée par la panique, sûre qu'elle allait mourir, mais elle eut ensuite l'incroyable surprise d'atterrir sur des buissons qui amortirent miraculeusement sa chute. Meurtrie, couverte d'écorchures et d'éraflures, elle voulut bouger, mais une douleur aiguë lui arracha un cri. Elle vit avec horreur que son bras gauche pendait selon un angle anormal. Elle s'était démis l'épaule.

Dans les premières minutes elle n'avait rien senti, le corps complètement insensibilisé, mais bientôt la douleur fut si intense qu'elle crut s'évanouir. Lorsqu'elle bougeait, la douleur empirait bien davantage. Elle fit un effort mental pour rester consciente et évaluer sa situation : elle ne pouvait se permettre le luxe de perdre la tête, décida-t-elle.

Dès qu'elle put se calmer un peu, elle leva les yeux et se vit entourée de rochers tombant à pic, mais au-dessus régnait la paix infinie d'un ciel bleu si pur qu'on l'aurait dit peint. Elle appela à l'aide son animal totémique et, par un énorme effort psychique, parvint à se transformer en un aigle puissant et à voler hors du canyon où elle était emprisonnée au-dessus des montagnes. L'air portait ses grandes ailes et elle se déplaçait en silence dans les hauteurs, observant d'en haut le paysage de sommets enneigés et, beaucoup plus bas, le vert intense de ce beau pays.

Pendant les heures qui suivirent, Nadia évoqua l'aigle

chaque fois qu'elle se sentait vaincue par le désespoir. Et chaque fois le grand oiseau soulagea son esprit.

Peu à peu elle parvint à se mouvoir, tenant son bras inerte avec son autre main, jusqu'à ce qu'elle puisse se cacher sous les buissons. Elle fit bien, car les guerriers bleus arrivèrent au sommet où elle se trouvait un peu plus tôt, et ils explorèrent les environs. L'un d'eux essaya de descendre dans le ravin, mais il était trop escarpé et il supposa que s'il n'y arrivait pas, la fugitive elle non plus n'avait pu descendre au fond.

Depuis sa cachette, Nadia entendait les bandits s'interpeller les uns les autres dans une langue qu'elle ne chercha pas à comprendre. Lorsque enfin ils s'en furent, le plus grand silence régna sur les sommets et elle put mesurer son immense solitude.

Malgré son parka, Nadia était gelée. Le froid atténuait la douleur de l'épaule blessée et la plongeait peu à peu dans un sommeil invincible. Elle n'avait pas mangé depuis la veille, mais elle n'avait pas faim, juste une soif terrible. Elle grattait les flaques de glace sale qui s'étaient formées entre les pierres et en suçait des morceaux, anxieuse, mais en fondant ils lui laissaient un goût de terre dans la bouche. Elle se rendit compte que la nuit tombait sur elle et que la température allait descendre au-dessous de zéro. Ses yeux se fermaient. Pendant un moment elle lutta contre la fatigue, mais ensuite décida que si elle dormait le temps lui paraîtrait plus court.

« Peut-être ne verrai-je jamais renaître le jour », murmura-t-elle en s'abandonnant au sommeil.

*

Tensing et Dil Bahadur se retirèrent dans leur ermitage de la montagne. Ces heures étaient consacrées à l'étude, mais aucun des deux ne fit mine de sortir les parchemins du coffre où ils les gardaient, car tous deux avaient l'esprit à autre chose. Ils allumèrent un petit brasero et chauffèrent leur thé. Avant de se plonger dans la méditation, ils psalmodièrent *Om mani padme hum* pendant une quinzaine de minutes, puis ils prièrent en demandant la clarté mentale qui leur permettrait de comprendre l'étrange signe qu'ils avaient vu dans le ciel. Ils entrèrent en transe et leurs esprits quittèrent leurs corps pour entreprendre un voyage.

Quand le maître et son disciple ouvrirent les yeux, il restait environ trois heures avant le coucher du soleil. Pendant quelques instants ils demeurèrent immobiles, donnant à leur âme, qui avait voyagé au loin, le temps de se réinstaller dans la réalité de l'ermitage où ils vivaient. Dans leur transe, tous deux avaient eu des visions semblables et aucune explication ne fut nécessaire.

« Je suppose, maître, que nous allons porter secours à la personne qui a envoyé l'aigle blanc, dit le prince, certain que c'était aussi la décision de Tensing, car telle était la voie montrée par Bouddha : la voie de la compassion.

— Peut-être, répliqua le lama par simple habitude, car sa détermination était aussi ferme que celle de son disciple.

— Comment la trouverons-nous ?

— Peut-être l'aigle nous guidera-t-il. »

Ils se vêtirent de leurs tuniques de laine, jetèrent sur leurs épaules une peau de yack, chaussèrent les bottes de cuir qu'ils ne portaient que pour les longues randonnées et pendant le rude hiver, puis ils prirent leurs longs bâtons ainsi qu'une lampe à huile. A leur ceinture ils attachèrent la bourse remplie de farine pour la *tsampa* et la graisse, base de leur alimentation. Dans une autre bourse, Tensing emportait un flacon contenant de la liqueur de riz, la petite boîte en bois avec ses aiguilles d'acupuncture et quelques médicaments. Dil Bahadur mit sur son épaule l'un de ses arcs les plus courts et le carquois contenant les flèches. Sans faire de commentaires, tous deux se mirent en chemin dans la direction où ils avaient vu s'éloigner le grand oiseau blanc.

*

Nadia Santos s'abandonna à la mort. La douleur, le froid, la faim et la soif ne la tourmentaient plus. Elle flottait dans un état de demi-sommeil, rêvant de l'aigle. Par moments elle se réveillait, et son esprit avait alors des étincelles de conscience, elle savait où et dans quel état elle se trouvait, comprenait qu'il restait peu d'espoir, mais lorsque la nuit l'enveloppa, son esprit fut libéré de toute crainte.

Les heures précédentes avaient été pleines d'angoisse. Une fois que les hommes bleus se furent éloignés et qu'elle eut cessé de les entendre, elle essaya de se traîner, mais très vite elle se rendit compte qu'il serait impossible d'escalader cette pente abrupte sans aide, avec un bras inutile. Elle n'essaya pas d'ôter son parka pour examiner son épaule, car chaque mouvement était un supplice, mais elle constata que sa main était très enflée. Par instants la douleur l'hébétait, mais si elle y prêtait attention, c'était bien pire ; elle essayait de se distraire en pensant à autre chose.

Elle eut plusieurs crises de désespoir au cours de la journée. Elle pleura en pensant à son père qu'elle ne reverrait plus ; par la pensée elle appela Jaguar. Où était son ami ? Boroba l'aurait-il trouvé ? Pourquoi ne venait-il pas ? Par deux fois elle cria et cria jusqu'à ne plus avoir de voix, sans se soucier d'être entendue par la secte du Scorpion, car elle préférait l'affronter que de rester seule ici, mais personne ne vint. Un peu plus tard elle entendit des pas et son cœur battit de joie, jusqu'à ce qu'elle s'aperçoive qu'il s'agissait de deux chèvres sauvages. Elle les appela dans la langue des chèvres, mais n'obtint pas qu'elles s'approchent.

Sa vie s'était écoulée dans le climat chaud et humide de l'Amazonie. Elle ne connaissait pas le froid. A Tunkhala, où les gens étaient vêtus de coton et de soie, elle devait garder son gilet. Elle n'avait jamais vu de neige et ne savait pas ce qu'était la glace avant d'en voir sur une patinoire artificielle, à New York. Maintenant, elle grelottait. Dans le trou où elle se trouvait prisonnière, elle était protégée du vent et les buissons diminuaient un peu le froid, mais il était de toute façon insupportable pour elle. Elle resta recroquevillée pendant des heures, jusqu'à ce que son corps engourdi devienne insensible. Enfin, quand le ciel commença à s'assombrir, elle sentit très clairement la présence de la mort. Elle la reconnut parce qu'elle l'avait déjà rencontrée. En Amazonie, elle avait vu naître et mourir des personnes et des animaux, elle savait que chaque être vivant accomplissait le même cycle. Dans la nature, tout se renouvelle. Elle ouvrit les yeux, cherchant les étoiles, mais déjà elle ne voyait plus rien, elle était plongée dans une totale obscurité, car la faible lueur de la lune qui éclairait vaguement les cimes de l'Himalaya ne parvenait pas dans la crevasse. Elle referma les yeux et imagina que son père était avec elle, la soutenant. Dans son esprit passa l'image de l'épouse du sorcier Walimaï, cet esprit translucide qui l'accompagnait toujours, et elle se demanda si seules les âmes des Indiens pouvaient aller et venir à volonté entre le ciel et la terre. Elle supposa qu'elle aussi pourrait le faire et décida que, dans ce cas, elle aimerait revenir en esprit pour consoler son père et Jaguar, mais chaque pensée lui coûtait un effort immense, et tout ce qu'elle voulait, c'était dormir.

Nadia lâcha les amarres qui la retenaient au monde et elle s'en fut doucement, sans aucun effort et sans douleur, avec la même grâce qui la faisait s'élever lorsqu'elle devenait un aigle et que ses ailes puissantes la portaient au-dessus des nuages et l'emmenaient de plus en plus haut, vers la lune.

*

Boroba conduisit Alexander jusqu'à l'emplacement où il avait laissé Nadia. Complètement épuisé d'avoir parcouru trois fois le trajet sans se reposer, il s'était perdu à plusieurs reprises mais avait toujours réussi à revenir sur le bon chemin. Ils arrivèrent au défilé qui conduisait à la caverne des hommes bleus vers six heures du soir. A ce moment, ceux-ci s'étaient fatigués de chercher Nadia et ils étaient revenus à leurs occupations. Le type patibulaire qui semblait les commander avait décidé qu'ils ne pouvaient continuer à perdre leur temps avec cette fille qui leur avait filé entre les doigts ; ils devaient suivre le plan et rejoindre le reste du groupe, selon les instructions données par l'Américain qui les avait engagés. Alex constata que le terrain était piétiné et qu'il y avait du crottin de cheval de tous côtés ; il était évident que les bandits avaient stationné là, mais il n'en vit aucun alentour. Il comprit qu'il ne pouvait continuer à cheval, il lui semblait que les pas de l'animal résonnaient comme une cloche d'alarme ; il serait impossible, si quelques-uns montaient la garde, qu'ils ne l'entendent pas. Il mit pied à terre et laissa partir sa monture afin de ne pas révéler sa présence dans les parages. Il avait d'ailleurs la certitude qu'il ne pourrait revenir par ce chemin et la récupérer.

Il commença à gravir la montagne en se cachant entre les rochers et les pierres, suivant la petite main tremblante de Boroba. Il passa en se traînant à quelque soixante-dix mètres de l'entrée de la caverne, où il vit trois hommes qui montaient la garde, armés de fusils. Il en déduisit que les autres devaient être à l'intérieur, ou partis ailleurs, car il ne vit personne d'autre sur le versant de la montagne. Il supposa que Nadia se trouvait là avec Pema et les autres jeunes filles disparues, mais seul et sans arme il ne pouvait affronter les guerriers du Scorpion. Il hésita, ne sachant quoi faire, jusqu'à ce que les signes insistants de Boroba le fassent douter que son amie se trouvait là.

Le singe tirait sur sa manche et lui montrait le sommet de la montagne. Un coup d'œil lui suffit pour calculer qu'il lui faudrait plusieurs heures pour en atteindre la cime. Il grimperait certes plus vite sans son sac à dos, mais il ne voulut pas se délester de son équipement d'alpiniste.

Il hésita entre retourner à Tunkhala demander de l'aide, ce qui prendrait du temps, ou continuer à chercher Nadia. La première solution pourrait sauver les captives, mais être fatale à Nadia si celle-ci se trouvait en difficulté, comme semblait l'indiquer Boroba. La seconde pouvait aider Nadia, mais être dangereuse pour les autres adolescentes. Il décida que les hommes bleus n'avaient pas intérêt à faire du mal aux jeunes filles. S'ils s'étaient donné la peine de les kidnapper, c'était qu'ils en avaient besoin.

Il continua à grimper et arriva au sommet alors que la nuit était tombée, mais dans le ciel brillait une énorme lune, tel un grand œil d'argent. Boroba regardait tout autour, indécis. Il sauta hors du parka où il était à l'abri, et se mit à chercher avec frénésie en poussant des cris d'angoisse. Alexander se rendit compte que le singe s'attendait à trouver sa maîtresse ici. Fou d'espoir, prudemment, il appela Nadia, craignant que l'écho n'emportât sa voix au bas de la montagne et, dans ce silence absolu, n'arrivât nettement aux oreilles des bandits. Il comprit bientôt qu'il était inutile de continuer à chercher sans autre éclairage que celui de la lune sur ce terrain escarpé, et conclut qu'il valait mieux attendre le lever du jour.

Il s'installa entre deux rochers, utilisant son sac comme oreiller, et partagea son repas avec Boroba. Puis il se tint tranquille, espérant que s'il *écoutait avec le cœur*, Nadia pourrait lui dire où elle se trouvait, mais aucune voix intérieure ne vint éclairer son esprit.

« Je dois dormir un peu pour reprendre des forces »,

murmura-t-il exténué, mais il ne parvint pas à fermer les yeux.

*

Vers minuit, Tensing et Dil Bahadur trouvèrent Nadia. Pendant des heures ils avaient suivi l'aigle blanc. Le puissant oiseau volait silencieusement au-dessus de leurs têtes à si basse altitude que même de nuit ils le sentaient. Aucun des deux n'était sûr de réellement le voir, mais sa présence était si forte qu'ils n'avaient pas besoin de se consulter pour savoir ce qu'ils devaient faire. S'ils s'écartaient du bon chemin ou s'arrêtaient, l'oiseau se mettait à tourner en rond pour le leur indiquer. Il les conduisit ainsi directement à l'endroit où se trouvait Nadia et, une fois là, il disparut.

Un grognement terrifiant arrêta net le lama et son disciple. Ils étaient à quelques mètres du précipice dans lequel avait roulé Nadia, mais ils ne pouvaient avancer, car un animal qu'ils n'avaient jamais vu, un grand félin noir comme la nuit, leur interdisait le passage. Il était prêt à bondir, le dos hérissé et les griffes sorties. Sa gueule ouverte révélait d'énormes canines effilées et ses ardentes pupilles jaunes brillaient férocement dans la lumière vacillante de la lampe à huile.

La première impulsion de Tensing et de Dil Bahadur fut un mouvement de défense et tous deux durent se contrôler pour ne pas recourir à l'art du tao-shu, dans lequel ils avaient plus confiance que dans les flèches de Dil Bahadur. Par un grand effort de volonté, ils s'immobilisèrent. Respirant calmement, pour empêcher la panique de les envahir et l'animal de percevoir l'odeur caractéristique de la peur, ils se concentrèrent pour envoyer de l'énergie positive, comme ils l'avaient fait en d'autres occasions avec un tigre blanc et avec les féroces yétis. Ils savaient que le pire ennemi, de même que le plus grand secours, ce sont en général nos propres pensées.

L'espace d'un instant très bref, qui parut cependant interminable, les hommes et la bête se firent face, jusqu'à ce que la voix sereine de Tensing récite dans un murmure le mantra essentiel. Alors la lumière de la lampe à huile vacilla comme si elle allait s'éteindre et devant les yeux du lama et de son disciple, à la place du félin apparut un garçon d'aspect très étrange. Ils n'avaient jamais vu personne ayant un teint si pâle, ni vêtu de cette façon.

De son côté, Alexander avait vu une toute petite lumière qu'il avait tout d'abord prise pour une illusion, mais peu à peu elle était devenue plus réelle. Derrière cette faible lueur il vit s'avancer deux silhouettes humaines. Il crut que c'étaient les hommes de la secte du Scorpion et bondit, sur le qui-vive, prêt à mourir en se battant. Il sentit que l'esprit du jaguar noir venait à son aide, il ouvrit la bouche et un rugissement terrifiant ébranla l'air paisible de la nuit. Ce n'est que lorsque les deux inconnus furent à deux mètres de distance, et qu'il put mieux distinguer leurs contours, qu'Alex s'aperçut que ce n'étaient pas les sinistres bandits barbus.

Ils se regardèrent avec la même curiosité : d'un côté deux moines bouddhistes couverts de peaux de yack; de l'autre un jeune Américain vêtu d'un jean et chaussé de bottes, un singe pendu à son cou. Lorsqu'ils parvinrent à réagir, tous trois joignirent leurs mains et s'inclinèrent à l'unisson dans le salut traditionnel du Royaume interdit.

« *Tampo kachi*, que le bonheur soit sur vous, dit Tensing.

— *Hi* », répliqua Alexander.

Boroba poussa un cri et cacha ses yeux avec ses mains, comme il le faisait lorsqu'il était effrayé ou confus.

La situation était si étrange qu'ils sourirent tous les trois. Alexander chercha désespérément un mot dans la langue de ce pays, mais il ne se souvint d'aucun. Il eut cependant la sensation que son esprit était comme un livre ouvert pour ces hommes. Bien qu'il ne les entendît pas prononcer un mot, les images qui se formaient dans sa tête lui révélèrent leurs intentions et il se rendit compte qu'ils étaient là pour la même raison que lui.

Par télépathie, Tensing et Dil Bahadur apprirent que cet étranger cherchait une jeune fille perdue nommée Aigle. Ils en déduisirent naturellement que c'était cette personne qui leur avait envoyé l'aigle blanc. Il ne leur parut pas surprenant que cette fille ait la capacité de se transformer en oiseau, de même qu'ils ne furent pas étonnés que le garçon se soit présenté à leurs yeux sous l'aspect d'un grand félin noir. Ils avaient la conviction que rien n'est impossible. Dans leurs transes et leurs voyages astraux, eux-mêmes avaient pris la forme de divers animaux ou d'êtres d'autres univers. Ils lurent également dans l'esprit d'Alexander ses soupçons sur les bandits de la secte du Scorpion, dont Tensing avait entendu parler lors de ses voyages dans le nord de l'Inde et au Népal.

A cet instant un cri dans le ciel interrompit le flux des

pensées qui passait entre les trois hommes. Ils levèrent les yeux et là, au-dessus de leurs têtes, se trouvait de nouveau le grand oiseau. Ils le virent effectuer un petit cercle, puis descendre en direction d'un obscur précipice qui s'ouvrait un peu plus loin.

« Aigle ! Nadia ! » s'exclama Alexander, d'abord avec une folle allégresse, immédiatement suivie d'une terrible appréhension.

La situation était désespérée, car descendre de nuit au fond de ce ravin était quasiment impossible. Cependant, il devait le tenter, car le fait que Nadia n'ait pas répondu aux appels répétés d'Alexander et aux cris de Boroba signifiait qu'il lui était arrivé quelque chose de grave. Elle était sans doute vivante, puisque la projection mentale de l'aigle l'indiquait, mais sans doute était-elle grièvement blessée.

« Je vais descendre », dit Alexander en anglais.

Tensing et Dil Bahadur n'eurent pas besoin de traduction pour comprendre sa décision, aussi se préparèrent-ils à l'aider.

Le garçon se félicita d'avoir emporté son matériel d'escalade ainsi que sa torche électrique, et il éprouva aussi un sentiment de gratitude pour l'expérience acquise avec son père en escaladant des montagnes et en pratiquant le rappel. Il enfila le harnais, enfonça un pic métallique entre les rochers, éprouva sa fermeté, y fixa la corde et, devant les yeux stupéfaits de Tensing et de Dil Bahadur, qui n'avaient jamais rien vu de pareil bien qu'ils aient toujours vécu dans ces montagnes, descendit comme une araignée dans le précipice.

CHAPITRE 12

La médecine de l'esprit

LA PREMIÈRE chose que perçut Nadia en revenant à elle, ce fut l'odeur rance de la lourde peau de yack qui la couvrait. Elle entrouvrit les yeux mais ne vit rien. Elle voulut bouger, mais elle était immobilisée ; elle essaya de parler, mais sa voix ne sortit pas. Soudain l'assaillit une douleur insupportable à l'épaule qui en quelques secondes se répandit dans tout son corps. Elle s'enfonça de nouveau dans l'obscurité, avec la sensation de tomber dans un vide infini, où elle se perdait tout entière. Calme, elle flottait dans cet état, mais dès qu'elle avait un soupçon de conscience, elle sentait la douleur la traverser comme une flèche. Même évanouie, elle gémissait.

Enfin elle commença à se réveiller, mais son cerveau semblait enveloppé dans une matière blanchâtre et cotonneuse dont elle ne pouvait se libérer. En ouvrant les yeux elle vit le visage de Jaguar penché sur elle et supposa qu'elle était morte, mais ensuite elle entendit sa voix l'appeler. Elle parvint à préciser sa vision, et lorsqu'elle sentit un élancement brûlant dans l'épaule elle se rendit compte qu'elle était encore vivante.

« Aigle, c'est moi... dit Alexander, tellement effrayé et ému devant son amie qu'il pouvait à peine retenir ses larmes.

— Où sommes-nous ? » murmura-t-elle.

Un visage couleur de bronze, aux yeux en amande et à l'expression sereine apparut devant ses yeux.

« *Tampo kachi*, vaillante enfant », la salua Tensing. Il tenait un bol en bois à la main et lui faisait signe de boire.

Nadia avala avec difficulté un liquide tiède et amer, qui tomba comme une pierre dans son estomac vide. Elle fut prise de nausées, mais la main du lama pressa sa poitrine avec fermeté et, sur-le-champ, le malaise disparut. Elle but un peu plus, et bientôt Jaguar et Tensing s'effacèrent tandis qu'elle sombrait dans un sommeil profond et paisible.

Se servant de sa corde et de sa torche, Alexander était descendu en quelques secondes dans le ravin, où il avait découvert Nadia pelotonnée au milieu des buissons, glacée et immobile, comme morte. Le soulagement qu'il avait ressenti en constatant qu'elle respirait encore lui avait arraché un cri. Essayant de la déplacer, il avait vu le bras pendant et supposé qu'elle s'était cassé un os, mais il ne s'était pas arrêté à le vérifier. L'important était de la sortir de ce trou, mais il ne serait pas facile de la remonter évanouie.

Retirant son harnais, il l'avait mis à Nadia, puis à l'aide de sa ceinture avait immobilisé son bras contre sa poitrine. Dil Bahadur et Tensing avaient hissé l'adolescente avec de grandes précautions, pour éviter qu'elle ne se cogne contre les pierres, puis ils avaient jeté la corde à Alexander afin qu'il puisse remonter.

Tensing avait examiné Nadia et déterminé qu'ils devaient avant tout la réchauffer. Il s'occuperait plus tard du bras. Il lui avait donné un peu de liqueur de riz, mais elle était inconsciente et n'avalait rien. Tous trois l'avaient frottée des pieds à la tête pendant de longues minutes pour activer la circulation sanguine et aussitôt des couleurs lui étaient un peu revenues ; ils l'avaient ensuite enveloppée dans l'une des peaux, comme un paquet, couvrant même son visage.

Avec leurs longs bâtons, la corde d'Alexander et l'autre peau de yack, ils avaient improvisé un brancard et l'avait ainsi transportée jusqu'à un petit refuge proche, l'une de ces nombreuses crevasses et grottes naturelles qui trouaient la montagne. Le voyage de retour jusqu'à l'ermitage de Tensing et Dil Bahadur en portant Nadia était bien trop long et compliqué, raison pour laquelle le lama avait décidé qu'ils seraient ici à l'abri des bandits et pourraient se reposer le reste de la nuit.

*

Dil Bahadur trouva quelques racines sèches avec lesquelles il improvisa un maigre feu qui leur procura un peu de chaleur et de lumière. Avec de grandes précautions ils ôtèrent le parka de Nadia, et Alexander ne put retenir une exclamation de frayeur lorsqu'il vit pendre le bras de son amie, tellement enflé qu'il avait doublé de volume, l'os de l'épaule hors de la clavicule. Tensing, quant à lui, ne se troubla pas.

Le lama ouvrit sa petite boîte en bois et entreprit de mettre les aiguilles en certains points de la tête de Nadia, afin de supprimer la douleur. Puis il sortit des plantes médicinales de son sac et les broya entre deux pierres, tandis que Dil Bahadur faisait fondre de la graisse dans son bol. Le lama mélangea la graisse avec les poudres, confectionnant une pâte brunâtre et parfumée. Ses mains expertes remirent l'os de Nadia en place, puis couvrirent l'épaule avec la pâte sans que la jeune fille ne fasse le moindre mouvement, totalement apaisée par les aiguilles. Par télépathie et par signes, Tensing expliqua à Alexander que la douleur produit des tensions et des résistances, ce qui bloque l'esprit et réduit la capacité naturelle de guérison. En plus d'anesthésier, l'acupuncture activait le système immunologique du corps. Nadia ne souffrait pas, assura-t-il.

Dil Bahadur déchira un bout de sa tunique pour en faire des bandages, mit de l'eau à bouillir avec un peu de cendres du feu et, dans ce liquide, trempa les lanières de toile que le lama utilisa pour envelopper l'épaule blessée. Tensing immobilisa ensuite le bras à l'aide d'une écharpe, retira les aiguilles d'acupuncture et fit signe à Alexander de rafraîchir le front de Nadia avec le givre et la neige qui se trouvaient dans les anfractuosités de la roche, pour faire baisser la fièvre.

Au cours des heures qui suivirent, Tensing et Dil Bahadur se concentrèrent pour soigner Nadia par la force mentale. C'était la première fois que le prince réalisait cette prouesse sur un être humain. Son maître l'avait entraîné pendant des années à cette manière de soigner, mais il ne l'avait pratiquée que sur des animaux blessés.

Alexander comprit que ses nouveaux amis essayaient d'attirer de l'énergie de l'univers et de la canaliser pour fortifier Nadia. Dil Bahadur lui transmit mentalement la pensée que son maître était médecin, mais aussi un puissant *tulku*, qui avait l'immense sagesse d'incarnations antérieures. Bien qu'il ne soit pas sûr d'avoir bien compris les messages télépathiques, Alexander eut la présence d'esprit de ne pas l'interrompre ni de poser de questions. Il demeura auprès de Nadia, la rafraîchissant avec de la neige et lui donnant de l'eau à boire lorsqu'elle se réveillait. Il surveilla le feu jusqu'à ce qu'il n'y eût plus de racines combustibles. Bientôt les premières lueurs de l'aube déchirèrent le manteau de la nuit, tandis que les moines, assis dans la position du lotus, les yeux fermés et la main droite posée sur le corps de son amie, murmuraient des mantras.

Bien plus tard, lorsque Alexander put analyser ce qu'il avait vécu au cours de cette étrange nuit, le seul mot qui lui vint à l'esprit pour définir ce qu'avaient fait ces deux hommes mystérieux fut « magie ». Il n'avait pas d'autre explication pour la manière dont ils avaient soigné Nadia. Il supposa que la poudre avec laquelle ils avaient préparé la pâte était un puissant remède inconnu dans le reste du monde, mais il avait la certitude que c'était surtout la force mentale de Tensing et Dil Bahadur qui avait produit le miracle.

Au cours des heures où le lama et le prince appliquèrent leurs pouvoirs psychiques pour soigner Nadia,

Alexander pensait à sa mère, là-bas au loin, en Californie. Il imaginait le cancer sous la forme d'un terroriste caché dans son organisme, prêt à l'attaquer impunément à tout instant. Sa famille avait fêté le rétablissement de Lisa Cold, mais tous savaient que le danger n'était pas écarté. L'association de la chimiothérapie, de l'eau de guérison rapportée de la Cité des Bêtes et des herbes du sorcier Walimaï avait gagné le premier round, mais le combat n'était pas terminé. En voyant Nadia se remettre à une rapidité stupéfiante pendant la nuit, tandis que les moines priaient en silence, Alexander se proposa d'amener sa mère au Royaume du Dragon d'or ou d'étudier lui-même cette méthode merveilleuse pour la guérir.

Au point du jour, Nadia se réveilla sans fièvre, avec de belles couleurs sur le visage et un féroce appétit. Boroba, accroupi à côté d'elle, fut le premier à la saluer. Tensing prépara de la *tsampa* qu'elle dévora comme si c'était un régal, bien qu'en réalité ce fût une bouillie grisâtre au goût d'avoine fumée. Elle but aussi avec avidité la potion médicinale que lui donna le lama.

Nadia leur raconta en anglais son aventure avec les guerriers bleus, la séquestration de Pema et des autres filles, et l'emplacement de la caverne. Elle s'aperçut que les deux hommes qui l'avaient sauvée captaient les images qui se formaient dans son esprit. De temps à autre, Tensing l'interrompait pour éclaircir un détail, et si elle *écoutait avec le cœur* elle pouvait le comprendre. Celui qui avait le plus de problèmes de communication était Alexander, mais les moines devinaient aussi ses pensées. Il était exténué, ses yeux se fermaient de sommeil et il ne comprenait pas comment le lama et le disciple pouvaient être si dispos après avoir passé une partie de la nuit occupés à soigner Nadia et le reste en prière.

« Il faut sauver ces pauvres jeunes filles avant qu'il ne leur arrive un malheur irréparable », intervint Dil Bahadur après avoir écouté le récit de Nadia.

Mais Tensing ne montra pas la même hâte que le prince. Il interrogea l'adolescente pour savoir exactement ce qu'elle avait entendu dans la caverne, et elle lui répéta les quelques mots qu'avait saisis Pema. Tensing demanda si elle était sûre qu'ils avaient mentionné le Dragon d'or et le roi.

« Mon père est peut-être en danger ! s'exclama le prince.

— Ton père ? demanda Alexander surpris.

— Le roi est mon père, expliqua Dil Bahadur.

— J'ai pensé à tout cela et je suis sûr que ces criminels ne sont pas venus au Royaume interdit seulement pour capturer quelques jeunes filles. Ils auraient pu faire cela plus facilement en Inde... émit Alexander.

— Tu veux dire qu'ils sont venus pour une autre raison ? interrogea Nadia.

— Je crois qu'ils ont enlevé les jeunes filles pour détourner l'attention, mais que leur véritable but concerne le roi et le Dragon d'or.

— Voler la statue, par exemple ? insinua Nadia.

— Je comprends qu'elle a beaucoup de valeur. Je ne m'explique pas pourquoi ils ont évoqué le roi, mais ce n'est sûrement pas pour quelque chose de bon », conclut Alex.

Tensing et Dil Bahadur, d'ordinaire impassibles, ne purent retenir une exclamation. Ils discutèrent dans leur langue pendant quelques minutes, puis le lama annonça qu'ils devaient se reposer trois ou quatre heures avant de passer à l'action.

*

La position du soleil indiquait environ neuf heures quand les amis se réveillèrent. Alexander jeta un coup d'œil autour de lui et ne vit que des montagnes et encore des montagnes, comme s'ils se trouvaient au bout du monde, mais il comprit qu'ils n'étaient pas loin de la civilisation, seulement très bien cachés. L'endroit choisi par le lama et son disciple était protégé par de grands rochers et difficile d'accès, à moins d'en connaître la situation. A l'évidence, ils l'avaient déjà utilisé auparavant, car il y avait des restes de bougies dans un coin. Tensing expliqua que pour descendre dans la vallée il fallait faire un grand détour, bien qu'ils n'en soient pas très éloignés, car une très haute falaise les en séparait et que les guerriers bleus bloquaient le seul sentier praticable conduisant à la capitale.

La température de Nadia était normale, elle ne ressentait plus de douleur et son bras avait désenflé. De nouveau elle était affamée et mangea tout ce qu'ils lui offrirent, y compris une bouchée de fromage vert à l'odeur fort peu appétissante, que Tensing sortit de son sac. Le lama renouvela la pâte qui couvrait l'épaule de la jeune fille, il l'enveloppa des mêmes bandes de tissu, vu qu'il n'en avait pas d'autres, et l'aida à faire quelques pas.

« Regarde, Jaguar, je vais tout à fait bien ! Je pourrai vous conduire à la caverne où ils gardent Pema et les autres filles », s'exclama Nadia en faisant quelques sauts pour prouver ce qu'elle disait.

Mais Tensing lui ordonna de se recoucher sur son lit improvisé : elle n'était pas encore tout à fait guérie, elle avait besoin de repos ; son corps était le temple de son esprit et elle devait le traiter avec respect et sollicitude, lui dit-il. Il lui demanda de visualiser ses os à leur place, son épaule désenflée et sa peau débarrassée des bleus et des égratignures dont elle souffrait ces derniers jours.

« Nous sommes ce que nous pensons. Tout ce que nous sommes vient de nos pensées. Nos pensées construisent le monde », dit le moine par télépathie.

Nadia capta l'idée à grands traits : elle pouvait se soigner avec son esprit. C'est ce qu'avaient fait pour elle Tensing et Dil Bahadur pendant la nuit.

« Pema et les autres jeunes filles courent un grave danger. Elles sont peut-être toujours dans la caverne d'où je me suis enfuie, mais il est également possible qu'ils les aient déjà emmenées... expliqua Nadia à Alexander.

— Tu as dit qu'ils avaient là un campement avec des armes, tout un attirail et des provisions. Je ne crois pas qu'il soit facile de déplacer tout cela en quelques heures, remarqua-t-il.

— En tout cas, il faut se presser, Jaguar. »

Tensing lui indiqua qu'elle allait rester pour se reposer, tandis que lui-même et les deux jeunes gens se porteraient au secours des captives. Ce n'était pas loin et Boroba pourrait les guider. Nadia essaya de lui expliquer qu'ils allaient se trouver face aux terribles hommes de la secte du Scorpion, mais il lui sembla que le lama ne comprenait pas bien, car pour toute réponse elle n'obtint qu'un sourire placide.

*

Tensing et Dil Bahadur ne disposaient pas de leurs armes, sauf l'arc et le carquois contenant les flèches du prince, et les deux longs bâtons de bois qu'ils emportaient toujours ; ils avaient laissé le reste dans leur ermitage. Comme seul bouclier, le prince portait pendu à son cou le morceau magique d'excrément pétrifié de dragon qu'ils avaient trouvé dans la Vallée des Yétis. Lorsqu'ils participaient à une compétition sérieuse, comme ils le faisaient en certaines occasions dans les monastères où le prince recevait une instruction, ils utilisaient plusieurs sortes d'armes. C'étaient des compétitions amicales et il était rare que quelqu'un fût blessé, car les moines guerriers avaient de l'expérience et usaient de prudence. L'aimable Tensing se mettait une dure cuirasse en cuir matelassé qui lui couvrait la poitrine et le dos, outre des protections métalliques sur les jambes et les avant-bras. Sa taille, énorme en elle-même, en était doublée, faisant de lui un véritable géant. Au sommet de cette masse humaine, sa tête paraissait vraiment petite et la douceur de son expression tout à fait déplacée. Ses armes préférées étaient des disques métalliques pourvus de pointes affilées comme des poignards, qu'il lançait avec une précision et une rapidité incroyables, et sa lourde épée, que tout autre homme ne pouvait lever à deux bras et qu'il brandissait en l'air sans effort, d'un seul bras. Il était capable de désarmer n'importe quel concurrent d'un seul mouvement des bras, de fendre en deux une cuirasse avec son épée ou de frôler les joues de ses adversaires sans les blesser en lançant ses disques.

Dil Bahadur ne possédait ni la force ni l'adresse de son maître, mais il avait l'agilité d'un chat. Il ne portait ni cuirasse ni autres protections, parce qu'elles gênaient ses mouvements et que la rapidité était sa meilleure défense. Dans une compétition il pouvait éviter couteaux, flèches et lances, escamotant son corps telle une belette. Le voir en action était un spectacle fabuleux, car on aurait dit qu'il dansait. Son arme préférée était l'arc, où il excellait : là où son œil se posait, sa flèche se fichait. Son maître lui avait appris que l'arc était une partie de son corps et la flèche une prolongation de son bras, qu'il devait tirer instinctivement, en visant avec son troisième œil. Tensing avait insisté pour en faire un parfait archer, affirmant que cette discipline purifie le cœur. D'après lui, seul un cœur pur peut totalement dominer cette arme. Le prince, qui ne ratait jamais sa cible, le contredisait en plaisantant, arguant que son bras ne savait rien des impuretés de son cœur.

Comme tous les experts du tao-shu, ils utilisaient leur pouvoir physique comme une forme d'exercice visant à tremper leur caractère et leur âme, jamais pour blesser un autre être vivant. Le respect vis-à-vis de toute forme de vie, fondement du bouddhisme, était leur devise à tous deux. Ils croyaient que n'importe quelle créature avait pu être leur mère dans une vie antérieure, raison pour laquelle ils devaient toutes les traiter avec bonté. De toute façon, comme disait le lama, peu importe ce que l'on croit ou ne croit pas, ce qui importe, c'est ce que l'on fait. Ils ne pouvaient chasser un oiseau pour le manger, encore moins tuer un homme, même pour leur propre défense. Ils devaient regarder l'ennemi comme un maître qui leur donnait l'occasion de contrôler leurs passions et d'apprendre quelque chose sur eux-mêmes. Jamais jusque-là ne s'était présentée à eux la perspective d'agresser.

« Maître, comment puis-je tirer sur d'autres hommes avec un cœur pur ?

— Cela n'est permis que s'il n'y a pas d'autre solution et quand on a la certitude que la cause est juste, Dil Bahadur.

— Il me semble que dans ce cas cette certitude existe, maître.

— Que tous les êtres vivants aient de la chance, qu'aucun ne connaisse la souffrance », récitèrent ensemble le maître et le disciple, souhaitant de toute leur âme ne pas se trouver dans l'obligation d'employer l'une de leurs connaissances martiales meurtrières.

Pour sa part, Alexander était de tempérament conciliant. Au cours de ses seize années d'existence, il ne s'était jamais vu obligé de se battre et, en vérité, il ne savait comment le faire. De plus, il n'avait rien pour se défendre ou attaquer, hormis un canif que lui avait offert sa grand-mère pour remplacer celui qu'il avait donné au sorcier Walimaï, en Amazonie. C'était un excellent outil, mais une arme ridicule.

Nadia poussa un soupir. Elle n'entendait rien aux armes, mais connaissait les membres de la secte du Scorpion, réputés pour leur brutalité et leur adresse au maniement des poignards. Ces hommes étaient élevés dans la violence, ils ne vivaient que pour le crime et la guerre, ils étaient entraînés à tuer. Que pouvaient faire deux pacifiques moines bouddhistes et un jeune touriste américain contre une pareille bande de hors-la-loi ? Pleine d'angoisse, elle leur dit adieu et les vit s'éloigner. Son ami Jaguar allait devant, Boroba assis à cheval sur sa nuque, bien agrippé aux oreilles du garçon ; le prince le suivait et le colossal lama fermait la marche.

« J'espère les revoir vivants », murmura Nadia lorsqu'ils disparurent derrière les gros rochers qui protégeaient la petite grotte.

Dès que les trois hommes eurent commencé à descendre en direction de la caverne des guerriers bleus, ils purent avancer plus rapidement. Ils couraient presque. Le soleil brillait, mais il faisait froid. L'atmosphère était si pure qu'on distinguait même les vallées et, depuis ces cimes, le paysage était d'une beauté époustouflante. Les hauts pics enneigés des montagnes les entouraient ; plus bas s'étendaient des collines couvertes d'une végétation luxuriante et, sur des terrasses taillées à flanc de coteau, de vertes plantations de riz. Dispersés dans le lointain, on devinait les *stupas* blancs des monastères, les petits villages avec leurs maisons faites de terre, de bois, de pierre et de paille, avec leurs toits en forme de pagode et leurs rues tortueuses, le tout intégré dans la nature tel un prolongement du terrain. Les saisons y mesuraient le temps et le rythme de la vie y était lent, immuable.

Avec des jumelles ils auraient pu voir les étendards de prière flottant de toutes parts, les grandes représentations de Bouddha peintes sur les rochers, les files de moines qui trottinaient en direction des temples, les buffles qui tiraient les charrues, les femmes qui s'acheminaient vers le marché avec leurs colliers de turquoise et d'argent, les enfants qui jouaient avec des balles de tissu. Il était presque impossible d'imaginer que cette petite nation, si paisible et si belle, préservée intacte pendant des siècles, fût maintenant à la merci d'une bande d'assassins.

Alexander et Dil Bahadur pressaient le pas en pensant aux jeunes filles qu'ils devaient sauver avant qu'on ne marque leur front au fer rouge, ou pis encore. Ils ne savaient quels dangers les attendaient dans l'exploit qui allait consister à les sauver, mais ils avaient la conviction qu'ils seraient nombreux. En revanche, ces doutes ne tourmentaient pas trop Tensing. Les captives ne constituaient que la première partie de sa mission ; la seconde le préoccupait bien davantage : sauver le roi.

*

Pendant ce temps, à Tunkhala, s'était répandue la nouvelle que le roi avait disparu, bien que le général Myar Kunglung eût essayé par tous les moyens de la garder secrète. On attendait le roi à la télévision, car il allait s'adresser à son peuple, mais il ne s'était pas présenté et personne ne savait où il se trouvait. C'était la première fois dans l'histoire du pays qu'une chose pareille arrivait. Son fils aîné, celui qui avait gagné les tournois de tir à l'arc pendant les festivités, occupait momentanément la place de son père. Si le roi ne réapparaissait pas dans les prochains jours, le général et les lamas supérieurs devraient aller chercher Dil Bahadur afin qu'il accomplisse le destin pour lequel il était entraîné depuis plus de douze ans. Tous espéraient cependant que ce ne serait pas nécessaire.

Des rumeurs circulaient selon lesquelles le roi se trouvait dans un monastère des montagnes, où il s'était retiré pour méditer ; qu'il était parti en Europe avec la femme étrangère, Judit Kinski ; qu'il était au Népal auprès du Dalaï-Lama ; et mille autres suppositions. Mais rien de tout cela ne correspondait au caractère pragmatique et serein du souverain. Il était également impossible qu'il voyageât incognito et, de toute façon, l'avion hebdomadaire ne partait pas avant le vendredi. Le monarque n'abandonnerait jamais ses responsabilités, encore moins quand le pays traversait une crise à la suite du rapt des jeunes filles. La conclusion du général, et de tous les habitants du Royaume interdit, était que quelque chose de très grave avait dû lui arriver.

Myar Kunglung abandonna la recherche des jeunes filles et revint dans la capitale. Kate Cold ne le quitta pas d'une semelle et apprit ainsi personnellement certains détails confidentiels. A la porte du palais elle rencontra le guide, Wandgi, accroupi près d'une colonne de l'entrée, attendant des nouvelles de sa fille Pema. L'homme la serra dans ses bras en pleurant. On aurait dit une autre personne ; il semblait avoir vieilli de vingt ans en deux jours. Kate s'en écarta brusquement car elle avait horreur des démonstrations sentimentales, et en guise de consolation lui offrit une gorgée de thé à la vodka de son inséparable gourde. Wandgi la porta à sa bouche par politesse, mais il dut ensuite cracher au loin ce breuvage écœurant. Kate le prit par le bras et l'obligea à suivre le général, car elle avait besoin de lui pour traduire. L'anglais de Myar Kunglung ressemblait à celui de Tarzan.

Ils apprirent que le roi avait passé l'après-midi et une partie de la nuit dans la salle du Grand Bouddha, au centre du palais, uniquement accompagné de Tschewang, son léopard. Il n'avait interrompu qu'une fois sa méditation pour faire quelques pas dans le jardin et boire une tasse de thé au jasmin qu'un moine lui avait apportée. Le moine informa le général que Sa Majesté priait toujours pendant plusieurs heures avant de consulter le Dragon d'or. A minuit, il lui avait apporté une autre tasse de thé. A ce moment, la plupart des bougies étaient éteintes et, dans la pénombre de la salle, il avait constaté que le roi n'était plus là.

« N'avez-vous pas vérifié où il se trouvait ? demanda Kate par le truchement de Wandgi.

— J'ai supposé qu'il était allé consulter le Dragon d'or, répliqua le moine.

— Et le léopard ?

— Il était dans un coin, attaché avec une chaîne. Sa Majesté ne peut l'emmener là où se trouve le Dragon d'or. Parfois il le laisse dans la salle du Bouddha, d'autres fois il le remet aux gardiens qui surveillent l'Ultime Porte.

— Où se trouve-t-elle ? » voulut savoir Kate, mais pour toute réponse elle reçut un regard scandalisé du moine et un autre, furieux, du général : à l'évidence, cette information n'était pas communicable, mais Kate ne s'avouait pas facilement vaincue.

Le général expliqua qu'ils étaient très peu à connaître l'emplacement de l'Ultime Porte. Les gardes qui la surveillaient étaient conduits jusqu'à elle, les yeux bandés, par l'une des vieilles religieuses qui servaient au palais et étaient dans le secret. Cette porte constituait la limite de la partie sacrée du palais, et personne, hormis le monarque, ne pouvait la franchir. Passé le seuil, les obstacles et les pièges mortels qui protégeaient l'Enceinte sacrée étaient déclenchés. Quiconque ne saurait où poser les pieds mourrait d'horrible manière.

« Pourrions-nous parler à Judit Kinski, l'Européenne invitée au palais ? » insista l'écrivain.

Ils allèrent la chercher et s'aperçurent alors qu'elle aussi avait disparu. Son lit semblait défait, ses vêtements ainsi que ses effets personnels se trouvaient dans la chambre, sauf le sac en cuir qu'elle portait toujours à l'épaule. Dans l'esprit de Kate passa fugacement l'idée que le roi et la spécialiste des tulipes s'étaient échappés pour un rendez-vous amoureux, mais aussitôt elle l'écarta, la considérant absurde. Elle décida qu'une telle chose ne s'accordait guère avec le caractère d'aucun des deux et, en plus, quel besoin avaient-ils de se cacher ?

« Nous devons chercher le roi, dit Kate.

— Il est possible que cette idée nous soit déjà venue à l'esprit, grand-mère », répliqua le général Kunglung entre ses dents.

Le général donna l'ordre d'appeler une religieuse afin qu'elle les guide à l'étage inférieur du palais ; il dut accepter que Kate et Wandgi l'accompagnent, car l'écrivain s'accrocha comme une méchante bête à son bras et refusa de le lâcher. Décidément, cette femme était d'une grossièreté inouïe, pensa le militaire.

Ils suivirent la religieuse deux étages sous terre, passant par une centaine de pièces qui communiquaient entre elles, et arrivèrent enfin à la salle où se trouvait la grandiose Ultime Porte. Ils ne prirent pas le temps de l'admirer, car ils virent avec horreur deux gardes, vêtus de l'uniforme de la maison royale, couchés par terre sur le ventre, chacun baignant dans une flaque de sang. L'un était mort, mais l'autre vivait encore et il put les avertir, avec ses dernières forces, que des hommes bleus, dirigés par un blanc, avaient pénétré dans l'Enceinte sacrée, et que non seulement ils avaient survécu et en étaient ressortis, mais qu'en plus ils avaient enlevé le roi et volé le Dragon d'or.

Myar Kunglung avait passé quarante ans dans les forces armées, et jamais il n'avait été confronté à une situation aussi grave. Ses soldats s'entraînaient en jouant à la guerre et en défilant, mais jusqu'à cet instant la violence était inconnue dans son pays. Il ne s'était jamais trouvé dans la nécessité d'utiliser ses armes, et aucun de ses soldats ne connaissait le vrai danger. L'idée que le souverain avait été séquestré dans son propre palais était absolument inconcevable pour lui. Le sentiment le plus fort du général à ce moment, plus que la terreur ou la colère, fut la honte : il avait failli à son devoir, il n'avait pas été capable de protéger son roi bien-aimé.

Kate n'avait plus rien à faire dans le palais. Elle salua le général déconcerté et partit à grands pas en direction de l'hôtel, traînant Wandgi derrière elle. Elle devait faire des plans avec son petit-fils.

« Il est possible que le jeune Américain ait loué un cheval, et peut-être est-il parti. Je crois qu'il n'est pas revenu, l'informa le propriétaire de l'hôtel avec de grands sourires et des révérences.

— Quand est-il parti ? Était-il seul ? demanda-t-elle inquiète.

— Il est possible qu'il soit parti hier et peut-être portait-il un singe, dit l'homme en essayant d'être le plus aimable possible avec cette étrange grand-mère.

— Boroba ! s'exclama Kate, devinant immédiatement qu'Alex était parti à la recherche de Nadia.

» Je n'aurais jamais dû emmener ces enfants dans ce pays ! » ajouta-t-elle au milieu d'une quinte de toux, s'écroulant sur une chaise, accablée.

Sans dire un mot, le patron de l'hôtel lui servit un verre de vodka et le lui mit dans les mains.

CHAPITRE 13

Le Dragon d'or

CE SOIR-LÀ, le roi avait médité devant le Grand Bouddha pendant des heures, comme il le faisait toujours avant de descendre dans l'Enceinte sacrée. Son aptitude à comprendre l'information qu'il recevrait de la statue dépendait de son état d'esprit. Il devait avoir le cœur pur, libre de désirs, de craintes, d'attentes, de souvenirs et d'intentions négatives, ouvert comme la fleur du lotus. Il pria avec ferveur, parce qu'il savait que son esprit et son cœur étaient vulnérables. Il avait le sentiment de tenir avec peine les fils de son Royaume et ceux de sa propre psyché.

Le roi avait accédé au trône très jeune, à la suite de la mort prématurée de son père, sans avoir terminé son apprentissage avec les lamas. Il lui manquait des connaissances et il n'avait pu développer comme il l'aurait dû ses pouvoirs paranormaux. Il était incapable de voir l'aura des personnes ou de lire leurs pensées, il ne réalisait pas de voyages astraux, ne savait pas soigner par le pouvoir de son esprit, bien qu'il sût faire d'autres choses, comme cesser de respirer et mourir à volonté. Il avait compensé les lacunes de sa préparation et ses carences physiques par un grand bon sens et une pratique spirituelle continuelle. C'était un homme bon et dépourvu d'ambition personnelle, entièrement préoccupé du bien-être de son peuple. Il s'entourait de collaborateurs fidèles qui l'aidaient à prendre des décisions justes, et entretenait un réseau de renseignements efficace pour se tenir informé de ce qui se passait dans le pays et dans le monde. Il régnait avec humilité, car il ne se sentait pas qualifié pour le rôle de roi. Il espérait se retirer dans un monastère quand son fils Dil Bahadur accéderait au trône, mais depuis qu'il avait fait la connaissance de Judit Kinski il doutait même de sa vocation religieuse. Cette étrangère était la seule femme qui eût réussi à le troubler depuis la mort de son épouse. Il se sentait très confus, et dans ses prières demandait simplement que son destin s'accomplisse, quel qu'il soit, sans blesser autrui.

Le monarque connaissait le code permettant de déchiffrer les messages du Dragon d'or, car il l'avait appris dans sa jeunesse ; mais il lui manquait l'intuition du troisième œil, qui était également nécessaire. Il ne pouvait interpréter qu'une partie de ce que la statue transmettait. Chaque fois qu'il se présentait devant elle il regrettait ses limites, se consolant à l'idée que Dil Bahadur, son fils, serait bien mieux préparé que lui à gouverner son pays.

« Tel est mon karma dans cette réincarnation : être roi sans le mériter », murmurait-il souvent avec tristesse.

Cette nuit-là, après plusieurs heures d'intense méditation, il sentit que son esprit était pur et son cœur ouvert.

Il s'inclina profondément devant le Grand Bouddha, touchant le sol de son front, demanda l'inspiration et se redressa. Ses genoux et son dos étaient endoloris après ces longues heures d'immobilité. Il attacha le fidèle Tschewang avec une chaîne à un anneau fixé dans le mur, but la dernière gorgée de son thé au jasmin déjà froid, prit une bougie et sortit de la salle. Ses pieds nus glissaient sans bruit sur le sol de pierre polie. En chemin il croisa quelques serviteurs, qui à cette heure nettoyaient silencieusement le palais.

Sur l'ordre du général Myar Kunglung, la plupart des gardes étaient partis apporter du renfort aux quelques soldats et policiers du royaume qui cherchaient les jeunes filles disparues. Le roi remarqua à peine leur absence, car le palais était très sûr. Dans la journée, les gardiens remplissaient une fonction décorative, mais la nuit il n'en restait que quelques-uns pour monter la garde, car en réalité ils étaient inutiles. La sécurité de la famille royale n'avait jamais été menacée.

Les mille pièces du palais communiquaient entre elles par une multitude de portes. Certaines pièces comportaient quatre issues; d'autres, de formes hexagonales, en comptaient six. Il était si facile de se perdre que les architectes du vieil édifice avaient sculpté des signes sur les portes pour se guider dans les étages supérieurs, mais à l'étage inférieur, où n'avaient accès que quelques moines et religieuses, les gardes choisis et la famille royale, ces marques n'existaient pas. Comme en plus il n'y avait pas de fenêtres, car il se trouvait à dix mètres sous terre, il n'y avait aucun point de repère.

Les pièces du souterrain, ventilées par un ingénieux

système de canalisations, s'étaient imprégnées au fil des siècles d'une odeur particulière d'humidité, de graisse de lampes et de différentes sortes d'encens que les moines brûlaient pour éloigner les rats et les mauvais esprits. Dans certaines pièces étaient entreposés les parchemins de l'administration publique, des statues, des meubles ; d'autres tenaient lieu de magasins de médicaments, de vivres ou d'armes désuètes que personne n'utilisait plus, mais la plupart étaient vides. Les murs portaient des peintures de scènes religieuses, de dragons, de démons, de longs textes en sanscrit, d'horribles descriptions des châtiments dont souffrent les âmes mauvaises dans l'au-delà. Les plafonds aussi étaient peints, mais la suie des lampes à huile les avait noircis.

A mesure qu'il progressait dans les entrailles de son palais, le roi allumait les lampes avec la flamme de sa bougie. Il pensait qu'il était temps d'installer l'électricité dans tout le bâtiment, il n'y en avait pour le moment que dans une aile de l'étage supérieur où habitait la famille royale. Il ouvrait des portes et avançait sans hésiter, car il connaissait le chemin par cœur.

Bientôt il arriva dans une pièce rectangulaire plus grande et plus haute que les autres, éclairée par une double rangée de lampes en or, à l'extrémité de laquelle s'élevait une immense porte de bronze et d'argent, incrustée de jade.

Deux jeunes gardes, vêtus du vieil uniforme des hérauts royaux, avec des panaches de plumes sur leurs bonnets de soie bleue et des lances ornées de rubans de couleur, étaient postés des deux côtés de la porte. On remarquait qu'ils étaient fatigués, car cela faisait plusieurs heures qu'ils montaient la garde dans la solitude et le silence sépulcraux de cette chambre. Voyant s'approcher leur roi ils tombèrent à genoux, posèrent le front sur le sol et restèrent ainsi jusqu'à ce qu'il leur eût donné sa bénédiction et indiqué de se relever. Puis ils se tournèrent vers le mur, comme l'exigeait le protocole, pour ne pas voir comment le souverain ouvrait la porte.

Le roi tourna plusieurs des nombreux jades qui ornaient la porte, la poussa, et celle-ci tourna lourdement sur ses gonds. Il franchit le seuil et la porte massive se referma. A partir de cet instant, le système de sécurité qui protégeait le Dragon d'or depuis mille huit cents ans était automatiquement activé.

*

Caché au milieu des gigantesques fougères du parc qui entouraient le palais, Tex Armadillo suivait pas à pas le roi dans les souterrains du palais, comme s'il marchait sur ses talons. Grâce à la technologie moderne, il pouvait parfaitement le voir sur un petit écran. Le monarque était loin de se douter qu'il portait sur sa poitrine une minuscule caméra d'une très grande précision, grâce à laquelle l'Américain le vit franchir chacun des obstacles et désarticuler les mécanismes de sécurité qui protégeaient le Dragon d'or. Simultanément étaient enregistrées les coordonnées de son parcours, telle une carte précise, sur un *Global Positioning System (GPS)*, qui plus tard permettrait de le suivre. Tex ne put s'empêcher de sourire en pensant au génie du Spécialiste, qui ne laissait rien au hasard. Cet appareil, beaucoup plus sensible, précis et de plus longue portée que ceux d'usage courant, venait de sortir aux Etats-Unis à des fins strictement militaires, interdit à la vente publique. Mais le Spécialiste pouvait obtenir n'importe quel instrument : il disposait pour cela des contacts et de l'argent nécessaires.

Cachés entre les plantes et les sculptures du jardin se trouvaient les douze meilleurs guerriers bleus de la secte, sous le commandement de Tex Armadillo. Les autres menaient à bien l'autre partie du plan dans les montagnes où étaient séquestrées les jeunes filles, préparant la fuite avec la statue. Cette diversion aussi était le produit de l'esprit machiavélique du Spécialiste. La police et les soldats étant occupés à les chercher, ils pouvaient pénétrer dans le palais sans rencontrer de résistance.

Bien que se sentant tout à fait en sécurité, les malfaiteurs se déplaçaient prudemment, car les instructions du Spécialiste étaient très précises : ils ne devaient pas attirer l'attention. Ils avaient besoin de plusieurs heures d'avance pour mettre la statue en lieu sûr et obtenir le code de la bouche du roi. Ils connaissaient le nombre exact des gardes qui restaient et l'endroit où ils étaient postés. Ils en avaient déjà expédié dans l'autre monde quatre qui surveillaient les jardins, et ils espéraient que leurs cadavres ne seraient pas découverts avant le lendemain matin. Comme toujours, ils étaient armés d'un arsenal de poignards, auxquels ils faisaient plus confiance qu'aux armes à feu. L'Américain portait un Magnum muni d'un silencieux, mais si tout se passait comme prévu, il n'aurait pas à l'employer.

Tex Armadillo n'aimait pas particulièrement la violence, bien qu'elle fût inévitable dans le genre de métier qu'il exerçait. Il considérait que la violence était pour les durs et lui se prenait pour un « intellectuel », un homme de concepts. Secrètement, il nourrissait l'ambition de remplacer le Spécialiste ou de constituer sa propre organisation. Il n'aimait pas la compagnie de ces hommes bleus, c'étaient des mercenaires brutaux et traîtres avec lesquels il ne pouvait pratiquement pas communiquer, et il n'était pas sûr, le moment venu, de pouvoir les contrôler. Il avait affirmé au Spécialiste qu'il n'avait besoin que de deux de ses meilleurs hommes pour mener à bien sa mission, mais pour toute réponse avait reçu l'ordre de s'en tenir au plan. Armadillo savait que la moindre indiscipline ou le moindre écart pourrait lui coûter la vie. Le Spécialiste était la seule personne qu'il craignait en ce monde.

Ses instructions étaient claires : il devait surveiller chaque mouvement du roi avec la caméra dissimulée, attendre qu'il arrive dans la salle du Dragon d'or et active la statue, pour s'assurer qu'elle fonctionnait ; il pénétrerait ensuite dans le palais et, utilisant le GPS, parviendrait à l'Ultime Porte. Il lui faudrait emmener six hommes : deux pour porter le trésor, deux pour capturer le roi et deux comme protection. Il lui faudrait pénétrer dans l'Enceinte sacrée en évitant les pièges ; pour cela, il avait son écran vidéo.

L'idée de séquestrer le chef d'un pays et de voler son objet le plus précieux aurait été absurde où que ce soit, sauf au Royaume interdit où le crime était quasiment inconnu, et qui n'avait donc pas de défenses. Pour Tex Armadillo, attaquer un pays dont les habitants s'éclairaient toujours à la bougie et prenaient le téléphone pour un instrument magique était presque un jeu d'enfant. Sa moue méprisante s'effaça de son visage lorsqu'il vit sur son écran de quelle ingénieuse façon était défendu le Dragon d'or. Cette mission n'était finalement pas aussi facile qu'il l'imaginait. Les cerveaux qui avaient inventé ces pièges dix-huit siècles plus tôt n'avaient absolument rien de primitif. Son avantage consistait en ce que l'esprit du Spécialiste était supérieur.

Lorsqu'il constata que le roi se trouvait bien dans la dernière salle, il fit signe à six des guerriers bleus d'attendre la retraite, comme prévu, et il se dirigea vers le palais avec les autres. Ils empruntèrent une entrée de service au premier étage et aussitôt se retrouvèrent dans une pièce qui avait quatre portes. Se servant de la carte du GPS, l'Américain et ses acolytes passèrent avec très peu d'hésitations d'une pièce à l'autre, jusqu'à parvenir au cœur de l'édifice. Ils rencontrèrent le premier obstacle dans la salle de l'Ultime Porte : deux soldats montaient la garde. En voyant les intrus ils levèrent leurs lances, mais avant de pouvoir faire un pas deux poignards adroits, lancés de plusieurs mètres de distance, vinrent se planter dans leur poitrine. Ils tombèrent sur le ventre.

Suivant pas à pas ce que montrait la vidéo sur son écran, Tex Armadillo entreprit de faire tourner les jades qu'avait touchés le roi avant lui. La porte s'ouvrit lourdement et les bandits la franchirent, se retrouvant dans une pièce circulaire avec neuf portes étroites, toutes identiques. Les lampes allumées par le monarque brûlaient, projetant des lumières vacillantes sur les pierres précieuses qui ornaient les portes.

Là, le roi s'était placé sur un œil peint au sol, il avait

ouvert les bras en croix, puis il avait pivoté d'un angle de quarante-cinq degrés, de façon que son bras droit indique la porte qu'il devait ouvrir. Tex Armadillo l'imita, suivi par les hommes superstitieux du Scorpion, qui avançaient avec un poignard entre les dents et deux autres dans les mains. L'Américain supposait que l'écran n'enregistrait pas tous les risques qu'ils devraient affronter, certains seraient sans doute purement psychologiques, ou alors il s'agirait de tours d'illusionnisme. Il avait vu le roi passer sans hésiter par certaines pièces qui semblaient vides, mais cela ne signifiait pas qu'elles l'étaient vraiment. Ils devaient le suivre avec la plus grande prudence.

« Ne touchez à rien, prévint-il ses hommes.

— Nous avons entendu dire qu'il y a des démons, des sorciers, des monstres ici... murmura l'un d'eux dans son anglais hésitant.

— Ces choses-là n'existent pas, répliqua Armadillo.

— On dit aussi qu'un terrible maléfice s'abattra sur celui qui mettra ses mains sur le Dragon d'or...

— Bêtises ! Ce sont des superstitions, pure ignorance. »

L'homme s'en offusqua et, lorsqu'il traduisit le commentaire de l'Américain, les autres furent sur le point de se mutiner.

« Je croyais que vous étiez des guerriers, mais je vois que vous êtes aussi peureux que des enfants ! Lâches ! » cracha Armadillo avec le plus grand mépris.

Indigné, le premier bandit leva son poignard, mais Tex Armadillo avait déjà son pistolet à la main et dans ses yeux pâles brillait un éclat assassin. Les hommes bleus regrettaient d'avoir accepté ce genre d'aventure. La bande gagnait sa vie par des délits plus simples, elle agissait ici en terrain inconnu. Le contrat consistait à voler une statue, en échange de quoi ils recevraient un arsenal d'armes à feu modernes et une forte somme d'argent pour acheter des chevaux et tout ce qu'ils voulaient ; cependant, personne ne les avait avertis que le palais était ensorcelé. Il était trop tard pour faire demi-tour, il n'y avait d'autre solution que de suivre l'Américain jusqu'au bout.

*

Après avoir vaincu un à un les obstacles qui protégeaient le trésor, Tex Armadillo et quatre de ses hommes arrivèrent dans la salle du Dragon d'or. Malgré la technologie moderne, qui leur permettait de voir ce qu'avait fait le roi pour ne pas tomber dans les pièges, ils avaient perdu deux hommes qui avaient péri d'une mort atroce, l'un au fond d'un puits et l'autre d'un poison puissant qui avait dévoré sa chair en quelques minutes.

Comme l'Américain l'avait imaginé, ils n'avaient pas uniquement affronté des guet-apens mortels, mais aussi des artifices psychologiques. Ce fut pour lui comme de descendre dans un enfer psychédélique, mais il parvint à garder son sang-froid en se répétant qu'une grande partie des images terrifiantes qui l'assaillaient étaient uniquement dans sa tête. C'était un professionnel, qui exerçait un contrôle total sur son corps et son mental. En revanche, pour les hommes frustes de la secte du Scorpion, le voyage vers le dragon fut bien pire, car ils ne savaient pas faire la différence entre le réel et l'imaginaire. Ils avaient l'habitude d'affronter toutes sortes de dangers sans reculer, mais ils étaient terrifiés par tout ce qui s'avérait inexplicable. Ce mystérieux palais mettait leurs nerfs à vif.

En pénétrant dans la salle du Dragon d'or, ils ignoraient ce qu'ils allaient trouver, car les images de l'écran n'étaient pas nettes. Ils furent aveuglés par l'éclat des murs couverts d'or, sur lesquels se reflétaient les lumières de nombreuses lampes à huile et de grosses bougies en cire d'abeille. L'odeur des lampes, de l'encens et de la myrrhe qui brûlaient dans les diffuseurs de parfums imprégnait l'air. Ils s'arrêtèrent sur le seuil, assourdis par un son grave, guttural, impossible à décrire ; au premier abord, on avait l'impression qu'une baleine soufflait dans un tube métallique. Au bout d'une minute, cependant, on distinguait une certaine cohérence dans le bruit, et il devenait bientôt évident qu'il s'agissait d'une sorte de langage. Le roi, assis dans la position du lotus face à la statue, leur tournait le dos et ne les entendit pas entrer, car il était totalement immergé dans ces sons, concentré sur la tâche qui lui incombait.

Le monarque psalmodiait les phrases d'un cantique, modulant des mots étranges, et aussitôt de la bouche de la statue sortait la réponse, qui résonnait dans la pièce. De la sorte se produisait une réverbération si intense qu'on la sentait sur la peau, dans le cerveau, dans tous les nerfs. Cela faisait le même effet que de se trouver à l'intérieur d'une immense cloche.

Devant les yeux de Tex Armadillo et des guerriers bleus, le Dragon d'or se dressait dans toute sa splendeur : un corps de lion, des pattes terminées par de longues griffes, une queue enroulée de reptile, des ailes couvertes de plumes, une tête d'aspect féroce surmontée de quatre cornes, avec des yeux protubérants, la gueule ouverte révélant une double rangée de dents pointues et une langue bifide de serpent. La statue, en or massif, mesurait plus d'un mètre de long et autant de haut. Le travail d'orfèvrerie était parfait, d'une délicatesse extrême : sur chacune des écailles du corps et de la queue brillait une pierre précieuse, les plumes des ailes se terminaient par des diamants, la queue arborait un motif enchevêtré de perles et d'émeraudes, les dents étaient d'ivoire et les yeux deux rubis ayant la forme parfaite d'une étoile, chacun de la taille d'un œuf de pigeon. L'animal mythologique se dressait sur une pierre noire, au centre de laquelle apparaissait un morceau de quartz jaunâtre.

Les bandits restèrent paralysés de stupeur pendant quelques instants, essayant de surmonter l'effet des lumières, de l'air raréfié et de ce bruit assourdissant. Aucun ne s'attendait à ce que la statue fût aussi extraordinaire ; même le plus ignorant du groupe se rendit compte qu'il se trouvait face à quelque chose d'une valeur inestimable. Tous les yeux brillaient de convoitise et chacun imagina combien sa vie changerait s'il entrait en possession d'une seule de ces pierres précieuses.

Tex Armadillo succomba lui aussi à la fascination magique de la statue, bien qu'il ne se considérât pas comme un homme particulièrement ambitieux : il faisait ce travail parce qu'il aimait l'aventure. Il s'enorgueillissait de mener une vie simple, totalement libre, sans attachements sentimentaux ou autres. Il caressait l'idée de se retirer dans sa vieillesse, lorsqu'il serait fatigué de courir le monde, et de passer ses dernières années dans son ranch, dans l'Ouest américain, où il élevait des chevaux de course. Dans quelques-unes de ses missions il avait tenu des fortunes entre ses mains, sans avoir jamais éprouvé la tentation de s'en emparer ; sa commission, toujours très élevée, lui suffisait, mais en voyant la statue il lui vint l'idée de trahir le Spécialiste. S'il l'avait en son pouvoir, rien ne pourrait l'arrêter, il serait immensément riche, il pourrait réaliser tous ses rêves, y compris celui d'avoir sa propre organisation, bien plus puissante même que celle du Spécialiste. Pendant quelques instants il s'abandonna au plaisir de cette idée, tel celui qui se réjouit dans une rêverie, mais aussitôt il revint à la réalité. « Voilà quelle doit être la malédiction de la statue : elle provoque une convoitise irrésistible », pensa-t-il. Il lui fallut faire un gros effort pour se concentrer sur la suite du plan. Silencieusement, il fit signe à ses hommes et ceux-ci s'avancèrent vers le roi, leurs poignards dans les mains.

CHAPITRE 14

La caverne des bandits

IL NE FUT PAS difficile à Alexander et ses nouveaux amis d'atteindre les abords de la caverne des guerriers du Scorpion, car Nadia leur avait indiqué la direction approximative et Boroba se chargea du reste.

L'animal était monté sur les épaules d'Alexander, la queue enroulée autour de son cou, agrippé des deux mains à ses cheveux. Il n'aimait pas grimper les montagnes et encore moins les descendre. A chaque instant le garçon lui donnait des tapes pour s'en libérer, car la queue l'étranglait et les petites mains inquiètes du singe lui arrachaient des cheveux par poignées.

Une fois qu'ils furent sûrs d'avoir localisé la caverne, ils s'en approchèrent avec de grandes précautions, utilisant les arbustes et les irrégularités du terrain pour se couvrir. On ne voyait aucune activité aux alentours, on n'entendait que le vent dans les montagnes et, de temps à autre, le cri d'un oiseau; dans ce silence, leurs pas et même leur respiration paraissaient assourdissants. Tensing choisit quelques pierres et les mit dans les plis que formait sa tunique à la ceinture, puis par télépathie ordonna à Boroba d'aller épier. Alexander respira, soulagé, lorsque enfin le singe le lâcha.

Boroba fila en courant en direction de la caverne et revint dix minutes plus tard. Il ne pouvait les renseigner sur ce qu'il avait vu, mais Tensing vit dans son esprit les images confuses de plusieurs personnes et il sut ainsi que la grotte n'était pas déserte, comme ils l'avaient craint. Apparemment, les captives se trouvaient encore là, surveillées par quelques guerriers bleus ; mais la majorité d'entre eux étaient partis. Bien que cela facilitât leur tâche dans l'immédiat, Tensing estima que ce n'était pas une bonne nouvelle, car cela signifiait que les autres étaient sûrement à Tunkhala. Il ne faisait pas de doute que, comme l'avait suggéré le jeune Américain, le but des criminels en attaquant le Royaume interdit n'était pas de capturer une demi-douzaine de jeunes filles, mais de voler le Dragon d'or.

Ils se traînèrent jusqu'à proximité de la caverne, où se trouvait un homme accroupi, appuyé sur un fusil. La lumière l'éclairait de face et à cette distance c'était une cible facile pour Dil Bahadur, mais pour utiliser son arc il devait se mettre debout. Tensing lui fit signe de rester couché à terre et il sortit l'une des pierres qu'il avait ramassées. Mentalement, il demanda pardon pour l'agression qu'il allait commettre, puis lança le projectile sans hésiter, de toute la force de son bras puissant. Alexander eut l'impression qu'il n'avait même pas visé, aussi sa surprise fut-elle immense lorsqu'il vit le garde tomber en avant sans un seul gémissement, mis hors combat par la pierre qui l'avait frappé juste entre les deux yeux. Le lama leur fit signe de le suivre.

Alexander s'empara de l'arme du garde, bien qu'il n'en eût jamais utilisé de semblable et ne sût même pas si elle était chargée. Le poids du fusil entre ses mains lui donna confiance et éveilla en lui une agressivité inconnue. Il sentit au fond de lui une terrible énergie, en une seconde ses doutes disparurent et il s'apprêta à se battre comme un fauve.

Tous trois entrèrent ensemble dans la caverne. Tensing et Dil Bahadur poussaient des hurlements terrifiants et, sans penser à ce qu'il faisait, Alexander les imita. En temps normal il était plutôt timide, et il n'avait jamais crié de cette façon. Toute sa rage, sa peur et sa force se concentrèrent dans ces cris qui, avec la décharge d'adrénaline qui courait dans ses veines, le firent se sentir invincible, aussi fort que le jaguar.

*

A l'intérieur de la caverne il y avait quatre autres bandits, la femme à la cicatrice et les captives qui, tout au fond, étaient attachées par les chevilles. Surpris par ce trio d'attaquants qui rugissaient comme des déments, les guerriers bleus hésitèrent à peine un instant et aussitôt saisirent leurs poignards, mais cet instant suffit pour que la première flèche de Dil Bahadur atteignît son but, traversant le bras droit de l'un d'eux.

La flèche n'arrêta pas le bandit. Hurlant de douleur, il lança le poignard de la main gauche et en sortit immédiatement un autre de la bande d'étoffe qui lui tenait lieu de ceinture. La lame traversa l'espace dans un sifflement, directement vers le cœur du prince. Dil Bahadur ne l'esquiva pas. L'arme frôla son aisselle, sans le blesser, tandis qu'il levait le bras pour tirer sa deuxième flèche et avançait calmement, convaincu qu'il était protégé par le bouclier magique de l'excrément de dragon.

Tensing, au contraire, esquivait les poignards qui volaient autour de lui avec une incroyable adresse. Toute une vie passée à s'entraîner à l'art du tao-shu lui permettait de deviner la trajectoire et la vitesse de l'arme. Il n'avait pas besoin de penser, son corps réagissait instinctivement. D'un rapide saut en l'air et d'un direct du pied à la mâchoire, il laissa l'un des hommes hors de combat, et d'un coup latéral du bras en désarma un autre qui le visait avec un fusil, sans lui laisser le temps de tirer. Aussitôt il dut affronter ses couteaux.

Alexander n'eut pas le temps de viser. Il appuya sur la détente et un coup de feu résonna dans l'air, s'écrasant contre les parois rocheuses. Une poussée de Dil Bahadur le fit chanceler et éviter l'un des poignards à un cheveu près. Lorsqu'il vit que les bandits qui restaient debout prenaient leurs fusils, il empoigna le sien par le canon, qui était chaud, et courut en criant à pleins poumons. Sans savoir ce qu'il faisait, il en envoya un coup de crosse sur l'épaule de l'homme le plus proche, qui ne réussit pas à l'étourdir mais le laissa hébété, ce qui donna le temps à Tensing de poser ses mains sur lui. La pression de ses doigts sur un point clé du cou le paralysa complètement. Sa victime sentit une décharge électrique le traverser de la nuque aux talons, ses jambes se plièrent et il s'effondra comme une poupée de chiffon, les yeux exorbités et un cri étranglé dans la gorge, incapable de bouger un seul doigt.

En quelques minutes les quatre hommes bleus étaient à terre. Le gardien avait quelque peu récupéré du jet de pierre qu'il avait reçu, mais il n'eut pas l'occasion de porter la main à ses couteaux. Alexander lui posa le canon de son arme sur la tempe et lui ordonna de rejoindre les autres. Il le lui dit en anglais, mais le ton était si clair que l'homme obéit sans hésiter. Tandis qu'Alexander les surveillait avec l'arme qu'il ne savait pas utiliser entre les mains, essayant d'avoir l'air le plus décidé et le plus cruel possible, Tensing se mit en devoir de les attacher avec les cordes qu'il trouva dans la grotte.

Dil Bahadur s'avança, l'arc tendu, vers le fond, où étaient les jeunes filles. Une distance d'environ une dizaine de mètres l'en séparait, ainsi qu'un trou plein de charbons ardents, sur lequel il y avait deux marmites de nourriture. Un cri l'arrêta net. La femme à la cicatrice tenait son fouet dans une main et dans l'autre un panier sans couvercle qu'elle agitait au-dessus des têtes des cinq captives.

« Un pas de plus et je lâche les scorpions sur elles ! » cria la geôlière.

Le prince n'osa pas tirer. De la distance où il se trouvait il pouvait éliminer la femme, mais il ne pouvait éviter que les mortels arachnides ne tombent sur les jeunes filles. Les hommes bleus, et sûrement aussi cette femme, étaient immunisés contre le venin, mais les autres couraient un danger mortel.

Tous s'immobilisèrent. Alexander garda les yeux et l'arme braqués sur ses prisonniers dont deux, n'ayant pas encore été attachés par Tensing, attendaient la moindre opportunité pour les attaquer. Le lama n'osa pas intervenir. De l'endroit où il se trouvait il ne pouvait utiliser contre la femme que ses fabuleux pouvoirs psychiques. Il essaya de lui transmettre par l'esprit une image qui lui ferait peur, car il y avait trop de confusion et de distance entre eux pour tenter de l'hypnotiser. Distinguant vaguement son aura, il se rendit compte que c'était un être primitif, cruel et de plus effrayé, qu'il devrait certainement contrôler par la force.

La pause dura quelques brèves secondes, mais elle fut suffisante pour rompre l'équilibre des forces. Un instant de plus et Alexander aurait dû tirer sur les hommes qui s'apprêtaient à sauter sur Tensing. Tout à coup se passa quelque chose de tout à fait inattendu. L'une des filles se jeta contre la femme à la cicatrice et toutes deux roulèrent, tandis que le panier était projeté dans les airs et allait s'écraser au sol. Une centaine de scorpions noirs se répandirent au fond de la grotte.

La fille qui avait bondi était Pema. Malgré sa mince constitution, presque éthérée, et bien qu'elle eût les chevilles entravées, elle avait fait face à sa gardienne avec une détermination suicidaire, ignorant les coups de fouet que celle-ci lui donnait à l'aveuglette et le danger imminent des scorpions. Pema la frappait de ses poings, la mordait et lui tirait les cheveux, luttant corps à corps, nettement désavantagée, car outre qu'elle était bien plus forte, l'autre avait lâché le fouet pour empoigner le couteau de cuisine qu'elle portait à la ceinture. L'action de Pema donna à Dil Bahadur le temps de lâcher son arc, de prendre une boîte de kérosène que les bandits utilisaient pour leurs lampes, de répandre le combustible sur le sol et d'y mettre le feu à l'aide d'un tison du foyer. Un rideau de flammes et de fumée épaisse s'éleva aussitôt, brûlant légèrement ses cils.

Bravant le feu, le prince s'avança jusqu'à Pema qui était dos à terre, la grosse femme sur elle, tenant à deux mains le bras qui s'approchait de plus en plus près de son visage. La pointe du couteau égratignait déjà la joue de Pema quand le prince saisit la femme par le cou, la tira en arrière et, d'un cou sec du dos de la main sur la tempe, l'assomma.

Pema s'était levée et elle frappait désespérément les flammes qui léchaient sa longue jupe, mais la soie brûlait comme de l'amadou. Le prince la lui arracha d'un coup, puis se tourna vers les autres filles qui hurlaient de terreur contre la paroi. Utilisant le couteau de la femme à la cicatrice, Pema trancha ses liens, puis aida Dil Bahadur à libérer ses compagnes et à les guider de l'autre côté du rideau de feu, où les scorpions se tordaient en grillant, vers la sortie de la caverne qui se remplissait de fumée.

Tensing, le prince et Alexander traînèrent leurs prisonniers à l'air libre et les laissèrent fermement attachés deux par deux, dos à dos. Boroba profita de ce que les bandits étaient sans défense pour se moquer d'eux, leur lançant des poignées de terre et leur tirant la langue, jusqu'à ce qu'Alexander l'appelle. Le singe bondit sur ses épaules, enroula sa queue autour de son cou et s'agrippa fermement à ses oreilles. Le garçon soupira, résigné.

Dil Bahadur s'empara du vêtement de l'un des bandits et tendit son habit de moine à Pema, qui était à moitié nue. Il lui était si grand qu'il dut l'enrouler deux fois autour de sa taille. Avec une grande répugnance le prince revêtit les haillons noirs et puants du guerrier du Scorpion. Bien qu'il eût mille fois préféré rester vêtu de son seul pagne, il savait que dès que le soleil se coucherait la température baisserait et qu'il aurait donc besoin d'être couvert. Il était si impressionné par le courage et la sérénité de Pema que le sacrifice de lui donner sa tunique lui parut la moindre des choses. Il ne pouvait détacher ses yeux d'elle. La jeune fille le remercia de son geste d'un sourire timide et enfila l'habit rustique rouge sombre, qui caractérise les moines de son pays, se doutant peu qu'elle revêtait la robe du prince héritier.

*

Tensing interrompit les regards émus qu'échangeaient Dil Bahadur et Pema pour interroger la jeune fille sur ce qu'elle avait entendu dans la caverne. Elle confirma ce qu'il suspectait déjà : le reste de la bande avait l'intention de voler le Dragon d'or et de séquestrer le roi.

« Je comprends la première chose, car la statue a une grande valeur, mais pas la seconde. Pourquoi veulent-ils le roi ? demanda le prince.

— Je ne sais pas », répliqua-t-elle.

Tensing étudia brièvement l'aura de ses prisonniers et, choisissant ainsi le plus vulnérable, il se planta devant lui, le fixant de son regard pénétrant. L'expression toujours douce de ses yeux changea complètement : ses pupilles se rétrécirent jusqu'à devenir deux traits, et l'homme eut la sensation de se trouver face à une vipère. D'une voix monocorde le lama récita quelques mots en sanscrit, que

Dil Bahadur fut le seul à comprendre, et en moins d'une minute le bandit effrayé était en son pouvoir, plongé dans un sommeil hypnotique.

L'interrogatoire permit d'éclaircir certains aspects du plan de la secte du Scorpion et confirma qu'il était déjà bien tard pour empêcher la bande d'entrer dans le palais. L'homme ne pensait pas qu'ils aient fait du mal au roi, car les instructions de l'Américain étaient de le garder en vie : ils devaient l'obliger à confesser quelque chose. L'homme ne savait rien de plus. L'information la plus importante qu'ils obtinrent fut que le souverain et la statue seraient emmenés au monastère abandonné de Chenthan Dzong.

« Comment pensent-ils s'échapper de là ? Cet endroit est inaccessible, demanda le prince, étonné.

— En volant, dit le bandit.

— Ils doivent avoir un hélicoptère », suggéra Alexander qui captait à grands traits ce qu'ils disaient, bien qu'il ne comprît pas la langue, car les images se formaient par télépathie dans son esprit. Ainsi s'était déroulée la plus grande partie de la communication avec le lama et le prince, jusqu'à ce que Pema pût leur venir en aide pour les détails.

« Est-ce qu'ils parlent de Tex Armadillo ? » demanda Alexander.

Il ne put le vérifier, car les bandits le connaissaient seulement comme « l'Américain » et Pema ne l'avait pas vu.

Tensing sortit l'homme de sa transe hypnotique puis annonça qu'ils laisseraient là les bandits, après s'être assuré qu'ils ne pourraient défaire leurs liens. Cela ne leur ferait pas de mal de passer une ou deux nuits à la belle étoile, jusqu'à ce que les soldats royaux les trouvent ou, s'ils avaient de la chance, leurs propres compagnons. Joignant les mains devant son visage et s'inclinant légèrement il demanda pardon aux malfaiteurs de la manière inconsidérée dont il les traitait. Dil Bahadur fit de même.

« Je vais prier afin qu'on vous retrouve avant que n'arrivent les ours noirs, les léopards des neiges ou les tigres », dit Tensing avec le plus grand sérieux.

Alexander fut assez intrigué par ces démonstrations de courtoisie. Si la situation avait été inverse et qu'ils aient été vaincus, ces hommes les auraient assassinés sans leur faire autant de révérences.

« Peut-être devons-nous aller au monastère, proposa Dil Bahadur.

— Que ferons-nous d'elles ? demanda Alexander en montrant Pema et les autres jeunes filles.

— Je peux peut-être les conduire jusqu'à la vallée et prévenir les troupes du roi pour qu'elles aussi aillent au monastère, proposa Pema.

— Je ne crois pas qu'il sera possible d'emprunter la route des bandits, parce qu'il doit y en avoir d'autres qui surveillent ces montagnes. Vous devrez prendre un raccourci, dit Tensing.

— Mon maître penserait-il à la falaise... murmura le prince.

— Peut-être n'est-ce pas une mauvaise idée, Dil Bahadur, approuva le lama en souriant.

— Mon honorable maître veut sans doute plaisanter », suggéra le jeune homme.

Pour toute réponse, le lama fit un large sourire qui illumina son visage, et un geste qui indiqua aux jeunes gens de le suivre. Ils prirent le chemin par lequel ils étaient arrivés afin de rejoindre Nadia. Tensing marchait en tête, aidant les jeunes filles à grimper ; chaussées de sandales et vêtues de sarongs, elles avaient du mal à le suivre, d'autant qu'elles n'avaient pas l'expérience d'un terrain aussi escarpé, mais aucune ne se plaignait. Elles étaient très reconnaissantes d'avoir échappé aux hommes bleus et ce moine gigantesque leur inspirait une confiance absolue.

Alexander, qui fermait la marche derrière le prince et Pema, jeta un dernier regard au pathétique groupe de bandits qu'ils laissaient derrière eux. Il lui semblait incroyable d'avoir participé à un combat contre ces assassins professionnels, car on ne voyait ces choses-là que dans les films d'action. Il venait de survivre à une chose presque aussi violente que celle qu'il avait vécue en Amazonie, lorsque Indiens et soldats s'étaient affrontés dans une bataille qui avait fait plusieurs morts, ou lorsqu'il avait vu deux corps mis en pièces par les griffes des Bêtes. Il ne put dissimuler un sourire : décidément, faire du tourisme avec sa grand-mère Kate n'était pas pour des freluquets.

*

Nadia vit ses amis arriver en file indienne par le défilé qui conduisait à sa cachette et elle sortit à leur rencontre, tout émue, mais elle s'arrêta net en voyant un homme bleu dans le groupe. Un deuxième regard lui révéla que c'était Dil Bahadur. Ils avaient moins tardé que prévu, mais ces quelques heures avaient semblé une éternité à

Nadia. Pendant ce temps, elle avait appelé son animal totémique dans l'espoir de pouvoir les surveiller depuis les airs, mais l'aigle blanc n'était pas apparu et elle avait dû se résigner à attendre, la gorge nouée. Elle se rendit compte qu'elle ne pouvait pas se transformer à volonté en ce grand oiseau : cela ne se produisait que dans des moments de grand danger ou d'extraordinaire expansion mentale, dans une sorte de transe. L'aigle représentait son esprit, l'essence de son caractère. Lorsqu'elle avait eu sa première expérience avec lui, en Amazonie, elle avait été surprise que ce fût justement un oiseau, parce qu'elle souffrait de vertige et que l'altitude la paralysait de peur. Elle n'avait jamais rêvé de voler, comme les autres enfants qu'elle connaissait. Si on lui avait demandé avant lequel pourrait être son esprit totémique, elle aurait répondu que c'était certainement le dauphin, parce qu'elle s'identifiait à cet animal intelligent et joueur. L'aigle, qui volait avec tant de grâce au-dessus des cimes les plus hautes, l'avait beaucoup aidée à dépasser sa phobie, même s'il lui arrivait encore d'avoir peur de l'altitude. A cet instant même, la vue des falaises abruptes qui s'ouvraient à ses pieds la faisait trembler.

« Jaguar ! » cria-t-elle en courant vers son ami sans jeter un seul regard aux autres membres du groupe.

La première impulsion d'Alexander fut de l'embrasser, mais il s'arrêta à temps : il ne voulait pas que les autres pensent que Nadia était sa petite amie ou quelque chose dans le genre.

« Que s'est-il passé ? demanda-t-elle.

— Rien d'intéressant... répliqua-t-il d'un geste de feinte indifférence.

— Comment avez-vous libéré les filles ?

— Très facilement : nous avons désarmé les bandits, nous leur avons donné une raclée, nous avons brûlé les scorpions, enfumé la caverne, torturé l'un d'eux pour obtenir des informations et nous les avons laissés attachés sans eau ni nourriture, afin qu'ils meurent à petit feu. »

Nadia resta plantée bouche bée, jusqu'à ce que Pema vienne la serrer dans ses bras. Les deux adolescentes se racontèrent en toute hâte les péripéties qu'elles avaient traversées depuis qu'elles s'étaient séparées.

« Sais-tu quelque chose de ce moine ? murmura Pema à l'oreille de Nadia en montrant Dil Bahadur.

— Très peu.

— Comment s'appelle-t-il ?

— Dil Bahadur.

— Cela veut dire “Cœur vaillant”, un nom qui lui va bien. Peut-être vais-je me marier avec lui, dit Pema.

— Mais tu viens à peine de faire sa connaissance ! Il t'a déjà demandé de l'épouser ? murmura Nadia en riant.

— Non, en général les moines ne se marient pas. Mais il est possible que je le lui demande, si l'occasion se présente », répliqua Pema avec le plus grand naturel.

CHAPITRE 15

La falaise

TENSING décida qu'ils devaient manger quelque chose et se reposer avant d'envisager la descente des jeunes filles dans la vallée. Dil Bahadur commenta qu'ils n'avaient pas assez de farine et de graisse pour tous, mais il offrit ses rares provisions à Pema et ses compagnes, qui n'avaient rien absorbé depuis des heures. Tensing lui ordonna d'allumer un feu pour faire bouillir de l'eau pour le thé et fondre la graisse de yack. Dès que ce fut prêt, le moine glissa ses mains entre les plis de sa tunique, où il portait habituellement sa bourse de mendiant et, tel un magicien, se mit à en sortir des poignées de céréales, des gousses d'ail, des légumes secs et d'autres aliments pour préparer le dîner, à la surprise de tous.

« C'est comme la multiplication des pains et des poissons par Jésus-Christ racontée dans le Nouveau Testament, commenta Alexander émerveillé.

— Mon maître est très saint. Ce n'est pas la première fois que je le vois faire des miracles, dit le prince en s'inclinant avec un profond respect devant le lama.

— Peut-être ton maître est-il moins saint que rapide de ses mains, Dil Bahadur. Dans la caverne des bandits il y avait des tas de provisions qu'il ne fallait pas laisser perdre, répliqua le lama en s'inclinant lui aussi.

— Mon maître les a volées ! s'exclama le disciple incrédule.

— Disons peut-être que ton maître les a empruntées... » dit Tensing.

Les jeunes gens échangèrent un regard perplexe, puis éclatèrent de rire. Cette explosion de joie fut comme une soupape qui s'ouvrit, par où s'échappèrent la terrible anxiété et la peur dans lesquelles ils avaient vécu ces derniers jours. Le rire se propagea peu à peu et bientôt ils étaient tous par terre, secoués d'éclats de rire irrépressibles, tandis que le lama remuait la *tsampa* dans la marmite et servait aimablement le thé sans rien perdre de la sérénité de son visage.

Enfin les jeunes se calmèrent un peu, mais dès que le maître leur eut servi l'austère dîner, de nouveau ils se tordirent de rire.

« Quand vous aurez retrouvé votre bon sens, peut-être voudrez-vous écouter mon plan... » suggéra Tensing sans perdre patience.

Le plan coupa court aux rires. Ce que suggérait le lama était rien de moins que de descendre les jeunes filles par la falaise. Elles s'approchèrent du bord et reculèrent sans voix : il y avait environ quatre-vingts mètres de chute verticale.

« Maître, personne n'est jamais descendu par là, s'exclama Dil Bahadur.

— Peut-être le moment est-il venu que quelqu'un le fasse », répliqua Tensing.

Les jeunes filles se mirent à pleurer, sauf Pema, qui dès le début avait donné aux autres l'exemple de la force, et Nadia, qui décida sur-le-champ qu'elle préférait mourir aux mains des bandits ou gelée de froid sur un glacier des cimes que de descendre par ce précipice. Tensing expliqua que si elles utilisaient ce raccourci, les jeunes filles pourraient atteindre un village de la vallée et demander du secours avant que la nuit ne tombe. Sinon, ils étaient coincés là en haut, courant le risque que le reste de la bande du Scorpion les trouve. Il fallait rendre les jeunes filles à leurs foyers et prévenir le général Myar Kunglung afin qu'il aille délivrer le roi au monastère fortifié avant qu'ils ne le tuent. Quant à lui et Dil Bahadur, ils prendraient de l'avance pour arriver à Chenthan Dzong au plus vite.

Alexander ne prit aucune part à la discussion, mais il se mit à réfléchir au problème. Que ferait son père dans cette situation ? John Cold trouverait sûrement le moyen non seulement de descendre, mais aussi de monter. Son père avait escaladé des sommets plus escarpés que celui-ci, et il l'avait fait en plein hiver, parfois simplement pour le sport, d'autres fois pour secourir des gens accidentés ou coincés dans une faille. John Cold était un homme prudent et méthodique, mais il ne reculait devant aucun danger lorsqu'il s'agissait de sauver une vie.

« Avec mon équipement de rappel, je crois pouvoir descendre, dit-il.

— Combien de mètres de hauteur y a-t-il ? demanda Nadia sans regarder en bas.

— Beaucoup. Mes cordes ne sont pas assez longues, mais il y a quelques saillies en forme de terrasses qui permettent d'échelonner la descente, expliqua Alex.

— C'est peut-être possible, répliqua Tensing qui avait eu l'idée de ce plan audacieux après l'avoir vu remonter Nadia du ravin dans lequel elle était tombée.

— C'est très risqué et avec un peu de chance je peux y arriver ; mais comment ces filles qui n'ont aucune expérience de l'escalade vont-elles pouvoir descendre ? demanda Alexander.

— Il est possible que la manière de les descendre nous vienne à l'esprit... » répondit le lama, et aussitôt il demanda le silence pour prier, car cela faisait longtemps qu'il ne l'avait pas fait.

Tandis que Tensing méditait assis sur un rocher face au ciel infini, Alexander mesurait sa corde, comptait ses pics, éprouvait le harnais, calculait ses possibilités et discutait avec le prince de la meilleure façon d'effectuer cette manœuvre risquée.

« Si au moins nous avions un cerf-volant ! » soupira Dil Bahadur.

Il raconta à ses amis étrangers qu'au Royaume du Dragon d'or on pratiquait l'art très ancien de la fabrication des cerfs-volants en soie en forme d'oiseau avec des ailes doubles. Certains étaient si grands et si solides qu'ils pouvaient porter un homme debout entre leurs ailes. Tensing était expert à ce sport et il l'avait enseigné à son disciple. Le prince se souvenait de son premier vol, deux ans plus tôt, lorsqu'en allant visiter un monastère il avait volé d'une montagne à l'autre, en utilisant les courants d'air qui lui permettaient de diriger son fragile véhicule, tandis que six moines tenaient la longue corde du cerf-volant.

« Beaucoup ont dû se tuer ainsi... glissa Nadia.

— Ce n'est pas aussi difficile qu'il y paraît, assura le prince.

— Ce doit être comme les planeurs, commenta Alexander.

— Un avion avec des ailes en soie... Je ne crois pas que j'aimerais l'essayer », dit Nadia, heureuse qu'il n'y ait aucun cerf-volant à portée de la main.

*

Tensing priait pour que le vent ne souffle pas, ce qui les empêcherait de tenter la descente. Il priait aussi pour que le jeune Américain ait l'expérience et la détermination nécessaires, et pour que le courage ne fasse pas défaut aux autres.

« Il est difficile de calculer d'ici la hauteur, maître Tensing, mais si mes cordes atteignent cette étroite terrasse qu'on voit là en bas, je peux le faire, assura Alexander.

— Et les jeunes filles ?

— Je les descendrai l'une après l'autre.

— Sauf moi, interrompit fermement Nadia.

— Nadia et moi voulons aller avec vous et Dil Bahadur au monastère, dit Alexander.

— Qui conduira les jeunes filles jusqu'à la vallée ? s'enquit le lama.

— Peut-être l'honorable maître me permettra-t-il de le faire... dit Pema.

— Cinq jeunes filles seules ? interrompit Dil Bahadur.

— Pourquoi pas ?

— La décision t'appartient, à toi et à nul autre, Pema, dit Tensing en observant, satisfait, l'aura dorée de la jeune fille.

— Il est possible que l'un d'entre vous puisse mieux le faire que moi, mais si le maître m'y autorise et m'appuie par ses prières, je peux peut-être accomplir honorablement cette tâche », proposa la jeune fille.

Dil Bahadur était pâle. Il avait décidé, avec l'aveugle certitude du premier amour, que Pema était la seule femme pour lui en ce monde. Le fait qu'il n'en connût pas d'autres et que son expérience fût équivalente à rien du tout n'entrait pas en ligne de compte. Il avait peur qu'elle ne s'écrase au pied de la falaise ou, si elle arrivait saine et sauve en bas, qu'elle ne se perde ou doive affronter d'autres dangers. Dans cette région il y avait des tigres et il ne pouvait oublier la secte du Scorpion.

« C'est très dangereux, dit-il.

— Peut-être mon disciple a-t-il décidé d'accompagner les jeunes filles ? demanda Tensing.

— Non, maître, je dois vous aider à délivrer le roi », murmura le prince en baissant les yeux, honteux.

Le lama l'entraîna à l'écart, où les autres ne pouvaient les entendre.

« Tu dois lui faire confiance. Son cœur est aussi vaillant que le tien, Dil Bahadur. Si votre karma est de vous unir, cela arrivera de toute façon. S'il ne l'est pas, rien de ce que tu feras ne changera le cours de la vie.

— Je n'ai pas dit que je veux m'unir à elle, maître !

— Peut-être n'est-il pas nécessaire que tu le dises », dit Tensing en souriant.

Alexander décida de mettre à profit les heures de jour qu'il restait à préparer le chemin pour le lendemain. Avant tout, il devait s'assurer qu'avec ses deux cordes de cinquante mètres chacune il pourrait le faire. Il passa une demi-heure à expliquer aux autres les principes de base du rappel, depuis l'emploi du harnais, sur lequel on descendait assis, jusqu'aux mouvements pour relâcher ou tendre la corde. La deuxième corde était utilisée comme sécurité. Lui n'en avait pas besoin, mais elle était indispensable pour les jeunes filles.

« Je vais maintenant descendre jusqu'à la terrasse, et de là je mesurerai la distance jusqu'au bas de la falaise », annonça-t-il après avoir fixé sa corde et enfilé le harnais.

Tous observèrent ses manœuvres avec grand intérêt, sauf Nadia qui n'osait pas s'approcher de l'abîme. Pour Tensing, qui avait passé sa vie à grimper les montagnes de l'Himalaya comme une chèvre, la technique d'Alexander était fascinante. Il examina avec étonnement la corde résistante et légère, les crochets métalliques, les sangles de sécurité, l'ingénieux harnais. Emerveillé, il le vit faire un signe d'adieu de la main et se lancer dans le vide, assis dans le harnais. Avec les pieds, il s'écartait de la paroi rocheuse verticale et avec les mains laissait filer la corde, glissant ainsi en chutes de trois à cinq mètres, sans effort apparent. En moins de cinq minutes il atteignit la saillie de la falaise. D'en haut, il paraissait minuscule. Il y resta une demi-heure, mesurant la distance qui le séparait du pied de la falaise à l'aide de la deuxième corde qu'il avait enroulée autour de sa taille. Puis il remonta avec bien plus d'efforts qu'il n'en avait déployés pour descendre, mais sans difficultés majeures. Il fut reçu en haut par des applaudissements et des acclamations de joie.

« On peut le faire, maître Tensing, la terrasse est large et solide, il y a assez de place pour les cinq filles et moi. La corde va jusqu'en bas et je crois que je peux leur apprendre à utiliser le harnais. Mais il y a un problème, dit Alexander.

— Lequel ?

— Sur la terrasse j'aurai besoin des deux cordes, car les filles ne peuvent pas descendre sans une corde de sécurité. L'une s'utilise pour accrocher le harnais et la seconde est fixée aux rochers avec un appareil spécial, que j'ai déjà laissé en place et qui me permettra d'aider les filles à descendre peu à peu. C'est une mesure de sécurité indispensable, au cas où elles perdraient le contrôle de la première corde ou si pour une raison ou une autre le système se coince. Comme elles n'ont pas d'expérience, il est impossible qu'elles descendent sans cette deuxième corde.

— Je comprends, mais nous avons deux cordes, quel est le problème ?

— Nous les utiliserons pour arriver à la terrasse. Ensuite vous les lâcherez pour que je les fixe et fasse descendre les filles jusqu'au pied de la falaise. Mais comment vais-je remonter, moi, quand les deux cordes seront sur la terrasse ? Je ne peux pas escalader la paroi verticale sans aide. Il faudrait plusieurs heures à un alpiniste expérimenté, et je ne crois pas être capable de le faire. Autrement dit, nous avons besoin d'une troisième corde, expliqua Alexander.

— Ou d'une simple ficelle qui nous permette de hisser l'une des cordes depuis la terrasse jusqu'ici, proposa Dil Bahadur.

— Exact ! »

Ils n'avaient pas cinquante mètres de ficelle à leur disposition. La première idée fut, bien sûr, de couper de fines lamelles dans les vêtements qu'ils portaient, mais ils comprirent qu'ils ne pouvaient rester à moitié nus sous ce climat, ils mourraient de froid. Aucune des jeunes filles ne portait autre chose qu'un fin sarong de soie et un petit gilet. Tensing pensa au rouleau de ficelle en poil de yack qu'il gardait dans son ermitage, très loin de là, mais le temps manquait pour aller le chercher.

A ce moment, le soleil s'était couché et le ciel commençait à prendre une teinte indigo.

« Il est très tard. Il est peut-être temps de nous préparer à passer la nuit à peu près confortablement. Nous verrons demain quelle solution nous vient à l'esprit, dit le lama.

— Cette ficelle qu'il nous faut n'a pas besoin d'être très solide, n'est-ce pas ? demanda Pema.

— Non, mais elle doit être longue. Nous l'utiliserons seulement pour hisser l'une des cordes, répliqua Alexander.

— Peut-être pourrions-nous la faire nous-mêmes... suggéra-t-elle.

— Comment ? Avec quoi ?

— Nous avons toutes des cheveux longs. Nous pouvons les couper et les tresser. »

Une expression de stupeur absolue se fixa sur tous les visages. Les jeunes filles portèrent leurs mains à leur tête et caressèrent leur longue chevelure, qui leur arrivait à la taille. Jamais une paire de ciseaux n'avait coupé la chevelure d'une femme du Royaume interdit, car on la considérait comme le plus grand attribut de beauté et de féminité. Les célibataires n'attachaient pas leurs cheveux et les parfumaient de musc et de jasmin, les femmes mariées les enduisaient d'huile d'amandes et les tressaient, créant des coiffures élaborées qu'elles ornaient de tiges d'argent, de turquoises, d'ambre et de coraux. Seules les religieuses renonçaient à leur chevelure et passaient leur vie le crâne rasé.

« Peut-être pouvons-nous tirer de chacune une vingtaine de fines tresses. Multiplié par cinq, cela fait cent tresses. Disons que chacune mesure cinquante centimètres, nous avons cinquante mètres de cheveux. Il est possible que je puisse en obtenir vingt-quatre de ma tête, si bien qu'il y en aurait plus qu'il n'en faut, expliqua Pema.

— Moi aussi j'ai des cheveux, proposa Nadia.

— Ils sont très courts, je ne crois pas qu'ils puissent servir », observa Pema.

L'une des jeunes filles se mit à pleurer, inconsolable. Couper ses cheveux était un trop grand sacrifice, on ne pouvait lui demander cela, dit-elle. Pema s'assit près d'elle et, tout doucement, se mit en devoir de la convaincre que les cheveux étaient moins importants que leurs vies à tous et la sécurité du roi ; de toute façon, ils repousseraient.

« Et pendant qu'ils repousseront, comment vais-je me montrer en public ? sanglota la jeune fille.

— Avec une immense fierté, parce que tu auras

contribué à sauver notre pays de la secte du Scorpion », répliqua Pema.

Tandis que le prince et Alexander cherchaient des racines et du crottin sec d'animaux pour préparer un petit feu qui leur donne un peu de chaleur pendant la nuit, Tensing examina Nadia et ajusta ses bandages... Il se montra très satisfait : l'épaule était encore un peu meurtrie, mais saine, et Nadia n'avait plus mal.

Pema utilisa le couteau suisse d'Alexander pour se couper les cheveux. Dil Bahadur ne put la regarder, il était troublé ; cela lui semblait un acte trop intime, presque douloureux. A mesure que les cheveux soyeux tombaient, qu'apparaissaient le long cou et la nuque gracile de la jeune fille, sa beauté se transformait et Pema prenait l'allure d'un jeune garçon.

« Maintenant je peux mendier, comme une nonne », se moqua-t-elle en montrant la tunique du prince qu'elle avait sur le dos et son crâne sur lequel se dressaient çà et là quelques touffes de cheveux courts.

Les autres filles prirent le canif et entreprirent de se raser mutuellement. Puis elles s'assirent en cercle pour tresser une fine corde noire et brillante, au parfum de musc et de jasmin.

*

Ils se reposèrent du mieux que le permettaient les circonstances dans l'étroit refuge des rochers. Au Royaume du Dragon d'or, on évitait le contact physique entre personnes de sexes opposés, sauf dans le cas des enfants, mais cette nuit-là ils durent s'y résoudre, car il faisait très froid et ils n'avaient d'autres couvertures que les vêtements qu'ils avaient sur eux et deux peaux de yacks. Tensing et Dil Bahadur avaient vécu sur les sommets, et ils résistaient beaucoup mieux que les autres à ce climat. Ils étaient également habitués aux privations, aussi cédèrent-ils les peaux et les plus grosses portions de nourriture aux jeunes filles. Alexander les imita, bien que la faim fît gargouiller ses intestins, car il ne voulut pas faire moins que les deux autres hommes. Il partagea également en tout petits morceaux une barre de chocolat qu'il trouva écrasée au fond de son sac à dos.

Comme ils avaient très peu de combustible, ils ne pouvaient entretenir qu'un tout petit feu, mais ces faibles flammes leur offraient une certaine sécurité. Au moins éloigneraient-elles les tigres et les léopards des neiges qui habitaient ces montagnes. Ils firent chauffer de l'eau dans un bol et préparèrent du thé avec de la graisse et du sel qui les aida à supporter les rigueurs de la nuit.

Ils dormirent pelotonnés comme des chiots, se communiquant de la chaleur les uns aux autres, protégés du vent par la faille où ils se trouvaient. Dil Bahadur n'osa pas se coucher près de Pema, comme il l'aurait voulu, car il craignait le regard moqueur de son maître. Il s'aperçut qu'il avait évité de lui dire que le roi était son père et que lui-même n'était pas un moine ordinaire. Il lui sembla que le moment n'était pas venu de le faire, mais il avait par ailleurs l'impression que cette omission était aussi grave que s'il l'avait trompée. Alexander, Nadia et Borobà s'installèrent étroitement enlacés et dormirent profondément jusqu'à ce que le premier rayon de l'aube filtre à l'horizon.

Tensing dirigea la première prière du matin et ils récitèrent plusieurs fois en chœur *Om mani padme hum.* Ils n'adoraient pas une divinité, le Bouddha étant simplement un être humain qui avait atteint l'Eveil ou la suprême compréhension; ils envoyaient leurs prières comme des rayons d'énergie positive à l'espace infini et à l'esprit qui règne sur tout ce qui existe. Alexander, qui avait grandi dans une famille d'agnostiques ne pratiquant aucune religion, était émerveillé de constater qu'au Royaume interdit les actes les plus quotidiens eux-mêmes étaient empreints d'un sens divin. La religion, dans ce pays, était une façon de vivre; chaque personne prenait soin du Bouddha qu'il portait en lui. Il se surprit à réciter le mantra sacré avec un réel enthousiasme.

Le lama bénit les aliments puis il les partagea, tandis que Nadia faisait passer les deux bols de thé chaud.

« Il est possible que cette journée soit belle, ensoleillée et sans vent, annonça Tensing en scrutant le ciel.

— Peut-être, si l'honorable maître l'ordonne, pourrions-nous commencer le plus tôt possible, car le chemin jusqu'à la vallée sera long, suggéra Pema.

— Je crois qu'avec un peu de chance vous serez en bas en moins d'une heure », dit Alexander en préparant son équipage.

Peu après, la descente commença. Alexander se chargea de l'équipement et, comme un insecte, descendit en quelques minutes jusqu'à la terrasse qui faisait saillie au milieu de la paroi verticale de l'abîme. Pema exprima le souhait d'être la première à le suivre. Dil Bahadur ramassa la corde et lui passa le harnais, lui expliquant une fois de plus le mécanisme des mousquetons.

« Tu dois te lâcher peu à peu. S'il y a un problème, n'aie pas peur, je te tiendrai avec la deuxième corde jusqu'à ce que tu retrouves le bon rythme, compris ? dit-il.

— Peut-être serait-il préférable que tu ne regardes pas en bas. Nous te soutiendrons par la pensée », ajouta Tensing, se reculant de deux pas pour se concentrer et envoyer de l'énergie mentale à Pema.

Dil Bahadur passa dans sa ceinture la corde qui était fixée à la roche par un mousqueton métallique enfoncé dans une fissure, puis il fit signe à Pema qu'il était prêt. Elle s'approcha de l'abîme et sourit pour dissimuler la panique qui l'assaillait.

« J'espère que nous nous reverrons, murmura Dil Bahadur, sans oser en dire davantage de peur de révéler l'amour secret qu'il lui vouait depuis qu'il l'avait vue pour la première fois.

— Je l'espère moi aussi. Je ferai des prières et des offrandes pour que vous puissiez sauver le roi... Fais attention à toi », répliqua-t-elle émue.

Pema ferma brièvement les yeux, recommanda son âme au ciel et se lança dans le vide. Elle chuta de plusieurs mètres, comme une pierre, jusqu'à ce qu'elle parvienne à contrôler le mousqueton qui tendait la corde. Une fois qu'elle eut compris le mécanisme et trouvé le rythme, elle put continuer à descendre avec de plus en plus d'assurance. Avec ses jambes, elle s'écartait de la roche et se donnait de l'élan. Sa tunique flottait dans l'air et, d'en bas, on aurait dit une chauve-souris. Avant d'avoir le temps d'y penser, elle entendit la voix d'Alexander lui signaler qu'elle avait presque atteint le but.

« Parfait ! s'exclama le garçon lorsqu'il la reçut dans ses bras.

— C'est tout ? Ça s'arrête juste au moment où ça commençait à me plaire », répliqua-t-elle.

La terrasse était si étroite et exposée qu'une bourrasque les aurait déséquilibrés, mais comme l'avait annoncé Tensing, le temps leur était favorable. D'en haut ils hissèrent le harnais et le passèrent à une autre jeune fille. Elle était épouvantée et n'avait pas le caractère de Pema, mais le lama la fixa de son regard hypnotiseur et parvint à la tranquilliser. Une à une les quatre filles descendirent sans trop de problèmes : chaque fois qu'elles étaient arrêtées ou descendaient trop vite, Dil Bahadur les aidait avec la corde de sécurité. Une fois toutes les cinq sur le petit saillant de la falaise, il leur était difficile de bouger, car le risque de glisser dans le vide était immense. Alexander avait prévu cette difficulté, aussi la veille avait-il planté plusieurs pitons afin qu'elles puissent se tenir. Ils étaient maintenant prêts à attaquer la deuxième partie de la descente.

Dil Bahadur lâcha les deux cordes, qu'Alexander utilisa pour répéter la même opération depuis la terrasse jusqu'au pied du précipice. Pema n'avait personne à présent pour la recevoir en bas, mais elle avait pris confiance et elle s'élança sans hésiter. Peu après, ses compagnes la suivirent.

Alexander leur fit un signe d'adieu, souhaitant de tout cœur que ces quatre adolescentes d'aspect si fragile, vêtues pour la fête et chaussées de sandales dorées, guidées par une cinquième habillée comme un moine, trouvent le chemin jusqu'au premier village. Il les vit s'éloigner vers le bas de la montagne en direction de la vallée jusqu'à ne plus être que des points minuscules, qui enfin disparurent. Le Royaume du Dragon d'or comptait très peu de routes carrossables et beaucoup étaient impraticables pendant les pluies intenses ou les tempêtes de neige, mais en cette saison il n'y avait pas de problème. Si les jeunes filles parvenaient à rejoindre un chemin, quelqu'un les recueillerait sûrement.

Alexander fit un signe et Dil Bahadur laissa glisser la longue tresse de cheveux noirs lestée d'une pierre. Après qu'il eut un peu manœuvré d'en haut pour la diriger, elle tomba sur la terrasse où Alexander l'attrapa. Il enroula une corde qu'il accrocha à sa ceinture, puis attacha la deuxième à la tresse et indiqua par signes qu'on la hisse. Dil Bahadur tira doucement la tresse, jusqu'à ce qu'il reçoive l'extrémité de la corde au sommet de la falaise ; il la fixa à un piton et Alexander entreprit son ascension.

CHAPITRE 16

Les guerriers yétis

APRÈS s'être assurés que Pema et les autres filles se dirigeaient vers la vallée, le lama, le prince, Alexander, Nadia et Boroba se mirent en route vers les hauteurs. Plus ils montaient, plus ils sentaient le froid. A deux ou trois reprises ils durent utiliser les longs bâtons des moines pour franchir d'étroits précipices. Ces ponts improvisés se révélèrent plus sûrs et plus solides qu'ils ne paraissaient à première vue. Habitué à se balancer à très haute altitude lorsqu'il faisait de l'alpinisme avec son père, Alexander n'avait aucune difficulté à avancer d'un pas sur les perches et à sauter de l'autre côté, où l'attendait la main ferme de Tensing qui passait devant, mais Nadia n'aurait jamais osé le faire en pleine santé, et bien moins encore avec une épaule démise. Dil Bahadur et Alexander tenaient une corde tendue de part et d'autre de la crevasse, tandis que Tensing réalisait la prouesse de traverser en portant Nadia sous le bras, comme un paquet. L'idée était que la corde lui apporte un peu de sécurité au cas où il glisserait, mais son expérience était telle que les jeunes gens ne sentaient aucune secousse lorsqu'il passait : la main du moine effleurait à peine la corde. Tensing se balançait sur les perches juste un instant, comme s'il flottait et, avant que Nadia n'ait le temps de succomber à la panique, il était déjà de l'autre côté.

« Peut-être suis-je dans l'erreur, honorable maître, mais il me semble que ce n'est pas la direction de Chenthan Dzong, glissa le prince quelques heures plus tard, lorsqu'ils s'assirent un peu pour se reposer et préparer le thé.

— Par la route habituelle, sans doute nous faudrait-il plusieurs jours et les bandits ont de l'avance sur nous. Ce ne serait pas une mauvaise idée de prendre un raccourci... répliqua Tensing.

— Le tunnel des yétis ! s'exclama Dil Bahadur.

— Je crois que nous aurons besoin d'un peu d'aide pour affronter la secte du Scorpion.

— Mon honorable maître pense-t-il la demander aux yétis ?

— Peut-être...

— Avec tout mon respect, maître, je pense que les yétis ont autant de cervelle que ce singe, répliqua le prince.

— Dans ce cas il n'y a pas de souci à se faire, parce que Boroba a autant de cervelle que toi », interrompit Nadia, vexée.

Alexander essayait de suivre la conversation et de capter les images qui se formaient par télépathie dans son cerveau, mais il ne savait pas avec certitude de quoi ils parlaient.

« J'ai bien entendu ? Vous parlez du yéti ? De l'abominable homme des neiges ? » demanda-t-il.

Tensing acquiesça.

« Le professeur Ludovic Leblanc l'a cherché pendant des années dans l'Himalaya et il a conclu qu'il n'existe pas, que c'est seulement une légende, dit Alexander.

— Qui est ce professeur ? voulut savoir Dil Bahadur.

— Un ennemi de ma grand-mère.

— Peut-être n'a-t-il pas cherché où il fallait... » insinua Tensing.

La perspective de voir un yéti parut à Nadia et Alexander aussi fascinante que leur extraordinaire rencontre avec les Bêtes dans la fantastique cité dorée de l'Amazonie. Ces animaux préhistoriques avaient été comparés à l'abominable homme des neiges, à cause des empreintes énormes qu'ils laissaient et de leur comportement très discret. On disait aussi de ces Bêtes qu'elles n'étaient qu'une légende, mais eux avaient constaté leur existence.

« Ma grand-mère va avoir un infarctus quand elle apprendra que nous avons vu un yéti et que nous n'avons pas pris de photos », soupira Alexander en pensant qu'il avait mis toutes sortes de choses dans son sac à dos, sauf un appareil photo.

Ils continuèrent à avancer en silence, car chaque mot leur coupait le souffle. N'étant pas habitués à cette altitude, Nadia et Alexander souffraient davantage du manque d'oxygène. Ils avaient mal à la tête, étaient pris de nausée et, en fin de journée, tous deux se sentaient à bout de forces. Soudain, Nadia se mit à saigner du nez, elle se plia en deux et vomit. Tensing chercha un endroit protégé et décida qu'ils allaient s'y reposer. Tandis que Dil Bahadur préparait la *tsampa* et faisait bouillir de l'eau pour une tisane médicinale, le lama soulagea le mal des hauteurs de Nadia et d'Alexander avec ses aiguilles d'acupuncture.

« Je crois que Pema et les autres jeunes filles sont saines et sauves. Cela veut dire que peut-être, très bientôt, le général Myar Kunglung saura que le roi est au monastère... dit Tensing.

— Comment le savez-vous, honorable maître ? demanda Alexander.

— L'esprit de Pema ne transmet plus autant d'anxiété. Son énergie est différente.

— J'avais entendu parler de la télépathie, maître, mais je n'avais jamais imaginé qu'elle fonctionnait comme un téléphone portable. »

Le lama sourit aimablement. Il ne savait pas ce qu'était un téléphone portable.

Les jeunes gens s'abritèrent du mieux qu'ils purent entre les rochers, tandis que Tensing reposait son corps et son esprit tout en surveillant avec un sixième sens, car ces sommets étaient le territoire des grands tigres blancs. La nuit leur parut très longue et très froide.

*

Les voyageurs arrivèrent à l'entrée du long tunnel qui conduisait à la secrète Vallée des Yétis. Nadia et Alexander se sentaient alors fourbus, leur peau brûlée par la réverbération du soleil sur la neige, leurs lèvres sèches et crevassées couvertes de croûtes. Le tunnel était si étroit et l'odeur de soufre si violente que Nadia crut mourir asphyxiée, mais pour Alexander, qui avait pénétré dans les entrailles de la terre, dans la Cité des Bêtes, ce fut une promenade. Tensing au contraire, qui mesurait deux mètres, pouvait à peine passer à certains endroits resserrés, mais comme il avait déjà parcouru ce chemin, il restait confiant.

La surprise de Nadia et d'Alexander, lorsque enfin ils débouchèrent dans la Vallée des Yétis, fut immense. Ils n'étaient pas préparés à découvrir, enclavé au milieu des sommets glacés de l'Himalaya, un lieu baigné de vapeur chaude où poussait une végétation inconnue dans le reste du monde. En quelques minutes revint dans leur corps une chaleur qu'ils n'avaient pas sentie depuis des jours, et ils purent retirer leurs parkas. Boroba, qui avait voyagé engourdi sous les vêtements de Nadia, collé à son corps, passa la tête et, humant l'air tiède, retrouva sa bonne humeur habituelle : il se trouvait dans son milieu.

S'ils ne s'attendaient pas aux hautes colonnes de vapeur, aux flaques d'eau sulfureuse et à la brume chaude de la vallée, aux fleurs violettes et charnues et aux troupeaux de *chegnos* qui erraient en broutant l'herbe rude et sèche de la vallée, ils s'attendaient encore moins aux yétis, qui un peu plus tard arrivèrent à leur rencontre.

Une horde de mâles armés de gourdins leur fit face en criant et faisant des bonds de bêtes sauvages. Dil Bahadur prépara son arc, car il comprit que, vêtu comme il l'était des habits du bandit, les yétis ne pouvaient le reconnaître. Instinctivement Nadia et Alexander, qui n'avaient jamais imaginé que les yétis avaient cet aspect si horrible, se mirent derrière Tensing. Celui-ci, au contraire, s'avança confiant et, joignant les mains devant son visage, s'inclina, accompagnant son salut d'énergie mentale et des quelques mots de leur langue qu'il connaissait.

Deux ou trois minutes interminables s'écoulèrent avant que les cerveaux primitifs des yétis se souviennent de la visite du lama quelques mois plus tôt. Ils ne furent pas plus aimables en le reconnaissant, mais du moins cessèrent-ils de brandir leurs gourdins à quelques centimètres des crânes des voyageurs.

« Où est Grr-ympr ? » s'enquit Tensing.

Sans cesser de grogner et de les surveiller de près, ils les conduisirent au village. Satisfait, le lama constata que contrairement à l'état dans lequel ils les avaient trouvés lors de leur précédente visite, les guerriers étaient pleins d'énergie ; dans le village, il vit des femelles et des petits apparemment sains. Il nota qu'aucun n'avait la langue violette et que le poil blanchâtre qui les couvrait entièrement de la nuque jusqu'aux pieds n'était plus un impénétrable amas de crasse. Certaines femelles étaient non seulement à peu près propres, mais en plus on aurait dit qu'elles avaient peigné leur pelage, ce qui l'intrigua extrêmement, car il ignorait tout de la coquetterie féminine.

Le village n'avait pas changé, c'était toujours un tas de repaires et de cavernes souterraines sous la croûte de lave pétrifiée qui constituait la plus grande partie du sol. Sur cette croûte s'étendait une fine couche de terre, qui grâce à la chaleur et à l'humidité de la vallée était plutôt fertile et fournissait des aliments aux yétis et à leurs seuls animaux domestiques, les *chegnos*. Ils les menèrent directement en présence de Grr-ympr.

La sorcière avait beaucoup vieilli. Lorsqu'ils l'avaient connue elle était déjà bien vieille, mais à présent on lui aurait donné mille ans. Si les autres semblaient plus sains et plus propres qu'avant, elle en revanche s'était changée en un paquet d'os tordus couverts d'un pelage graisseux ; sur son horrible visage s'écoulaient des sécrétions de son nez, de ses yeux et de ses oreilles. L'odeur de saleté et de décomposition qu'elle dégageait était si répugnante que Tensing lui-même, malgré sa longue formation médicinale, ne pouvait le supporter. Ils communiquèrent par télépathie et en utilisant les quelques mots que l'un et l'autre connaissaient.

« Je vois que ton peuple est en bonne santé, Grr-ympr.

— L'eau couleur lavande : interdite. Celui qui la boit : battu, répliqua-t-elle sommairement.

— Le remède semble pire que la maladie, dit Tensing en souriant.

— Maladie : il n'y a pas, affirma la vieille, imperméable à l'ironie du moine.

— J'en suis très heureux. Des enfants sont-ils nés ? »

Elle indiqua avec les doigts qu'il y en avait deux et ajouta dans sa langue qu'ils étaient en bonne santé. Tensing comprit sans difficulté les images qui se formaient dans son cerveau.

« Qui sont tes compagnons ? grogna-t-elle.

— Celui-ci tu le connais, c'est Dil Bahadur, le moine qui a découvert le poison dans l'eau couleur lavande de la source. Les autres sont aussi des amis et ils viennent de très loin, d'un autre monde.

— Pour quoi faire ?

— Avec tout notre respect, nous venons solliciter ton

aide, honorable Grr-ympr. Nous avons besoin de tes guerriers pour sauver un roi qui a été capturé par des bandits. Nous ne sommes que trois hommes et une adolescente, mais avec tes guerriers peut-être pourrons-nous les vaincre. »

La vieille comprit moins de la moitié de cette tirade, mais elle devina que le moine venait lui demander de payer la faveur qu'il lui avait rendue quelques mois plus tôt. Il voulait utiliser ses guerriers. Il y aurait une bataille. L'idée ne lui plut pas, principalement parce qu'il y avait des dizaines d'années qu'elle essayait de tenir sous contrôle la terrible agressivité des yétis.

« Guerriers se battre : guerriers mourir. Village sans guerriers : village mourir aussi, résuma-t-elle.

— Ce que je te demande est certes une faveur très grande, honorable Grr-ympr. Peut-être y aura-t-il un dangereux combat. Je ne peux pas garantir la sécurité de tes guerriers.

— Grr-ympr mourante, marmotta l'ancienne en se frappant la poitrine.

— Je sais, Grr-ympr, dit Tensing.

— Grr-ympr morte : beaucoup problèmes. Toi soigner Grr-ympr : toi emmener guerriers, proposa-t-elle.

— Je ne peux te guérir de la vieillesse, honorable Grr-ympr. Ton temps en ce monde est accompli, ton corps est fatigué et ton esprit veut s'en aller. Il n'y a rien de mal à cela, expliqua le moine.

— Alors pas de guerriers, décida-t-elle.

— Pourquoi as-tu peur de mourir, honorable ancienne ?

— Grr-ympr : nécessaire. Grr-ympr commande : yétis

obéissent. Grr-ympr morte : yétis se battent. Yétis tuent, yétis meurent : fin, conclut-elle.

— Je comprends, tu ne peux quitter ce monde parce que tu as peur que ton peuple souffre. N'y a-t-il personne qui puisse te remplacer ? »

Elle nia avec tristesse. Tensing comprit que la sorcière craignait qu'à sa mort les yétis, qui étaient maintenant sains et pleins d'énergie, ne s'entre-tuent à nouveau comme ils l'avaient fait autrefois, jusqu'à disparaître complètement de la surface de la terre. Ces créatures à demi humaines avaient survécu pendant plusieurs générations grâce à la force et à la sagesse de la sorcière : elle était une mère sévère, juste et sage. Ils lui obéissaient aveuglément, parce qu'ils la croyaient dotée de pouvoirs surnaturels ; sans elle la tribu irait à la dérive. Le lama ferma les yeux et pendant plusieurs minutes tous deux restèrent l'esprit vide. Lorsqu'il les rouvrit, Tensing annonça son plan à voix haute, afin que Nadia et Alexander comprennent aussi.

« Si tu me prêtes quelques-uns de tes guerriers, je promets de revenir dans la Vallée des Yétis et d'y rester pendant six ans. Avec humilité, je propose de te remplacer, honorable Grr-ympr, ainsi tu peux t'en aller en paix vers le monde des esprits. Je prendrai soin des tiens, je leur apprendrai à vivre le mieux possible, à ne pas s'entre-tuer, à utiliser les ressources de la vallée. Je formerai le yéti le plus apte afin qu'au bout de six ans il devienne le chef de la tribu. Voilà ce que je propose... »

Entendant cela, Dil Bahadur se leva d'un bond et se planta devant son maître, pâle d'horreur, mais le lama l'arrêta d'un geste : il ne pouvait interrompre la communication mentale avec l'ancienne. Grr-ympr eut besoin de plusieurs minutes pour assimiler ce que disait le moine.

« Oui », accepta-t-elle avec un profond soupir de soulagement, car enfin elle était libre de mourir.

*

Dès qu'ils eurent un moment d'intimité, Dil Bahadur, les yeux pleins de larmes, demanda une explication à son maître bien-aimé. Comment avait-il pu proposer une chose pareille à la sorcière ? Le Royaume du Dragon d'or avait bien plus besoin de lui que les yétis ; lui-même n'avait pas terminé son éducation, le maître ne pouvait l'abandonner de la sorte, s'exclama-t-il.

« Il est possible que tu sois roi plus tôt que prévu, Dil Bahadur. Six ans passent vite. Pendant ce temps, peut-être pourrai-je un peu aider les yétis.

— Et moi ? s'exclama le jeune homme, incapable d'imaginer sa vie sans son mentor.

— Peut-être es-tu plus fort et mieux préparé que tu ne crois... Dans six ans, je quitterai la Vallée des Yétis pour éduquer ton fils, le futur monarque du Royaume du Dragon d'or.

— Quel fils, maître ? Je n'en ai pas.

— Celui que tu auras avec Pema », répliqua Tensing tranquillement tandis que le prince rougissait jusqu'aux oreilles.

Nadia et Alexander suivaient difficilement la discussion, mais ils en saisirent le sens et aucun des deux ne manifesta d'étonnement devant la prophétie de Tensing concernant Pema et Dil Bahadur ou son projet de devenir le mentor des yétis. Alexander pensa qu'un an plus tôt il aurait qualifié tout cela de folie, mais il savait à présent combien le monde est mystérieux.

Se servant de la télépathie, des quelques mots qu'il avait appris dans la langue du Royaume interdit, de ceux que Dil Bahadur avait captés en anglais et de l'incroyable aptitude de Nadia pour les langues, Alexander parvint à communiquer à ses amis que sa grand-mère avait fait un reportage pour l'*International Geographic* sur une espèce de pumas qui existait en Floride et avait été sur le point de disparaître. Elle était confinée dans une petite région inaccessible, ne s'était pas mélangée et, en se reproduisant toujours au sein de la même famille, elle s'était affaiblie et abrutie. L'assurance vie de n'importe quelle espèce, c'est la diversité. Il expliqua que s'il y avait, par exemple, une seule variété de maïs, très vite les maladies et les altérations du climat y mettraient fin, mais comme il en existe des centaines, si l'une disparaît, une autre croît. La diversité garantit la survie.

« Que s'est-il passé avec ce puma ? demanda Nadia.

— On a amené en Floride quelques experts qui ont introduit dans la zone d'autres félins proches du puma. Ils se sont mélangés et en moins de dix ans la race s'était régénérée.

— Crois-tu que c'est aussi ce qui arrive aux yétis ? demanda Dil Bahadur.

— Oui. Ils ont vécu trop de temps isolés, ils sont très peu nombreux, ils ne s'accouplent qu'entre eux, c'est pour cela qu'ils sont si faibles. »

Tensing resta songeur, réfléchissant à ce qu'avait dit le

jeune étranger. En tout cas, même si les yétis sortaient de la vallée mystérieuse, ils n'auraient personne avec qui se reproduire, car il n'y avait sûrement pas d'autres représentants de leur espèce dans le monde, et aucun être humain n'aurait envie de créer une famille avec eux. Mais tôt ou tard ils devraient s'intégrer au monde, c'était inévitable. Il faudrait le faire avec prudence, car le contact avec les humains pourrait leur être fatal. Cela n'était possible que dans le milieu protégé du Royaume du Dragon d'or.

Au cours des heures qui suivirent, les amis se restaurèrent et se reposèrent un peu afin de se remettre de leur épuisement. Sachant qu'il y avait la perspective d'un combat à mener, tous les yétis voulaient y aller, mais Grr-ympr le leur interdit, car le village ne pouvait rester sans mâles. Tensing les avertit qu'ils pourraient mourir, car ils allaient affronter de méchants humains appelés hommes bleus, qui étaient très forts et qui avaient des poignards et des armes à feu. Les yétis ne savaient pas ce qu'étaient ces choses et Tensing le leur expliqua de la façon la plus exagérée possible, décrivant le type de blessures qu'elles produisaient, les flots de sang et autres détails pouvant enthousiasmer les yétis. Cela augmenta la frustration de ceux qui devaient rester dans la vallée : aucun ne voulait manquer l'occasion de jouer à se battre contre les humains. Ils défilèrent un par un devant le lama en bondissant et poussant des cris effroyables, en montrant leurs dents et leur musculature, pour l'impressionner. Tensing put ainsi choisir les dix qui avaient le plus mauvais caractère et l'aura la plus rouge.

Le lama vérifia personnellement les cuirasses en cuir

des yétis, qui pourraient atténuer l'effet d'un coup de poignard mais étaient inefficaces contre une balle. Ces dix créatures, à peine plus intelligentes qu'un chimpanzé, ne pourraient vaincre les hommes du Scorpion, aussi féroces fussent-ils, mais le lama comptait sur l'effet de surprise. Les hommes bleus étaient superstitieux, et s'ils avaient entendu parler de l'« abominable homme des neiges » ils n'en avaient jamais vu.

Sur l'ordre de Grr-ympr, dans l'après-midi ils avaient tué deux *chegnos* pour souhaiter la bienvenue aux visiteurs. Avec une extrême répugnance, car ils ne concevaient le sacrifice d'aucun être vivant, Dil Bahadur et Tensing recueillirent le sang des animaux dont ils peignirent le pelage hirsute des guerriers choisis. Utilisant des lanières de peau, les cornes et les plus longs os, ils fabriquèrent des casques ensanglantés terrifiants, dont les yétis se coiffèrent avec des cris de plaisir, tandis que les femelles et les petits bondissaient d'admiration. Le maître et son disciple conclurent satisfaits que l'aspect des yétis avait de quoi épouvanter le plus féroce.

Les hommes voulaient que Nadia reste au village, mais il fut inutile d'essayer de la convaincre et ils durent finalement accepter qu'elle parte avec eux. Alexander ne voulait pas l'exposer aux dangers qui les attendaient.

« Il est possible qu'aucun de nous ne revienne vivant, Aigle... argua-t-il.

— Dans ce cas, je devrais passer le reste de mon existence dans cette vallée sans autre compagnie que les yétis. Non, merci. J'irai avec vous, Jaguar, répliqua-t-elle.

— Au moins ici tu serais relativement à l'abri. Je ne

sais pas ce que nous allons trouver dans ce monastère abandonné, mais ce ne sera sûrement rien d'agréable.

— Ne me traite pas comme une enfant. Je sais m'occuper de moi toute seule, je l'ai fait pendant treize ans, et je crois pouvoir être utile.

— C'est bien, mais tu feras exactement ce que je dirai, décida Alex.

— N'y songe même pas. Je ferai ce qui me paraîtra approprié. Tu n'es pas un expert, tu sais aussi peu te battre que moi », répliqua Nadia, et il dut admettre qu'elle avait raison.

« Peut-être le mieux est-il de partir de nuit, ainsi nous arriverons au lever du jour de l'autre côté du tunnel et nous profiterons du matin pour atteindre Chenthan Dzong », proposa Dil Bahadur, et Tensing fut d'accord.

Après s'être rempli la panse avec un succulent dîner, les yétis se couchèrent par terre et ronflèrent, sans ôter les nouveaux heaumes qu'ils avaient adoptés comme symbole de courage. Nadia et Alexander étaient tellement affamés qu'ils dévorèrent leur portion de viande grillée de *chegno*, malgré son goût amer et les poils roussis qui y restaient collés. Tensing et Dil Bahadur préparèrent leur *tsampa* et leur thé, puis ils s'assirent pour méditer face à l'immensité du firmament, dont ils ne pouvaient voir les étoiles. La nuit, quand la température baissait dans les montagnes, la vapeur des fumerolles se transformait en un épais brouillard qui recouvrait la vallée tel un manteau cotonneux. Les yétis n'avaient jamais vu les étoiles et, pour eux, la lune était une inexplicable auréole de lumière bleue qui apparaissait parfois dans la brume.

CHAPITRE 17

Le monastère fortifié

POUR QUITTER Tunkhala avec le roi et le dragon d'or, Tex Armadillo aurait préféré le plan initial, lequel consistait en un hélicoptère armé d'une mitraillette qui, au moment voulu, serait descendu dans les jardins du palais. Personne n'aurait pu les arrêter. La force aérienne de ce pays était constituée de quatre vieux coucous achetés en Allemagne il y avait plus de vingt ans et qui ne volaient qu'au Nouvel An, pour lancer des oiseaux en papier sur la capitale, à la grande joie des enfants. Les mettre en action pour leur donner la chasse aurait pris plusieurs heures, pendant lesquelles l'hélicoptère aurait eu tout le temps d'arriver en terrain sûr. Mais au dernier moment le Spécialiste avait changé de plan, sans donner la moindre explication. Il s'était contenté de dire qu'il ne convenait pas d'attirer l'attention, et moins encore de mitrailler les pacifiques habitants du Royaume interdit, car cela provoquerait un scandale international. Son client, le Collectionneur, exigeait la discrétion.

Aussi Armadillo dut-il accepter le second plan, selon lui moins expéditif et moins sûr que le premier. Dès qu'il eut mis la main sur le roi dans l'Enceinte sacrée, il lui ferma la bouche avec du ruban adhésif et lui fit une piqûre au bras qui l'anesthésia en cinq secondes. Les instructions étaient de ne lui faire aucun mal : il fallait que le monarque arrive vivant et en bonne santé au monastère, car ils devaient lui soutirer le renseignement qui permettait de déchiffrer les messages de la statue.

« Attention, le roi connaît les arts martiaux, il peut se défendre. Mais je vous avertis que si vous le blessez, cela vous coûtera cher », avait dit le Spécialiste.

Tex Armadillo commençait à en avoir assez de son patron, mais il n'avait pas le temps de ruminer son mécontentement.

Leur frayeur et leur hâte n'empêchèrent pas les quatre bandits de voler quelques candélabres et diffuseurs de parfum en or. Ils s'apprêtaient à attaquer le précieux métal des murs avec leurs poignards quand l'Américain leur aboya ses ordres.

Deux d'entre eux prirent le corps inerte du roi par les épaules et les chevilles, tandis que les autres descendaient la lourde statue d'or du piédestal de pierre noire sur lequel elle reposait depuis dix-huit siècles. On sentait encore dans la salle la réverbération du cantique et les étranges sons du dragon. Tex Armadillo ne pouvait s'arrêter pour l'examiner, mais il supposa qu'il était semblable à un instrument musical. Il ne croyait pas qu'il pût prédire l'avenir, c'était là un bobard pour ignorants, mais en réalité peu lui importait : la valeur intrinsèque de cet objet était inestimable. Combien le Spécialiste allait-il gagner avec cette mission ? Des millions de dollars probablement. Et lui, combien en toucherait-il ? Tout juste un pourboire de compensation, pensait-il.

Deux des hommes bleus passèrent des sangles de cheval sous la statue et la soulevèrent ainsi, avec effort. Armadillo comprit alors pourquoi le Spécialiste avait exigé qu'il emmène six bandits. Il lui manquait maintenant les deux qui étaient morts, tombés dans les pièges du palais.

Le retour ne fut pas plus facile, en dépit du fait qu'ils connaissaient déjà le chemin et purent éviter plusieurs embûches, car leurs fardeaux – le roi et la statue – gênaient leurs mouvements. Bientôt cependant, Armadillo se rendit compte que, dans ce sens, les pièges ne s'activaient pas. Cela le rassura, mais il ne se pressa pas ni ne relâcha sa vigilance, car il craignait que ce palais n'abrite bien d'autres surprises désagréables. Toutefois ils arrivèrent à l'Ultime Porte sans rencontrer d'obstacles. Ayant franchi le seuil, ils virent par terre les corps poignardés des gardes royaux tels qu'ils les avaient laissés. Aucun ne s'aperçut que l'un des jeunes soldats respirait encore.

Se servant du GPS, les hors-la-loi parcoururent le labyrinthe des pièces aux nombreuses portes et débouchèrent enfin dans le jardin ombreux du palais où les attendait le reste de la bande. Ils tenaient Judit Kinski prisonnière. D'après les ordres, ils ne devaient pas, elle, l'endormir avec une injection, comme le roi, ni non plus la maltraiter. Les bandits, qui n'avaient jamais vu la femme auparavant, ne comprenaient pas pourquoi ils devaient l'emmener avec eux, mais Tex Armadillo ne leur donna aucune explication.

Ils avaient volé une camionnette du palais, qui attendait dans la rue, près des montures des bandits. Tex Armadillo évita de regarder en face Judit Kinski, qui était assez calme, vu les circonstances, et il fit signe à ses hommes de la mettre dans le véhicule avec le roi et la statue, recouverts d'une bâche. Il se mit au volant, car personne d'autre ne savait conduire, accompagné du chef des guerriers bleus et de l'un des bandits. Tandis que la camionnette se dirigeait vers l'étroite piste des montagnes, les autres se dispersèrent. Ils se retrouveraient plus tard quelque part dans la Forêt des Tigres, comme l'avait ordonné le Spécialiste, et de là ils se mettraient en route pour Chenthan Dzong.

Comme prévu, la camionnette dut s'arrêter à la sortie de Tunkhala, où le général Myar Kunglung avait posté une patrouille pour contrôler la route. Ce fut un jeu d'enfant pour Tex Armadillo et les bandits de mettre les trois hommes qui montaient la garde hors de combat et d'enfiler leurs uniformes. La camionnette étant peinte aux armes de la maison royale, ils purent passer les autres contrôles sans être inquiétés et arriver à la Forêt des Tigres.

A l'origine, l'immense forêt avait été la réserve de chasse des rois, mais depuis plusieurs siècles personne ne pratiquait plus ce sport cruel. L'immense parc était devenu une réserve naturelle où proliféraient les espèces de plantes et d'animaux les plus rares du Royaume interdit. Au printemps, les tigresses venaient y mettre bas. Le climat unique de ce pays, qui selon les saisons oscillait entre l'humidité tempérée des tropiques et le froid hivernal des hauteurs montagneuses, donnait naissance à une flore et une faune extraordinaires, un véritable paradis pour écologistes. La beauté du lieu, avec ses arbres millénaires, ses torrents cristallins, ses orchidées, ses rhododendrons et ses oiseaux multicolores, n'eut pas le moindre effet sur Tex Armadillo et les bandits : la seule chose qui leur importait, c'était de ne pas attirer les tigres et de ficher le camp au plus vite.

L'Américain détacha Judit Kinski.

« Qu'est-ce que vous faites ! s'exclama le chef des bandits, menaçant.

— Elle ne peut pas s'enfuir, où irait-elle ? » répondit l'autre en guise d'explication.

En silence, la femme se massa les poignets et les chevilles, où les liens avaient laissé des marques rouges. Ses yeux examinaient l'endroit, suivaient chacun des mouvements de ses ravisseurs et revenaient toujours à Tex Armadillo qui persistait à se détourner, comme s'il ne supportait pas son regard. Sans demander l'autorisation, Judit s'approcha du roi et avec délicatesse, pour ne pas lui blesser les lèvres, elle lui enleva doucement le ruban adhésif qui le bâillonnait. Elle se pencha sur lui et posa son oreille sur sa poitrine.

« L'effet de l'injection va bientôt passer, commenta Armadillo.

— Ne lui en faites pas d'autre, son cœur peut s'arrêter, dit-elle sur un ton qui paraissait plus un ordre qu'une supplique, fixant ses yeux châtains sur Tex Armadillo.

— Ce ne sera pas nécessaire. En plus il va devoir monter à cheval, aussi mieux vaut qu'il se réveille », répliqua-t-il en lui tournant le dos.

Lorsque les premiers rayons du soleil filtrèrent à travers les frondaisons, la lumière fit irruption, dorée comme le miel, réveillant les singes et les oiseaux en un chœur turbulent. Du sol s'évaporait la rosée de la nuit, enveloppant le paysage d'une brume jaune qui estompait les contours des arbres gigantesques. Au-dessus de leurs têtes, un couple d'ours pandas se balançait dans les branches. Le jour se levait lorsque la bande du Scorpion se réunit enfin. Dès qu'il y eut suffisamment de lumière, Armadillo prit des photos de la statue avec un Polaroïd, puis il donna l'ordre de l'envelopper dans la même bâche qu'ils avaient utilisée dans la camionnette, et de l'attacher avec des cordes.

Ils devaient abandonner le véhicule et continuer leur ascension à dos de cheval par des sentiers quasiment impraticables, que personne n'avait plus empruntés depuis que le tremblement de terre avait bouleversé la topographie du terrain et que Chenthan Dzong, comme d'autres monastères de la région, avait été abandonné. Les guerriers bleus, qui passaient leur vie sur leurs chevaux et étaient habitués à toutes sortes de terrains, étaient sûrement les seuls capables d'arriver là-bas. Ils connaissaient bien les montagnes et savaient qu'une fois qu'ils auraient obtenu leur récompense en argent et en armes, ils pourraient atteindre le nord de l'Inde en trois ou quatre jours. Pour sa part, Tex Armadillo comptait sur l'hélicoptère, qui devait venir le prendre au monastère avec le butin.

Le roi s'était réveillé, mais l'effet de la drogue persistait, il était confondu et nauséeux, ne sachant ce qui s'était passé. Judit Kinski l'aida à s'asseoir et lui expliqua la situation : ils avaient été enlevés et les bandits avaient volé le Dragon d'or. Elle sortit une petite gourde de son sac, qui par miracle n'avait pas été perdu dans l'aventure, et lui donna à boire une gorgée de whisky. L'alcool le ranima et il parvint à se redresser.

« Que signifie tout cela! » s'exclama le roi sur un ton autoritaire que personne ne lui avait jamais entendu.

Lorsqu'il les vit installer la statue sur une plate-forme métallique munie de roues, qui serait tirée par les chevaux, il comprit l'ampleur du malheur.

« Ceci est un sacrilège. Le Dragon d'or est le symbole de notre pays. Il existe une malédiction très ancienne contre celui qui profane la statue », les avertit le roi.

Le chef des bandits leva le bras pour le frapper, mais l'Américain l'écarta d'une poussée.

« Taisez-vous et obéissez, si vous ne voulez pas d'autres problèmes, ordonna-t-il au monarque.

— Libérez mademoiselle Kinski, c'est une étrangère, elle n'a rien à voir dans cette affaire, répliqua fermement le souverain.

— Vous m'avez entendu, taisez-vous ou elle en paiera les conséquences, compris ? » l'avertit Armadillo.

Judit Kinski prit le roi par un bras, et dans un murmure le pria de rester calme ; ils ne pouvaient rien faire pour le moment, mieux valait attendre que se présente l'occasion d'agir.

« Allons, ne perdons plus de temps, ordonna le chef des bandits.

— Le roi ne peut pas encore monter à cheval, dit Judit en le voyant vaciller comme s'il était ivre.

— Il montera avec l'un de mes hommes jusqu'à ce qu'il se remette », décida l'Américain.

Armadillo conduisit la camionnette jusqu'à une dépression où elle se trouva à moitié ensevelie, puis ils la couvrirent de branchages avant de reprendre la marche en file indienne en direction de la montagne. Le jour était clair, mais les sommets de l'Himalaya se perdaient dans de gros amas de nuages. Ils devaient continuellement grimper, en passant par une région de forêt semitropicale où poussaient des bananiers, des rhododendrons, des magnolias, des hibiscus et bien d'autres espèces. En altitude la végétation changeait brusquement, la forêt disparaissait et commençaient les dangereux défilés de montagne, souvent barrés par des rochers qui roulaient des cimes, ou des chutes d'eau qui changeaient le sol en un bourbier glissant. L'ascension était risquée, mais l'Américain avait confiance dans l'habileté des hommes bleus et dans la force extraordinaire de leurs coursiers. Une fois qu'ils seraient dans les montagnes, on ne pourrait plus les rejoindre ; personne ne soupçonnait où ils se trouvaient et, de toute façon, ils avaient beaucoup d'avance.

*

Tex Armadillo ne se doutait pas que, tandis qu'il s'emparait de la statue dans le palais, la caverne des bandits avait été prise d'assaut et ses occupants attachés par deux, endurant la faim et la soif, épouvantés à l'idée qu'un tigre apparaisse et ne fasse d'eux qu'une bouchée. Les prisonniers eurent de la chance, car avant que n'arrivent les fauves, si abondants dans cette région, apparut un détachement de soldats royaux. Pema leur avait indiqué la situation du campement de la secte du Scorpion.

La jeune fille et ses compagnes avaient réussi à rejoindre un chemin rural où les avait enfin trouvées, exténuées, un paysan qui portait ses légumes au marché dans une charrette tirée par des chevaux. Il crut d'abord que c'étaient des religieuses, à cause de leurs têtes rasées, mais le fait que toutes sauf une portaient des vêtements de fête attira son attention. L'homme n'avait accès ni aux journaux ni à la télévision, mais il avait appris par la radio, comme tous les habitants du pays, que six jeunes filles avaient été enlevées. N'ayant pas vu leurs photos, il ne put les reconnaître, mais il lui suffit d'un regard pour se rendre compte que ces filles étaient en difficulté. Pema se planta bras ouverts au milieu du chemin, l'obligeant à s'arrêter, et lui raconta en quelques mots leur situation.

« Le roi est en danger, je dois immédiatement trouver de l'aide », conclut-elle.

Le paysan fit demi-tour pour les emmener au trot au hameau d'où il venait. Là ils trouvèrent un téléphone et, tandis que Pema essayait d'entrer en communication avec les autorités, ses compagnes recevaient les soins des femmes du village. Les jeunes filles, qui avaient fait preuve de beaucoup de courage pendant ces terribles journées, s'effondrèrent en se voyant saines et sauves, suppliant en pleurant qu'on les rende au plus tôt à leurs familles. Mais Pema ne pensait pas à cela, elle pensait à Dil Bahadur et au roi.

Le général Myar Kunglung prit le téléphone dès qu'il fut averti de ce qui se passait et il parla directement avec Pema. Elle répéta ce qu'elle savait mais s'abstint de mentionner le Dragon d'or, d'abord parce qu'elle n'était pas sûre que les bandits l'avaient volé, ensuite parce qu'elle comprit instinctivement que si tel était le cas il ne fallait pas que le peuple l'apprenne. La statue incarnait l'âme de la nation. Ce n'était pas à elle de propager une nouvelle qui pouvait être inexacte, décida-t-elle.

Myar Kunglung donna des instructions au poste de garde le plus proche afin qu'on aille chercher les jeunes filles au village et qu'on les ramène dans la capitale. Lui-même partit à leur rencontre, emmenant Wandgi et Kate Cold avec lui. En voyant son père, Pema sauta de la Jeep dans laquelle elle voyageait et courut l'embrasser. Le pauvre homme sanglotait comme un enfant.

« Que t'ont-ils fait ? demandait Wandgi en examinant sa fille de tous côtés.

— Rien, papa, ils ne m'ont rien fait, je te le promets ; mais ce n'est pas important maintenant, nous devons délivrer le roi, il est en danger de mort.

— C'est à l'armée de s'en occuper, pas à toi. Toi, tu rentres avec moi à la maison !

— Non, Papa, je ne peux pas. Mon devoir est d'aller à Chenthan Dzong !

— Pourquoi ?

— Parce que je l'ai promis à Dil Bahadur », répliqua-t-elle en rougissant.

Myar Kunglung transperça la jeune fille de son regard de renard et sans doute la couleur enflammée de ses joues et le tremblement de ses lèvres lui permirent-ils d'interpréter quelque chose, car il s'inclina profondément devant le guide, les mains jointes devant son visage.

« Peut-être l'honorable Wandgi permettrait-il à sa

vaillante fille d'accompagner cet humble général. Je crois qu'elle sera bien gardée par mes soldats », proposa-t-il.

Le guide comprit que, malgré la révérence et le ton employé, le général n'accepterait pas un non pour réponse. Il dut permettre à Pema de partir, priant le ciel qu'elle revienne saine et sauve.

La bonne nouvelle annonçant que les jeunes filles avaient échappé aux griffes de leurs ravisseurs secoua tout le pays. Au Royaume interdit, les nouvelles circulaient de bouche à oreille avec une telle rapidité que lorsque quatre des filles apparurent à la télévision pour raconter leurs péripéties, la tête couverte de châles de soie, tout le monde était au courant. Les gens sortirent dans la rue pour célébrer l'événement, ils portèrent des fleurs de magnolia aux familles des jeunes filles et se rassemblèrent dans les temples pour faire des offrandes de remerciement. Les moulins et les drapeaux de prière élevaient dans l'air la joie irrépressible de cette nation.

La seule qui n'eut rien à célébrer fut Kate Cold, qui était au bord de la crise de nerfs, car Nadia et Alexander étaient toujours perdus. Elle se dirigeait à ce moment à cheval vers Chenthan Dzong avec Pema et Myar Kunglung, à la tête d'un détachement de soldats, sur un chemin en lacet qui serpentait vers les hauteurs. Pema leur avait raconté à tous deux ce qu'elle avait entendu de la bouche des bandits sur le Dragon d'or. Le général confirma ses soupçons.

« L'un des gardes qui surveillaient l'Ultime Porte a survécu au coup de poignard et les a vus emporter notre roi bien-aimé et le Dragon. Cela doit demeurer secret, Pema. Tu as bien fait de ne pas le mentionner au téléphone. La statue vaut une fortune, mais je ne m'explique pas pourquoi ils ont emmené le roi... dit-il.

— Le maître Tensing, son disciple et les deux jeunes étrangers sont partis pour le monastère. Ils ont beaucoup d'avance sur nous. Sans doute arriveront-ils avant nous, l'informa Pema.

— Cela peut être une grave imprudence, Pema. S'il arrive quelque chose au prince Dil Bahadur, qui occupera le trône... ? soupira le général.

— Prince ? Quel prince ? l'interrompit Pema.

— Dil Bahadur est le prince héritier, tu ne le savais pas, petite ?

— Personne ne me l'a dit. En tout cas, il n'arrivera rien au prince, affirma-t-elle, mais aussitôt elle se rendit compte qu'elle avait commis une impolitesse et se corrigea : C'est-à-dire qu'il est possible que le karma de l'honorable prince soit de retrouver notre souverain bien-aimé et de garder la vie sauve...

— Peut-être... acquiesça le général, préoccupé.

— Ne pouvez-vous envoyer des avions au monastère ? suggéra Kate, impatiente devant cette guerre menée à dos de cheval, comme s'ils avaient reculé de plusieurs siècles dans le temps.

— Il n'y a aucun endroit où atterrir. Peut-être un hélicoptère pourrait-il le faire, mais il faut un pilote très expérimenté, car il devrait descendre dans un entonnoir de courants d'air, lui fit savoir le général.

— Peut-être l'honorable général sera-t-il d'accord avec moi sur le fait qu'il faut le tenter... pria Pema, les yeux brillants de larmes.

— Il n'y a qu'un pilote capable de le faire et il vit au

Népal. C'est un héros, celui-là même qui, il y a quelques années, est monté en hélicoptère sur l'Everest pour sauver des alpinistes.

— Je m'en souviens, l'homme est très célèbre, nous l'avons interviewé pour l'*International Geographic*, commenta Kate.

— Peut-être pourrions-nous entrer en contact avec lui et le faire venir dans les prochaines heures », dit le général.

Myar Kunglung ne se doutait pas que ce pilote avait été engagé bien avant par le Spécialiste, et que ce jour-là il volait, depuis le Népal, vers les sommets du Royaume interdit.

*

La colonne composée par Tensing, Dil Bahadur, Alexander, Nadia – avec Boroba sur son épaule – et les dix guerriers yétis s'approcha de la falaise sur laquelle s'élevaient les anciennes ruines de pierre de Chenthan Dzong. Très excités, les yétis grognaient, se donnaient des bourrades et se mordaient amicalement entre eux, se préparant au plaisir d'une bataille. Il y avait des années qu'ils attendaient une occasion de s'amuser sérieusement, comme celle qui se présentait aujourd'hui.

« Maître, je crois que je me souviens enfin où j'ai déjà entendu la langue des yétis : dans les quatre monastères où l'on m'a enseigné le code du Dragon d'or, murmura Dil Bahadur à Tensing.

— Peut-être mon disciple se souvient-il aussi que lors de notre visite à la Vallée des Yétis je lui ai dit que nous étions là pour une raison importante, répliqua le lama sur le même ton.

— Cela a-t-il un rapport avec la langue des yétis ?

— C'est possible... » sourit Tensing.

Le spectacle était saisissant, d'une beauté impressionnante : sommets enneigés, énormes rochers, cascades d'eau, précipices plongeant à pic, couloirs de glace. Devant ce paysage, Alexander Cold comprit pourquoi les habitants du Royaume interdit croyaient que le plus haut sommet de leur pays, à sept mille mètres d'altitude, était le monde des dieux. Le jeune Américain sentit qu'il s'emplissait intérieurement de lumière et d'air pur, que quelque chose s'ouvrait dans son esprit, qu'à chaque minute il changeait, mûrissait, grandissait. Il pensa qu'il serait très triste de quitter ce pays et de retourner à ce qu'on appelle, à tort, la civilisation.

Tensing interrompit ses réflexions pour expliquer que les *dzongs* ou monastères fortifiés, qui n'existaient qu'au Bhoutan et au Royaume du Dragon d'or, tenaient à la fois des couvents de moines et des casernes de soldats. Ils se dressaient à la confluence des fleuves et dans les vallées, pour protéger les populations des alentours. On les construisait sans plan ni clous, toujours d'après le même dessin. A l'origine, le palais royal de Tunkhala avait été l'un de ces *dzongs*, jusqu'à ce que les besoins du gouvernement obligent à l'agrandir et à le moderniser, pour en faire un labyrinthe de mille pièces.

Chenthan était une exception. Il s'élevait sur une terrasse naturelle tellement escarpée qu'on imaginait difficilement la manière dont on avait transporté le matériel et construit l'édifice qui avait résisté aux tempêtes hivernales et aux avalanches pendant des siècles, jusqu'à ce qu'il fût détruit par le tremblement de terre. Il existait un étroit sentier en escalier sur la roche, mais on l'utilisait très peu, car les moines n'avaient que de rares contacts avec le reste du monde. Ce chemin, pratiquement taillé dans la montagne, comportait de fragiles passerelles de bois et de cordes suspendues au-dessus des précipices. On n'empruntait plus le sentier depuis le tremblement de terre et les ponts étaient en très mauvais état, leur bois en partie pourri et la moitié de leurs cordes cassées, mais Tensing et son groupe ne pouvaient s'arrêter à considérer le danger, vu qu'il n'existait pas d'alternative. De plus, les yétis les franchissaient en toute confiance, car ils étaient déjà passés par là lors de leurs brèves excursions hors de leur vallée à la recherche de nourriture. En voyant les restes d'un homme au fond d'un ravin, ils devinèrent que Tex Armadillo et ses acolytes les avaient devancés.

« Le pont n'est pas sûr, cet homme est tombé, dit Alexander en le montrant du doigt.

— Il y a des empreintes de chevaux. Ils ont dû descendre de leurs montures ici et continuer à pied, en portant le Dragon sur un brancard, fit observer Dil Bahadur.

— Je me demande comment les chevaux ont pu arriver jusqu'ici. Ils doivent ressembler à des chèvres, dit Alexander.

— Il est possible que ce soient des coursiers tibétains, entraînés à grimper, résistants et agiles, donc très courageux, aventura Dil Bahadur.

— Il faut traverser, les interrompit Nadia.

— Si les bandits l'ont fait en traînant le poids du Dragon d'or, nous aussi nous pouvons y arriver, fit remarquer Dil Bahadur.

— Cela a pu fragiliser le pont encore plus. Peut-être ne serait-ce pas une mauvaise idée que de l'essayer avant de monter dessus », suggéra Tensing.

L'abîme n'était pas très large, mais pas non plus suffisamment étroit pour pouvoir utiliser les perches de Tensing et du prince. Nadia proposa d'attacher Boroba avec une corde et de l'envoyer devant pour éprouver le pont, mais le singe était très léger, et le fait qu'il passe ne garantissait en rien que les autres puissent le faire. Dil Bahadur examina le terrain et vit que, par chance, il y avait de l'autre côté une grosse racine. Alexander noua une flèche au bout d'une corde, et le prince la tira avec sa précision habituelle, la plantant profondément dans la racine. Alexander attacha l'extrémité d'une autre corde à sa taille et, soutenu par Tensing, s'aventura lentement sur le pont, éprouvant chaque morceau de bois avec soin avant de poser dessus tout son poids.

Si le pont cédait, la première corde pouvait le soutenir brièvement. Ils ne savaient pas si la flèche supporterait le poids mais, si elle lâchait, la deuxième corde l'empêcherait de tomber dans le vide. Dans ce cas, le plus important serait de ne pas s'écraser comme un insecte contre les parois latérales de roche. Il espérait que son expérience d'escaladeur l'aiderait.

Pas à pas, Alexander traversa le pont. Il était au milieu lorsque deux planches se brisèrent et il glissa. Le cri de Nadia résonna entre les sommets, renvoyé par l'écho. Pendant deux minutes qui parurent éternelles personne ne bougea, jusqu'à ce que cesse le balancement du pont et que le garçon puisse retrouver son équilibre. Avec une extrême lenteur il sortit la jambe passée dans le trou entre les planches cassées, puis il recula, saisit la première corde, et réussit enfin à se remettre debout. Il était en train de se demander s'il allait continuer ou reculer lorsqu'ils entendirent un bruit étrange, comme si la terre ronflait. Leur premier soupçon fut qu'il s'agissait d'un tremblement de terre, comme il y en avait tant dans ces régions, mais ils virent ensuite des pierres et des coulées de neige rouler du sommet de la montagne. Le cri de Nadia avait provoqué une avalanche.

Impuissants, les amis et les yétis virent le fleuve mortel de rochers se précipiter sur Alexander et le fragile pont. Il n'y avait rien à faire, il était impossible de reculer ou d'avancer.

Tensing et Dil Bahadur se concentrèrent spontanément pour envoyer de l'énergie au garçon. Dans d'autres circonstances, Tensing aurait tenté la plus grande épreuve d'un *tulku* comme lui, réincarnation d'un grand lama : modifier la volonté de la nature. Dans des moments de véritable nécessité, certains *tulkus* pouvaient arrêter le vent, dévier des tempêtes, éviter des inondations à la saison des pluies et empêcher des gelées, mais Tensing n'avait jamais eu à le faire. Ce n'était pas quelque chose qui pouvait se pratiquer, comme les voyages astraux. Cette fois, il était trop tard pour tenter de changer la direction de l'avalanche et sauver le jeune Américain. Tensing utilisa ses pouvoirs mentaux pour lui transmettre l'immense force de son propre corps.

Alexander entendit le rugissement de l'avalanche de pierres et perçut le nuage de neige qui s'était levé, l'aveuglant. Il sut qu'il allait mourir et la décharge d'adrénaline fut comme une terrible secousse électrique, qui effaça toute pensée de son esprit, le laissant à la seule merci de l'instinct. Une énergie surnaturelle l'envahit et en un millième de seconde son corps se transforma en un jaguar noir d'Amazonie. Dans un effroyable rugissement et un formidable saut, il atteignit l'autre côté du précipice, retombant sur ses quatre pattes de félin, tandis que derrière lui les pierres tombaient dans un fracas assourdissant.

Ses amis ne virent pas qu'il s'était miraculeusement sauvé, car la neige et la terre pulvérisées par les rochers les en empêchèrent. Aucun n'aperçut le garçon avant que l'éboulement ne s'apaise, sauf Nadia. A l'instant de la mort, lorsqu'elle avait cru qu'Alexander était perdu, elle avait eu la même réaction que lui, la même décharge de puissante énergie, la même transformation fantastique. Boroba resta étendu au sol tandis qu'elle s'élevait, changée en l'aigle blanc. Et de la hauteur de son vol élégant, elle put voir le jaguar noir accroché de toutes ses griffes à la terre ferme.

*

Dès que l'imminence du danger fut passée, Alexander retrouva son aspect normal. Les seules traces de son expérience magique furent ses doigts ensanglantés et l'expression de son visage, les lèvres retroussées en une grimace féroce qui découvrait ses dents. Il sentit également la forte odeur du jaguar collée à sa peau, une odeur de fauve carnivore.

L'avalanche effaça une partie de l'étroit chemin et détruisit la plupart des planches du pont, mais les vieilles cordes et celles d'Alexander restèrent intactes. Le garçon les fixa solidement d'un côté tandis que Tensing faisait de même à l'autre bout, et ils purent ainsi traverser. Les yétis avaient une agilité de singe et l'habitude de ce type de terrain, si bien qu'ils n'eurent aucune difficulté à passer, suspendus à une corde. Dil Bahadur pensa que si auparavant il se servait d'une perche, il pouvait bien à présent utiliser une corde raide, comme le fit son maître avec tant de grâce. Tensing n'eut que Boroba à porter, car l'aigle continuait à voler au-dessus de leurs têtes. Alex lui demanda pourquoi Nadia n'avait pu se transformer en son animal totémique lorsqu'elle s'était démis l'épaule et avait dû envoyer une projection mentale pour demander du secours. Le lama lui expliqua que la douleur et l'épuisement l'avaient retenue dans sa forme physique.

Ce fut le grand oiseau blanc qui les avertit que quelques mètres plus loin, après un tournant du chemin, s'élevait Chenthan Dzong. Les chevaux attachés dehors indiquaient la présence des hors-la-loi, mais on ne voyait personne monter la garde, il était évident qu'ils n'attendaient pas de visites. Ils comptèrent dix-neuf montures, stupéfaits de l'adresse de ces animaux pour escalader les montagnes. Cela donnait une idée du nombre de cavaliers. Ils supposaient qu'aucun des bandits n'était arrivé à pied jusque-là.

Tensing reçut le message télépathique de l'aigle et rassembla les siens pour élaborer la meilleure manière d'agir. Les yétis n'entendaient rien à la stratégie, leur façon de se battre consistait simplement à se jeter en avant en brandissant leurs gourdins et en criant comme des démons, ce qui pouvait aussi être très efficace, à condition qu'ils ne soient pas reçus par une salve de balles. Ils devaient d'abord vérifier combien d'hommes il y avait exactement dans le monastère et comment ils étaient répartis, quelles armes ils avaient, où ils gardaient le roi et le Dragon d'or.

Soudain, Nadia apparut au milieu d'eux avec un tel naturel que ce fut comme si elle n'avait jamais volé sous forme d'oiseau. Personne ne fit de commentaire.

« Si mon honorable maître le permet, j'irai devant, proposa Dil Bahadur.

— Ce n'est peut-être pas la meilleure idée. Tu es le futur roi. Si quelque chose arrive à ton père, le pays n'a plus que toi, répliqua le lama.

— Si l'honorable maître le permet, c'est moi qui irai, dit Alexander.

— Si l'honorable maître le permet, je crois qu'il vaut mieux que j'y aille moi, car j'ai le pouvoir de l'invisibilité, interrompit Nadia.

— Pas question ! s'exclama Alexander.

— Pourquoi ? Tu n'as pas confiance en moi, Jaguar ?

— C'est très dangereux.

— C'est aussi dangereux pour moi que pour toi. Il n'y a pas de différence.

— Peut-être la jeune fille-aigle a-t-elle raison. Chacun offre ce qu'il a. Dans ce cas, il est très opportun d'être invisible. Toi, Alexander, cœur de chat noir, tu devras te battre aux côtés de Dil Bahadur. Les yétis viendront avec moi. Je crains d'être ici le seul à pouvoir communiquer avec eux et les contrôler. Dès qu'ils vont prendre conscience qu'ils sont près des ennemis, ils vont devenir fous, expliqua Tensing.

— C'est maintenant que nous aurions besoin de la technologie moderne. Un talkie-walkie serait le bienvenu. Comment Aigle va-t-elle nous avertir que nous pouvons avancer ? demanda Alexander.

— Sans doute de la manière dont nous communiquons maintenant... suggéra Tensing, et Alex se mit à rire parce qu'il venait de se rendre compte qu'il y avait un bon moment qu'ils échangeaient des pensées sans prononcer un mot.

— Essaie de ne pas avoir peur, Nadia, car cela brouille les idées. Ne doute pas de la méthode, car cela aussi empêche la réception. Concentre-toi sur une seule image à la fois, lui conseilla le prince.

— Ne t'inquiète pas, la télépathie, c'est comme parler avec le cœur, dit-elle pour le tranquilliser.

— Peut-être notre seul avantage est-il l'effet de surprise, avertit le lama.

— Si l'honorable maître me permet une suggestion, je crois qu'il faudrait qu'il soit plus direct lorsqu'il s'adressera aux yétis, dit Alexander d'un ton ironique en imitant la manière polie de s'exprimer au Royaume interdit.

— Peut-être le jeune étranger devrait-il avoir un peu plus confiance en mon maître, interrompit Dil Bahadur tandis qu'il vérifiait la tension de son arc et comptait ses flèches.

— Bonne chance », dit Nadia en guise d'au revoir, plantant un bref baiser sur la joue d'Alexander.

Elle se dégagea de Boroba, qui courut s'installer sur la

nuque d'Alexander, bien agrippé à ses oreilles, comme il le faisait en l'absence de sa maîtresse.

A ce moment, un bruit semblable à celui de la précédente avalanche les paralysa sur place. Seuls les yétis comprirent immédiatement qu'il s'agissait de quelque chose de différent, quelque chose de terrifiant qu'ils n'avaient jamais entendu auparavant. Ils se jetèrent au sol, cachèrent leur tête entre leurs bras, tremblant, leurs gourdins et toute leur férocité oubliés, pleurnichant comme des chiots apeurés.

« On dirait un hélicoptère, dit Alexander en leur faisant signe de s'abriter dans les crevasses et les ombres de la montagne, pour ne pas être vus depuis les airs.

— Qu'est-ce que c'est ? demanda le prince.

— Quelque chose qui ressemble à un avion. Et un avion, c'est comme un cerf-volant avec un moteur, répondit l'Américain, ayant du mal à croire qu'il existât encore au vingt et unième siècle des gens vivant comme au Moyen Age.

— Je sais ce qu'est un avion, j'en vois passer toutes les semaines en direction de Tunkhala », répliqua Dil Bahadur, sans s'offusquer du ton de son nouvel ami.

Dans le ciel, de l'autre côté de l'édifice, apparaissait une masse métallique. Tensing tenta de calmer les yétis, mais dans les cerveaux de ces êtres n'entrait pas l'idée d'une machine volante.

« C'est un oiseau qui obéit aux ordres. Nous ne devons pas en avoir peur, nous sommes plus féroces, leur indiqua finalement le lama, imaginant qu'ils pourraient le comprendre.

— Cela signifie qu'il y a un endroit où l'appareil peut

atterrir. Je m'explique maintenant pourquoi ils se sont donné la peine de venir jusqu'ici et comment ils ont l'intention de sortir du pays avec la statue, conclut Alexander.

— Attaquons avant qu'ils ne fuient, si cela paraît une bonne idée à mon honorable maître », proposa le prince.

Tensing leur fit signe d'attendre. Près d'une heure s'écoula, tandis que l'appareil atterrissait. Ils ne pouvaient voir la manœuvre de l'endroit où ils se trouvaient, mais ils imaginèrent qu'elle devait être assez compliquée, car l'appareil s'y reprit à plusieurs reprises, s'élevant à nouveau, tournant en l'air et redescendant ; enfin le bruit du moteur s'arrêta. Dans le silence absolu de ces cimes, ils entendirent des voix humaines proches et supposèrent que ce devait être les bandits. Lorsque les voix se turent elles aussi, Tensing décida que le moment d'approcher était venu.

Nadia se concentra pour devenir transparente comme l'air, et s'achemina vers le monastère. Alexander se mit à trembler pour elle ; les coups de tambour de son cœur étaient si forts qu'il craignait que ses ennemis puissent les entendre à trois cents mètres de là.

CHAPITRE 18

La bataille

DANS le monastère de Chenthan Dzong se déroulait la dernière partie du plan du Spécialiste. Lorsque l'hélicoptère se posa sur le petit terre-plein couvert de neige, formé en d'autres temps par une avalanche, il fut reçu avec enthousiasme, car il s'agissait d'une véritable prouesse. Tex Armadillo avait marqué le lieu d'atterrissage d'une croix rouge, tracée avec une poudre de fraise servant à faire des rafraîchissements, comme le lui avait indiqué son chef. Depuis les airs, la croix se voyait aussi grosse qu'une pièce de vingt centimes, mais de plus près c'était un signal parfaitement clair. Outre la taille réduite du terrain, qui obligeait à manœuvrer avec habileté pour que les pales n'aillent pas se briser contre la montagne, le pilote devait naviguer entre les courants d'air. A cet endroit, les sommets formaient un entonnoir dans lequel le vent circulait en tourbillonnant.

Le pilote était un héros de la Force aérienne du Népal,

un homme au courage et à l'intégrité éprouvés, à qui l'on avait offert une petite fortune pour ramasser « un paquet » et deux personnes à cet endroit. Il ignorait en quoi consistait la cargaison et n'était pas particulièrement curieux de le vérifier, il lui suffisait de savoir qu'il ne s'agissait ni de drogue ni d'armes. L'agent qui avait pris contact avec lui s'était présenté comme un membre d'une équipe internationale de scientifiques qui étudiaient des échantillons de roches dans la région. Les deux personnes et le « paquet » devaient être transportés de Chenthan Dzong vers une destination inconnue du nord de l'Inde, où le pilote recevrait l'autre moitié de sa prime.

L'aspect des hommes qui l'aidèrent à descendre de l'hélicoptère ne lui plut guère. Ce n'était pas les scientifiques étrangers auxquels il s'attendait, mais des nomades à la peau bleue et à la mine patibulaire, portant à la ceinture une demi-douzaine de poignards de différentes formes et tailles. Derrière eux arriva un Américain aux yeux bleus, froids comme un glacier, qui lui souhaita la bienvenue et l'invita à prendre une tasse de café dans le monastère tandis que les autres transportaient le « paquet » dans l'hélicoptère. C'était une lourde masse de forme étrange enveloppée dans une bâche, solidement attachée avec des cordes, qu'ils durent hisser à plusieurs hommes. Le pilote supposa qu'il s'agissait d'échantillons de roches.

L'Américain le conduisit à travers plusieurs salles complètement en ruine. Les toits tenaient à peine, la plupart des murs s'étaient écroulés, le sol soulevé, sous l'effet du tremblement de terre et des racines qui avaient jailli au cours des années d'abandon. Une herbe sèche et dure poussait entre les crevasses. Il y avait partout des excréments d'animaux, sans doute de tigres et de chèvres de haute montagne. L'Américain expliqua au pilote que dans leur hâte d'échapper à la catastrophe les moines-guerriers qui habitaient le monastère avaient laissé derrière eux des armes, des ustensiles et quelques objets d'art. Le vent et d'autres secousses de la terre avaient renversé les statues religieuses, qui gisaient en morceaux sur le sol. Il était difficile d'avancer au milieu des décombres et quand le pilote essaya de s'écarter, l'Américain le prit par un bras et, aimablement mais fermement, l'amena à l'endroit où ils avaient installé une cuisine de fortune avec un réchaud à alcool, du café instantané, du lait condensé et des galettes.

Le héros du Népal vit des groupes d'hommes à la peau teinte d'un noir bleuté, mais il ne vit pas une mince adolescente couleur de miel qui passa tout près, se glissant comme un esprit entre les ruines de l'ancien monastère. Il se demanda qui étaient ces types qui avaient une sale mine, coiffés de turbans et vêtus de tuniques, et quelle relation ils avaient avec les supposés scientifiques qui l'avaient engagé. Il n'aimait pas la tournure qu'avait prise cette mission ; il soupçonnait que l'affaire n'était peut-être pas aussi légale et propre qu'on la lui avait exposée.

« Nous devons partir rapidement, parce qu'après quatre heures de l'après-midi le vent augmente, avertit le pilote.

— Nous n'allons pas nous attarder. Je vous prie de ne pas bouger d'ici. Le bâtiment est sur le point de s'écrouler, c'est dangereux », répliqua Tex Armadillo, et il le quitta, une tasse à la main, surveillé de près par les hommes aux poignards.

*

A l'autre bout du monastère, en passant par d'innombrables salles couvertes d'éboulis, il y avait le roi et Judit Kinski, seuls, sans liens ni bâillons, car, comme l'avait dit Tex Armadillo, il leur était impossible de s'enfuir ; l'isolement du monastère ne le permettait pas et la secte du Scorpion les surveillait. Tout en avançant, Nadia comptait les bandits. Elle vit que les murs extérieurs en pierre étaient en aussi mauvais état que les parois intérieures ; la neige s'entassait dans les coins et il y avait des empreintes récentes d'animaux sauvages, qui avaient là leurs tanières et que la présence humaine avait certainement fait fuir. En « parlant avec le cœur », elle transmit ses observations à Tensing. Lorsqu'elle arriva à l'endroit où se trouvaient le roi et Judit Kinski, elle avertit le lama qu'ils étaient vivants, et celui-ci considéra que le moment d'agir était venu.

Tex Armadillo avait donné une autre drogue au roi, pour diminuer ses défenses et annuler sa volonté, mais grâce à la maîtrise de son corps et de son esprit, le monarque était parvenu à garder un silence avisé pendant l'interrogatoire. Armadillo était furieux. Il ne pouvait considérer sa mission comme achevée tant qu'il n'avait pas vérifié le code du Dragon d'or, tel était l'accord avec le client. Il savait que la statue « chantait », mais ces sons ne seraient d'aucune utilité au Collectionneur sans la formule permettant de les interpréter. Voyant le peu d'effet qu'avaient la drogue, les menaces et les coups, l'Américain informa son prisonnier qu'il allait torturer Judit Kinski jusqu'à ce qu'il lui révèle le secret et même la tuer si nécessaire, auquel cas sa mort pèserait sur la conscience et le karma du roi. Mais alors qu'il s'apprêtait à le faire, l'hélicoptère était arrivé.

« Je regrette profondément que, par ma faute, vous vous trouviez dans cette situation, Judit, murmura le roi, affaibli par les drogues.

— Ce n'est pas votre faute, le rassura-t-elle, mais il sembla au roi qu'elle était vraiment effrayée.

— Je ne puis permettre qu'ils vous fassent du mal, mais je n'ai pas confiance non plus en ces scélérats. Je crois qu'ils nous tueront tous les deux lorsque je leur aurai donné le code.

— En vérité, je n'ai pas peur de la mort, Majesté, j'ai peur de la torture.

— Mon nom est Dorji. Personne ne m'a appelé par mon nom depuis la mort de mon épouse, il y a bien des années, murmura-t-il.

— Dorji... que veut dire ce nom ?

— Il veut dire Éclair ou Lumière véritable. L'éclair symbolise l'esprit illuminé, mais je suis très loin d'avoir atteint cet état.

— Je crois que vous méritez ce nom, Dorji. Je n'ai jamais connu personne semblable à vous. Vous êtes totalement dépourvu de vanité, bien que vous soyez l'homme le plus puissant de ce royaume, dit-elle.

— Peut-être, Judit, est-ce la seule occasion qui me soit donnée de vous dire qu'avant ces malheureux événements j'envisageais la possibilité que vous m'accompagniez dans la mission de veiller sur mon peuple...

— Que voulez-vous dire exactement ?

— Je pensais vous demander d'être la reine de ce modeste pays.

— Autrement dit, de me marier avec vous...

— Je comprends qu'il est absurde de parler de cela maintenant, alors que nous sommes sur le point de mourir, mais telle était mon intention. J'ai beaucoup médité sur cela. Il me semble que vous et moi sommes destinés à faire quelque chose ensemble. Je ne sais quoi, mais je sens que c'est notre karma. Nous ne pourrons le réaliser dans cette vie, mais ce sera peut-être dans une autre réincarnation, dit le roi sans oser la toucher.

— Une autre vie ? Quand ?

— Cent ans, mille ans, peu importe, de toute façon la vie de l'esprit n'est qu'une. La vie du corps, au contraire, passe comme un rêve éphémère, elle est pure illusion », répondit le roi.

Judit lui tourna le dos et se mit à fixer le mur, empêchant le roi de voir son visage. Le monarque supposa qu'elle était troublée, comme il l'était lui-même.

« Vous ne me connaissez pas, vous ne savez pas qui je suis, murmura-t-elle enfin.

— Je ne peux lire votre aura ni votre esprit, comme je le voudrais, Judit, mais je peux apprécier votre claire intelligence, votre grande culture, votre respect de la nature...

— Mais vous ne pouvez voir en moi !

— En vous il ne peut y avoir que beauté et loyauté, l'assura le monarque.

— L'inscription de votre médaillon suggère que le

changement est possible. Le croyez-vous vraiment, Dorji ? Pouvons-nous changer radicalement ? demanda Judit en se tournant pour le regarder dans les yeux.

— La seule chose sûre, c'est qu'en ce monde tout change constamment, Judit. Le changement est inévitable, puisque tout est temporel. Cependant, nous autres humains avons beaucoup de mal à modifier notre essence et à évoluer vers un état supérieur de conscience. Nous, bouddhistes, nous croyons que nous pouvons changer par notre propre volonté si nous sommes convaincus d'une vérité, mais personne ne peut nous obliger à le faire. C'est ce qui est arrivé à Siddharta Gautama : c'était un prince choyé, mais lorsqu'il a vu la misère du monde, il est devenu le Bouddha, répliqua le roi.

— Je crois, moi, qu'il est très difficile de changer... Pourquoi avez-vous confiance en moi ?

— J'ai tellement confiance en vous, Judit, que je suis prêt à vous dire quel est le code du Dragon d'or. Je ne peux supporter l'idée que vous souffriez, et encore moins à cause de moi. Ce n'est pas à moi de décider quelle souffrance vous pouvez supporter, c'est là votre décision. C'est pourquoi le secret des rois de mon pays doit être entre vos mains. Donnez-le à ces malfaiteurs en échange de votre vie, mais je vous en prie, faites-le après ma mort, proposa le souverain.

— Ils n'oseront pas vous tuer ! s'exclama-t-elle.

— Cela n'arrivera pas, Judit. Je mettrai fin à ma vie moi-même, je ne veux pas que ma mort pèse sur la conscience d'autres personnes. Mon temps en ce monde est achevé. Ne vous inquiétez pas, ce sera sans violence, je cesserai simplement de respirer », lui expliqua le roi.

*

« Ecoutez attentivement, Judit, je vais vous donner le code et vous devrez le mémoriser, dit le roi. Lorsqu'ils vous interrogeront, expliquez-leur que le Dragon d'or émet sept sons. Chaque combinaison de quatre sons représente l'un des huit cent quarante idéogrammes d'une langue perdue, la langue des yétis.

— Vous parlez des abominables hommes des neiges ? Ces êtres existent-ils vraiment ? demanda-t-elle incrédule.

— Il en reste très peu et ils se sont abâtardis, maintenant ils vivent comme des animaux et ne communiquent entre eux qu'avec très peu de mots ; cependant, il y a trois mille ans, ils avaient un langage et une certaine forme de civilisation.

— Ce langage est-il écrit quelque part ?

— Il est préservé dans la mémoire de quatre lamas dans quatre monastères différents. Personne, sauf mon fils Dil Bahadur et moi, ne connaît ce code dans sa totalité. Il est écrit sur un parchemin, mais les Chinois l'ont volé lorsqu'ils ont envahi le Tibet.

— De sorte que la personne qui détient le parchemin peut déchiffrer les prophéties... dit-elle.

— Le parchemin est rédigé en sanscrit, mais si on le mouille avec du lait de yack, un dictionnaire apparaît dans une autre couleur, où chaque idéogramme est traduit dans la combinaison des quatre sons qui le représentent. Est-ce que vous comprenez, Judit ?

— Parfaitement ! interrompit Tex Armadillo, avec une expression de triomphe et un pistolet à la main.

» Tout le monde a son talon d'Achille, Majesté. Vous

voyez comment nous avons obtenu le code après tout. J'admets que j'étais un peu inquiet, je pensais que vous emporteriez le secret dans la tombe, mais ma patronne s'est révélée plus rusée que vous, ajouta-t-il.

— Qu'est-ce que cela veut dire ? murmura le monarque, troublé.

— Vous ne l'avez donc jamais soupçonnée ? Eh bien ! Vous ne vous êtes jamais demandé comment et pourquoi Judit Kinski est entrée dans votre vie justement maintenant ? Je ne m'explique pas que vous n'ayez fait aucune enquête sur le passé de cette paysagiste spécialiste en tulipes avant de l'inviter dans votre palais. Quel naïf vous faites ! Regardez-la. La femme pour laquelle vous pensiez mourir est mon chef, le Spécialiste. C'est elle, le cerveau qui a imaginé toute cette opération, annonça l'Américain.

— Ce que dit cet homme est-il vrai, Judit ? demanda le roi, incrédule.

— Comment croyez-vous que nous avons volé le Dragon d'or ? C'est elle qui a découvert comment entrer dans l'Enceinte sacrée : elle a placé une caméra dans votre médaillon. Et pour cela elle a dû gagner votre confiance, dit Tex Armadillo.

— Vous vous êtes servie de mes sentiments... murmura le monarque, pâle comme cendre, les yeux fixés sur Judit Kinski, qui fut incapable de soutenir son regard.

— Ne me dites pas que vous êtes allé jusqu'à tomber amoureux d'elle ! Quelle chose ridicule ! s'exclama l'Américain en éclatant d'un rire sec.

— Assez, Armadillo ! lui ordonna Judit.

— Elle était certaine que nous ne pourrions pas vous

arracher le secret par la force, c'est pourquoi elle a eu l'idée qu'on vous menace de la torturer, elle. Elle est si professionnelle qu'elle pensait vraiment s'y soumettre, juste pour vous faire peur et vous obliger à avouer, expliqua Tex Armadillo.

— Ça va, Armadillo, ça suffit maintenant. Il n'est pas nécessaire de torturer le roi, nous pouvons partir, lui ordonna Judit Kinski.

— Pas si vite, chef. Maintenant, c'est mon tour. Vous ne pensez pas que je vais vous remettre la statue, n'est-ce pas ? Pourquoi le ferais-je ? Elle vaut bien plus que son poids en or et j'ai l'intention de la négocier directement avec le client.

— Vous êtes devenu fou, Armadillo ? aboya la femme, mais elle ne put poursuivre, car il l'interrompit, braquant le revolver sur son visage.

— Donnez-moi le magnétophone, madame, ou je vous fais sauter la cervelle », menaça Armadillo.

L'espace d'une seconde, les pupilles toujours mouvantes de Judit Kinski se posèrent sur son sac, par terre. Ce fut à peine un cillement, mais cela donna la clé à Armadillo. L'homme se pencha pour ramasser le sac, sans cesser de la tenir en respect, et il vida son contenu sur le sol. Plusieurs articles féminins apparurent, un pistolet, des photographies et quelques appareils électroniques, que le roi n'avait jamais vus. Plusieurs bandes magnétiques, d'un format minuscule, tombèrent aussi. L'Américain les envoya au loin d'un coup de pied, car ce n'était pas celles-là qu'il cherchait. Seule l'intéressait celle qui était encore dans l'appareil.

« Où est le magnétophone ! » cria-t-il furieux.

Tandis que d'une main il pointait le revolver sur la poitrine de Judit Kinski, de l'autre il la fouillait de haut en bas. Enfin il lui ordonna d'enlever sa ceinture et ses bottes, sans rien trouver. Soudain il fixa son attention sur le large bracelet d'os sculpté qui ornait son bras.

« Retirez-le ! » ordonna-t-il d'un ton qui n'admettait pas de réplique.

A contrecœur, la femme retira son bijou et le lui tendit. L'Américain recula de plusieurs pas pour l'examiner à la lumière, et aussitôt il poussa un cri de triomphe : c'était là qu'était caché le minuscule magnétophone, qui aurait fait les délices de l'espion le mieux au fait des dernières techniques. En matière de technologie, le Spécialiste était à l'avant-garde.

« Vous regretterez cela, Armadillo, je vous le jure. Personne ne joue avec moi, bredouilla Judit, défigurée par la colère.

— Ni vous ni ce vieux pathétique ne vivrez pour vous venger ! Je suis fatigué d'obéir aux ordres. Vous êtes passée à l'histoire, chef. J'ai la statue, le code et l'hélicoptère, je n'ai besoin de rien d'autre. Le Collectionneur sera très satisfait », rétorqua-t-il.

Un instant avant que Tex Armadillo n'appuie sur la détente, le roi poussa violemment Judit Kinski, la protégeant de son corps. La balle qui lui était destinée l'atteignit en pleine poitrine. La seconde balle fit des étincelles sur le mur de pierre, car Nadia avait couru comme un bolide et s'était jetée de toutes ses forces sur l'Américain, le projetant à terre.

Armadillo se releva d'un bond, avec l'agilité que lui donnaient de nombreuses années d'entraînement aux arts martiaux. Il écarta Nadia d'un coup de poing, fit un bond de félin et retomba près du revolver, qui avait roulé à quelques pas. Judit Kinski elle aussi courait vers le revolver, mais l'homme fut plus rapide et la devança.

*

Tensing fit irruption avec les yétis à l'autre bout du monastère, où attendaient la plupart des hommes bleus, tandis qu'Alexander suivait Dil Bahadur à la recherche du roi, en s'orientant d'après les images que Nadia avait envoyées mentalement. Bien que Dil Bahadur fût déjà venu ici, il ne se souvenait pas bien du plan de l'édifice, et il avait en outre des difficultés à se situer dans les tas de débris et autres obstacles éparpillés de tous côtés. Il allait devant, tenant son arc tendu, tandis qu'Alexander le suivait, précairement armé du bâton que le prince lui avait prêté.

Les jeunes gens essayèrent d'éviter les bandits, mais soudain ils se trouvèrent face à deux d'entre eux, qui en les voyant furent un bref instant paralysés de surprise. Cette hésitation fut suffisante pour laisser au prince le temps de décocher une flèche dans la jambe de l'un de leurs adversaires. Selon ses principes, il ne pouvait tirer pour tuer, mais il devait l'immobiliser. L'homme tomba à terre en poussant un cri viscéral, mais l'autre avait déjà deux couteaux dans les mains, qu'il lança dans la direction de Dil Bahadur.

L'action fut si rapide qu'Alexander ne se rendit pas compte de la manière dont les choses s'étaient déroulées. Lui n'aurait jamais pu esquiver les dagues, mais le prince bougea à peine, comme s'il exécutait un discret pas de danse, et les lames d'acier effilées le frôlèrent, sans le blesser. Son ennemi n'eut pas le temps d'empoigner un autre couteau, car une flèche se planta avec une précision prodigieuse dans sa poitrine à quelques centimètres du cœur, sous la clavicule, sans toucher aucun organe vital.

Alexander profita de ce moment pour assener un bon coup de bâton sur le premier bandit, qui sur le sol, la jambe en sang, se préparait déjà à utiliser un autre de ses nombreux poignards. Il le fit sans y penser, mû par le désespoir et l'urgence, mais à l'instant où le gros bâton toucha le crâne de l'autre, Alexander entendit le son d'une noix qu'on casse. Cela lui fit recouvrer la raison et il prit conscience de la brutalité de son acte. Une vague de nausée l'envahit. Il se couvrit de sueur froide, sa bouche se remplit de salive et il crut qu'il allait vomir, mais déjà Dil Bahadur courait devant et il dut vaincre sa faiblesse pour le suivre.

Le prince ne craignait pas les armes des bandits, car il se croyait protégé par l'amulette magique que lui avait donnée Tensing et qu'il portait suspendue à son cou : l'excrément pétrifié de dragon. Bien plus tard, lorsque Alexander le raconta à sa grand-mère Kate, celle-ci commenta que ce n'était pas cela qui avait sauvé Dil Bahadur des poignards, mais son entraînement au tao-shu qui lui avait permis de les éviter. « En tout cas, ce qui est sûr, c'est que ça marche », répliqua son petit-fils.

Dil Bahadur et Alexander firent irruption dans la salle où se trouvait le roi à l'instant où la main de Tex Armadillo se serrait sur le revolver, ayant devancé Judit

Kinski d'un millième de seconde. Le temps que l'Américain ait posé son doigt sur la détente, le prince avait lancé sa troisième flèche, qui lui traversa l'avant-bras. Un terrible hurlement s'échappa de la poitrine d'Armadillo, mais il ne lâcha pas son arme. Le revolver resta dans ses doigts, mais on pouvait supposer qu'il n'aurait pas assez de force pour viser ou tirer.

« Ne bougez pas ! » cria Alexander, presque hystérique, sans penser à la manière de l'éviter, vu que son bâton ne pouvait rien contre les balles de l'Américain.

Loin de lui obéir, Tex Armadillo saisit Nadia de son bras valide et la souleva comme une poupée, se protégeant de son corps. Boroba, qui avait suivi Dil Bahadur et Alexander, courut s'accrocher à la jambe de sa maîtresse, en criant, désespéré, mais un coup de pied de l'Américain l'expédia au loin. Bien qu'encore à moitié étourdie par le coup, l'adolescente essaya faiblement de se défendre, mais le bras de fer d'Armadillo ne lui permit pas le moindre mouvement.

Le prince évalua ses chances. Il avait une confiance aveugle dans son adresse, mais le risque que l'homme tire sur Nadia était grand. Impuissant, il vit Tex Armadillo reculer vers la sortie, traînant la jeune fille inerte en direction du petit terrain où l'hélicoptère attendait sur une fine couche de neige.

Judit Kinski profita de la confusion pour s'enfuir en courant dans la direction opposée, se perdant dans les méandres du monastère.

*

Tandis que tout cela se déroulait à un bout du bâtiment, à l'autre extrémité se déroulait une scène violente. La plus grande partie des hommes bleus s'était concentrée aux alentours de la cuisine improvisée, où ils buvaient l'alcool de leurs gourdes, mastiquaient du bétel et discutaient à voix basse de la possibilité de trahir Tex Armadillo. Ils ignoraient bien sûr que Judit Kinski était en fait celle qui donnait les ordres, persuadés qu'il s'agissait d'une otage, comme le roi. L'Américain leur avait payé ce dont ils étaient convenus en espèces sonnantes et trébuchantes et ils savaient qu'en Inde les attendaient les armes et les chevaux qui complétaient le marché, mais après avoir vu la statue d'or couverte de pierres précieuses, ils considéraient qu'on leur devait beaucoup plus. Ils n'aimaient pas l'idée que le trésor fût hors de leur portée, installé dans l'hélicoptère, mais comprenaient aussi que c'était la seule manière de le sortir du pays.

« Il n'y a qu'à capturer le pilote, proposa le chef entre ses dents en jetant un regard en coin au héros népalais, qui, à quelques pas, buvait sa tasse de café au lait condensé.

— Qui ira avec lui ? demanda l'un des bandits.

— Moi, décida le chef.

— Et qu'est-ce qui nous garantit que tu ne vas pas garder le butin ? » lui demanda l'un de ses hommes.

Le chef, indigné, porta la main à l'un de ses poignards, mais il ne put achever son geste, car Tensing, suivi des yétis, entra comme une tornade par l'aile sud de Chenthan Dzong. Le petit détachement était vraiment terrifiant. En tête venait le moine, armé de deux bâtons réunis par une chaîne qu'il avait trouvés dans les ruines de ce qui, en son temps, avait été la salle d'armes des célèbres moines-guerriers ayant habité le monastère fortifié. Par la manière dont il brandissait les bâtons et bougeait son corps, n'importe qui pouvait deviner que c'était un maître en arts martiaux. Derrière lui venaient dix yétis, qui en temps normal avaient déjà un aspect assez redoutable et, dans ces circonstances, celui de monstres échappés du pire des cauchemars. Provoquant le vacarme d'une horde, ils donnaient l'impression d'être deux fois plus nombreux. Armés de gourdins et de grosses pierres, avec leurs cuirasses de cuir et leurs horribles chapeaux à cornes ensanglantés, ils n'avaient rien d'humains. Ils criaient et sautaient comme des orangs-outangs devenus fous, heureux de l'occasion qui leur était offerte d'assener des coups de gourdin et, pourquoi pas, d'en recevoir aussi, cela faisant partie du divertissement. S'étant résigné à ne pouvoir les contrôler, Tensing leur ordonna d'attaquer. Avant de faire irruption dans le monastère, il avait adressé au ciel une brève prière pour demander qu'il n'y ait pas de morts dans l'affrontement, car il les aurait sur la conscience. Les yétis n'étaient pas responsables de leurs actes; une fois leur agressivité réveillée, ils perdaient le peu de raison qu'ils possédaient.

Les superstitieux hommes bleus pensèrent être les victimes du maléfice du Dragon d'or et crurent qu'une armée de démons venait venger le sacrilège commis. Ils pouvaient affronter les pires ennemis, mais l'idée de se trouver devant des forces de l'enfer les terrorisa. Ils se mirent à courir comme des zèbres, suivis de près par les yétis; épouvanté, le pilote s'était aplati contre le mur pour les laisser passer, sa tasse toujours à la main, sans savoir ce qui se jouait autour de lui. Il s'imaginait être venu chercher des scientifiques, et voilà qu'il se trouvait au cœur d'un raffut de barbares peints en bleu, de singes extraterrestres et d'un moine gigantesque armé comme dans les films chinois de kung-fu.

La cavalcade de bandits et de yétis disparue, le lama et le pilote se retrouvèrent subitement seuls.

« *Namasté*, salua le pilote quand il recouvra la voix, car rien d'autre ne lui vint à l'esprit.

— *Tachu kachi*, salua Tensing dans sa langue en s'inclinant brièvement, comme s'il s'agissait d'une réunion en société.

— Que diable se passe-t-il ici ? demanda le premier.

— C'est peut-être un peu difficile à expliquer. Ceux qui portent des casques avec des cornes sont mes amis, les yétis. Les autres ont volé le Dragon d'or et séquestré le roi, l'informa Tensing.

— Vous voulez parler du légendaire Dragon d'or ? Alors, c'est ce qu'ils ont mis dans mon hélicoptère ! » cria le héros du Népal, et il partit en courant en direction du terrain d'atterrissage.

Tensing le suivit. La situation lui paraissait quelque peu cocasse, car il ne savait pas encore que le roi était blessé. Par un trou dans le mur, il vit les membres terrorisés de la secte du Scorpion dévaler la montagne, poursuivis par les yétis. Il essaya en vain d'appeler ceux-ci à l'aide de sa force mentale : les guerriers de Grr-Ympr s'amusaient trop pour lui prêter attention. Leurs cris de guerre à faire se dresser les cheveux sur la tête s'étaient transformés en glapissements de plaisir anticipé, comme ceux d'enfants en train de jouer. Tensing pria une fois de plus pour qu'ils ne rattrapent aucun des bandits : il ne voulait pas ajouter d'autres taches indélébiles à leur karma avec des actes de violence supplémentaires.

*

La bonne humeur de Tensing changea dès qu'il sortit du monastère et vit la scène qui se déroulait devant ses yeux. Un étranger, qu'il identifia comme l'Américain à la tête des hommes bleus, d'après ce que lui avait dit Nadia, se trouvait près de l'hélicoptère. Il avait un bras transpercé d'une flèche de part en part, mais cela ne l'empêchait pas de brandir un revolver. De l'autre bras il tenait Nadia pratiquement en l'air, serrée contre son corps, si bien que l'adolescente lui servait de bouclier.

A une trentaine de mètres se trouvait Dil Bahadur, l'arc bandé et la flèche prête, accompagné d'Alexander abasourdi, paralysé sur place.

« Lâchez l'arc ! Retirez-vous ou je tue la fille ! » menaça Tex Armadillo, et personne ne douta qu'il le ferait.

Le prince lâcha son arme et les deux jeunes gens reculèrent vers les ruines de la bâtisse, tandis que Tex Armadillo se débrouillait pour monter dans l'hélicoptère en traînant Nadia, qu'il jeta brutalement à l'intérieur.

« Attendez ! Vous ne pourrez pas sortir d'ici sans moi ! » cria à ce moment le pilote en s'avançant, mais l'autre avait déjà mis le moteur en marche et l'hélice commençait à tourner.

Pour Tensing, c'était l'occasion d'exercer ses pouvoirs psychiques supranaturels. La plus grande épreuve d'un *tulku* consistait à modifier le comportement de la nature. Il devait se concentrer et invoquer le vent afin d'empêcher l'Américain de fuir avec le trésor sacré de son pays. Cependant, si un tourbillon d'air prenait l'hélicoptère en plein vol, Nadia mourrait elle aussi. L'esprit du lama évalua rapidement ses chances et décida qu'il ne pouvait prendre ce risque : une vie humaine était plus importante que tout l'or du monde.

Dil Bahadur reprit son arc, mais il était inutile d'attaquer cette machine métallique avec des flèches. Alexander comprit que ce scélérat emmenait Nadia et il se mit à crier le nom de son amie. La jeune fille ne pouvait l'entendre, mais le rugissement du moteur et la bourrasque de l'hélice parvinrent à la tirer de son étourdissement. Elle était tombée comme un sac de riz sur le siège, poussée par son kidnappeur. Au moment où l'appareil commençait à s'élever, Nadia profita de ce que Tex Armadillo était occupé avec les commandes – qu'il devait manipuler d'une seule main tandis que son bras blessé pendait, inerte – pour se glisser jusqu'à la portière ; elle l'ouvrit et, sans regarder en bas ni réfléchir à deux fois, elle sauta dans le vide.

Alexander courut vers elle sans se soucier de l'hélicoptère, qui se balançait au-dessus de sa tête. Nadia était tombée de plus de deux mètres de haut, mais la neige avait amorti la chute, sans quoi elle aurait pu se tuer.

« Aigle ! Tu vas bien ? » cria Alexander atterré.

Elle le vit s'approcher et lui fit un geste, plus surprise par sa prouesse qu'effrayée. Le vrombissement de l'hélicoptère dans l'air submergea les voix.

Tensing s'approcha lui aussi, mais il suffit à Dil Bahadur de savoir qu'elle était vivante et il retourna en courant vers la salle où il avait laissé son père touché par la balle de Tex Armadillo. Lorsque Tensing se pencha sur elle, Nadia lui cria que le roi était grièvement blessé et lui fit signe d'aller le rejoindre. Le moine se précipita dans le monastère à la suite du prince tandis qu'Alexander essayait d'installer son amie plus confortablement en lui glissant sa veste sous la tête, au milieu du tourbillon d'air et de poudre de neige soulevé par l'hélicoptère. Nadia était assez meurtrie par la chute, mais l'épaule précédemment démise était toujours à sa place.

« Il semble que je ne vais pas mourir si jeune », commenta Nadia, rassemblant son courage pour se redresser. Elle avait la bouche et le nez pleins de sang à cause du coup de poing que lui avait assené Armadillo.

« Ne bouge pas jusqu'à ce que Tensing revienne », lui ordonna Alexander, qui n'était pas d'humeur à plaisanter.

De sa position, couchée par terre sur le dos, Nadia vit l'hélicoptère s'élever comme un gros insecte argenté dans le bleu profond du ciel. Il passa en frôlant la paroi montagneuse et prit de l'altitude en se balançant dans l'entonnoir que formaient à cet endroit les sommets de l'Himalaya. Pendant de longues minutes, il parut devenir de plus en plus petit dans le ciel, s'éloignant toujours davantage. Nadia repoussa Alexander qui insistait pour la retenir couchée sur la neige et, péniblement, elle se mit debout. Elle mit une poignée de neige dans sa bouche et la recracha aussitôt, rose de sang. Son visage commençait à enfler.

« Regardez ! » cria soudain le pilote qui n'avait pas quitté l'appareil des yeux.

La machine oscillait dans l'air, telle une mouche arrêtée en plein vol. Le héros du Népal savait exactement ce qui se passait : elle était prise dans un tourbillon de vent et les pales de l'hélice vibraient dangereusement. Il se mit à gesticuler, désespéré, hurlant des instructions qu'Armadillo ne pouvait évidemment pas entendre. La seule possibilité de sortir du tourbillon était de voler dans son sens en spirale ascendante. Alexander pensa que ce devait être comme le surf : il fallait prendre la vague au moment où elle se levait et profiter de sa poussée ; sinon, la force de la mer renversait le surfeur.

Tex Armadillo avait de nombreuses heures de vol à son actif – une condition indispensable dans le genre de profession qu'il exerçait – et il avait piloté toutes sortes d'avions, petits ou grands, des planeurs, des hélicoptères et même un ballon dirigeable ; c'est ainsi qu'il franchissait les frontières sans être vu dans ses trafics d'armes, de drogues et d'objets volés. Il se considérait comme un expert, mais rien ne l'avait préparé à ce qui se produisit.

Juste au moment où la machine sortait de l'entonnoir et qu'il lançait des cris d'enthousiasme, comme lorsqu'il domptait des poulains dans son lointain ranch de l'Ouest américain, il sentit la terrible vibration qui secouait la machine. Il comprit qu'il ne pourrait pas la contrôler, car celle-ci commençait à tourner de plus en plus vite, comme si elle était battue dans un mixeur. Au bruit assourdissant du moteur et de l'hélice s'ajouta le rugissement du vent. Il essaya de se raisonner, utilisant ses nerfs d'acier et l'expérience acquise, mais rien de ce qu'il tenta ne donna de résultats. L'hélicoptère continua à tourner comme un fou, pris dans le tourbillon. Brusquement, un son retentissant et une secousse violente avertirent Armadillo que l'hélice s'était brisée. Il resta en l'air encore plusieurs minutes, soutenu par la force du vent, jusqu'à ce que celui-ci change soudain de direction. Pendant un instant ce fut le silence et Tex Armadillo eut le fugace espoir qu'il pouvait encore manœuvrer, puis la chute verticale s'amorça.

Plus tard, Alexander se demanda si l'homme s'était rendu compte de ce qui se passait ou si la mort l'avait atteint comme un éclair, sans lui donner le temps de la sentir venir. De l'endroit où il se trouvait, le garçon ne vit pas où tombait l'hélicoptère, mais tous entendirent la violente explosion, suivie d'une noire et épaisse colonne de fumée qui monta vers le ciel.

*

Tensing trouva le roi inerte à terre, la tête sur les genoux de son fils Dil Bahadur qui lui caressait les cheveux. Le prince n'avait pas vu son père depuis l'âge de six ans, lorsqu'on l'avait tiré de son lit, une nuit, pour le déposer dans les bras de Tensing, mais il le reconnut, parce que pendant toutes ces années il avait gardé son image dans sa mémoire.

« Père, père... murmurait-il, impuissant face à cet homme qui se vidait de son sang devant ses yeux.

— Majesté, c'est moi, Tensing », dit le lama, en se penchant à son tour sur le souverain.

Le roi leva les yeux, voilés par l'agonie. Accommodant

sa vision, il vit un beau jeune homme qui ressemblait de façon étonnante à sa défunte épouse. Il lui fit signe de s'approcher davantage.

« Ecoute-moi, mon fils, je dois te dire quelque chose... » murmura-t-il.

Tensing s'écarta, pour les laisser un instant en tête à tête.

« Va tout de suite dans la salle du Dragon d'or, au palais, ordonna le monarque avec difficulté.

— Père, ils ont volé la statue, répondit le prince.

— Vas-y tout de même.

— Comment puis-je le faire si vous ne venez pas avec moi ? »

Depuis des temps très anciens, c'étaient toujours les rois qui la première fois accompagnaient leur héritier, afin de lui apprendre à éviter les pièges mortels qui protégeaient l'Enceinte sacrée. Cette première visite du père et du fils au Dragon d'or était un rite d'initiation qui marquait la fin d'un règne et le début d'un autre.

« Tu devras le faire seul », lui ordonna le roi, et il ferma les yeux.

Tensing s'approcha de son disciple et lui posa la main sur l'épaule.

« Peut-être dois-tu obéir à ton père, Dil Bahadur », dit le lama.

A ce moment entrèrent dans la salle Alexander, soutenant Nadia par un bras, car ses genoux se dérobaient sous elle, et le pilote du Népal, qui n'était pas encore remis de la perte de son hélicoptère et du cumul des surprises vécues dans cette mission. Nadia et le pilote restèrent à prudente distance, sans oser interférer dans le drame qui se déroulait sous leurs yeux entre le roi et son fils, tandis qu'Alexander se baissait pour examiner le contenu du sac de Judit Kinski, qui était toujours à terre.

« Tu dois aller dans l'Enceinte du Dragon d'or, mon fils, répéta le roi.

— Mon honorable maître Tensing peut-il venir avec moi ? Mon entraînement n'est que théorique. Je ne connais ni le palais ni les pièges. Derrière l'Ultime Porte m'attend la mort, allégua le prince.

— Il est inutile que j'aille avec toi, car moi non plus je ne connais pas le chemin, Dil Bahadur. Ma place est maintenant auprès du roi, répliqua tristement le lama.

— Pourras-tu sauver mon père, honorable maître ? supplia Dil Bahadur.

— Je ferai tout mon possible. »

Alexander s'approcha du prince et lui remit un petit objet, dont celui-ci ne pouvait imaginer l'usage.

« Cela peut t'aider à trouver le chemin dans l'Enceinte sacrée. C'est un GPS, dit-il.

— Un quoi ? demanda le prince, déconcerté.

— Disons que c'est une carte électronique qui permet de se situer dans le palais. Ainsi tu peux parvenir jusqu'au Dragon d'or, comme l'ont fait Tex Armadillo et ses hommes pour voler la statue, lui expliqua son ami.

— Comment est-ce possible ? demanda Dil Bahadur.

— J'imagine que quelqu'un a filmé le parcours, suggéra Alexander.

— C'est impossible, il n'y a que mon père qui ait accès à cette partie du palais. Personne d'autre ne peut ouvrir l'Ultime Porte ni éviter les pièges.

— Armadillo l'a fait, il a dû utiliser cet appareil. Judit

Kinski et lui étaient complices. Peut-être ton père lui a-t-il montré le chemin... insista Alexander.

— Le médaillon ! Armadillo a dit quelque chose sur une caméra cachée dans le médaillon du roi ! » s'exclama Nadia, qui avait assisté à la scène entre le Spécialiste et Tex Armadillo avant que ses amis ne fassent irruption dans la salle.

Nadia s'excusa pour ce qu'elle allait faire et, avec la plus grande précaution, elle se mit à fouiller le corps prostré du monarque, jusqu'à ce qu'elle trouve le médaillon royal, qui avait glissé entre le cou et la veste du roi. Elle demanda au prince de l'aider à le lui enlever et celui-ci hésita, car ce geste avait une signification profonde : le médaillon représentait le pouvoir royal et en aucun cas il n'oserait le retirer à son père. Mais l'urgence contenue dans la voix de son amie Nadia l'obligea à agir.

Alexander emporta le bijou à la lumière et l'examina brièvement. Il découvrit tout de suite la caméra miniature dissimulée dans les motifs de corail. Il la montra à Dil Bahadur et aux autres.

« C'est sûrement Judit Kinski qui l'y a mise. Cet appareil de la taille d'un petit pois a filmé le trajet du roi dans l'Enceinte sacrée. C'est ainsi que Tex Armadillo et les guerriers bleus ont pu le suivre, tous ses pas sont enregistrés sur le GPS.

— Pourquoi cette femme a-t-elle fait ça ? questionna le prince horrifié, car son esprit ne pouvait concevoir l'idée de la trahison ou de la cupidité.

— Je suppose que c'est pour la statue, qui a une grande valeur, aventura Alexander.

— Avez-vous entendu l'explosion ? L'hélicoptère s'est écrasé et la statue a été détruite, dit le pilote.

— C'est peut-être mieux ainsi... soupira le roi sans ouvrir les yeux.

— Avec la plus grande humilité, je me permets de suggérer que les deux jeunes étrangers accompagnent le prince au palais. Alexander-Jaguar et Nadia-Aigle ont le cœur pur, comme le prince Dil Bahadur, et il est possible qu'ils puissent l'aider dans sa mission, Majesté. Le jeune Alexander sait utiliser cet appareil moderne et la jeune Nadia sait voir et entendre avec le cœur, suggéra Tensing.

— Seul le roi et son héritier peuvent y entrer, murmura le monarque.

— Avec tout le respect que je vous dois, Majesté, j'ose vous contredire. Peut-être y a-t-il des moments où l'on doit oublier la tradition... » insista le lama.

Un long silence suivit les paroles de Tensing. Il semblait que le blessé avait atteint la limite de ses forces, mais soudain on entendit à nouveau sa voix.

« Bien, qu'ils y aillent tous les trois, accepta enfin le souverain.

— Peut-être ne serait-il pas tout à fait inutile, Majesté, que je jette un coup d'œil à votre blessure, suggéra Tensing.

— A quoi bon, Tensing ? Nous avons déjà un autre roi, mon temps est achevé.

— Il est possible que nous n'ayons pas d'autre roi tant que le prince n'aura pas prouvé qu'il peut l'être », répliqua le lama en soulevant le blessé dans ses bras puissants.

*

Le héros du Népal découvrit un sac de couchage que Tex Armadillo avait abandonné dans un coin, et il improvisa une couche sur laquelle Tensing déposa le roi. Le lama ouvrit la veste ensanglantée du blessé et entreprit de nettoyer sa poitrine pour l'examiner. La balle l'avait traversée, laissant une perforation nette qui ressortait dans le dos. A l'aspect et à l'emplacement de la blessure, à la couleur du sang, Tensing comprit que les poumons étaient atteints et qu'il ne pouvait rien faire ; toute sa capacité de guérir et ses pouvoirs mentaux ne servaient pas à grand-chose dans un cas comme celui-ci. Le moribond le savait aussi, mais il avait besoin d'un peu plus de temps pour prendre ses dernières dispositions. Le lama arrêta l'hémorragie, banda fermement le torse et donna l'ordre au pilote d'apporter de l'eau bouillante de la cuisine improvisée pour préparer une tisane médicinale. Une heure plus tard, le monarque avait repris ses esprits et sa lucidité, bien qu'il fût très faible.

« Mon fils, tu devras être un meilleur roi que moi, dit-il à Dil Bahadur, lui faisant signe de mettre le médaillon royal autour de son cou.

— Père, c'est impossible...

— Ecoute-moi, car nous n'avons pas beaucoup de temps. Voici mes instructions. Premièrement : marie-toi sans tarder avec une femme aussi forte que toi. Elle doit être la mère de notre peuple ; toi, tu en seras le père. Deuxièmement : préserve la nature et les traditions de notre royaume ; méfie-toi de ce qui vient de l'extérieur. Troisièmement : ne châtie pas Judit Kinski, la femme européenne. Je ne veux pas qu'elle passe le reste de ses jours en prison. Elle a commis des fautes très graves, mais ce n'est pas à nous de purifier son karma. Elle devra revenir dans une autre incarnation pour apprendre ce qu'elle n'a pas appris dans celle-ci. »

C'est alors qu'ils se souvinrent de la femme responsable de la tragédie survenue. Ils supposèrent qu'elle ne pourrait aller bien loin, car elle ne connaissait pas la région, n'avait ni armes, ni provisions, ni vêtements chauds ; en outre, elle était apparemment nu-pieds, Armadillo l'ayant obligée à enlever ses bottes. Mais Alexander pensa que si elle avait été capable de voler le dragon de cette façon si spectaculaire, elle était tout aussi capable d'échapper même à l'enfer.

« Je ne me sens pas prêt à gouverner, père, gémit le prince, la tête basse.

— Tu n'as pas le choix, mon fils. Tu as été bien entraîné, tu es courageux et tu as le cœur pur. Demande conseil au Dragon d'or.

— Il a été détruit !

— Approche-toi, je dois te dire un secret. »

Les autres firent plusieurs pas en arrière pour les laisser seuls, tandis que Dil Bahadur posait son oreille près de la bouche du roi. Le prince écouta attentivement le secret le mieux gardé du Royaume, le secret que seuls, depuis dix-huit siècles, connaissaient les monarques couronnés.

« Peut-être est-il l'heure que tu prennes congé, Dil Bahadur, suggéra Tensing.

— Puis-je rester avec mon père jusqu'à la fin... ?

— Non, mon fils, tu dois partir à l'instant même... » murmura le souverain.

Dil Bahadur baisa son père sur le front et recula. Tensing serra fortement son disciple dans ses bras. Ils se quittaient pour longtemps, peut-être pour toujours. Le prince devait affronter son épreuve d'initiation et il était possible qu'il n'en revienne pas vivant ; pour sa part, le lama devait remplir la promesse faite à Grr-ympr et partir la remplacer pendant six années dans la Vallée des Yétis. Pour la première fois de sa vie, Tensing se sentit vaincu par l'émotion : il aimait ce garçon comme un fils, plus que lui-même ; s'en séparer lui faisait aussi mal qu'une brûlure. Le lama essaya de prendre du recul et de calmer l'anxiété de son cœur. Il observa le processus de son propre esprit, respira profondément, prenant note de ses sentiments emportés et du fait qu'il avait encore un long chemin à parcourir avant d'atteindre le détachement absolu des affaires terrestres, y compris l'affection. Il savait que la séparation n'existe pas sur le plan spirituel. Il se souvint d'avoir lui-même enseigné au prince que chaque être fait partie d'une seule entité, que tout est relié. Dil Bahadur et lui seraient éternellement unis, dans cette incarnation comme dans d'autres. Pourquoi, alors, ressentait-il cette angoisse ?

« Serai-je capable de parvenir jusqu'à l'Enceinte sacrée, honorable maître ? demanda le jeune homme, interrompant ses pensées.

— Souviens-toi que tu dois être comme le tigre de l'Himalaya : écoute la voix de l'intuition et de l'instinct. Fais confiance aux vertus de ton cœur », répliqua le moine.

*

Le prince, Nadia et Alexander entreprirent le chemin du retour vers la capitale. Comme ils connaissaient déjà la route, ils étaient préparés aux obstacles. Ils empruntèrent le raccourci passant par la Vallée des Yétis, aussi ne croisèrent-ils pas le détachement de soldats du général Myar Kunglung, qui au même moment montait par le sentier escarpé de la montagne, accompagné de Kate Cold et de Pema.

Les hommes bleus ne purent, quant à eux, éviter Kunglung. Ils avaient descendu la montagne en courant aussi vite que le permettait le terrain abrupt, fuyant les terrifiants démons qui les poursuivaient. Les yétis ne purent les rattraper, car ils n'osèrent pas descendre au-delà de leurs limites habituelles. Ces créatures portaient gravée dans leur mémoire génétique leur loi fondamentale : rester isolés. Ils n'avaient que très rarement quitté leur vallée secrète, et s'ils le faisaient c'était uniquement pour chercher de la nourriture sur les sommets les plus inaccessibles, loin des êtres humains. Cela sauva la secte du Scorpion, car l'instinct de conservation des yétis fut plus fort que le désir d'attraper leurs ennemis ; arriva un moment où ils s'arrêtèrent brusquement. Ils ne s'y résolurent pas de bon cœur, car renoncer à une bonne bagarre, la seule peut-être qui se présenterait à eux d'ici de nombreuses années, fut un sacrifice énorme. Ils restèrent un long moment à hurler de frustration, échangèrent entre eux quelques coups de gourdin pour se consoler, puis, tête basse, reprirent le chemin du retour vers leurs contrées.

Les guerriers du Scorpion ne surent pas pourquoi ces diables aux casques ensanglantés abandonnaient la poursuite, mais ils rendirent grâce à la déesse Kali qu'il en fût ainsi. Ils étaient si effrayés que l'idée de revenir s'emparer de la statue, comme ils l'avaient projeté, ne leur vint pas à l'esprit. Ils continuèrent à descendre par l'unique sentier possible, et inévitablement se trouvèrent face aux soldats du Royaume interdit.

« Ce sont eux, les hommes bleus ! » cria Pema dès qu'elle les aperçut de loin.

Le général Myar Kunglung n'eut pas de difficulté à les faire prisonniers, car ils ne pouvaient s'échapper. Ils se rendirent sans opposer la moindre résistance. Un officier se chargea de les conduire à la capitale, gardés par la plus grande partie des soldats, tandis que Pema, Kate, le général et quelques-uns de ses meilleurs hommes continuaient vers Chenthan Dzong.

« Qu'allez-vous faire à ces bandits ? demanda Kate au général.

— Il se peut que leur cas soit étudié par les lamas, discuté par les juges, et ensuite le roi décidera de leur châtiment. Du moins a-t-on fait ainsi dans d'autres cas, mais en réalité nous n'avons que peu de pratique dans la punition des criminels.

— Aux Etats-Unis, ils passeraient sûrement le reste de leur vie en prison.

— Et y atteindraient-ils la sagesse ? » demanda le général.

Les éclats de rire de Kate furent tels qu'elle faillit tomber de cheval.

« J'en doute, général », répliqua-t-elle en séchant ses larmes lorsque enfin elle retrouva son équilibre.

Myar Kunglung ne sut pas ce qui provoquait une telle

hilarité chez la vieille journaliste. Il en conclut que les étrangers sont des personnes quelque peu bizarres, aux manières incompréhensibles, et que mieux vaut ne pas gaspiller son énergie à essayer de les analyser, il suffit de les accepter.

A ce moment la nuit commençait à tomber et il fallut s'arrêter pour préparer un petit campement, en mettant à profit l'une des terrasses taillées dans la montagne. Ils étaient impatients d'arriver au monastère, mais il eût été insensé de continuer à grimper sans autre lumière que les lanternes.

Kate était exténuée. A l'effort du voyage s'ajoutait l'altitude, dont elle n'avait pas l'habitude, et la toux, qui ne la laissait pas en paix. Seuls la soutenaient sa volonté de fer et l'espoir de retrouver Alexander et Nadia en haut.

« Peut-être ne devriez-vous pas vous inquiéter, grand-mère. Votre petit-fils et Nadia sont en sécurité, car avec le prince et Tensing il ne peut rien leur arriver de mal, la rassura Pema.

— Quelque chose de grave a dû se passer là-haut pour que ces bandits aient pris la fuite de cette manière, répondit Kate.

— Ces hommes ont mentionné quelque chose sur le maléfice du Dragon d'or et la poursuite de diables. Croyez-vous qu'il y ait des démons dans ces montagnes, grand-mère ? demanda la jeune fille.

— Je ne crois à aucune de ces bêtises, petite », répliqua Kate, qui s'était résignée à ce que tout le monde, dans ce pays, l'appelle grand-mère.

La nuit fut très longue et personne ne parvint à beaucoup dormir. Les soldats préparèrent un simple déjeuner de thé salé avec du beurre, du riz et quelques végétaux secs à l'aspect et au goût de semelle de chaussures, après quoi ils reprirent la marche. Kate ne restait pas en arrière malgré ses soixante-cinq ans et ses poumons affaiblis par la fumée du tabac. Le général Myar Kunglung ne disait rien et ne lui adressait pas un regard, de peur de croiser ses pénétrants yeux bleus, mais dans son cœur de guerrier commençait à naître une véritable admiration. Au début il la détestait et ne voyait pas venir le moment où il serait enfin débarrassé d'elle, mais, les jours passant, il cessa de la considérer comme une vieille insupportable et se prit de respect pour elle.

La suite de l'ascension se passa sans surprises. Lorsque enfin ils atteignirent le monastère fortifié, ils crurent qu'il n'y avait plus personne. Un silence absolu régnait sur les vieilles ruines. Sur le qui-vive, les armes à la main, le général et ses soldats avancèrent en tête, suivis de près par les deux femmes. Ils parcoururent ainsi une à une les vastes salles, jusqu'à atteindre la dernière, sur le seuil de laquelle ils furent interceptés par un moine gigantesque armé de deux massues unies par une chaîne. Effectuant un pas de danse compliqué, celui-ci brandit son arme et, avant que le groupe ne pût réagir, enroula la chaîne autour du cou du général. Les soldats s'immobilisèrent, déconcertés, tandis que leur chef gigotait en l'air entre les bras monumentaux du moine.

« Honorable maître Tensing ! s'exclama Pema, enchantée de le voir.

— Pema ? demanda-t-il.

— C'est moi, honorable maître ! dit-elle, et elle ajouta,

montrant le militaire humilié : Peut-être serait-il prudent que vous relâchiez l'honorable général Myar Kunglung... »

Tensing le posa par terre avec délicatesse, enleva la chaîne qui lui enserrait le cou et s'inclina respectueusement devant lui, les mains jointes à la hauteur de son front.

« *Tampo kachi*, honorable général, salua-t-il.

— *Tampo kachi*. Où est le roi ? » répliqua le général en essayant de dissimuler son indignation et en remettant de l'ordre dans sa veste d'uniforme.

Tensing leur céda le passage et le groupe entra dans la vaste pièce. La moitié du toit s'était écroulée des années plus tôt, le reste tenait à peine, il y avait un grand trou dans l'un des murs extérieurs, par où entrait la lumière diffuse du jour. Un nuage, accroché au sommet de la montagne, créait une atmosphère brumeuse, dans laquelle tout paraissait estompé, telles les images d'un rêve. Une tapisserie en lambeaux pendait entre les ruines et une élégante statue du Bouddha couché, miraculeusement intacte, était à terre, comme surprise en plein repos.

Sur une table improvisée gisait le corps du roi, entouré d'une demi-douzaine de bougies de graisse allumées. Un courant d'air froid comme du cristal faisait vaciller les flammes des bougies dans le brouillard doré. L'héroïque pilote du Népal, qui veillait près du cadavre, ne bougea pas malgré l'irruption des militaires.

Kate Cold eut l'impression d'assister au tournage d'un film. La scène était irréelle : la salle en ruine, enveloppée dans une brume cotonneuse ; les restes de statues centenaires et les colonnes brisées à terre ; des plaques de neige et de givre dans les irrégularités du sol. Les personnages étaient aussi théâtraux que la scène : le moine immense avec son corps de guerrier mongol et son visage de saint, sur l'épaule duquel se balançait le petit singe Boroba ; le sévère général Myar Kunglung, plusieurs soldats et le pilote, tous en uniforme, comme tombés là par erreur ; et enfin le roi, qui même dans la mort imposait sa présence sereine et digne.

« Où sont Alexander et Nadia ? » demanda la grand-mère, vaincue par la fatigue.

CHAPITRE 19

Le prince

ALEXANDER marchait devant, suivant les instructions de la vidéo et du GPS ; le prince n'en comprenait pas le fonctionnement et ce n'était pas le moment de lui donner un cours. Alexander n'était pas un expert dans ces appareils, d'autant que celui-ci était un modèle ultramoderne seulement utilisé par l'armée américaine, mais il avait l'habitude de manipuler la technologie et il ne lui fut pas difficile de découvrir la manière de s'en servir.

Dil Bahadur avait passé douze années de sa vie à se préparer pour le moment où il devrait parcourir le labyrinthe de portes de l'étage inférieur du palais, franchir l'Ultime Porte et vaincre un à un les obstacles semés dans l'Enceinte sacrée. Il avait appris les instructions en ayant la conviction que, si sa mémoire lui faisait défaut, son père serait à ses côtés jusqu'à ce qu'il puisse se débrouiller seul. Et voilà qu'il devait affronter l'épreuve avec, comme seule aide, les conseils de son maître Tensing et la présence de ses nouveaux amis, Nadia et Alexander. Au début, il regardait avec méfiance le petit écran qu'Alexander tenait dans ses mains, mais bien vite il se rendit compte qu'il les guidait directement vers la bonne porte. A aucun moment ils ne durent revenir en arrière et jamais ils n'ouvrirent une mauvaise porte, grâce à quoi ils se retrouvèrent bientôt devant la salle aux lampes d'or. Cette fois, personne ne surveillait l'Ultime Porte. Le garde blessé par les hommes bleus ainsi que le cadavre de son compagnon avaient été enlevés sans que d'autres ne les remplacent, et le sang sur le sol avait été lavé sans laisser de trace.

« Waou ! s'exclamèrent Nadia et Alexander à l'unisson en voyant cette magnifique porte.

— Nous devons tourner de façon exacte les jades qui permettent de l'ouvrir ; si nous nous trompons, le système se bloquera et nous ne pourrons pas entrer, précisa le prince.

— Il suffit de bien observer ce qu'a fait le roi. C'est enregistré sur la bande vidéo », précisa Alexander.

Ils visionnèrent deux fois l'enregistrement, jusqu'à être tout à fait sûrs d'eux, puis Dil Bahadur bougea quatre jades taillés en forme de fleur de lotus. Rien ne se passa. Les trois jeunes gens attendirent en retenant leur souffle, comptant les secondes. Soudain, les deux battants de la porte s'entrouvrirent lentement.

Ils entrèrent dans la pièce circulaire aux neuf portes identiques et, comme l'avait fait Tex Armadillo quelques jours plus tôt, Alexander se plaça sur l'œil peint par terre, ouvrit les bras et tourna de quarante-cinq degrés. Sa main droite indiqua la porte qu'ils devaient ouvrir.

Ils entendirent un chœur terrifiant de lamentations tandis qu'une odeur fétide de tombeau et de décomposition envahissait leurs narines. On ne voyait rien, hormis une insondable noirceur.

« J'irai en premier, parce que mon animal totémique, le jaguar, est supposé être capable de voir dans l'obscurité, proposa Alexander en franchissant le seuil, suivi de ses amis.

— Tu vois quelque chose ? lui demanda Nadia.

— Rien, confessa Alexander.

— Voilà une occasion où il conviendrait d'avoir un animal totémique plus humble que le jaguar. Comme une blatte, par exemple, dit Nadia en riant nerveusement.

— Peut-être ne serait-il pas une mauvaise idée d'utiliser ta torche... » suggéra le prince.

Alexander se sentit comme un idiot : il avait complètement oublié qu'il avait une lampe de poche et son canif dans les poches de son parka. La torche allumée, ils se virent dans un couloir qu'ils parcoururent en hésitant, jusqu'à arriver à la porte qui était au bout. Ils l'ouvrirent avec de grandes précautions. Là, la puanteur était bien pire, mais une faible lueur permettait d'y voir. Ils étaient entourés de squelettes humains qui pendaient du plafond, se balançant en l'air dans un macabre tintement d'os, tandis qu'à leurs pieds grouillait un dégoûtant matelas vivant de serpents. Alexander poussa un cri et essaya de reculer, mais Dil Bahadur lui saisit le bras.

« Ce sont des os très anciens, ils ont été mis ici il y a des siècles pour dissuader les intrus, dit-il.

— Et les serpents ?

— Les hommes du Scorpion sont passés par ici, Jaguar, cela veut dire que nous aussi nous pouvons le faire, l'encouragea Nadia.

— Pema a dit que ces types sont immunisés contre le venin des insectes et des reptiles, lui rappela Alexander.

— Peut-être ces serpents ne sont-ils pas venimeux. D'après ce que m'a appris mon honorable maître Tensing, la tête des vipères dangereuses a une forme plus triangulaire. Continuons, ordonna le prince.

— Ces reptiles n'apparaissent pas sur la vidéo, fit remarquer Nadia.

— Le roi portait la caméra dans son médaillon, si bien qu'il ne filmait que ce qu'il avait devant lui, pas à ses pieds, expliqua Alexander.

— Cela signifie que nous devons faire très attention à ce qui se trouve au-dessous et au-dessus du niveau de la poitrine du roi », conclut-elle.

Donnant des tapes avec leurs mains, le prince et ses amis écartèrent les squelettes et, marchant sur les serpents, ils avancèrent jusqu'à la porte suivante, qui donnait accès à une chambre dans la pénombre, vide.

« Attends ! l'arrêta Alexander. Ici, ton père a déplacé quelque chose qui se trouve sur le seuil de la porte.

— Je m'en souviens, c'est un ananas sculpté dans le bois », confirma Dil Bahadur en tâtant le mur.

Il trouva la manette qu'il cherchait et la poussa. L'ananas s'enfonça et aussitôt ils entendirent un terrible bruit, tandis que tombait du plafond une forêt de lances qui souleva un nuage de poussière. Ils attendirent que la dernière lance se soit plantée dans le sol.

« C'est maintenant que Boroba nous serait vraiment

utile. Il pourrait reconnaître le chemin... Bon, je vais passer devant, car je suis la plus mince et la plus légère, décida Nadia.

— J'ai idée que ce piège n'est peut-être pas aussi simple qu'il en a l'air », les avertit Dil Bahadur.

Se faufilant comme une anguille, Nadia passa entre les premières barres métalliques. Elle avait parcouru deux mètres lorsque son coude frôla l'une d'elles et qu'aussitôt un trou s'ouvrit sous ses pieds. Instinctivement, elle s'accrocha aux lances qui étaient les plus proches d'elle et resta pratiquement suspendue au-dessus du vide. Ses mains glissaient sur le métal tandis qu'elle cherchait un point d'appui avec ses pieds. A ce moment Alexander était arrivé à sa hauteur sans faire attention à l'endroit où il mettait les pieds, dans sa hâte de l'aider. D'une main il l'attrapa par la ceinture et la tira, la tenant serrée contre lui. Toute la salle parut basculer, comme s'il y avait un tremblement de terre, et plusieurs autres lances tombèrent du plafond, mais aucune tout près d'eux. Pendant plusieurs minutes les deux amis restèrent immobiles, enlacés, attendant. Puis ils commencèrent à se détacher l'un de l'autre avec une extrême lenteur.

« Ne touche à rien », murmura Nadia, craignant que l'air qu'elle exhalait ne provoque une tragédie.

Ils arrivèrent sur l'autre bord et firent signe à Dil Bahadur de passer, mais celui-ci était déjà en chemin, car il n'avait pas peur des lances : il était protégé par son amulette.

« Nous aurions pu mourir empalés comme des insectes, commenta Alexander en essuyant la buée de ses lunettes.

— Mais cela n'est pas arrivé, n'est-ce pas? lui rappela Nadia, bien qu'elle fût aussi effrayée que son ami.

— Si vous aspirez profondément trois fois, laissez l'air arriver jusqu'au ventre, puis expirez lentement, peut-être retrouverez-vous votre calme... leur conseilla le prince.

— Ce n'est pas le moment de faire du yoga. Continuons », l'interrompit Alexander.

Le GPS indiqua la porte qu'ils devaient ouvrir et, dès qu'ils le firent, les lances s'élevèrent simultanément et à nouveau la chambre parut vide. Puis ils traversèrent deux pièces, chacune pourvue de plusieurs portes, mais sans pièges. Ils se détendirent un peu et se mirent à respirer normalement, tout en restant vigilants.

Soudain ils se trouvèrent dans un espace totalement obscur.

« Dans la vidéo on ne voit rien, l'écran est noir, dit Alexander.

— Que peut-il y avoir ici ? » s'enquit Nadia.

Le prince prit la lampe de poche et éclaira le sol, où ils virent un arbre feuillu, chargé de fruits et d'oiseaux, peint avec un si grand art qu'il paraissait planté sur la terre ferme, debout au centre de la pièce. Il était si beau, d'aspect si inoffensif, qu'il invitait à s'approcher et à le toucher.

« Ne faites pas un seul pas ! C'est l'Arbre de Vie. J'ai entendu des histoires sur les dangers qu'il y a à marcher dessus », s'exclama Dil Bahadur, oubliant pour une fois ses bonnes manières.

Le prince prit le petit bol dans lequel il préparait sa nourriture, qu'il portait toujours dans les plis de sa tunique, et il le jeta par terre. L'Arbre de Vie était peint sur une fine soie tendue au-dessus d'un puits profond. Un pas de plus les aurait précipités dans le vide. Ils ne savaient pas que l'un des acolytes de Tex Armadillo avait péri à cet endroit du trajet. Le bandit gisait au fond d'un puits où, à ce moment même, les rats finissaient de ronger ses os.

« Comment pouvons-nous passer ? demanda Nadia.

— Peut-être vaudrait-il mieux que vous attendiez ici », remarqua le prince.

Avec la plus grande prudence, Dil Bahadur chercha avec le pied, jusqu'à ce qu'il trouve un mince rebord le long du mur. On ne le voyait pas parce qu'il était peint en noir et se fondait dans la couleur du sol. Le dos collé au mur, il s'avança peu à peu. Il déplaçait la jambe droite de quelques centimètres, cherchait son équilibre, puis avançait la gauche. Il arriva ainsi de l'autre côté.

Alexander comprit que pour Nadia, étant donné sa phobie du vide, ce serait l'une des épreuves les plus difficiles.

« Maintenant, tu dois avoir recours à l'esprit de l'aigle. Donne-moi la main, ferme les yeux et porte toute ton attention sur tes pieds, lui dit-il.

— Et si j'attendais plutôt ici ? suggéra-t-elle.

— Non. Nous allons passer ensemble », lui enjoignit son ami.

Ils n'avaient aucune idée de la profondeur du trou et n'avaient nulle intention de le vérifier. Le bandit de Tex Armadillo qui était tombé dans le puits avait glissé sans que personne ne pût le retenir. Pendant un instant il avait paru flotter en l'air, soutenu par les branches de l'Arbre de Vie, jambes et bras en croix, enveloppé dans son vêtement noir, telle une grande chauve-souris. L'illusion avait duré l'espace d'un clin d'œil. Avec un hurlement de terreur absolue, l'homme était tombé dans la bouche noire du puits. Ses compagnons entendirent le bruit du corps lorsqu'il toucha le fond, puis un silence terrifiant s'abattit sur eux. Par chance, Nadia ne savait rien de cela. Elle s'agrippa à la main d'Alexander et pas à pas le suivit de l'autre côté.

*

Ayant ouvert une autre porte, les trois amis se trouvèrent entourés de miroirs. Non seulement il y en avait sur les murs, mais aussi au plafond et par terre, multipliant leurs reflets à l'infini. De plus, la pièce était en pente, tel un cube posé sur l'un de ses coins. Ils ne pouvaient avancer debout, devaient le faire à quatre pattes, se tenant les uns aux autres, complètement désorientés. On ne voyait pas les portes, car c'étaient aussi des miroirs. En quelques secondes ils furent pris de nausées, leur tête prête à éclater et sur le point de perdre la raison.

« Ne regardez pas sur les côtés, fixez votre regard sur celui qui va devant. Suivez-moi en file indienne, sans vous séparer. La direction est indiquée sur mon écran, ordonna Alexander.

— Je me demande comment nous allons trouver la sortie, dit Nadia, totalement désorientée.

— Si nous ouvrons la mauvaise porte, il est possible que s'active une sécurité et que nous restions enfermés ici pour toujours, les avertit le prince avec son calme habituel.

— Pour cela nous avons la technologie la plus moderne », le rassura Alexander, bien que lui-même pût à peine contrôler ses nerfs.

Les portes étaient toutes semblables, mais au moyen du GPS Alexander perçut la direction qu'ils devaient prendre. Le roi s'était arrêté en plusieurs endroits avant d'ouvrir la bonne porte. Il mit la vidéo en marche arrière pour examiner les détails et constata que le miroir reflétait une image déformée du roi.

« L'un des miroirs est concave. C'est celui-là, la porte », en conclut-il.

Lorsque Dil Bahadur se vit gros et court sur pattes dans le miroir face à lui, il le poussa, celui-ci céda et ils purent sortir. Ils se retrouvèrent dans un long couloir étroit qui s'enroulait sur lui-même comme une spirale. Il se différenciait des autres pièces du palais en ce qu'il n'avait pas de portes visibles, mais ils ne doutèrent pas qu'ils en trouveraient une au bout, car la vidéo l'indiquait. Il était impossible de se perdre, il suffisait d'avancer. L'air était raréfié et il flottait une fine poussière, qui paraissait dorée à la lumière des petites lampes suspendues au plafond. Sur l'écran vidéo, ils virent que le roi était passé rapidement et sans hésiter, mais cela ne voulait pas dire que ce fût sûr, il pouvait y avoir des pièges que la vidéo n'enregistrait pas.

Ils entrèrent dans le corridor, observant l'environnement sans savoir d'où viendrait la menace, mais conscients qu'ils ne pouvaient relâcher un instant leur attention. Ils avaient fait plusieurs pas lorsqu'ils comprirent qu'ils marchaient sur quelque chose de mou. Ils avaient la sensation de se déplacer sur une bâche tendue, qui cédait sous le poids de leurs corps.

Dil Bahadur couvrit sa bouche et son nez de sa tunique et fit des signes désespérés à ses amis pour qu'ils le suivent sans s'arrêter. Il venait de se rendre compte qu'ils avançaient en fait sur un système de soufflets. A chaque pas, par de nombreux trous, sortait la poussière qu'ils avaient remarquée en entrant. En quelques secondes, l'air était à ce point saturé qu'on n'y voyait pas à trente centimètres de distance. L'envie de tousser était insupportable, mais ils se contrôlèrent comme ils purent, car ce faisant ils aspiraient la poussière à pleine bouche. La seule solution était de tenter d'atteindre la sortie aussi vite que possible. Ils se mirent à courir, en essayant de ne pas respirer, ce qui était impossible étant donné la longueur du couloir. Ils craignirent que ce fût un poison mortel, mais pensèrent que si le roi traversait souvent ce couloir, ce ne pouvait être le cas.

Nadia était une bonne nageuse ; elle avait grandi en Amazonie où une grande partie de la vie se déroule sur l'eau, et elle pouvait rester plus d'une minute en plongée. Cela lui permit de retenir sa respiration plus longtemps que ses amis, mais même ainsi elle dut reprendre son souffle deux ou trois fois. Elle se fit la réflexion qu'Alexander et Dil Bahadur avaient plus de poussière qu'elle dans l'organisme. En quatre enjambées elle arriva au bout du couloir, ouvrit la seule porte qui s'y trouvait et tira les autres vers le seuil.

Sans penser aux risques que la pièce suivante pouvait receler, les trois amis se précipitèrent hors du couloir, tombant l'un sur l'autre, étouffés, respirant à pleins poumons et essayant de secouer la poussière collée à leurs vêtements. Sur la vidéo n'apparaissait rien de menaçant :

le roi était passé dans cette pièce avec la même assurance qu'il l'avait fait dans le couloir. Nadia, qui se trouvait en meilleure condition que les garçons, leur fit signe de ne pas bouger tandis qu'elle examinait l'endroit.

La salle était bien éclairée et tout paraissait normal. Il y avait plusieurs portes, mais l'écran indiquait clairement celle qu'il fallait emprunter. Elle s'avança de deux pas et se rendit compte qu'elle avait du mal à fixer son regard : des milliers de points, de lignes et de figures géométriques de couleurs brillantes dansaient devant ses yeux. Elle tendit les bras, essayant de garder l'équilibre. Revenant en arrière, elle constata qu'Alexander et Dil Bahadur titubaient eux aussi.

« Je me sens mal, murmura Alexander en se laissant tomber assis par terre.

— Jaguar, ouvre les yeux ! lui dit Nadia en le secouant. Cette poudre a le même effet que la potion que nous avaient donnée les Indiens en Amazonie quand nous avons eu des visions, tu te souviens ?

— Un hallucinogène ? Tu crois que nous sommes drogués ?

— Qu'est-ce que c'est, un hallucinogène ? demanda le prince qui ne se tenait debout que grâce au contrôle qu'il exerçait toujours sur son corps.

— Oui, je crois que c'est ça. Chacun de nous voit sûrement quelque chose de différent. Ce n'est pas réel », expliqua Nadia en soutenant ses amis pour les aider à continuer, n'imaginant pas que dans quelques secondes elle-même allait tomber dans l'enfer de cette drogue.

*

Malgré l'avertissement de Nadia, aucun des trois ne soupçonnait le terrible pouvoir de cette poudre dorée. Le premier symptôme se manifesta par l'impression de s'enfoncer dans un labyrinthe psychédélique de couleurs et figures iridescentes qui se déplaçaient à une vitesse vertigineuse. Par un immense effort, ils parvinrent à garder les yeux ouverts et à avancer en titubant, en se demandant comment le roi faisait pour éviter les effets de la drogue. Ils avaient l'impression de se détacher du monde et de la réalité, comme s'ils allaient mourir, et ne pouvaient retenir des gémissements d'angoisse. Ils étaient alors arrivés à la salle suivante, beaucoup plus vaste que les précédentes. En voyant ce qu'il y avait là, ils poussèrent une exclamation d'effroi, bien qu'une partie de leur cerveau répétât que ces images étaient uniquement le fruit de leur imagination.

Ils se retrouvèrent en enfer, entourés de monstres et de démons qui les menaçaient comme une meute de fauves. De tous côtés ils virent des corps déchiquetés, la torture, le sang, la mort. Un chœur terrifiant de hurlements les assourdissait ; des voix caverneuses criaient leurs noms, tels des fantômes affamés.

Alexander vit clairement sa mère entre les griffes d'un puissant oiseau de proie, noir et menaçant. Il tendit les mains pour tenter de la sauver, et à cet instant l'oiseau de la mort dévora la tête de Lisa Cold. Un cri lui échappa du plus profond de la poitrine.

Nadia se retrouva debout, en équilibre précaire, sur une étroite poutre au dernière étage de l'un des gratte-ciel qu'elle avait visités avec Kate à New York. A ses pieds, des centaines de mètres plus bas, elle voyait tout recouvert de lave ardente. Le vertige de la mort s'empara de son esprit, annulant sa capacité de raisonner, tandis que la poutre s'inclinait dangereusement. Elle entendit l'appel de l'abîme comme une tentation fatale.

Dil Bahadur sentit quant à lui son esprit se détacher, traverser le firmament comme un éclair et arriver aux ruines du monastère fortifié à l'instant précis où son père s'éteignait dans les bras de Tensing. Il vit ensuite une armée d'êtres sanguinaires qui attaquaient le Royaume du Dragon d'or dévasté. Et tout ce qu'il y avait entre les deux, c'était lui, nu et vulnérable.

Différentes pour chacun, toutes les visions étaient atroces ; elles représentaient ce qu'ils craignaient le plus au monde, leurs pires souvenirs, leurs cauchemars et leurs faiblesses. C'était un voyage personnel dans les chambres interdites de leur propre conscience. Toutefois, ce fut pour eux un voyage bien moins éprouvant que pour Tex Armadillo et les guerriers du Scorpion, car les âmes des trois jeunes gens étaient bonnes, ils ne portaient pas le poids des crimes abominables des autres individus.

Le premier à réagir fut le prince, qui s'exerçait depuis des années à contrôler son esprit et son corps. Par un brutal effort, il se détacha des figures maléfiques qui l'assaillaient et fit quelques pas dans la pièce.

« Tout ce que nous voyons n'est qu'illusion », dit-il et, prenant ses amis par la main, il les conduisit de force vers la sortie.

Alexander avait du mal à accommoder sa vision pour suivre les instructions sur l'écran, mais, ayant recouvré tous ses sens, il se rendit compte que la vidéo montrait juste une pièce vide, preuve que Dil Bahadur avait raison et que ces scènes diaboliques n'étaient que le fruit de son imagination. Là ils s'assirent, s'appuyant les uns contre les autres, pour se reposer un moment en attendant de retrouver leur calme et de parvenir à contrôler les horribles visions de l'hallucinogène, mais celles-ci ne disparurent pas. S'encourageant les uns les autres, les trois jeunes gens purent se remettre debout. Le roi s'était dirigé vers la bonne porte, apparemment sans rien souffrir de ce qui maintenant les affectait ; Alex pensa qu'il avait certainement appris à ne pas inhaler la poudre, ou qu'il disposait d'un antidote contre la drogue. En tout cas, sur la vidéo, le monarque semblait à l'abri du supplice psychologique dont eux-mêmes souffraient.

*

Dans la dernière pièce du labyrinthe qui protégeait le Dragon d'or, la plus vaste de toutes, les démons et les scènes d'horreur disparurent subitement et furent remplacés par un paysage merveilleux. Le malaise produit par la drogue avait fait place à une inexplicable euphorie. Ils se sentaient légers, puissants, invincibles. Dans la lumière chaude de centaines de petites lampes à huile, ils virent un jardin enveloppé d'une douce brume rose qui se détachait du sol et s'élevait jusqu'à la cime des arbres. A leurs oreilles parvenait un chœur de voix angéliques, et ils remarquèrent un parfum pénétrant de fleurs sylvestres et de fruits tropicaux. Le plafond avait disparu et à sa place ils virent un ciel au coucher du soleil, traversé d'oiseaux aux vifs plumages. Ils se frottèrent les yeux, incrédules.

« Cela non plus n'est pas réel. Nous sommes certainement toujours drogués, murmura Nadia.

— Est-ce que nous voyons tous la même chose ? Je vois un parc, ajouta Alexander.

— Moi aussi, dit Nadia.

— Et moi aussi. Si nous voyons tous les trois la même chose, il ne s'agit pas de visions. C'est un piège, peut-être le plus dangereux de tous. Je suggère que nous ne touchions à rien et que nous passions rapidement... avertit Dil Bahadur.

— De sorte que nous ne rêvons pas ? Cela ressemble au jardin d'Eden, commenta Alexander, encore un peu enivré par les poudres dorées de la salle précédente.

— Qu'est-ce que ce jardin ? demanda Dil Bahadur.

— Le jardin d'Eden apparaît dans la Bible, c'est là que le Créateur a mis le premier couple d'êtres humains. Je crois que presque toutes les religions décrivent un jardin semblable. Le Paradis, c'est un endroit d'une beauté et d'un bonheur éternels », expliqua son ami.

Alexander pensa que ce qu'ils voyaient pouvait être des images virtuelles ou des projections de cinéma, mais sur-le-champ il perçut l'impossibilité qu'il s'agisse d'une technologie aussi moderne. Le palais avait été construit il y avait bien des siècles.

Au milieu des brumes où volaient de délicats papillons surgirent trois figures humaines, deux jeunes filles et un jeune garçon d'une splendeur rayonnante, avec des cheveux semblables à des fils de soie que la brise soulevait, vêtues de soies légères entièrement brodées, avec de grandes ailes aux plumes d'or. Elles se déplaçaient avec une grâce extraordinaire, les appelant par des gestes, leur tendant les bras. Il était pratiquement impossible de résister à la tentation de s'approcher de ces êtres translucides et de s'abandonner au plaisir de voler avec eux, portés par leurs ailes puissantes. Alexander fit un pas en avant, hypnotisé par l'une des demoiselles, et Nadia sourit au jeune inconnu, mais Dil Bahadur eut assez de présence d'esprit pour saisir ses amis par le bras.

« Ne les touchez pas, ils sont fatals. Nous sommes dans le jardin des tentations », les supplia-t-il.

Mais Nadia et Alexander, perdant la raison, se débattaient, essayant de se libérer des mains du prince.

« Ils ne sont pas réels, ils sont peints sur les murs ou alors ce sont des statues. Ignorez-les, répétait celui-ci.

— Ils bougent et nous appellent... murmura Alexander, hébété.

— C'est un truc, une illusion d'optique. Regardez par ici ! » s'exclama Dil Bahadur en les obligeant à tourner les yeux vers un coin du jardin.

Couché à plat ventre par terre, sur un massif de fleurs peintes, se trouvait le corps inerte de l'un des hommes bleus. Dil Bahadur poussa de force ses amis vers lui. Il se pencha et le retourna ; ils virent alors la façon horrible dont il avait péri.

Les guerriers du Scorpion avaient pénétré dans ce jardin fantastique comme dans un rêve, drogués par les poudres dorées qui leur faisaient croire tout ce qu'ils voyaient. C'étaient des hommes brutaux, qui passaient leur vie à cheval, dormaient à même le sol dur, étaient habitués à la cruauté, à la souffrance et à la pauvreté. Ils n'avaient jamais rien vu de beau ou de délicat, ils ignoraient la musique, les fleurs, les parfums ou les papillons qui volaient dans ce jardin. Ils adoraient des serpents, des scorpions et des dieux sanguinaires du panthéon hindou. Ils craignaient les démons et l'enfer, mais n'avaient pas entendu parler du paradis ou d'êtres angéliques tels que ceux que leur présentait ce dernier piège de l'Enceinte sacrée. Ce qu'ils connaissaient de plus proche de l'intimité ou de l'amour, c'était leur rude camaraderie entre hommes. Tex Armadillo avait dû les menacer avec son revolver pour les empêcher de s'arrêter dans ce jardin ensorcelé, mais il n'avait pu éviter que l'un d'eux succombe à la tentation.

L'homme avait tendu la main et touché le bras tendu de l'une des belles demoiselles ailées. Il avait rencontré la froideur du marbre, mais la texture n'était pas lisse comme le marbre, elle était rugueuse comme du papier de verre ou du verre pilé. Surpris, il avait retiré la main et vu que sa paume était éraflée. A l'instant sa peau avait commencé à se fendiller, à s'ouvrir, tandis que la chair se dissolvait, comme brûlée jusqu'à l'os. A ses cris les autres étaient accourus, mais ils n'avaient rien pu faire : le poison mortel avait déjà pénétré dans le flux sanguin et remontait rapidement le bras, comme un acide corrosif. En moins d'une minute le malheureux était mort.

Maintenant, Alexander, Nadia et Dil Bahadur se trouvaient devant le cadavre qui s'était desséché comme une momie sous l'effet du poison. Le corps recroquevillé n'était plus qu'un squelette dont la peau noire collée sur les os dégageait une odeur persistante de champignons et de musc.

« Comme je l'ai dit, peut-être vaut-il mieux ne toucher à rien... » répéta le prince, mais son avertissement n'était plus nécessaire, car devant ce spectacle, Nadia et Alexander sortirent de leur transe.

*

Les trois jeunes gens arrivèrent enfin dans la salle du Dragon d'or. Bien qu'il ne l'eût jamais vue, Dil Bahadur l'identifia sur-le-champ grâce aux descriptions que lui en avaient faites les moines dans les quatre monastères où il avait étudié le code. Il reconnut les murs couverts de plaques d'or, gravées de scènes en bas relief de la vie de Siddharta Gautama, les candélabres en or massif portant des bougies en cire d'abeille, les délicates lampes à huile avec leurs abat-jour en filigrane d'or, les diffuseurs de parfum en or où brûlaient de la myrrhe et de l'encens. De l'or, de l'or de toutes parts. Cet or qui avait éveillé la cupidité de Tex Armadillo et des hommes bleus laissait totalement indifférents Dil Bahadur, Alexander et Nadia, qui trouvaient ce métal jaune plutôt laid.

« Peut-être ne serait-il pas trop te demander de nous dire ce que nous faisons ici, suggéra Alexander au prince, sans pouvoir éviter l'ironie du ton.

— Je ne le sais peut-être pas moi-même, répliqua Dil Bahadur.

— Pourquoi ton père t'a-t-il demandé de venir ici ? voulut savoir Nadia.

— Il est possible que ce soit pour consulter le Dragon d'or.

— Mais s'ils l'ont volé ! Ici il n'y a que cette pierre noire avec un petit morceau de quartz, qui doit être le socle sur lequel la statue se trouvait auparavant, dit Alexander.

— C'est cela le Dragon d'or, leur indiqua le prince.

— Quoi ?

— Le socle de pierre. Ils ont emporté une très jolie statue, mais en réalité l'oracle sort de la pierre. C'est cela le secret des rois, que les moines des monastères eux-mêmes ignorent. C'est le secret que m'a transmis mon père et que vous ne devrez jamais révéler.

— Comment fonctionne-t-il ?

— D'abord, je dois psalmodier la question dans la langue des yétis, alors le quartz dans la pierre commence à vibrer et il émet un son, que je dois ensuite interpréter.

— Tu me fais marcher ? » demanda Alexander.

Dil Bahadur ne comprit pas ce qu'il voulait dire. Il n'avait pas la moindre intention de faire marcher qui que ce soit.

« Voyons comment cela fonctionne. Que penses-tu lui demander ? dit Nadia, toujours pratique.

— Peut-être le plus important est-il de savoir quel est mon karma, pour accomplir mon destin sans m'en écarter, décida Dil Bahadur.

— Nous avons défié la mort pour venir ici nous enquérir de ton karma ? se moqua Alexander.

— Ça, je peux te le dire, moi : tu es un bon prince et tu seras un bon roi », ajouta Nadia.

Dil Bahadur demanda à ses amis de s'asseoir au fond de la salle et de garder le silence, puis il s'approcha de la plate-forme sur laquelle étaient autrefois appuyées les pattes de la magnifique statue. Il alluma les encensoirs et les bougies, puis s'assit jambes croisées pendant un moment qui parut fort long aux deux amis. Le prince médita en silence jusqu'à ce que son anxiété fût calmée et son esprit libéré de toute pensée, de désirs et de craintes, mais aussi de curiosité. Il s'ouvrit intérieurement comme la fleur du lotus, exactement comme le lui avait enseigné son maître, afin de recevoir l'énergie de l'univers.

Les premières notes ne furent qu'un murmure, mais rapidement le cantique du prince devint un rugissement puissant qui jaillissait de la terre même, un son guttural que les deux autres jeunes gens n'avaient jamais entendu. On avait du mal à imaginer que ce fût un son humain : il semblait provenir d'un grand tambour au centre d'une immense caverne. Les notes ronflantes roulaient, montaient, descendaient, acquéraient rythme, volume et vitesse, puis se calmaient pour recommencer, comme la houle de la mer. Chaque note se brisait contre les plaques d'or des murs et revenait multipliée. Fascinés, Nadia et Alexander sentaient la vibration dans leur propre ventre, comme si c'étaient eux qui l'émettaient. Bientôt ils se rendirent compte qu'au chant du prince s'était jointe une seconde voix, très différente : c'était la réponse du petit morceau de quartz jaunâtre incrusté dans la pierre noire. Dil Bahadur se tut pour écouter le message de la pierre, qui se propageait dans l'air comme l'écho de grosses cloches de bronze sonnant à l'unisson. Sa concentration était totale, pas un muscle de son corps ne bougeait, tandis que son esprit retenait les notes quatre par quatre, et simultanément les traduisait dans les idéogrammes du langage perdu des yétis qu'il avait mémorisé au long de douze années.

Le cantique de Dil Bahadur se prolongea pendant plus d'une heure, qui parut à peine quelques minutes à Nadia et Alexander, parce que cette musique extraordinaire les avait transportés dans un état supérieur de conscience. Ils savaient que pendant dix-huit siècles cette salle n'avait été visitée que par les rois du Royaume interdit et que personne avant eux n'avait assisté à un oracle. Muets, les yeux ronds d'étonnement, les deux amis suivaient le son ondulant de la pierre, sans comprendre exactement ce que faisait Dil Bahadur, mais certains que c'était quelque chose de prodigieux, ayant un sens spirituel profond.

Enfin le silence régna dans l'Enceinte sacrée. Le morceau de quartz, qui pendant le cantique semblait briller d'une lumière intérieure, redevint opaque, comme au début. Le prince, épuisé, demeura dans la même position pendant un bon moment, sans que ses amis n'osent l'interrompre.

« Mon père est mort, dit enfin Dil Bahadur en se levant.

— C'est ce qu'a dit la pierre ? demanda Alexander.

— Oui. Mon père a attendu que j'arrive ici, puis il s'est abandonné à la mort.

— Comment a-t-il su que tu étais arrivé ?

— Mon maître Tensing le lui a dit, dit tristement le jeune prince.

— Qu'a encore dit la pierre ? demanda Nadia.

— Mon karma est d'être l'avant-dernier monarque du Royaume du Dragon d'or. J'aurai un fils, qui sera le dernier roi. Après lui, le monde et ce royaume changeront, et rien ne sera plus comme avant. Pour gouverner avec justice et sagesse, je recevrai l'aide de mon père qui me guidera en rêves. Je recevrai également l'aide de Pema, que je vais épouser, ainsi que celle de Tensing et du Dragon d'or.

— C'est-à-dire de cette pierre, car la statue est en cendres, releva Alexander.

— Peut-être ai-je mal compris, mais je crois que nous la retrouverons », commenta le prince, leur faisant signe que le moment du retour était venu.

*

Timothy Bruce et Joel González, les photographes de l'*International Geographic*, avaient respecté les instructions de Kate Cold au pied de la lettre. Ils avaient passé tout ce temps à parcourir les endroits les plus inaccessibles du royaume, guidés par un sherpa de petite taille qui portait le lourd équipement et les tentes sur son dos, sans perdre son sourire placide ni le rythme régulier de ses pas. En revanche, l'effort de le suivre et l'altitude, qui les asphyxiait, faisaient défaillir les étrangers. Les photographes, qui ignoraient les péripéties vécues par leurs compagnons, arrivèrent pleins d'enthousiasme pour narrer leurs aventures avec des orchidées rares et des petits ours pandas, mais Kate Cold ne montra pas le moindre intérêt. L'écrivain leur cloua le bec en leur apprenant que son petit-fils et Nadia avaient contribué à mettre en déroute une organisation criminelle, à délivrer plusieurs jeunes captives, à emprisonner une secte de bandits patibulaires et à porter le prince Dil Bahadur sur le trône, tout cela avec l'aide d'une bande de yétis et d'un mystérieux moine qui avait des pouvoirs mentaux. Timothy Bruce et Joel González se turent et ne dirent plus un mot jusqu'au moment de monter dans l'avion qui les ramenait dans leur pays.

« En tout cas, je ne voyagerai plus avec Alexander et Nadia, car ils attirent le danger comme le miel attire les mouches. Je suis bien vieille pour avoir de telles frayeurs », commenta l'écrivain, qui ne s'était pas encore remise de ses émotions.

Alexander et Nadia échangèrent un regard complice ; tous deux avaient déjà décidé qu'ils l'accompagneraient de toute façon dans son prochain reportage. Ils ne pouvaient perdre l'opportunité de vivre une autre aventure avec Kate Cold.

Les deux adolescents n'avaient confié à la grand-mère aucun détail sur l'Enceinte sacrée, ni la manière dont agissait l'extraordinaire morceau de quartz, car ils avaient promis de garder le secret. Ils se contentèrent de lui dire qu'en ce lieu Dil Bahadur, comme tous les monarques du Royaume interdit, avait les moyens de prévoir l'avenir.

« Dans la Grèce antique existait un temple, à Delphes, où les gens venaient entendre les prophéties d'une pythie qui entrait en transe, leur raconta Kate. Ses paroles étaient toujours énigmatiques, mais ses consultants leur trouvaient un sens. On sait aujourd'hui qu'un gaz sortait de terre à cet endroit, sûrement de l'éther. Le gaz étourdissait la prêtresse qui s'exprimait de façon codée, le reste était imaginé par les auditeurs naïfs.

« La situation n'est pas comparable. Ce que nous avons vu ne s'explique pas par un gaz », répliqua son petit-fils.

La vieille journaliste éclata d'un rire sec.

« Les rôles se sont inversés, Kate. Avant, c'était moi le sceptique, celui qui ne croyait rien sans preuves, et toi celle qui me répétait que le monde est un lieu très mystérieux et que tout n'a pas une explication rationnelle », sourit Alexander.

La femme ne put répondre, car son rire avait dégénéré en quinte de toux et elle était sur le point de suffoquer. Son petit-fils lui donna quelques claques dans le dos, avec plus d'énergie qu'il n'en fallait, tandis que Nadia allait chercher un verre d'eau.

« Dommage que Tensing soit parti dans la Vallée des Yétis, car il aurait guéri ta toux avec ses aiguilles magiques et ses prières. J'ai bien peur que tu doives arrêter de fumer, grand-mère, dit Alexander.

— Ne m'appelle pas grand-mère ! »

*

La veille de leur retour aux Etats-Unis, les membres de l'expédition de l'*International Geographic* étaient réunis dans le palais aux mille pièces en compagnie de la famille royale et du général Kunglung, après avoir assisté aux funérailles du roi. Celui-ci avait été incinéré, comme le voulait la tradition, et ses cendres avaient été réparties dans quatre vieux récipients d'albâtre que les meilleurs soldats avaient emportés à dos de cheval vers les quatre points cardinaux du royaume, où ils disperseraient leur contenu dans le vent. Ni son peuple ni sa famille, qui l'aimaient tant, ne pleurèrent sa mort ; ils croyaient en effet que les pleurs obligeaient l'esprit à demeurer en ce monde pour consoler les vivants. La coutume voulait que l'on montre de la joie, afin que l'esprit parte heureux accomplir un autre cycle sur la roue de la réincarnation, évoluant dans chaque vie jusqu'à atteindre enfin l'illumination et le ciel, ou nirvāna.

« Peut-être mon père nous fera-t-il l'honneur de se réincarner en notre premier fils », dit le prince Dil Bahadur.

Dans les mains de Pema la tasse de thé trembla, trahissant son trouble. La jeune fille était entièrement vêtue de soie et de brocarts, elle portait des chaussures en peau, des bijoux en or aux bras et aux oreilles, mais elle avait la tête nue, car elle était fière d'avoir utilisé sa belle chevelure pour une cause qui lui paraissait juste. Son exemple avait permis aux quatre autres jeunes filles rasées de ne pas se sentir complexées. La longue tresse de cinquante mètres qu'elles avaient faite avec leurs cheveux avait été déposée en offrande devant le Grand Bouddha du palais, et les gens venaient en pèlerinage pour la voir. On avait tellement commenté la chose, et on les avait tant de fois montrées à la télévision, qu'on assista à une véritable hystérie : des centaines de jeunes filles se rasèrent la tête pour les imiter, au point que Dil Bahadur en personne dut apparaître à l'écran pour préciser que le royaume n'avait pas besoin de preuves aussi extrêmes de patriotisme. Alexander expliqua qu'aux Etats-Unis cette façon de se raser le crâne comme un œuf était à la mode, de même que se faire des tatouages et se perforer le nez, les oreilles et le nombril pour se mettre des bijoux en métal, mais personne ne le crut.

Ils étaient tous assis en cercle sur des coussins, par terre, en train de boire du *tchaï*, le thé sucré aromatique de l'Inde, et d'essayer d'avaler un très mauvais gâteau au chocolat que les nonnes cuisinières du palais avaient inventé pour faire plaisir aux visiteurs étrangers. Tschewang, le léopard royal, était couché près de Nadia, les oreilles tombantes. Depuis la mort du roi, son maître, le beau félin était déprimé. Pendant plusieurs jours il refusa de manger, jusqu'à ce que Nadia parvienne à le convaincre, dans la langue des félins, qu'il avait maintenant la responsabilité de veiller sur Dil Bahadur.

« Lorsqu'il nous a fait ses adieux pour aller accomplir sa mission dans la Vallée des Yétis, mon honorable maître Tensing m'a remis quelque chose pour toi, annonça Dil Bahadur à Alexander.

— Pour moi ?

— Pas exactement pour toi, mais pour ton honorable mère, répliqua le nouveau roi en lui tendant une petite boîte en bois.

— Qu'est-ce que c'est ?

— De l'excrément de dragon.

— Quoi ? demandèrent en chœur Alexander, Nadia et Kate.

— Cela a la réputation d'être un remède très puissant. Peut-être, si tu le dissous dans un peu d'alcool de riz et le lui donnes à boire, ton honorable mère verra-t-elle sa santé s'améliorer, suggéra Dil Bahadur.

— Comment puis-je donner cela à manger à ma maman ! s'exclama le garçon, offensé.

— Peut-être serait-il mieux de ne pas lui dire ce que c'est. Il est pétrifié. Ce n'est pas comme de l'excrément frais, il me semble... En tout cas, Alexander, il a des pouvoirs magiques. Un petit bout de cela m'a sauvé des poignards des hommes bleus », ajouta Dil Bahadur en montrant la petite pierre qui pendait à un lacet de cuir sur sa poitrine.

Kate ne put s'empêcher de lever les yeux au ciel tandis qu'une grimace moqueuse flottait sur ses lèvres, mais Alexander, ému, remercia son ami pour le cadeau et le mit dans la poche de sa chemise.

« Le Dragon d'or a fondu dans l'explosion de l'hélicoptère, c'est une grande perte, car notre peuple croit que la statue défend les frontières et maintient la prospérité de la nation, dit le général Kunglung.

— Peut-être n'est-ce pas la statue, mais la sagesse et la prudence de ses gouvernants qui a gardé le pays à l'abri du danger », répliqua Kate en offrant discrètement sa part de gâteau au chocolat au léopard qui la huma brièvement, fronça le museau dans une moue de dégoût et revint aussitôt se coucher auprès de Nadia.

« Comment faire comprendre au peuple qu'il peut donner sa confiance au jeune roi Dil Bahadur, même s'il ne peut compter sur le dragon sacré ? demanda le général.

— Avec tout mon respect, honorable général, il est possible que le peuple ait une autre statue dans quelque temps, dit l'écrivain, qui avait enfin appris à s'exprimer en respectant les règles de courtoisie de ce pays.

— L'honorable grand-mère voudrait-elle expliquer à quoi elle fait allusion ? interrompit Dil Bahadur.

— Il est possible qu'un ami à moi puisse résoudre le problème », dit Kate, et elle se mit à expliquer son plan.

Au bout de plusieurs heures de lutte avec la primitive compagnie des téléphones du Royaume interdit, l'écrivain avait réussi à entrer directement en communication avec Isaac Rosenblat, à New York, pour lui demander s'il pouvait réaliser un dragon semblable au précédent, en se basant sur quatre photographies Polaroïd, quelques images un peu floues filmées en vidéo et une description détaillée qu'avaient donnée les bandits du Scorpion, en espérant s'attirer les bonnes grâces des autorités du pays.

« Tu me demandes de faire une statue en or ? demanda le bon Isaac Rosenblat en criant, de l'autre bout de la planète.

— Oui, à peu près de la taille d'un chien, Isaac. En plus, il faut lui incruster plusieurs centaines de pierres précieuses, y compris des diamants, des saphirs, des émeraudes et, bien sûr, deux rubis identiques en étoile pour les yeux.

— Qui va payer tout cela, ma fille, par Dieu ?

— Un certain Collectionneur qui a son bureau tout près du tien, Isaac », répliqua Kate Cold en éclatant de rire.

L'écrivain était très fière de son plan. Elle s'était fait envoyer des Etats-Unis un magnétophone spécial, qu'on ne trouvait pas dans le commerce, mais qu'elle obtint grâce à ses contacts avec un agent de la CIA dont elle était devenue l'amie au cours d'un reportage en Bosnie. Avec cet appareil, elle avait pu écouter les minuscules bandes magnétiques que Judit Kinski cachait dans son sac. Celles-ci contenaient l'information permettant de découvrir l'identité du client appelé le Collectionneur. Grâce à ça, Kate avait l'intention de faire pression sur lui. Elle ne le laisserait en paix qu'en échange de la restauration de la statue perdue : c'était le moins qu'il puisse faire pour réparer les dommages. Le Collectionneur avait pris ses précautions afin que les appels téléphoniques ne puissent être interceptés, mais il ne se doutait pas que chacun des agents envoyés par le Spécialiste pour conclure le traité avait enregistré les négociations. Pour Judit, ces bandes magnétiques étaient une assurance vie, qu'elle pouvait utiliser si l'affaire tournait mal ; c'est pourquoi elle les transportait toujours avec elle, avant de perdre son sac lors de l'altercation avec Tex Armadillo. Kate Cold savait que le deuxième homme le plus riche au monde ne permettrait pas que l'histoire de ses tractations avec une organisation criminelle, qui supposait la capture du monarque d'un pays pacifique, paraisse dans la presse, et qu'il devrait céder à ses exigences.

Le plan exposé par Kate surprit beaucoup la cour du Royaume interdit.

« Peut-être conviendrait-il que l'honorable grand-mère parle de cette affaire avec les lamas. Son idée part d'une bonne intention, mais peut-être cette action n'est-elle pas très légale... suggéra aimablement Dil Bahadur.

— Peut-être n'est-elle pas très légale en effet, mais le Collectionneur ne mérite pas un meilleur traitement. Laissez tout cela entre mes mains, Majesté. Dans ce cas, il est pleinement justifié d'entacher mon karma par un petit chantage. Et à propos, si cela n'est pas une impertinence, puis-je demander à Votre Majesté quel traitement recevra Judit Kinski ? » demanda Kate.

La femme avait été retrouvée, inconsciente et engourdie, par l'un des détachements envoyés à sa recherche par le général Kunglung. Elle avait erré dans les montagnes pendant des jours, perdue et affamée, jusqu'à ce que ses pieds gèlent et qu'elle ne puisse continuer. Le froid l'avait endormie et lui avait rapidement ôté toute envie de vivre. Judit Kinski s'était abandonnée à son sort avec une sorte de soulagement secret. Après tant de risques et de cupidité, la tentation de la mort lui était douce. Dans ses brefs moments de lucidité ne lui venaient pas à l'esprit les triomphes de son passé, mais le visage serein de Dorji, le roi. Quelle raison y avait-il à cette présence tenace dans sa mémoire ? En réalité, elle ne l'avait jamais aimé. Elle avait fait semblant, parce qu'elle avait besoin qu'il lui donne le code du Dragon d'or, rien d'autre. Elle reconnaissait cependant avoir de l'admiration pour lui. Cet homme doux avait produit sur elle une profonde impression. Elle pensait que dans d'autres circonstances, ou si elle avait été une femme différente, elle serait inévitablement tombée amoureuse de lui ; mais ce n'était pas le cas, elle en était sûre. C'est pourquoi elle s'étonnait que l'esprit du roi l'accompagne dans ces contrées glacées où elle attendait sa mort. Le regard attentif et paisible du souverain fut la dernière chose qu'elle vit avant de plonger dans l'obscurité.

La patrouille de soldats la retrouva juste à temps pour lui sauver la vie. Elle séjournait en ce moment dans un hôpital où on la gardait sous calmant, après l'avoir amputée de quelques doigts des pieds et des mains qui avaient gelé.

« Avant de mourir, mon père m'a ordonné de ne pas condamner Judit Kinski à la prison. Il désirait offrir à cette dame l'opportunité d'améliorer son karma et d'évoluer spirituellement. Je l'enverrai passer le reste de sa vie dans un monastère bouddhiste à la frontière du Tibet. Le climat y est un peu rude et c'est un peu isolé, mais les religieuses sont très saintes. On m'a dit qu'elles se lèvent avant le lever du soleil, passent la journée à méditer et se nourrissent juste de quelques grains de riz, précisa Dil Bahadur.

— Et vous croyez que Judit Kinski atteindra la sagesse ? demanda Kate, ironique, en jetant un regard de complicité au général Myar Kunglung.

— Cela ne dépend que d'elle, honorable grand-mère, répondit le prince.

— Puis-je prier Votre Majesté de me faire la faveur de m'appeler Kate ? C'est mon prénom, précisa l'écrivain.

— Ce sera un privilège de vous appeler par votre prénom. Peut-être l'honorable grand-mère Kate, ses courageux photographes et mes amis Nadia et Alexander souhaiteront-ils revenir dans cet humble royaume, où Pema et moi ne cesserons de les attendre... dit le jeune roi.

— Bien sûr ! » s'exclama Alexander, mais un coup de coude de Nadia lui rappela les bonnes manières et il ajouta : « Il est possible que nous ne méritions pas la générosité de Votre Majesté et de sa digne fiancée, peut-être oserons-nous accepter l'honneur de cette invitation. »

Sans pouvoir s'en empêcher, tous se mirent à rire, y compris les nonnes qui servaient cérémonieusement le thé et le petit Boroba qui bondissait de joie en jetant en l'air des morceaux de gâteau au chocolat.

TABLE

Cet ouvrage a été imprimé par

FIRMIN DIDOT
GROUPE CPI

Mesnil-sur-l'Estrée

pour le compte des Éditions Grasset
en avril 2004

Imprimé en France

Dépôt légal : avril 2004
N° d'édition : 13275 – N° d'impression : 67910
ISBN : 2-246-65451-3